BASTEI LÜBBE

Robert Silverberg

Das Seelenregister

Die Majipoor-Chroniken

Ins Deutsche übertragen
von Joachim Körber

BASTEI
LÜBBE

BASTEI-LÜBBE-TASCHENBUCH
Band 24 199

Erste Auflage:
April 1995

Deutsche Lizenzausgabe 1995
Bastei-Verlag
Gustav H. Lübbe GmbH & Co.,
Bergisch Gladbach
Originaltitel:
Majipoor Chronicles
Lektorat:
Stefan Bauer
Titelbild: Jim Burns
Umschlaggestaltung:
Quadro Grafik, Bensberg
Satz: Fotosatz Schell, Hagen a.T.W.
Druck und Verarbeitung:
Brodard & Taupin,
La Flèche, Frankreich
Printed in France

ISBN 3-404-24 199-1

Der Preis dieses Bandes
versteht sich einschließlich der
gesetzlichen Mehrwertsteuer.

Prolog

Im vierten Jahr der Wiederberufung des Coronal Lord Valentine ist ein großer Übermut über die Seele des Knaben Hissune gekommen, einen Schreiber im Haus der Aufzeichnungen im Labyrinth von Majipoor. Seit sechs Monaten ist es Hissunes Aufgabe, eine Aufstellung der Archive der Steuereintreiber vorzubereiten – eine endlose Liste von Dokumenten, in die niemals jemand Einsicht nehmen wird –, und es sieht so aus, als würde die Aufgabe ihn auch die kommenden ein, zwei oder drei Jahre beschäftigt halten. Aus keinem sinnvollen Grund, wie Hissune meint, denn wer sollte sich schon für die Berichte von Steuereintreibern aus den Provinzen interessieren, die unter der Regentschaft von Lord Dekkeret oder Lord Calintane oder gar dem alten Lord Stiamot lebten? Ohne Zweifel hat man diese Dokumente aus guten Gründen in Unordnung versinken lassen, und nun hat ein böswilliges Schicksal Hissune auserwählt, sie zu sortieren, und so, wie er es sieht, ist es eine sinnlose Aufgabe, außer, daß er eine vortreffliche Lektion in Geographie und ein lebhaftes Bild von der gewaltigen Größe von Majipoor erhalten wird. So viele Provinzen! So viele Städte! Die drei riesigen Kontinente sind geteilt und unterteilt und wieder geteilt in Tausende Verwaltungsbezirke, jeder von Millionen Menschen bevölkert, und während er sich abmüht, quillt sein Verstand über vor Namen, die Fünfzig Städte vom Burgberg, die großen Stadtbezirke von Zimroel, die geheimnisvollen Wüstensiedlungen von Suvrael, ein ganzes Meer von Städten, irrwitziges Tribut an Majipoors vierzehntausendjährige ungebrochene Fruchtbarkeit: Pidruid, Narabal, Ni-moya, Alaisor, Stoien, Piliplok, Pendiwane, Amblemorn, Minimool, Tolaghai, Kangheez, Natu Gorvinu – so viele, so viele, so viele! Eine Million Ortsnamen! Aber wenn man vierzehn Jahre alt ist, kann man nur eine gewisse Menge an Geographie ertragen, und dann beginnt man, unruhig zu werden.

Hissune wird gerade eben unruhig. Die Ausgelassenheit, die in seinem Gemüt nie weit von der Oberfläche ist, steigt an und läuft über.

In der Nähe des staubigen kleinen Büros im Haus der Aufzeichnungen, wo Hissune seine Stapel Steuerbelege sortiert und durchsieht, befindet sich ein ungleich interessanterer Ort, das Seelenregister, das nur autorisiertem Personal offensteht, und man sagt, daß es nicht eben viel autorisiertes Personal gibt. Hissune weiß eine Menge über diesen Ort. Er weiß eine Menge über jeden Teil des Labyrinths, selbst die verbotenen Plätze, besonders die verbotenen Plätze – denn hat er sich nicht seit dem achten Lebensjahr den Unterhalt damit verdient, daß er verwirrte Touristen durch den Irrgarten der gewaltigen unterirdischen Stadt führte und dabei seine Schlauheit benutzte, um hier und dort eine Krone zusätzlich zu verdienen? »Haus der Aufzeichnungen«, erzählte er den Touristen. »Dort gibt es einen Saal, wo Millionen Majipoorer ihre gespeicherten Erinnerungen hinterlassen haben. Man nimmt eine Kapsel, schiebt sie in einen speziellen Schlitz, und plötzlich ist es, als wäre man selbst die Person, welche die Aufzeichnungen hinterlassen hat, und man lebt in der Zeit des Lord Confalume oder des Lord Siminave, oder man kämpft an Lord Stiamots Seite in den Metamorphen-Kriegen –

aber selbstverständlich erhält kaum jemand die Erlaubnis, den Saal der Erinnerungen zu betreten.« Selbstverständlich. Aber wie schwierig wäre es, überlegte Hissune, sich Zutritt zu dem Saal zu verschaffen, unter dem Vorwand, er bräuchte Unterlagen für seine Arbeit in den Steuerarchiven? Und dann in Millionen von Zeiten und Millionen von Köpfen zu leben, in den ruhmreichsten Epochen der Geschichte von Majipoor – ja!

Ja, sicher würde es seine Aufgabe erträglicher machen, könnte er sich gelegentlich durch einen Abstecher ins Seelenregister ablenken.

Von diesem Gedanken ist es nur ein kurzer Weg bis zum tatsächlichen Versuch. Er stattet sich mit den notwendigen Pässen aus – er weiß, wo im Haus der Aufzeichnungen die erforderlichen Stempel aufbewahrt werden –, und eines Spätnachmittags begibt er sich auf den Weg durch die hell erleuchteten gewundenen Flure, mit trockener Kehle, erwartungsvoll und kribbelnd vor Aufregung.

Es ist schon lange her, seit er das letztemal aufgeregt war. Der Überlebenskampf in den Straßen war aufregend, aber das tut er heute nicht mehr; sie haben ihn zivilisiert, sie haben ihn von der Straße geholt, sie haben ihm Arbeit gegeben. *Arbeit!* Sie! Und wer sind *sie?* Der Coronal selbst, kein anderer! Bis heute hat Hissune sein Erstaunen darüber nicht überwunden. Zu der Zeit, als Lord Valentine im Exil umherwanderte, von dem Usurpator Barjazid aus seinem Körper und seiner Stellung verdrängt, war der Coronal zum Labyrinth gekommen, und Hissune hatte instinktiv gespürt, wer er wirklich war, und ihn geführt; und das war der Anfang von Hissunes Niedergang gewesen. Denn das nächste, was passierte, war, daß Lord Valentine auf dem Weg vom Labyrinth zum Burgberg war, um seine Krone zurückzuerobern, und schließlich wurde der Usurpator vom Thron gestoßen, und am Tag der zweiten Krönung beorderte man Hissune, der Göttliche allein mochte wissen warum, in Lord Valentines Burg, um an den Feierlichkeiten teilzunehmen. Was für eine Zeit war das gewesen! Nie zuvor war er auch nur aus dem Labyrinth ans Tageslicht gekommen, und nun reiste er in einem offiziellen Schweber über das Tal des Clayge, an den Städten vorbei, die er nur aus Träumen kannte, und da war die dreißig Meilen hohe Masse des Burgberges, die sich wie ein weiterer Planet gegen den Himmel erhob, und schließlich war er in der Burg selbst, ein schmutziger zehnjähriger Junge, der neben dem Coronal stand und mit ihm scherzte – ja, das war überwältigend gewesen, doch was folgte, hatte Hissune überrumpelt. Der Coronal glaubte, daß Hissune über vielversprechende Gaben verfügte.

Der Coronal wünschte, daß man ihn für einen Regierungsposten ausbildete. Der Coronal bewunderte Energie, Schlauheit und Unternehmungsgeist des Jungen. Prächtig. Hissune wurde zum Schützling des Coronals. Prächtig. Prächtig. Dann zurück ins Labyrinth – und ins Haus der Aufzeichnungen! Nicht mehr so prächtig. Hissune hatte die Bürokraten immer verabscheut, diese Narren mit den starren Gesichtern, die in den Eingeweiden des Labyrinths Papiere umherschoben, und nun wurde er durch die besondere Gunst Lord Valentines selbst dazu gemacht. Nun gut, er weiß, daß er für seinen Lebensunterhalt mehr tun muß, als Touristen herumzuführen, aber er hätte sich nie träumen lassen, daß es so etwas sein würde! *Bericht des Steuerkollektors des elften Bezirks der Provinz Chorg, Präfektur von Bibiroon, 11. Pont. Kinniken Cor. Lord Ossier* – oh, nein, nein, nicht ein ganzes Leben lang! Ein Monat, sechs Monate, ein Jahr lang diese hübsche kleine Aufgabe in diesem hübschen kleinen Haus der Aufzeichnungen erledigen, hofft Hissune, und dann würde Lord Valentine ihn zu sich rufen und ihn zum Adjutanten im Schloß machen, und dann endlich würde das Leben einen gewissen Wert besitzen! Aber der Coronal scheint ihn vergessen zu haben, wie man erwarten konnte. Er muß über eine ganze Welt mit zwanzig oder dreißig Milliarden Menschen herrschen, welche Bedeutung hat da ein kleiner Knabe aus dem Labyrinth? Hissune argwöhnt, daß die glorreichste Zeit in seinem Leben bereits hinter ihm liegt, jene kurze Zeit auf dem Burgberg, und nun hat eine elende Ironie des Schicksals ihn in einen Beamten des Pontifikats verwandelt, der dazu verdammt ist, für alle Zeit Dokumente herumzuschieben –

Aber da ist das Seelenregister zu erforschen.

Selbst wenn er das Labyrinth nie mehr verlassen kann, so könnte er doch – wenn niemand ihn erwischt – die Erinnerungen von Millionen längst vergangener Forscher, Pioniere, Krieger, sogar Coronals und Pontifexe durchstreifen. Das wäre eine Entschädigung, nicht wahr?

Er betritt ein kleines Vorzimmer und zeigt dem diensthabenden Hjort mit dem gelangweilten Blick den Paß.

Hissune hat sich einen wahren Strom von Erklärungen zurechtgelegt: Sonderauftrag des Coronal, bedeutende geschichtliche Forschungen, die Notwendigkeit, demographische Einzelheiten zu vergleichen, notwendige Überprüfungen der Datenprofile ... oh, mit solchen Ausreden kennt er sich aus, und die Worte warten bereits auf seiner Zunge. Aber der Hjort sagt nur: »Weißt du, wie man die Einrichtungen benützt?«

»Ist schon eine Weile her. Vielleicht solltest du es mir noch einmal zeigen.«

Der häßliche, warzengesichtige Bursche, schwammig und mit vielen Kinnen, steht langsam auf und führt Hissune zu einer verschlossenen Kammer, die er mittels eines Daumenschlosses öffnet. Der Hjort deutet auf einen Bildschirm und eine Reihe von Knöpfen. »Die Schaltkonsole. Hier rufst du die gewünschten Kapseln ab. Hier einführen. Für alles unterschreiben. Nicht vergessen, das Licht abzuschalten, wenn du fertig bist.«

Das ist alles. Schönes Sicherheitssystem! Schöne Wachen!

Hissune ist allein mit den Gedankenaufzeichnungen aller Wesen, die jemals auf Majipoor gelebt haben.

Jedenfalls fast aller. Zweifellos haben Milliarden gelebt, ohne sich die Mühe zu machen, ihre Erinnerungen auf Kapseln speichern lassen. Aber vom zwanzigsten Lebensjahr an darf jeder alle zehn Jahre seinen Teil zu diesem Archiv beisteuern, und Hissune weiß, daß die Kapseln zwar winzig sind, unscheinbare Datenhäufchen, es jedoch meilenlange Regale voll von ihnen in den Lagern des Labyrinths gibt. Er legt seine Hände auf die Schaltknöpfe. Seine Finger zittern.

Wo anfangen?

Er möchte alles wissen. Er möchte mit den ersten Forschern die Wälder von Zimroel durchstreifen, er möchte die Metamorphen zurückschlagen, das Große

Meer überqueren, die Meerdrachen des Rodamaunt Archipels zur Strecke bringen, und … und … und … Er zittert vor Verlangen. Wo beginnen? Er studiert die Tastatur vor sich. Er kann ein bestimmtes Datum abrufen, einen bestimmten Ort, die Identität einer bestimmten Person – aber mit vierzehntausend Jahren zur Auswahl – nein, eher acht- oder neuntausend, denn die Aufzeichnungen, erinnert er sich, reichen lediglich bis in die Zeit des Lord Stiamot oder ein klein wenig weiter zurück –, wie soll er sich da entscheiden? Zehn Minuten lang lähmt ihn Unentschlossenheit.

Dann entscheidet er wahllos. Etwas in der Frühzeit, denkt er. Der Kontinent Zimroel, die Zeit des Coronal Lord Barhold, der sogar noch vor Stiamot gelebt hatte, und die Person, nun … irgend jemand! Irgend jemand!

Eine kleine, glänzende Kapsel taucht im Schlitz auf.

Zitternd vor Erstaunen und Entzücken schiebt Hissune sie in das Abspielgerät und setzt den Helm auf. Er vernimmt knisternde Geräusche. Verschwommene blaue und grüne und scharlachrote Streifen tanzen vor seinen Augen, hinter den geschlossenen Lidern. Funktioniert es? Ja! Ja! Er spürt die Gegenwart eines anderen Geistes! Jemand, der schon neuntausend Jahre tot ist, und der Geist dieser Person – *ihr* Geist, sie war eine Frau, eine junge Frau – strömt in den Geist Hissunes ein, bis er nicht mehr sicher ist, ob er Hissune aus dem Labyrinth ist oder diese andere, diese Thesme von Narabal –

Mit einem kleinen Schluchzen der Freude löst er sich ganz von dem Selbst, mit dem er die vierzehn Jahre seines Lebens gelebt hat, und läßt die Seele der anderen von ihm Besitz ergreifen.

BUCH EINS

Thesme und der Ghayrog

KAPITEL 1

Sechs Monate lang lebte Thesme nun schon allein in der Hütte, die sie eigenhändig erbaut hatte, im dichten tropischen Dschungel ungefähr ein halbes Dutzend Meilen östlich von Narabal, einem Ort den die Meereswinde nicht erreichten, und wo sich die feuchte, schwüle Luft wie ein pelziges Leichentuch über alles legte. Sie hatte zuvor niemals auf sich allein gestellt gelebt und fragte sich anfangs, wie sie zurechtkommen würde. Aber sie hatte auch noch nie eine Hütte gebaut, und diese Aufgabe hatte sie zufriedenstellend gemeistert, indem sie die schlanken Sijaneelstämme gefällt, die goldene Rinde abgeschält, ihre schlüpfrigen, zugespitzten Enden in den Boden gerammt, sie mit biegsamen Reben verbunden und zum Abschluß fünf der riesigen blauen Vrammablätter befestigt hatte, um das Dach zu bilden. Es war kein architektonisches Meisterstück, aber die Hütte hielt den Regen ab, und wegen Kälte brauchte sie sich keine Sorgen zu machen. Innerhalb eines Monats hatten die Sijaneelstämme, obschon geschält, Wurzeln gezogen, und dicht unter dem Dach wuchsen wieder ihre ledrigen Blätter; auch die Reben lebten noch und sandten biegsame, fleischige Ranken abwärts, die den fruchtbaren Boden suchten und fanden. So war das Haus zu etwas Lebendem geworden, das täglich anheimelnder und sicherer wurde, da die Reben sich dichter zusammenzogen und die Sijaneelbäume Blattwerk entwikkelten, und Thesme liebte es. In Narabal blieb nichts sehr lange tot; die Luft war zu warm, das Sonnenlicht zu hell, der Regen zu reichlich, und alles verwandelte sich mit der wilden, schwungvollen Leichtigkeit der Tropen rasch in etwas anderes.

Auch das Alleinsein erwies sich als einfach. Sie hatte dringend von Narabal fortgemußt, wo ihr Leben irgendwie aus der Bahn geraten war: zuviel Verwirrung, zuviel innerer Lärm, Freunde, die zu Fremden wurden, Liebhaber, die sich in Widersacher verwandelten. Sie war fünfundzwanzig Jahre alt und brauchte eine Pause, um sich alles lange betrachten zu können, um den Rhythmus ihrer Tage zu ändern, ehe sie daran zerbrach. Der Dschungel war hierfür der ideale Ort. Sie stand früh auf, badete in dem Teich, den sie sich mit einem trägen alten Gromwark und einem Schwarm winziger kristalliner Chichibors teilte, pflückte sich ihr Frühstück von den Thokkareben, wanderte, las, sang, schrieb Gedichte, untersuchte die Fallen nach gefangenen Tieren, erklomm Bäume und sonnte sich in einem Geflecht aus Reben hoch über dem Boden, döste, schwamm, redete mit sich selbst und ging schlafen, wenn die Sonne unterging. Am Anfang glaubte sie, es gäbe nicht genügend zu tun, daß es ihr bald langweilig werden würde, aber das schien nicht so zu sein; ihre Tage waren erfüllt, und es gab stets einige Unternehmungen, die man für den nächsten Tag aufgehen konnte.

Zuerst dachte sie, sie würde einmal in der Woche nach Narabal gehen, um Waren einzukaufen, neue Bücher oder Würfel zu holen, gelegentlich ein Konzert oder Schauspiel zu besuchen, sogar ihre Familie zu besuchen oder die Freunde, die sie noch sehen wollte. Eine Zeitlang ging sie tatsächlich ziemlich oft in die Stadt. Aber es war ein schweißtreibender, mühsamer

Weg, der fast einen halben Tag beanspruchte, und je mehr sie sich an ihr zurückgezogenes Leben gewöhnte, desto abstoßender, schriller erschien ihr Narabal, und sie sah bald kaum noch Vorzüge, die die Mühsal rechtfertigten. Die Menschen dort starrten sie an. Sie wußte, man hielt sie für exzentrisch, sogar verrückt, immer ein wildes Mädchen und jetzt ein eigentümliches, das dort draußen für sich alleine lebt und sich durch die Baumwipfel schwang. Daher wurden ihre Besuche immer seltener. Sie ging nur noch, wenn es unvermeidlich war. Am Tag, als sie den verletzten Ghayrog fand, war sie mindestens fünf Wochen nicht mehr in Narabal gewesen.

An jenem Morgen durchstreifte sie ein Sumpfgebiet einige Meilen nordöstlich von ihrer Hütte und sammelte die süßen gelben Pilze, die als Calimbots bekannt waren. Ihr Beutel war fast voll, und sie dachte an die Rückkehr, als sie hundert Meter entfernt etwas Seltsames erblickte: irgendein Geschöpf mit glänzender, metallisch aussehender grauer Haut und dicken, röhrenförmigen Gliedmaßen, das unter einem großen Sijaneelbaum seltsam hingestreckt lag. Es erinnerte sie an ein räuberisches Reptil, wie ihr Vater und ihr Bruder es einmal am Narabalkanal getötet hatten, ein schlankes, längliches, sich seltsam bewegendes Ding mit gekrümmten Krallen und einem riesigen, zähnestarrenden Mund. Als sie näher kam, stellte sie jedoch fest, daß diese Lebensform von entfernt menschlicher Gestalt war, mit massigem rundem Kopf, langen Armen und kräftigen Beinen. Sie hielt es für tot, aber es regte sich schwach, als sie näher kam, und sagte: »Ich bin verletzt. Ich war dumm, und nun muß ich dafür bezahlen.«

»Kannst du Arme und Beine bewegen?« fragte Thesme.

»Die Arme, ja. Ein Bein ist gebrochen, und vielleicht auch mein Rücken. Willst du mir helfen?«

Sie kauerte sich nieder und betrachtete es eingehend. Es war reptilienhaft, ja, mit glänzenden Schuppen und einem glatten, harten Körper. Die Augen waren grün und kalt und blinzelten überhaupt nicht; das Haar war eine drahtige Masse dichter schwarzer Locken, die sich aus eigenem Antrieb langsam zu winden schienen; die Zunge war eine Schlangenzunge, hellrot, gespalten, ständig zwischen den schmalen, fleischlosen Lippen hervorzüngelnd.

»Was bist du?« fragte sie.

»Ein Ghayrog. Kennst du meine Rasse?«

»Gewiß«, fragte sie, wenngleich sie tatsächlich nur sehr wenig wußte. In den vergangenen hundert Jahren hatten sich Angehörige aller moglichen nicht menschlichen Rassen auf Majipoor niedergelassen, eine ganze Menagerie von Außerirdischen, welche der Coronal Lord Melikand hergebeten hatte, weil es nicht genügend Menschen gab, um den gewaltigen Lebensraum des Planeten auszufüllen. Thesme hatte gehört, daß es welche mit vier Armen und zwei Köpfen gab, oder winzige mit Tentakeln und auch diese schuppenhäutigen, schlangezüngigen und schlangenhaarigen, aber keines dieser fremden Wesen war jemals in die Nähe von Narabal gekommen, einer Stadt am Rande von nirgendwo, so weit entfernt von der Zivilisation wie man nur sein konnte. Das war also ein Ghayrog? Ein seltsames Geschöpf, dachte sie, fast menschlich in seiner Gestalt, und doch überhaupt nicht menschlich in den Einzelheiten, eigentlich eine

Monstrosität, ein Alptraumgeschöpf, wenn auch nicht besonders furchteinflößend.

Tatsächlich bedauerte sie den armen Ghayrog sogar – ein zweifach verirrter Wanderer, weit entfernt von seiner Heimatwelt und weit von allem entfernt, was auf Majipoor wichtig war. Zudem schlimm verletzt. Was sollte sie mit ihm anfangen? Ihm das Beste wünschen und seinem Schicksal überlassen? Kaum. Den ganzen Weg nach Narabal gehen und einen Rettungstrupp holen? Das würde mindestens zwei Tage dauern, vorausgesetzt, es fand sich jemand, der zu helfen bereit war. Zu ihrer Hütte bringen und es dort gesund pflegen? Das schien das Nächstliegende zu sein, was aber wurde dann aus ihrer Einsamkeit, ihrer Privatsphäre, und wie kümmerte man sich überhaupt um einen Ghayrog, und wollte sie die Verantwortung wirklich übernehmen? Dann das Risiko: Dies war ein außerirdisches Wesen, und sie wußte nicht, was sie von ihm zu erwarten hatte.

Es sagte: »Ich bin Vismaan.«

War das sein Name, sein Titel oder lediglich eine Beschreibung seines Zustands? Sie fragte nicht. Sie sagte: »Mich nennt man Thesme. Ich lebe im Dschungel, eine Stunde Fußmarsch von hier entfernt. Wie kann ich dir helfen?«

»Laß mich auf dich stützen, während ich versuche, mich aufzurichten. Glaubst du, du bist stark genug?«

»Wahrscheinlich.«

»Du bist weiblich, nicht wahr?«

Sie trug nur Sandalen. Sie lächelte und berührte Brüste und Lenden leicht mit der Hand und sagte: »Weiblich, ja.«

»Das dachte ich mir. Ich bin männlich und vielleicht zu schwer für dich.«

Männlich? Zwischen den Beinen war er so glatt und geschlechtslos wie eine Maschine. Sie vermutete, daß die Ghayrogs ihre Geschlechtsorgane anderswo hatten. Und wenn sie Reptilien waren, würden ihre Brüste ihm gar nichts über ihr Geschlecht verraten. Trotzdem seltsam, daß er danach fragen mußte.

Sie kniete an seiner Seite nieder und fragte sich, wie er mit gebrochenem Rücken aufstehen und gehen wollte. Er legte ihr einen Arm um die Schulter. Der Kontakt seiner Haut mit ihrer erschreckte sie: Sie fühlte sich kühl, trocken, starr und glatt an, als wäre sie ein Panzer. Und doch war die Beschaffenheit nicht unangenehm, nur ungewöhnlich. Ein starker Geruch ging von ihm aus, modrig und bitter, mit einem Hauch von Honig. Daß ihr das zuvor nicht aufgefallen war, blieb unverständlich, denn er war durchdringend und hartnäckig; sie nahm an, daß die unerwartete Begegnung mit ihm sie abgelenkt hatte. Nun, da sie ihn bemerkt hatte, konnte sie den Geruch nicht noch ignorieren, und zuerst empfand sie ihn als höchst abstoßend, obwohl er sie nach wenigen Augenblicken nicht mehr störte.

Er sagte: »Versuch standzuhalten. Ich werde mich aufrichten.«

Thesme kauerte sich nieder, stemmte Knie und Hände in die Erde, und zu ihrem Erstaunen konnte er sich tatsächlich mit einer eigentümlich schlängelnden Bewegung aufrichten, indem er sich auf sie stützte und einen Moment lang sein ganzes Gewicht auf eine Stelle zwischen ihren Schulterblättern konzentrierte, bis sie keuchte. Dann stand er taumelnd aufrecht und klammerte sich an eine herabhängende Ranke. Sie stand bereit ihn zu halten, sollte er stürzen, doch er hielt sich aufrecht.

»Dieses Bein ist gebrochen«, sagte er zu ihr. »Der Rücken ist verletzt, aber wahrscheinlich nicht gebrochen.«

»Sind die Schmerzen sehr schlimm?«

»Schmerzen? Nein, wir empfinden kaum Schmerzen. Das Problem ist funktionell. Das Bein kann mich nicht tragen. Könntest du mir einen starken Ast suchen?«

Sie suchte nach etwas, das er als Krücke benützen könnte, und fand nach kurzer Zeit die starre Luftwurzel eines Baumes, die aus dem Baldachin des Dschungels hervorragte. Die glänzende schwarze Wurzel war dick und spröde, und sie mußte sie eine Weile biegen und drehen, bis sie ein zwei Meter langes Stück davon abbrechen konnte. Vismaan umklammerte sie mit festem Griff, legte den anderen Arm um Thesme und verlagerte sein Gewicht vorsichtig auf das unverletzte Bein. Unter Schwierigkeiten machte er einen Schritt, noch einen, noch einen, wobei er das gebrochene Bein hinter sich herzog. Thesme hatte den Eindruck, als habe sich sein Körpergeruch verändert: Er war schärfer geworden, mehr Essig, weniger Honig. Zweifellos die Anstrengung des Gehens. Der Schmerz war wahrscheinlich weniger unbedeutend, als er sie glauben machen wollte. Wie dem auch sei, es gelang ihm, immer weiter zu gehen.

»Wie hast du dich verletzt?« fragte sie.

»Ich erklomm diesen Baum, um das Gelände vor mir zu erkunden. Er hat mein Gewicht nicht getragen.«

Er nickte in Richtung des schlanken, glänzenden Stamms eines hohen Sijaneel. Der unterste Ast, der sich wenigstens vierzig Fuß über dem Boden befand, war abgebrochen und hing praktisch nur noch an der Rinde herab. Es erstaunte sie, daß er einen Sturz aus dieser Höhe überlebt hatte; dann fragte sie sich, wie er überhaupt an dem glatten, schlüpfrigen Stamm so hoch hatte emporklettern können.

Er sagte: »Es ist meine Absicht, mich in dieser Gegend niederzulassen und Getreide anzubauen. Hast du eine Farm?«

»Im Dschungel? Nein, ich lebe nur hier.«

»Mit einem Mann?«

»Allein. Ich wuchs in Narabal auf, aber ich mußte eine Weile alleine sein.« Sie erreichten den Sack mit Calimbots, den sie zu Boden fallen ließ, als sie ihn erblickt hatte, und sie warf ihn sich über die Schulter. »Du kannst bei mir bleiben, bis dein Bein geheilt ist. Aber es wird den ganzen Nachmittag dauern, meine Hütte auf diese Weise zu erreichen. Bist du sicher, daß du gehen kannst?«

»Ich gehe doch«, konterte er.

»Sag mir, wenn du dich ausruhen möchtest.«

»Wenn es soweit ist. Noch nicht.«

Tatsächlich verging fast eine halbe Stunde, in der er langsam und sicher unter Schmerzen dahinstolperte, bevor er zum erstenmal um eine Pause bat, und selbst dann blieb er stehen, lehnte sich gegen einen Baum und erklärte, daß er es für unklug hielt, die ganze schwierige Prozedur des Aufstehens noch einmal durchzumachen. Er schien einigermaßen ruhig und in relativ gutem Zustand, wenngleich es unmöglich war, den Ausdruck seines fast bewegungslosen Gesichts und der niemals blinzelnden Augen zu deuten. Das ständige Hervorschnellen der gespaltenen Zunge war das einzig sichtbare Zeichen für Gefühle, und sie hatte keine Ahnung, wie sie dieses dauernde Züngeln interpretieren sollte. Nach ein paar Minuten gingen sie weiter. Die langsame Gangart war eine Last für sie, wie auch das Gewicht auf ihren Schultern, und sie spürte, wie ihre eigenen Muskeln sich schmerzhaft verkrampften, während sie sich durch den Dschungel vorwärts bewegten. Sie sprachen wenig. Er schien damit beschäftigt, die Kontrolle über seinen verletzten Körper nicht zu verlieren, und sie selbst konzentrierte sich auf den Weg, suchte nach Abkürzungen, dachte voraus, um Bäche und dichtes Unterholz und andere Hindernisse zu vermeiden, die er nicht überwinden konnte. Als sie die halbe Strecke bis zu ihrer Hütte zurückgelegt hatten, begann ein warmer Regen zu fallen, und danach waren sie den Rest des Weges in einen heißen, klammen Nebel eingehüllt. Sie war der Erschöpfung nahe, als die Hütte endlich zu sehen war.

»Nicht gerade ein Palast«, sagte sie, »aber mehr brauche ich nicht. Ich habe sie selbst gebaut. Hier kannst du dich hinlegen.« Sie half ihm zu ihrem Zanja-Unterbett. Er sank mit einem leisen, zischenden Geräusch darauf, das sicher Erleichterung ausdrücken sollte. »Möchtest du etwas zu essen?« fragte sie.

»Jetzt nicht.«

»Oder zu trinken? Nein? Ich glaube, du möchtest einfach nur ausruhen. Ich werde nach draußen gehen, damit du ungestört schlafen kannst.«

»Dies ist nicht meine Schlafperiode«, sagte Vismaan.

»Ich verstehe nicht.«

»Wir schlafen nur einen Teil des Jahres. Gewöhnlich ist es der Winter.«

»Und der Rest der Zeit seid ihr wach?«

»Ja«, sagte er. »Ich habe meinen diesjährigen Schlaf bereits hinter mich gebracht. Ich weiß, daß es bei den Menschen anders ist.«

»Ganz anders«, bestätigte sie. »Ich werde dich dennoch allein lassen. Du mußt schrecklich müde sein.«

»Ich möchte dich nicht aus deinem Heim vertreiben.«

»Schon gut«, sagte Thesme und ging hinaus. Es fing gerade wieder an zu regnen, der vertraute, fast beruhigende Regen, der alle paar Stunden den ganzen Tag über fiel. Sie streckte sich auf einem Teppich aus dunkelgrünem, gummiartigem Moos aus und ließ die warmen Regentropfen Müdigkeit und Erschöpfung aus Rücken und Schultern waschen.

Ein Hausgast, dachte sie. Und dazu ein Außerirdischer. Nun, warum nicht? Der Ghayrog schien anspruchslos: kühl, beherrscht, gelassen, selbst in einer Notlage. Offensichtlich war er schlimmer verletzt, als er zugeben wollte, und selbst diese relativ kurze Reise durch den Wald war eine Strapaze für ihn gewesen. In diesem Zustand konnte er unmöglich den ganzen Weg nach Narabal zurücklegen. Thesme dachte, sie könnte in die Stadt gehen und zusehen, daß jemand ihn mit einem Schweber abholte, aber der Gedanke mißfiel ihr. Zum einen wußte niemand, wo sie lebte, und sie wollte niemanden hierher führen. Und sie erkannte etwas verwirrt, daß sie den Ghayrog nicht aufgeben, daß sie ihn hierbehalten und pflegen wollte, bis er seine Kraft wiedergefunden hatte. Sie bezweifelte, daß sonst jemand in Narabal einem Außerirdischen Unterschlupf gewährt hätte, und das gab ihr ein angenehm perverses Gefühl, das sie wieder einmal von den Bewohnern ihrer Heimatstadt unterschied. In den vergangenen ein oder zwei Jahren hatte sie viel Murren über die Fremdenweltler gehört, die sich auf Majipoor niederließen. Die Menschen fürchteten und verabscheuten die reptilienhaften Ghayrogs und die riesigen, massigen, haarigen Skandars und die Kleinen und Listigen mit den vielen Tentakeln – waren es nicht Vroons? – und den ganzen Rest der bizarren Menagerie, und obwohl Außerirdische im abgelegenen Narabal noch unbekannt waren, so war die Feindseligkeit ihnen gegenüber bereits spürbar. Die wilde und exzentrische Thesme, überlegte sie, war genau der Typ, der einen Ghayrog bei sich aufnehmen, ihm die fiebrige Stirn kühlen und ihm Medizin und Suppe geben würde, oder was man einem Ghayrog mit gebrochenem Beim sonst gab. Sie hatte keine genauen Vorstellungen, wie sie ihn pflegen konnte, aber dadurch wollte sie sich nicht abhalten lassen. Ihr fiel ein, daß sie sich in ihrem ganzen Leben noch nie um jemanden gekümmert hatte, denn irgendwie hatte es weder Gelegenheit noch Möglichkeiten dazu gegeben. Sie war die jüngste ihrer Familie, und niemand hatte ihr je irgendeine Art von Verantwortung übertragen, und sie hatte nie geheiratet und Kinder großgezogen, nicht einmal Haustiere gehalten, und während der stürmischen Periode ihrer zahlreichen turbulenten Affären hatte sie sich niemals imstande gesehen, einen ihrer Liebhaber zu besuchen, wenn er krank war. Wahrscheinlich lag es daran, überlegte sie, daß sie plötzlich so entschlossen war, diesen Ghayrog in ihrer Hütte zu behalten. Einer der Gründe, weswegen sie Narabal verlassen hatte und in den Dschungel gezogen war, war der, daß sie ihr

Leben neu beginnen und die häßlichen Gewohnheiten der alten Thesme abstreifen wollte.

Sie beschloß, daß sie am Morgen in die Stadt gehen würde, um, wenn möglich, herauszufinden, was der Ghayrog benötigte, un die richtigen Medikamente und Vorräte zu kaufen.

KAPITEL 2

Nach einer langen Weile ging sie zur Hütte zurück. Vismaan lag so, wie sie ihn zurückgelassen hatte, flach auf dem Rücken, die Arme steif an den Seiten ausgestreckt, und er schien sich gar nicht zu bewegen, abgesehen vom ständigen schlangenhaften Winden seines Haars. Schlief er? Nachdem er gesagt hatte, er brauche keinen Schlaf? Sie ging zu ihm und sah auf die seltsam massige Gestalt auf ihrem Bett hinab. Seine Augen waren offen, und sie sah, daß sie ihr folgten.

»Wie geht es dir?« fragte sie.

»Nicht gut. Der Gang durch den Wald war anstrengender, als mir bewußt war.«

Sie legte ihm die Hand auf die Stirn. Seine harte, schuppige Haut fühlte sich kühl an. Aber das Absurde der Geste ließ sie lächeln. Wie hoch war die normale Körpertemperatur eines Ghayrogs? Konnten sie überhaupt Fieber bekommen, und wenn ja, wie konnte sie es herausfinden? Sie waren schließlich Reptilien, nicht? Bekamen Reptilien erhöhte Temperatur, wenn sie krank waren? Plötzlich schien es zuviel für sie, dieses Geschöpf von einer anderen Welt zu pflegen.

Er sagte: »Warum berührst du meinen Kopf?«

»Das tun wir, wenn ein Mensch krank ist. Um zu sehen, ob du Fieber hast. Ich habe keine medizinischen Instrumente hier. Weißt du, was ich mit Fieber meine?«

»Abnorme Körpertemperatur, ja. Meine ist jetzt hoch.«

»Leidest du Schmerzen?«

»Nur wenig. Aber meine Systeme sind durcheinander. Kannst du mir Wasser bringen?«

»Selbstverständlich. Und bist du hungrig? Was ißt du normalerweise?«

»Fleisch. Gekocht. Und Früchte und Gemüse. Und viel Wasser.«

Sie holte ihm etwas zu trinken. Er richtete sich unter Schwierigkeiten auf – er schien viel schwächer als beim Gang durch den Dschungel; wahrscheinlich die verspätete Reaktion auf seine Verletzungen – und trank das Gefäß mit drei gierigen Zügen leer. Sie betrachtete die hektischen Bewegungen seiner gespaltenen Zunge, fasziniert. »Mehr«, sagte er, und sie schenkte ihm einen zweiten Becher voll. Ihr Wasserkrug war fast leer, und sie ging hinaus, um ihn an der Quelle nachzufüllen. Sie pflückte von den Rebstöcken einige Thokkas, die sie ihm ebenfalls brachte. Er hielt eine der saftigen blauweißen Beeren auf Armeslänge vor sich, als könnten seine Augen sie nur so richtig erkennen, rollte sie prüfend zwischen zwei Fingern. Seine Hände waren fast menschlich, stellte Thesme fest, obwohl er zwei zusätzliche Finger und keine Fingernägel hatte, lediglich seitliche Schuppenkämme über den ersten beiden Gelenken.

»Wie nennt man diese Frucht?« fragte er.

»Thokka. Sie wachsen überall in Narabal an Reben. Wenn sie dir schmecken, werde ich dir so viele bringen, wie du willst.«

Er kostete vorsichtig. Dann schnellte seine Zunge hervor, und er verschlang den Rest der Beere hastig, worauf er die Hand ausstreckte und nach mehr verlangte. Nun erinnerte sich Thesme, daß man den Thokkas die Wirkung eines Aphrodisiakums nachsagte, und sie wandte sich ab, um ihr Grinsen zu verbergen. Sie beschloß, ihm nichts davon zu sagen. Er hatte sich als männlich vorgestellt, also besaßen die Ghayrogs augenscheinlich Geschlecht, aber kannten sie auch Sex? Sie stellte sich plötzlich vor, wie die männlichen Ghayrogs Samen aus einer verborgenen Öffnung in Wannen spritzten, in die die Frauen hineinkletterten, um sich zu befruchten. Wirkungsvoll, aber nicht besonders romantisch, dachte sie und fragte sich, ob sie es tatsächlich so taten – Befruchtung ohne Körperkontakt, wie Fische, wie Schlangen.

Sie bereitete ihm eine Mahlzeit aus Thokkas und gebratenen Calimbots und den kleinen, köstlichen vielbeinigen Hiktigans, die sie mit einem Netz im Bach fing. Ihr Wein war alle, aber in letzter Zeit stellte sie einen fermentierten Saft aus einer prallen roten Frucht her, deren Namen sie nicht kannte, und davon gab sie ihm ein wenig. Sein Appetit schien gesund. Danach fragte sie ihn, ob sie sein Bein untersuchen dürfte, was er ihr erlaubte.

Der Bruch war oberhalb der Mitte, an der breitesten Stelle des Oberschenkels. So dick seine Schuppenhaut war, konnte man dort doch Anzeichen einer Schwellung erkennen. Sie legte leicht die Fingerspitzen auf die Stelle und tastete. Er gab ein kaum vernehmliches Zischen von sich, machte aber weiter kein Zeichen, daß sie die Schmerzen verschlimmerte. Sie hatte den Eindruck, als bewegte sich etwas unter der Haut. Die gebrochenen Enden des Knochens, oder nicht? *Hatten* Ghayrogs denn Knochen? Sie wußte so wenig, dachte sie niedergeschlagen – über Ghayrogs, über die Kunst des Heilens, über irgend etwas.

»Wenn du ein Mensch wärst«, sagte sie, »würden wir unsere Maschinen benützen, um den Bruch anzusehen, und wir würden die gebrochenen Enden zusammenbringen und schienen, bis sie wieder zusammengewachsen sind. Geschieht das bei deinem Volk auf dieselbe Weise?«

»Der Knochen wird von selbst wieder zusammenwachsen«, antwortete er. »Ich werde die Bruchstelle durch Muskelkontraktion zusammenbringen und sie angespannt halten, bis sie verheilt ist. Aber ich muß einige Tage liegenbleiben, damit das Eigengewicht des Beines den Bruch nicht wieder trennt, wenn ich aufstehe. Macht es dir etwas aus, wenn ich so lange hierbleibe?«

»Bleib so lange du möchtest. So lange es nötig ist.«

»Du bist sehr freundlich.«

»Ich werde morgen in die Stadt gehen und Vorräte einkaufen. Gibt es etwas, das du besonders brauchst?«

»Hast du Unterhaltungswürfel? Musik, Bücher?«

»Ich habe nur wenige hier. Morgen kann ich mehr mitbringen.«

»Bitte. Die Nächte werden mir sehr lang werden, wenn ich schlaflos hier liegen muß. Mein Volk konsumiert eine Menge Unterhaltung, weißt du?«

»Ich werde mitbringen, was ich finden kann«, versprach sie.

Sie gab ihm drei Würfel – ein Schauspiel, eine Symphonie, eine Farbkomposition – und erledigte den abendlichen Aufwasch. Die Nacht war, wie immer in Äquatornähe, früh hereingebrochen. Sie hörte, wie es draußen wieder leise zu regnen begann. Normalerweise hätte sie eine Weile gelesen, bis es zu dunkel wurde, und sich dann schlafen gelegt. Aber heute war alles anders. Ein geheimnisvolles Reptilienwesen lag in ihrem Bett; sie mußte sich selbst ein neues Lager auf dem Fußboden herrichten, und die Unterhaltung, die erste seit vielen Wochen, hatte ihren Geist in ungewohnte Aufregung versetzt. Vismaan schien mit den Würfeln zufrieden zu sein. Sie ging nach draußen und sammelte Kugelbuschblätter, etwa zwei Armvoll, und dann nochmals zwei, und streute sie auf den Boden der Hütte, nahe der Tür. Danach ging sie zu dem Ghayrog und fragte, ob sie noch etwas für ihn tun könnte. Er antwortete mit einem leichten Kopfschütteln, ohne den Blick vom Würfel abzuwenden. Sie wünschte ihm eine gute Nacht und legte sich auf ihr improvisiertes Bett. Es war bequem, jedenfalls bequemer, als sie erwartet hatte. Aber zu schlafen war unmöglich. Sie wälzte sich hierhin und dorthin, fühlte sich steif und verkrampft, und die Gegenwart des anderen, nur wenige Meter entfernt, schien sich durch ein sachtes Pulsieren in ihrer Seele kundzutun. Und dann war da auch der Geruch des Ghayrogs, durchdringend und unentrinnbar. Irgendwie war er ihr beim Essen nicht besonders aufgefallen, doch nun, während sie im Dunklen lagen und ihre Nervenenden auf maximale Empfänglichkeit geschaltet waren, empfand sie ihn fast wie einen endlos wiederholten Fanfarenstoß. Von Zeit zu Zeit richtete sie sich auf und sah durch die Dunkelheit zu Vismaan, der stumm und bewegungslos dalag. Schließlich fiel sie doch in einen leichten Schlummer, denn als die Geräusche des neuen Morgens hörbar wurden, die unzähligen vertrauten zwitschernden und pfeifenden Melodien, und das frühe Licht sich einen Weg durch die Türöffnung bahnte, erwachte sie mit dem Gefühl der Desorientierung, wie es einen häufig überkommt, wenn man an einem Ort fest geschlafen hat, der nicht das eigene Bett ist. Sie brauchte einige Augenblicke, um sich zu sammeln und sich zu erinnern, wo sie war, und warum.

Er betrachtete sie. »Du hast eine unruhige Nacht verbracht. Meine Anwesenheit stört dich.«

»Ich werde mich daran gewöhnen. Wie fühlst du dich?«

»Steif. Wund. Aber der Heilungsprozeß hat bereits begonnen. Ich spüre, wie es in mir arbeitet.«

Sie brachte ihm Wasser und eine Schüssel mit Früchten. Dann trat sie hinaus in die milde, nebelverhangene Dämmerung und glitt rasch in den Teich, um zu baden. Als sie in die Hütte zurückkam, traf der Geruch sie mit einer neuen Intensität. Der Kontrast zwischen der frischen Morgenluft und der säuerlichen, vom Geruch des Ghayrogs erfüllten Atmosphäre im Innern war extrem, und doch nahm sie ihn schon bald nicht mehr wahr.

Beim Ankleiden sagte sie: »Ich werde erst bei Einbruch der Dunkelheit aus Narabal zurückkehren. Wirst du hier alleine zurechtkommen?«

»Wenn du Nahrung und Wasser in meiner Reichweite läßt. Und etwas zu lesen.«

»Ich habe nicht viel. Ich werde dir mehr mitbringen. Ich fürchte, es wird ein langweiliger Tag für dich werden.«

»Vielleicht wird ein Besucher kommen.«

»Ein Besucher?« rief Thesme mißbilligend. »Wer? Was für ein Besucher? Niemand kommt hierher! Oder meinst du einen anderen Ghayrog, der mir dir reiste und dich suchen wird?«

»Oh, nein, nein. Niemand war bei mir. Ich dachte, vielleicht Freunde von dir –«

»Ich habe keine Freunde«, sagte Thesme ernst.

Es hörte sich schon in dem Augenblick albern an, als sie es sagte – selbstbemitleidend und melodramatisch. Aber der Ghayrog gab keinen Kommentar dazu ab, so daß sie keine Gelegenheit hatte, es zurückzunehmen, und um ihre Verlegenheit zu verbergen, beschäftigte sie sich intensiv damit, ihren Rücksack zu verschnüren.

Er schwieg, bis sie bereit war zu gehen. Dann sagte er: »Ist Narabal sehr schön?«

»Hast du es noch nicht gesehen?«

»Ich kam über die Inlandroute von Til-omon. In Til-omon haben sie mir gesagt, wie schön Narabal ist.«

»Narabal ist gar nichts«, sagte Thesme. »Schuppen. Schlammstraßen. Überall wachsen Reben und zerstören die Gebäude, bevor sie ein Jahr alt sind. Das hat man dir in Til-omon gesagt? Man hat dich zum Narren gehalten. Die Menschen von Til-omon verachten Narabal. Die beiden Städte sind Rivalen, weißt du – die zwei bedeutendsten tropischen Häfen. Wenn jemand in Til-omon dir gesagt hat, wie schon Narabal ist, dann hat er gelogen, mit dir gespielt.«

»Aber warum das?«

Thesme zuckte die Achseln. »Woher soll ich das wissen? Vielleicht, um dich rascher wieder aus Tilomon verschwinden zu sehen. Freu dich jedenfalls nicht auf Narabal. In tausend Jahren wird es vielleicht schön sein, aber jetzt ist es nur eine schmutzige Grenzstadt.«

»Dennoch möchte ich es gerne sehen. Wirst du mir Narabal zeigen, wenn mein Bein kräftig genug ist?«

»Natürlich«, sagte sie. »Warum nicht? Aber du wirst enttäuscht sein, das verspreche ich dir. Und nun muß ich gehen. Ich möchte den Weg zur Stadt hinter mich bringen, bevor die heißeste Tageszeit beginnt.«

KAPITEL 3

Während sie raschen Schrittes nach Narabal ging, stellte sie sich vor, wie sie demnächst in Begleitung eines Ghayrogs in der Stadt erscheinen würde. Wie ihnen das in Narabal gefallen würde! Würden sie und Vismaan mit Steinen und Lehm beworfen werden? Würden die Menschen kichern und sich anstoßen und sie schneiden, wenn sie sie grüßen wollte? Wahrscheinlich. Da ist diese verrückte Thesme, würden sie zueinander sagen, die Außerirdische in die Stadt bringt, mit schlangenartigen Ghayrogs umherzieht, mit denen sie wahrscheinlich alle möglichen unnatürlichen Dinge im Dschungel treibt. Ja. Ja. Thesme lächelte. Es könnte spaßig sein, mit Vismaan durch Narabal zu schlendern. Sie würde es versuchen, sobald er den langen Weg durch den Dschungel zurücklegen konnte.

Der Weg war kaum mehr als ein behelfsmäßig freigehauener Trampelpfad, mit eingebrannten Markierungen an den Bäumen und einem gelegentlichen Steinhäufchen, und an vielen Stellen war er völlig überwuchert. Aber sie war daran gewöhnt, durch den Dschungel zu gehen, und so kam sie kaum jemals lange vom Weg ab; am späten Vormittag erreichte sie die äußeren Plantagen, und wenig später kam Narabal selbst in Sicht, das sich in einem ungleichmäßigen Bogen an einem Hügelkamm entlang der Küste hinauf und auf der anderen Seite wieder hinab erstreckte.

Thesme hatte keine Ahnung, weshalb jemand hier hatte eine Stadt errichten wollen – ein halbes Weltrund von allem entfernt, am südwestlichsten Punkt von Zimroel. Es war ein Einfall Lord Melikands gewesen, desselben Coronals, der all die Außerirdischen nach Majipoor eingeladen hatte, um die Erschließung des westlichen Kontinents voranzutreiben. Zu Lord Melikands Zeit waren auf Zimroel nur zwei Städte, beide schrecklich isoliert, eigentlich geographische Unfälle, die in den frühesten Tagen menschlicher Besiedlung Majipoors gegründet worden waren, bevor jedem klar war, daß der andere Kontinent zum Zentrum des Lebens auf Majipoor werden würde. Da war Pidruid im Nordwesten, mit dem wundersamen Klima und dem spektakulären natürlichen Hafen, und da war Piliplok, drüben an der Ostküste, wo die Jäger der umherziehenden Meeresdrachen ihren Stützpunkt hatten. Aber inzwischen gab es noch einen kleinen Außenposten namens Ni-moya an einem der großen inländischen Flüsse, und Til-omon war an der Westküste entstanden, am Rande des Tropengürtels, und augenscheinlich wurde auch eine Siedlung im Zentralgebirge gegründet, und man vermutete, daß Ghayrogs etwa tausend Meilen östlich von Pidruid eine Stadt gündeten, und schließlich gab es noch Narabal hier unten, im feuchten, regnerischen Süden, an der Spitze des Kontinents, ganz vom Meer umgeben. Stand man am Ufer des Narabal-Kanals und sah zum Wasser, so verspürte man das schreckliche Gewicht des Wissens, daß man Tausende Meilen Wildnis im Rücken hatte, und dann Tausende Meilen Meer, das einen vom Kontinent Alhanroel trennte, wo die wirklichen Städte waren. Als sie jung war, empfand Thesme Angst bei dem Gedanken, so weit von den Zentren der Zivilisation entfernt zu leben; ebenso hätte man auf einem anderen Planeten sein können; und dann wieder schienen ihr Alhanroel und die blühenden Städte dort nur mehr mythisch zu sein, und Narabal der wahre Mittelpunkt des Universums. Sie war nie anderswo gewesen und hatte auch keine solche Hoffnungen. Die Entfernungen waren zu groß. Die einzige Stadt in vernünftigter Reichweite war Tilomon, aber selbst die war weit entfernt, und jene, die dort gewesen waren, sagten, es ähnle Narabal durchaus, nur mit weniger Regen, und die Sonne stünde dauernd am Himmel wie ein großes, langweiliges, neugieriges grünes Auge.

In Narabal sah sie ständig neugierige Augen auf sich gerichtet. Wohin sie auch ging – jeder starrte sie an, als wäre sie nackt in die Stadt gekommen. Sie alle wußten, wer sie war – die wilde Thesme, die in den Dschungel geflüchtet war –, und sie lächelten sie an und winkten und fragten sie, wie es ginge, und hinter diesen trivialen Freundlichkeiten waren die Augen, durchdringend und starrend und feindselig, die sich in sie bohrten und nach den verborgenen Wahrheiten ihres Lebens suchten. *Warum verachtest du uns? Warum hast du dich von uns zurückgezogen? Warum teilst du dein Haus mit einem ekelhaften Schlangen-Mann?* Und sie lächelte und winkte zurück und sagte: »Schön, dich wiederzusehen«, und »Alles in Ordnung«, aber den forschenden Augen erwiderte sie stumm: *Ich hasse niemanden, ich muß nur Abstand von mir selbst gewinnen, und ich helfe dem Ghayrog, weil es Zeit wurde, daß ich jemandem helfe, und er kam gerade vorbei.* Aber das würden sie nie verstehen.

Im Haus ihrer Mutter war niemand daheim. Sie ging in ihr altes Zimmer und stopfte den Rucksack mit alten Würfeln und Büchern voll, dann suchte sie im Medikamentenschrank nach Arznei, die Vismaan helfen konnte: eine um Entzündungen zu hemmen, eine um den Heilungsprozeß zu beschleunigen, eine gegen hohes Fieber sowie einige andere – bei einem Außerirdischen wahrscheinlich alle nutzlos, aber immerhin einen Versuch wert, dachte sie. Sie wanderte durch das Haus, das ihr fremd wurde, obwohl sie fast ihr ganzes Leben darin verbracht hatte. Holzboden statt verstreuter Blätter – echte durchsichtige Fenster – Türen in Angeln – ein Reiniger, ein echter mechanischer Reiniger mit Knöpfen und Schaltern! – all diese *zivilisierten* Dinge, die Millionen bescheidenen Kleinigkeiten, die die Menschen schon vor Jahrtausenden auf einer anderen Welt erfunden hatten, und denen sie leichtherzig den Rücken gekehrt hatte, um in ihrer feuchten Hütte zu leben, wo lebende Zweige aus den Wänden wuchsen ...

»Thesme?«

Sie sah überrascht auf. Ihre Schwester Mirifaine war eingetreten: Ihre Zwillingsschwester, hätte man sagen können, dasselbe Gesicht, dieselben langen, schlanken Arme und Beine, dasselbe glatte braune Haar, aber zehn Jahre älter, zehn Jahre länger ins Muster des Lebens eingepaßt, eine verheiratete Frau, Mutter, eine Schwerarbeiterin. Thesme hatte es stets bekümmert, Mirifaine anzusehen. Es war, als blickte sie in einen Spiegel und sähe sich selbst gealtert.

Thesme sagte: »Ich brauche ein paar Dinge.«

»Ich hatte gehofft, du würdest nach Hause zurückkehren.«

»Wozu?«

Mirifaine setzte zum Sprechen an – wahrscheinlich eine Standardpredigt von wegen ein normales Leben führen, nützliches Mitglied der Gesellschaft werden, und so weiter, und so weiter –, doch Thesme sah, wie sie die Absicht änderte, noch ehe all das ausgesprochen war, und schließlich sagte Mirifaine: »Wir vermissen dich, Liebes.«

»Ich tue das, was ich tun muß. Es war schön, dich zu sehen, Mirifaine.«

»Möchtest du nicht wenigstens über Nacht bleiben? Mutter wird bald zurück sein – sie würde sich freuen, wenn du nur zum Essen bliebest –«

»Es ist ein langer Weg. Ich kann nicht noch mehr Zeit hier verbringen.«

»Du siehst gut aus, weißt du. Braungebrannt. Gesund. Ich glaube, es tut dir gut, dein Einsiedlerdasein, Thesme.«

»Ja, sehr.«

»Macht es dir nichts aus, ganz allein zu leben?«

»Ich genieße es«, sagte Thesme. Sie begann, den Rucksack zurechtzurücken. »Wie geht es dir eigentlich?«

Ein Achselzucken. »Es geht. Vielleicht gehe ich eine Weile nach Til-omon.«

»Du Glückliche.«

»Würde ich auch sagen. Ich hätte nichts dagegen, diese Gegend einmal zu verlassen und Ferien zu machen. Holthus arbeitet schon den ganzen Monat dort, an einem großen Projekt, neue Städte in den Bergen zu bauen – Häuser für die ganzen Außerirdischen, die hierher kommen. Er möchte, daß ich die Kinder mitbringe, und ich glaube, das werde ich.«

»Außerirdische?« fragte Thesme.

»Weißt du nichts von ihnen?«

»Erzähl es mir.«

»Die Fremdweltler, die im Norden lebten, haben angefangen, in diese Gegend vorzustoßen. Da ist eine Rasse, die wie Echsen mit Armen und Beinen aussieht; sie wollen im Dschungel Farmen errichten.«

»Ghayrogs.«

»Oh, du hast also von ihnen gehört? Und noch eine Rasse, ganz bauschig und warzig, froschgesichtig mit dunkelgrauer Haut – in Pidruid erledigen sie mittlerweile praktisch alle Regierungsgeschafte, sagt Holthus, Inspektoren und Marktbeamte und dergleichen – nun, sie wurden auch hier eingestellt, und Holthus und ein Syndikat von Leuten aus Til-omon planen, Häuser im Inland für sie zu errichten ...«

»Damit sie die Küstenstädte nicht verunstalten?«

»Was? Oh, ich schätze, das hat auch damit zu tun – schließlich weiß niemand, wie sie sich hier eingewöhnen –, aber eigentlich liegt es wohl daran, daß wir in

Narabal nicht genügend Unterkünfte und Möglichkeiten für eine Menge Einwanderer haben, und in Til-omon wird es ähnlich sein, und daher ...«

»Ja, ich verstehe«, sagte Thesme. »Nun grüß alle von mir. Ich muß wieder zurück. Ich hoffe, dir gefallen die Ferien in Til-omon ...«

»Thesme, bitte –«

»Bitte was?«

Mirifaine sagte traurig: »Du bist so brüsk, so distanziert, so kalt! Es ist Monate her, seit ich dich zuletzt gesehen habe, und du duldest meine Fragen kaum und siehst mich mit solchem Zorn an – Zorn weswegen, Thesme? Habe ich dir jemals weh getan? War ich jemals anders als liebevoll zu dir? Wir alle? Du bist so rätselhaft, Thesme.«

Thesme wußte, daß es vergeblich war, nochmals zu erklären, was in ihr vorging. Niemand verstand sie, niemand würde sie je verstehen, am wenigsten die, die behaupteten, sie liebten sie. Bemüht, ihre Stimme freundlich klingen zu lassen, sagte sie: »Nenne es ein verspätetes pubertäres Aufbegehren, Miri. Ihr wart alle freundlich zu mir. Aber nichts klappte richtig, und daher mußte ich weggehen.« Sie berührte mit den Fingerspitzen sanft den Arm ihrer Schwester. »Vielleicht werde ich bald zurückkommen.«

»Ich hoffe es.«

»Erwarte nur nicht, daß es sofort geschieht. Grüß alle von mir«, sagte Thesme und ging hinaus.

Sie eilte unbehaglich und verkrampft durch die Stadt und fürchtete sich davor, ihrer Mutter, alten Freunden und besonders ihren ehemaligen Liebhabern zu begegnen; und während sie ihre Besorgungen erledigte, sah sie sich verstohlen um, wie eine Diebin, und sie duckte sich mehrmals in Seitenstraßen, um Menschen zu entkommen, die sie nicht sehen wollte. Die Begegnung mit Mirifaine war schlimm genug gewesen. Erst als Mirifaine es gesagt hatte, war ihr klargeworden, daß sie Zorn zeigte; aber Miri hatte recht, ja. Thesme konnte noch immer das dumpfe Pochen der Wut in sich spüren. Diese Menschen, diese elenden kleinen Menschen mit ihren kleinen Ängsten und ihren kleinen Vorurteilen, die die bedeutungslosen Geschäfte ihres bedeutungslosen Tagwerks verrichteten – sie erzürnten sie. Sie breiteten sich wie die Pest über Majipoor aus, fraßen an den unerforschten Wäldern, starrten auf den riesigen, unüberquerbaren Ozean, erbauten häßliche Städte aus Lehm inmitten unberührter Schönheit, und dabei stellten sie niemals den Sinn von irgend etwas in Frage – das war das Schlimmste daran, ihre stupiden, niemals fragenden Naturen. Blickten sie niemals zu den Sternen auf und fragten sich, was das alles bedeutete, dieser Drang der Menschheit weg von der Alten Erde, diese Nachbildung des Heimatplaneten auf Tausenden eroberter Welten? Kümmerte es sie überhaupt? Dies könnte wirklich die Alte Erde sein, außer, daß das ein altes, müdes, ausgeplündertes und ausgeblutetes und vergessenes Wrack einer Welt war, diese hier dagegen selbst nach vielen Jahrhunderten menschlicher Besiedlung noch wunderschön war; aber vor langer Zeit war die Alte Erde zweifellos ebenso schön gewesen wie Majipoor es heute war; und in fünftausend Jahren würde Majipoor ebenso sein, mit abscheulichen Städten, die sich meilenweit erstreckten, wohin man schaute, und überall Verkehr und Schmutz in den Flüssen und die Tiere ausgerottet und die armen betrogenen Gestaltveränderer irgendwo in Reservaten eingesperrt, all die alten Fehler auf einer jungfräulichen Welt wiederholt. In Thesme kochte eine so wilde Empörung, daß es sie selbst überraschte. Sie hatte nie geahnt, daß ihr Streit mit der Welt so kosmisch war. Sie hatte es lediglich für eine Frage gescheiterter Liebesbeziehungen und angegriffener Nerven und verschwommener persönlicher Ziele gehalten, nicht diese zornige Unzufriedenheit mit dem gesamten menschlichen Universum, die so plötzlich über sie gekommen war. Aber die Wut in ihr verlor nichts von ihrer Gewalt. Sie wollte ganz Narabal nehmen und ins Meer werfen. Aber das konnte sie nicht, sie konnte nichts ändern, sie konnte die Ausbreitung dessen, was man Zivilisation nannte, nicht eine Sekunde aufhalten; ihr blieb nichts anderes übrig als zurück in den Dschungel zu fliehen, zurück zu den verschlungenen Reben und der dampfenden feuchten Luft und den scheuen Geschöpfen der Sümpfe, zurück zu ihrer Hütte, zurück zu ihrem lahmen Ghayrog, der selbst Teil der Flut war, die den Planeten überrollte, aber um den sie sich kümmern, den sie sogar hegen und pflegen konnte, weil die anderen ihrer Art ihn verabscheuten oder haßten, und so konnte sie ihn als ein Mittel benützen, sich von *ihnen* abzugrenzen, und auch, weil er sie gerade eben brauchte und sie bisher noch niemanden gebraucht hatte.

Ihr Kopf schmerzte, und die Muskeln ihres Gesichts waren verkrampft, und sie bemerkte, daß sie mit emporgezogenen Schultern ging, so als würde sie sich dem Lebensstil ergeben, den sie verwarf, wenn sie sie entspannte. So schnell sie konnte, floh sie wieder aus Narabal; aber erst als sie schon zwei Stunden auf dem

Dschungelpfad ging und die letzten Bezirke der Stadt weit hinter ihr lagen, konnte sie spüren, wie die Anspannung nachließ. Sie verweilte an einem kleinen See, den sie kannte, entkleidete sich und badete im kühlen Wasser, um die letzten Spuren der Stadt von sich abzuwaschen, und dann ging sie, ihre Stadtkleidung achtlos über die Schulter geworfen, nackt durch den Dschungel und zu ihrer Hütte zurück.

KAPITEL 4

Vismaan lag im Bett und schien sich während ihrer Abwesenheit nicht bewegt zu haben. »Geht es dir besser?« fragte sie. »Bist du allein zurechtgekommen?«

»Es war ein sehr ruhiger Tag. Mein Bein ist etwas stärker angeschwollen.«

»Laß sehen.«

Sie tastete behutsam. Es schien tatsächlich stärker geschwollen, und er zuckte etwas zurück, als sie ihn berührte, was wohl bedeutete, daß die Sache ernst war, wenn das Schmerzempfinden des Ghayrogs so unausgeprägt war wie er behauptete. Sie überlegte, ob es sinnvoll sei, ihn nach Narabal zur Behandlung zu bringen. Aber er schien unbesorgt, und sie bezweifelte sowieso, daß die Ärzte in Narabal viel von der Physiologie eines Ghayrogs verstehen würden. Außerdem wollte sie ihn hier haben. Sie packte die Medikamente aus, die sie aus der Stadt mitgebracht hatte, und gab ihm welche gegen Fieber und Entzündungen, dann bereitete sie ein Essen aus Früchten und Gemüsen. Bevor es dunkel wurde, überprüfte sie die Fallen am Rande der Lichtung und fand ein paar kleine Tiere, ein junges Sigimoin und einige Mintuns. Sie drehte ihnen mit geübten Griff den Hals um – was ihr anfänglich sehr schwergefallen war, aber Fleisch war wichtig für sie, und es würde wohl kaum jemand ihr das Töten abnehmen hier draußen – und richtete sie zum Grillen her. Als sie das Feuer entfacht hatte, ging sie wieder nach drinnen. Vismaan spielte mit einem der neuen Würfel, die sie mitgebracht hatte, aber er legte ihn beiseite, als sie eintrat.

»Du hast nichts über deinen Besuch in Narabal gesagt«, bemerkte er.

»Ich war nicht lange dort. Holte, was ich brauchte, hatte eine kleine Unterhaltung mit einer meiner Schwestern, kam aufgebracht und depressiv zurück, fühlte mich besser, sobald ich im Dschungel war.«

»Du empfindest großen Haß für diesen Ort.«

»Er ist hassenswert. Diese bedrückenden, langweiligen Menschen, die häßlichen niedrigen kleinen Häuser –« Sie schüttelte den Kopf. »Oh: Meine Schwester hat mir gesagt, daß sie im Landesinneren neue Städte für Fremdweltler gründen, weil so viele in den Süden kommen. Hauptsächlich Ghayrogs, aber auch eine andere Rasse, mit Warzen und grauer Haut …«

»Hjorts«, sagte Vismaan.

»Was auch immer. Sie arbeiten gerne als Zollinspektoren, sagte sie mir. Sie werden im Inland angesiedelt, weil niemand sie in Til-omon oder Narabal haben möchte, schätze ich.«

»Ich habe mich unter Menschen nie unwillkommen gefühlt«, sagte der Ghayrog.

»Wirklich? Vielleicht ist es dir nicht aufgefallen. Ich glaube, auf Majipoor gibt es viele Vorurteile.«

»Ich konnte davon nichts bemerken. Natürlich war ich nie in Narabal, und dort ist es vielleicht ausgeprägter als anderswo ... Im Norden gibt es diesbezüglich keine Probleme. Warst du je im Norden?«

»Nein.«

»In Pidruid waren wir unter den Menschen willkommen.«

»Stimmt das? Ich hörte, daß die Ghayrogs irgendwo östlich von Pidruid eine Stadt für sich selbst bauen, ein großes Stück östlich bei der Großen Kluft. Wenn es euch in Pidruid so gut geht, warum laßt ihr euch dann anderswo nieder?«

Vismaan sagte ruhig: »Wir sind es, denen beim Zusammenleben mit Menschen nicht ganz behaglich ist. Der Rhythmus unseres Lebens ist so verschieden von eurem – unsere Schlafgewohnheiten, um nur ein Beispiel zu nennen. Uns fällt es schwer, in einer Stadt zu leben, die acht Stunden täglich in Schlaf versinkt, während wir selbst wach bleiben. Es gibt noch andere Unterschiede. Daher bauen wir Dulorn. Ich hoffe, du wirst es eines Tages sehen. Es ist wunderbar schön, ganz aus einem weißen Stein erbaut, der von innen heraus leuchtet. Wir sind sehr stolz darauf.«

»Warum lebst du dann nicht dort?«

»Brennt dein Fleisch nicht an?« fragte er.

Sie errötete und eilte hinaus, gerade noch rechtzeitig, um das Fleisch vom Rost zu nehmen. Etwas mürrisch tranchierte sie es und servierte es mit einigen Thokkas und einer Flasche Wein, die sie am Nachmittag in Narabal gekauft hatte. Vismaan setzte sich etwas unbeholfen auf, um zu essen.

Er sagte nach einer Weile: »Ich habe mehrere Jahre in Dulorn gelebt. Aber das Land dort ist sehr trocken, und ich stamme von einem Ort auf meinem Planeten, wo es warm und feucht ist wie in Narabal. Daher reiste ich hierher, um fruchtbares Land zu suchen. Meine entfernten Vorfahren waren Farmer, und ich wollte zu ihrer Lebensweise zurückkehren. Als ich hörte, daß man in den Tropen Majipoors sechs Ernten pro Jahr einbringen kann, und es überall Land gab, das man für sich beanspruchen konnte, machte ich mich auf, um das Gebiet zu erkunden.«

»Allein?«

»Ja, allein. Ich habe keine Gefährtin, möchte mir aber eine suchen, sobald ich mich niedergelassen habe.«

»Und dann Getreide anbauen und es in Narabal verkaufen?«

»Das ist meine Absicht. Auf meiner Heimatwelt gibt es kaum noch wildes Land, und für Landwirtschaft steht noch weniger zur Verfügung. Wir importieren den größten Teil unserer Lebensmittel, wußtest du das? Daher übt Majipoor eine große Anziehung auf uns auf, dieser gigantische Planet mit der geringen Bevölkerungsdichte und der großen Wildnis, die auf die Urbarmachung wartet. Ich bin sehr glücklich, hier zu sein. Und ich glaube, daß du unrecht hast, wenn du sagst, wir wären deinen Mitbürgern nicht willkommen. Ihr Majipoor seid ein freundliches, sanftes Volk, zivilisiert, gesetzestreu, ordentlich.«

»Dennoch: Wenn jemand wüßte, daß ich mit einem Ghayrog lebe, wäre er schockiert.«

»Schockiert? Warum?«

»Weil du ein Außerirdischer bist. Weil du ein Reptil bist.«

Vismaan gab einen seltsam schnaubenden Laut von sich. Gelächter? »Wir sind keine Reptilien! Wir sind warmblütig, wir säugen unsere Jungen –«

»Dann reptilienhaft. *Wie* Reptilien.«

»Äußerlich vielleicht. Aber wir sind fast genauso Säugetiere wie ihr, darauf bestehe ich.«

»Fast?«

»Nur, daß wir Eierleger sind. Aber es gibt auch einige Säugetiere, die das tun. Du verkennst uns sehr, wenn du denkst ...«

»Das alles ist bedeutungslos. Die Menschen sehen euch als Reptilien, und mit Reptilien fühlen wir uns nicht wohl. Und es wird deshalb immer Spannungen zwischen Menschen und Ghayrogs geben. Es ist eine Tradition, die bis in prähistorische Zeiten auf der Alten Erde zurückreicht. Außerdem ...« Sie konnte gerade noch verhindern, eine Bemerkung über den Körpergeruch des Ghayrogs zu machen. »Außerdem«, sagte sie unbeholfen, »seht ihr furchterregend aus.«

»Mehr als ein riesiger zotteliger Skandar? Mehr als ein Su-Suheris mit zwei Köpfen?« Vismaan wandte sich ihr zu und richtete seine verwirrenden, lidlosen Augen auf sie. »Ich glaube, du möchtest mir sagen, daß *du selbst* dich in Gegenwart eines Ghayrogs unbehaglich fühlst, Thesme.«

»Nein.«

»Die Vorurteile, von denen du sprichst, konnte ich selbst nie bemerken. Ich hörte eben zum erstenmal von ihnen. Bereite ich dir Unbehagen, Thesme? Soll ich gehen?«

»Nein. Nein. Du verstehst mich völlig falsch. Ich möchte, daß du bleibst. Ich möchte dir helfen. Ich habe überhaupt keine Angst vor dir, empfinde auch keine Abneigung oder sonst etwas Negatives. Ich wollte dir nur begreiflich machen – dir die Menschen in Narabal erklären, wie sie empfinden, wie sie meiner Meinung nach empfinden, und –« Sie nahm einen kräftigen Schluck Wein. »Ich weiß nicht, wie wir auf das alles kamen. Es tut mir leid. Ich würde gerne über etwas anders sprechen.«

»Gewiß.«

Aber sie vermutete, daß sie ihn verletzt, zumindest Unbehagen in ihm ausgelöst hatte. Er schien in seiner kühlen, außerirdischen Weise beachtliche Einsicht zu haben, und vielleicht hatte er recht, vielleicht waren es ihre eigenen Vorurteile, die sie ausdrückte, ihre eigene Unsicherheit. Alle ihre Beziehungen zu Menschen hatte sie verpfuscht; es war sehr gut denkbar, daß sie außerstande war, mit jemandem zurechtzukommen, dachte sie, ob menschlich oder außerirdisch, und sie hatte Vismaan tausendfach unbewußt gezeigt, daß ihre Gastfreundschaft lediglich ein gewollter Akt war, künstlich und halb widerstrebend, mit der Absicht, ihre unterschwellige Abneigung zu verstecken. War das so? Es schien, daß sie ihre Motive immer weniger verstand, je älter sie wurde. Aber wo immer die Wahrheit auch lag, sie wollte nicht, daß er sich hier wie ein Eindringling fühlte. In den kommenden Tagen, beschloß sie, würde sie Mittel finden, ihm zu zeigen, daß ihre Fürsorge für ihn echt war.

In dieser Nacht schlief sie besser als in der Nacht zuvor, obwohl sie immer noch nicht daran gewöhnt war, auf einem Blätterbeet auf dem Fußboden zu schlafen oder jemanden bei sich in der Hütte zu haben, und sie erwachte alle paar Stunden. Jedesmal sah sie zu dem Ghayrog hinüber, und jedesmal sah sie, daß er mit den Unterhaltungswürfeln beschäftigt war. Er nahm keine Notiz von ihr. Sie versuchte sich vorzustellen, wie es sein mochte, all seinen Schlaf während drei Monaten auf einmal zu nehmen und den Rest der Zeit dauernd wach zu verbringen; es war, dachte sie, das fremdartigste an ihm. Und dann Stunde um Stunde dort zu liegen, unfähig aufzustehen, unfähig zu schlafen, unfähig, sich dem Schmerz der Verletzungen zu entziehen, und dabei jede greifbare Unterhaltung zu konsumieren, um sich abzulenken und die Zeit totzuschlagen – wenige Foltern konnten schlimmer sein. Und dennoch schien seine Stimmung nie zu wechseln; er war gelassen, ruhig, höflich, geduldig. Waren alle Ghayrogs so? Waren sie nie betrunken, verloren sie nie die Beherrschung, randalierten sie nie in den Straßen, beklagten sie nie ihr Schicksal, stritten sie nie mit ihren Gefährten? Wenn Vismaan ein durchschnittliches Beispiel war, hatten sie keine menschlichen Schwächen. Aber, erinnerte sie sich, sie waren ja auch nicht menschlich.

KAPITEL 5

Am Morgen badete sie den Ghayrog, rieb ihn ab, bis seine Schuppen glänzten, und wechselte das Bettzeug. Nachdem sie ihm zu essen gegeben hatte, ging sie weg, um ihren üblichen Beschäftigungen nachzugehen; aber sie fühlte sich schuldig, daß sie durch den

Dschungel wanderte, während er verletzt in der Hütte lag, und sie fragte sich, ob sie bei ihm bleiben, ihm Geschichten erzählen oder ihn in eine Unterhaltung hätte verwickeln sollen, um die Langeweile erträglicher zu machen. Sie war sich aber auch bewußt, daß ihnen bald der Gesprächsstoff ausgehen würde, wenn sie die ganze Zeit an seiner Seite verbrachte, und ebenso wahrscheinlich würden sie einander auf die Nerven gehen; schließlich hatte er Dutzende von Unterhaltungswürfeln, um sich die Langeweile zu vertreiben. Vielleicht zog er es vor, die meiste Zeit allein zu sein. In jedem Fall brauchte sie selbst die Einsamkeit, jetzt mehr denn je, seit sie die Hütte mit ihm teilte, und so unternahm sie an diesem Morgen einen längeren Streifzug und sammelte verschiedene Beeren und Wurzeln zum Essen. Gegen Mittag regnete es, und sie suchte Schutz unter einem Vrammabaum, dessen breite Blätter den Regen abhielten. Sie ließ den Blick verschwimmen und den Geist leer werden, bis alles verschwunden war – Schuldgefühle, Zweifel, Ängste, Erinnerungen, der Ghayrog, ihre Familie, ihre ehemaligen Liebhaber, ihr Unglücklichsein, ihre Einsamkeit. Der Friede, der sie überkam, dauerte bis in den Nachmittag hinein.

Sie gewöhnte sich daran, Vismaan bei sich zu haben. Er war auch weiterhin schlicht und anspruchslos, beschäftigte sich mit den Würfeln und zeigte große Geduld angesichts seiner Bewegungslosigkeit. Er stellte ihr selten eine Frage oder begann ein Gespräch, aber er war freundlich, wenn sie ihn ansprach, und er erzählte ihr von seiner Heimatwelt – schmutzig und schrecklich überbevölkert, wie man heraushören konnte – und auch von seinem Leben dort, seinem Traum, sich auf Majipoor niederzulassen, seiner Freude, als er die Schönheit dieser Wahlheimat zum erstenmal sah. Thesme versuchte sich vorzustellen, wie er Freude ausdrückte. Vielleicht hüpfte sein Schlangenhaar dann herum, anstatt sich nur langsam zu winden. Oder vielleicht drückte er Gefühle durch Verändern des Körpergeruchs aus.

Am vierten Tag stand er zum erstenmal vom Bett auf. Mit ihrer Hilfe richtete er sich auf, balancierte auf dem unverletzten Bein und seiner Krücke und stellte das andere vorsichtig auf den Boden. Sie nahm eine plötzliche Schärfe seines Geruchs wahr – eine Art schmerzhaftes Zusammenzucken des Geruchs – und kam zu der Überzeugung, daß ihre Theorie richtig sein mußte und Ghayrogs auf diese Weise Gefühle äußerten.

»Wie fühlt es sich an?« fragte sie. »Empfindlich?«

»Es wird mein Gewicht noch nicht tragen. Aber der Heilungsprozeß macht gute Fortschritte. Noch ein paar Tage, dann werde ich aufstehen können. Komm, hilf mir ein wenig beim Gehen. Mein Körper rostet bei so wenig Aktivität.«

Er lehnte sich auf sie, und sie gingen nach draußen, zum Teich und wieder zurück, ein langsames, mühsames Stolpern. Doch der kleine Ausflug schien ihn erfrischt zu haben. Zu ihrer Überraschung stellte sie fest, daß die ersten Anzeichen seiner Genesung sie traurig stimmten, denn es bedeutete, daß er bald – in einer oder zwei Wochen? – aufstehen konnte und sie verlassen würde, und sie wollte nicht, daß er ging. *Sie wollte nicht, daß er ging.* Das war eine so seltsame Erkenntnis, daß sie sie verblüffte. Sie sehnte sich nach ihrem alten, abgeschiedenen Leben, dem Privileg, im eigenen Bett zu schlafen und nach Belieben in den Wald zu gehen, ohne sich Gedanken machen zu müssen, ob es ihrem Gast auch in jeder Beziehung gut ging; in mancher Hinsicht fand sie es immer lästiger, den Ghayrog um sich zu haben. Und dennoch, dennoch, dennoch! Sie fühlte sich niedergeschlagen und unruhig bei dem Gedanken, daß er sie bald verlassen würde. Wie seltsam, dachte sie, wie sonderbar, wie so typisch für Thesme.

Nun ging sie mehrmals am Tag mit ihm nach draußen. Er konnte das gebrochene Bein immer noch nicht gebrauchen, aber er wurde trotzdem geschickter, und er sagte, daß die Schwellung zurückginge und der Bruch ordnungsgemäß zusammenzuwachsen schiene. Er begann von der Farm zu sprechen, die er aufbauen wollte, dem Getreide, der Methode, wie er den Dschungel roden wollte.

Eines Nachmittags am Ende der ersten Woche hielt Thesme auf der Rückkehr von der Calimbot-Suche auf der Wiese, wo sie den Ghayrog erstmals gefunden hatte, inne, um ihre Fallen zu überprüfen. Die meisten waren leer oder enthielten die üblichen kleinen Tiere; aber im Unterholz jenseits des Teichs nahm sie sonderbare und heftige Bewegungen wahr, und als sie sich der Falle näherte, die sie dort aufgestellt hatte, stellte sie fest, daß sie ein Bilantoon gefangen hatte. Das war das größte Geschöpf, das ihr je in die Falle gegangen war. Bilantoons fand man überall im westlichen Zimroel – elegante, schnelle kleine Tiere mit scharfen Hufen, zerbrechlichen Beinen und einem winzigen, aufwärts gerichteten Stummelschwanz –, aber die um Narabal lebende Art war riesig, doppelt so groß wie die zierlichen, nördlich lebenden Exemplare. Es reichte einem Menschen bis zur Hüfte und war wegen seines wohlschmeckenden und zarten Fleischs berühmt. Thesmes erster Impuls war, das herrliche Geschöpf freizulassen: Es war viel zu schön, um es zu töten, und auch zu groß. Sie hatte sich beigebracht, kleine Tiere zu töten, die sie mit einer Hand festhalten konnte, aber dies war etwas ganz anderes, ein höheres, intelligent aussehendes und edles Tier, mit einem Leben, das es sicher hoch einschätzte, mit Hoffnungen und Bedürfnissen und Gelüsten, dessen Gefährte möglicherweise in der Nähe wartete. Thesme sagte sich, daß sie eine Närrin war. Droles und Mintuns und Sigimoins würden sicher auch gerne weiterleben, ebensogern wie dieses Bilantoon, und die tötete sie, ohne zu zögern. Es war ein Fehler, Tiere zu romantisieren, das wußte sie – besonders, da sie in ihren zivilisierten Tagen ihr Fleisch gerne und bereitwillig gegessen hatte, wenn jemand anders sie geschlachtet hatte. Damals kümmerte sie sich nicht um den verlassenen Gefährten des Bilantoons.

Beim Näherkommen stellte sie fest, daß sich das Bilantoon in seiner Panik eines der schlanken Beine gebrochen hatte, und einen Augenblick dachte sie daran, es zu schienen und das Geschöpf als Haustier zu halten. Aber der Gedanke war noch absurder. Sie konnte sich nicht jedes Krüppels annehmen, den ihr der Dschungel brachte. Das Bilantoon würde niemals so lange still bleiben, bis sie sein Bein begutachtet hatte; und wenn es ihr wie durch ein Wunder doch gelang, es zu schienen, würde das Tier wahrscheinlich bei der ersten sich bietenden Gelegenheit weglaufen. Mit einem tiefen Atemzug näherte sie sich dem sich wehrenden Tier von hinten, umfaßte die Schnauze und brach ihm den langen, anmutigen Hals.

Die Aufgabe, es zu schlachten, war schwieriger und blutiger, als Thesme gedacht hatte. Sie hieb verbissen auf das Tier ein, und es kam ihr wie Stunden vor, bis Vismaan aus der Hütte rief, um zu wissen, was sie tat.

»Ich bereite das Essen«, antwortete sie. »Eine Überraschung. Eine Köstlichkeit: gegrilltes Bilantoon.«

Sie kicherte leise. Das klang so hausfraulich, dachte sie, während sie mit ihrem über und über blutbespritzten nackten Körper niederkauerte und an Rippen und Rücken herumschnitt, während ein reptilienhaftes außerirdisches Wesen in ihrem Bett lag und auf das Essen wartete.

Aber schließlich war die häßliche Arbeit getan, und das Fleisch garte über einem rauchigen Feuer, wie es sein sollte, und sie wusch sich im Teich und machte sich daran, einige Thokkas zu sammeln und Ghumbawurzeln zu kochen und die verbliebenen Flaschen des neuen Weins aus Narabal zu öffnen. Bei Einbruch der Dunkelheit war das Essen fertig, und Thesme war überaus stolz auf das, was sie vollbracht hatte.

Sie erwartete, daß Vismaan es ohne Kommentar in seiner üblichen phlegmatischen Art in sich hineinstopfen würde, aber nein: Zum erstenmal glaubte sie, einen belebten Ausdruck in seinem Gesicht erkennen zu können – vielleicht ein neues Funkeln in den Augen, ein ungewohntes Züngeln. Sie überlegte, daß sie sein Mienenspiel vielleicht langsam besser deuten konnte. Er kaute begeistert das gegrillte Bilantoon, lobte Geschmack und Beschaffenheit und fragte immer wieder nach mehr. Mit jedem Nachschlag, den sie ihm gab, nahm sie sich ebenfalls und schluckte das Fleisch, bis sie satt war, und dann über den Punkt der Sättigung hinaus, wobei sie sich immer sagte, was sie jetzt nicht aßen, würde bis morgen schlecht sein. »Das Fleisch schmeckt mit diesen Thokkas sehr gut«, sagte sie und schob eine der blauweißen Beeren in den Mund.

»Ja, bitte mehr.«

Er verschlang ruhig, was immer sie ihm vorsetzte. Schließlich bekam sie keinen Bissen mehr hinunter, noch konnte sie ihm länger zusehen, und so schob sie den ganzen Rest in seine Reichweite, trank einen letzten Schluck Wein, erschauerte ein wenig und lachte, als ihr ein paar Tropfen über Kinn und Brüste rannen. Danach legte sie sich auf die Kugelbuschblätter. Ihr Kopf kreiste. Sie lag mit dem Gesicht nach unten, klammerte sich an den Fußboden und lauschte den Eßgeräuschen, die nicht weit entfernt, immer weiter gingen. Schließlich war selbst der Ghayrog satt und alles blieb still. Thesme wartete auf den Schlaf, doch der Schlaf kam nicht. Sie wurde immer benommener, bis sie fürchtete, auf einer schrecklichen zentrifugalen Bahn aus der Hütte hinausgeschleudert zu werden. Ihre Haut brannte, die Brustwarzen fühlten sich hart und wund an. Ich habe viel zuviel getrunken, dachte sie, und ich habe zu viele Thokkas gegessen. Mit Kernen und allem auf die wirksamste Art, mindestens ein Dutzend Beeren, und ihr feuriger Saft pulsierte nun mild durch ihr Gehirn.

Sie wollte nicht allein schlafen, so auf dem Boden zusammengekauert.

Mit übertriebener Sorgfalt erhob Thesme sich auf die Knie, stützte sich ab und kroch langsam auf das Bett zu. Sie schaute auf den Ghayrog, aber ihr Blick war verschwommen, und sie konnte nur seinen vagen Umriß erkennen.

»Schläfst du?« flüsterte sie.

»Du weißt, daß ich nicht schlafe.«

»Natürlich. Natürlich. Dumm von mir.«

»Etwas nicht in Ordnung, Thesme?«

»Nicht in Ordnung? Nein, eigentlich nicht. Nichts weiter. Nur – es ist nur –« Sie zögerte, »Ich bin betrunken, weißt du? Weißt du, was das bedeutet, betrunken?«

»Ja.«

»Ich bin nicht gern auf dem Boden. Kann ich mich neben dich legen?«

»Wenn du willst.«

»Ich muß vorsichtig sein. Ich möchte nicht an dein verletztes Bein stoßen. Zeig mir, welches es ist.«

»Es ist fast geheilt, Thesme. Keine Bange. Hier, leg dich hin.« Sie spürte, wie seine Hand sich um ihr Handgelenk schloß und sie in die Höhe zog. Sie ließ sich gehen und glitt mühelos an seine Seite. Sie konnte seine seltsame, harte, panzerähnliche Haut von den Brüsten bis zur Hüfte an ihrem Körper spüren, so kühl, so schuppig, so glatt. Schüchtern strich sie mit der Hand über seinen Körper. Wie ein feines Gepäckstück, dachte sie, und drückte die Finger ein wenig hinein, um die kräftigen Muskeln unter der glatten Oberfläche zu ertasten. Sein Geruch veränderte sich, er wurde durchdringend und würzig.

»Ich mag es, wie du riechst«, murmelte sie.

Sie begrub das Gesicht an seiner Brust und klammerte sich eng an ihn. Sie war seit Monaten mit niemandem mehr im Bett gewesen, seit fast einem Jahr, und es war gut, ihn so nahe zu spüren. Selbst ein Ghayrog, dachte sie. Selbst ein Ghayrog. Nur um den Kontakt, die Nähe, zu spüren. Es ist so schön.

Er berührte sie.

Damit hatte sie nicht gerechnet. Die ganze Natur ihrer Beziehung bestand darin, daß sie für ihn sorgte und er ihre Dienste passiv akzeptierte. Aber plötzlich glitt seine Hand – kühl, starr, schuppig, glatt – über ihren Körper. Er strich sanft über ihre Brüste, den Bauch entlang und verweilte auf den Lenden. Was war das? *Liebte* Vismaan sie? Sie dachte an seinen geschlechtslosen Körper, wie eine Maschine. Er streichelte sie weiter. Das ist sehr seltsam, dachte sie. Selbst für Thesme, sagte sie zu sich selbst, ist das eine extrem seltsame Sache. Er ist kein Mensch. Und ich –

Und ich bin sehr einsam –

Und ich bin sehr betrunken –

»Ja, bitte«, sagte sie leise. »Bitte.«

Sie hoffte nur, daß er sie weiterstreicheln würde. Aber dann legte er einen Arm um ihre Schultern und hob sie sanft in die Höhe, rollte sie auf sich und ließ sie langsam sinken, und dann spürte sie die unmißverständliche Härte seiner Männlichkeit zwischen den Beinen. Was? Hatte er einen verborgenen Penis irgendwo zwischen den Schuppen, den er ausfahren konnte, wenn er benötigt wurde? Und wollte er sie etwa –

Ja.

Er schien zu wissen, was er tun mußte. Er war ein Außerirdischer, und bei ihrer ersten Begegnung nicht einmal sicher, ob sie ein Mann oder eine Frau war, und trotzdem verstand er ganz klar die Theorie des menschlichen Geschlechtsverkehrs. Einen Augenblick lang, als sie ihn in sich eindringen spürte, überkamen sie Entsetzen und Schock und Widerwillen, und sie fragte sich, ob er sie verletzen würde, ob es schmerzhaft sein würde, ihn zu empfangen, und gleichzeitig dachte sie, daß dies grotesk und monströs war, diese Paarung von Mensch und Ghayrog, etwas, das wahrscheinlich noch niemals zuvor in der Geschichte des Universums geschehen war. Sie wollte sich befreien und in die Nacht hinauslaufen. Aber sie war zu benommen, zu betrunken und zu verwirrt, um sich zu bewegen; und dann wurde ihr bewußt, daß er ihr überhaupt nicht weh tat, sondern mit der ruhigen Präzision eines Uhrwerks in sie hinein und wieder heraus glitt, und daß Wogen der Lust sich von ihren Lenden ausbreiteten und sie zittern und keuchen, sich an ihn klammern und sich gegen die glatte lederne Hülle seines Körpers pressen ließen –

Sie ließ es geschehen und schrie im Augenblick höchster Lust laut auf, und hinterher lag sie zusammengerollt an seiner Brust, zitterte, wimmerte ein wenig und beruhigte sich allmählich wieder. Sie war jetzt nüchtern. Sie wußte, was sie getan hatte, und es erstaunte sie, aber mehr noch amüsierte es sie. Schluck *das,* Narabal! Der Ghayrog ist mein Liebhaber! Und die Lust war so intensiv gewesen, so extrem. Hatte er auch Lust empfunden? Sie wagte nicht zu fragen. Wie konnte man feststellen, ob ein Ghayrog einen Orgasmus hatte? Hatten sie überhaupt welche? Hatte das Konzept eine Bedeutung für ihn? Sie fragte sich, ob er vorher schon einmal eine Menschenfrau geliebt hatte. Auch das wagte sie nicht zu fragen. Er war so zielsicher gewesen – nicht gerade besonders geübt, aber eindeutig sicher, was er tun mußte, und das hatte er sogar besser getan als viele Männer, die sie bisher gekannt hatte. Sie wußte nicht, ob es daran lag, daß er schon Erfahrungen mit Menschen hatte, oder daß sein klarer, kühler Verstand einfach die automatischen Notwendigkeiten durchkalkulieren konnte, und sie bezweifelte, ob sie es jemals erfahren würde.

Er sagte nichts. Sie klammerte sich an ihn und versank in den tiefsten Schlaf seit Wochen.

KAPITEL 6

Am Morgen fühlte sie sich seltsam, aber sie bereute nichts. Sie sprachen nicht darüber, was in dieser Nacht vorgefallen war. Er spielte mit den Würfeln, sie ging im Morgengrauen schwimmen, um die pochenden Kopfschmerzen zu vertreiben, beseitigte die Überreste ihres Bilantoon-Schmauses und bereitete das Frühstück für sie; hinterher unternahm sie einen langen Spaziergang nach Norden, zu einer kleinen moosbewachsenen Höhle, wo sie den größten Teil des Vormittags verbrachte und sich in Gedanken die Berührung seines Körpers mit ihrem vorstellte, die Berührung seiner Hand an ihren Lenden und den wilden Schauer der Ekstase, der ihren Körper durchronnen hatte. Sie konnte nicht sagen, daß sie ihn in irgendeiner Beziehung attraktiv fand. Gespaltene Zunge, Haare wie lebende Schlangen, Schuppen am ganzen Körper – nein, nein, was in der vergangenen Nacht geschehen war, hatte nichts mit körperlicher Anziehung zu tun gehabt, beschloß sie. Warum war es dann geschehen? Der Wein und die Thokkas, sagte sie sich, und ihre Einsamkeit, und die Bereitwilligkeit, gehen die konventionellen Werte ihrer Mitbürger zu rebellieren. Sich einem Ghayrog hinzugeben war die beste Methode, die sie sich denken konnte, um ihre Verachtung für all das auszudrücken, woran diese Menschen glaubten. Aber selbstverständlich war ein solcher Akt der Verachtung bedeutungslos, wenn niemand davon erfuhr. Sie beschloß, Vismaan mit nach Narabal zu nehmen, sobald er die Reise unternehmen konnte.

Danach teilten sie das Lager jede Nacht. Es wäre absurd gewesen, etwas anderes zu tun. Aber in der zweiten Nacht liebten sie sich nicht, auch in der dritten und vierten nicht; sie lagen Seite an Seite, ohne einander zu berühren oder zu sprechen. Thesme wäre bereit gewesen, sich hinzugeben, wenn er sie berührt hätte, aber er tat es nicht. Noch unternahm sie den Versuch der Annäherung. Das Schweigen zwischen ihnen wurde ihr peinlich, aber sie fürchtete sich, es zu brechen, aus Angst, sie könnte Dinge zu hören bekommen, die sie nicht hören wollte – daß ihm ihr Liebesakt keinen Spaß gemacht hatte, oder daß er ein solches Tun als obszön und unnatürlich betrachtete und es nur dieses eine Mal getan hatte, weil sie es unbedingt wollte, oder daß ihm klar war, daß sie ihn nicht wirklich begehrte, sondern ihn lediglich als Mittel in ihrem Kampf gegen die Konversationen benützte. Am Ende der Woche war Thesme so unruhig durch die angestauten Spannungen so vieler unausgesprochener Unsicherheiten, daß sie es riskierte, beim Zubettgehen gegen ihn zu rollen, wobei sie sich bemühte, es zufällig aussehen zu lassen, und er umarmte sie bereitwillig und sanft und nahm sie ohne Zögern in die Arme. Danach liebten sie sich in manchen Nächten und in anderen nicht, und es war immer eine zufällige, ungeplante Sache, beiläufig, fast trivial, etwas, das sie eigentlich taten, ehe sie schlafen gingen, ohne die Spur eines Geheimnisses oder eines Zaubers. Sie empfand jedesmal große Lust. Die Andersartigkeit seines Körpers sah sie bald nicht mehr.

Er konnte mittlerweile ohne ihre Hilfe gehen und verbrachte jeden Tag mehr Zeit mit Übungen. Er erforschte die Dschungelpfade erst mit ihr, dann allein, wobei er sich anfangs vorsichtig bewegte, später aber nur mit einem kaum wahrnehmbaren Hinken ging. Schwimmen schien dem Heilungsprozeß zuträglich, und so schwamm er stundenlang in Thesmes kleinem Teich umher und ärgerte den Gromwark, der im Uferschlamm lebte; das langsame, alte Geschöpf kroch aus seinem Versteck und breitete sich wie ein durchnäßter struppiger Sack am Ufer aus, den man dort weggeworfen hatte. Er beäugte den Ghayrog düster und ging erst wieder ins Wasser, wenn er mit Schwimmen fertig war. Thesme entschädigte ihn mit saftigen grünen Sprößlingen, die sie flußaufwärts pflückte, weit außerhalb der Reichweite der winzigen Saugnapfbeine des Gromwarks.

»Wann wirst du mit mir nach Narabal gehen?« fragte Vismaan sie eines regnerischen Abends.

»Warum nicht morgen?« erwiderte sie.

In dieser Nacht empfand sie eine ungewöhnliche Erregung und preßte sich drängend gegen ihn.

Mit Einbruch der Morgendämmerung brachen sie bei leichtem Regen auf, der bald hellem Sonnenschein wich. Thesme legte eine vorsichtige Gangart vor, aber bald wurde offensichtlich, daß der Ghayrog völlig geheilt war, und nicht lange danach schritt sie mit voller Geschwindigkeit aus. Vismaan hatte keine Schwierigkeiten, mit ihr Schritt zu halten. Sie war geschwätzig und nannte ihm den Namen jeder Pflanze oder jedes Tieres, denen sie begegneten, erzählte ihm die Geschichte von Narabal und sprach von ihren Brüdern und Schwestern und Menschen, die sie in der Stadt kannte. Sie brannte darauf, von ihnen mit ihm zusammen gesehen zu werden – *seht her, dies ist mein außerirdischer Liebhaber, das ist der Ghayrog, mit dem ich geschlafen habe* –, und als sie in die Außenbezirke kamen, begann sie sich eifrig umzusehen und hoffte, einen Bekannten zu entdecken; aber kaum jemand schien auf den äußeren Farmen anwesend zu sein, und diejenigen, die sie sahen, kannte sie nicht. »Siehst du, wie sie uns anstarren?« flüsterte sie Vismaan zu, als sie einen dichter besiedelten Stadtteil erreicht hatten. »Sie haben Angst vor dir. Sie halten dich für die Vorhut einer außerirdischen Invasion. Und sie fragen sich, was ich mit dir zu schaffen habe, weshalb ich so vertraut mit dir bin.«

»Davon sehe ich nichts«, sagte Vismaan. »Sie scheinen neugierig zu sein, was mich betrifft, ja. Aber ich spüre keine Feindseligkeit oder Furcht. Liegt es daran, daß ich nicht mit dem menschlichen Mienenspiel vertraut bin? Ich glaubte, es recht gut interpretieren zu können.«

»Warte ab, wirst schon sehen«, sagte Thesme zu ihm. Aber sie mußte sich eingestehen, daß sie den wahren Sachverhalt ein wenig übertrieb, vielleicht mehr als nur ein wenig. Sie waren mittlerweile fast im Herzen von Narabal, und einige Leute hatten den

Ghayrog neugierig und erstaunt angesehen, ja, aber ihre Blicke waren schnell weicher geworden, und manche hatten nur genickt und gelächelt, als wäre es das Normalste der Welt, ein außerirdisches Wesen durch die Straßen spazieren zu sehen. Wirkliche Feindseligkeit konnte sie keine spüren. Das ärgerte sie. Diese milden, süßen Leutchen, diese nichtssagenden höflichen Leutchen, sie reagierten gar nicht so, wie sie es erwartet hatte. Selbst als sie schließlich Bekannten begegneten – Khanidor, dem besten Freund ihres älteren Bruders, sowie Hennimont Sibroy, der ein kleines Lokal am Hafen hatte, und der Frau vom Blumenladen –, waren sie nichts anders als herzlich, wenn Thesme sagte: »Dies ist Vismaan, der in letzter Zeit bei mir gelebt hat.« Khanidor lächelte, als hätte er schon immer gewußt, daß Thesme die Art von Person war, die einem Außerirdischen den Haushalt führte, und sprach von den neuen Städten für Ghayrogs und Hjorts, die Mirifaines Ehemann plante. Der Wirt schüttelte Vismaan liebenswürdig die Hand und lud ihn zu einem Glas Wein auf Kosten des Hauses ein, und die Frau vom Blumenladen sagte immer wieder: »Wie interessant, wie interessant! Wir hoffen, Sie mögen unsere kleine Stadt!« Thesme empfand ihre Freundlichkeit als gönnerhaft. Es war, als würden sie alles daran setzen, sich nicht von ihr schockieren zu lassen – als hätten sie schon alle Wildheit von Thesme kennengelernt, die sie ertragen konnten, und würden nun alles von ihr akzeptieren, absolut alles, ohne Interesse, ohne Kommentar, ohne Überraschung. Vielleicht mißverstanden sie die Natur ihrer Beziehung zu dem Ghayrog und glaubten, er würde lediglich bei ihr wohnen. Konnte sie die Reaktion, die sie wollte, provozieren, wenn sie ihnen unverblümt sagte, daß sie ein Liebespaar waren, daß sein Körper in ihrem gewesen war, daß sie etwas getan hatten, das zwischen einem Menschen und einem Außerirdischen undenkbar war? Wahrscheinlich nicht. Wahrscheinlich würde es die Gemüter in dieser Stadt nicht einmal erregen, wenn sie und der Ghayrog sich auf dem Pontifex-Platz niederlegen und dort kopulieren würden, dachte sie stirnrunzelnd.

Und mochte Vismaan ihre kleine Stadt? Wie immer war es schwierig, eine gefühlsmäßige Reaktion bei ihm zu entdecken. Sie gingen eine Straße hinauf und die andere hinab, an den wie wahllos geplanten Plazas und den flachen kleinen Ladengebäuden und den kleinen baufälligen Häusern mit ihren wildwuchernden Gärten vorbei, und er sagte sehr wenig. Sie spürte Enttäuschung und Mißbilligung in seinem Schweigen, und obwohl sie Narabal selbst nicht mochte, nahm sie unwillkürlich eine verteidigende Haltung ihm gegenüber ein. Schließlich war es eine junge Siedlung, ein isolierter Außenposten am obersten Ende eines zweitklassigen Kontinents, nur wenige Generationen alt. »Was denkst du?« fragte sie schließlich. »Du bist nicht sehr beeindruckt von Narabal, nicht wahr?«

»Du hast mich gewarnt, nicht zuviel zu erwarten.«

»Aber es ist noch enttäuschender als meine Worte dich glauben ließen, nicht wahr?«

»Ich finde es klein und behelfsmäßig«, sagte er. »Nachdem man Pidruid gesehen hat, oder selbst –«

»Pidruid ist Tausende von Jahren alt.«

»– Dulorn«, fuhr er fort. »Dulorn ist außerordentlich schön, obwohl es sich noch im Aufbau befindet. Aber natürlich sind die weißen Steine, die sie dort verwenden –«

»Ja«, sagte sie. »Narabal sollte auch aus Stein gebaut werden, denn das Klima ist so feucht, daß Holzhäuser auseinanderfallen, aber dazu war bisher einfach keine Zeit. Wenn die Bevölkerung groß genug ist, können wir Steine aus den Bergen holen und hier etwas Großartiges bauen. In fünfzig Jahren, vielleicht hundert, wenn wir genügend Arbeiter haben. Wenn vielleicht einige dieser riesigen vierarmigen Außerirdischen hier arbeiten würden – «

»Skandars«, sagte Vismaan.

»Skandars, ja. Warum schickt der Coronal uns nicht zehntausend Skandars?«

»Ihre Körper sind mit dichtem Fell überzogen. Das Klima hier wird ihnen nicht gefallen. Aber zweifellos werden sich Skandars hier niederlassen, und Vroons, und Su-Suheris, und viele, viele Ghayrogs aus den feuchten Ländern, so wie ich. Eine sehr kühne Tat eurer Regierung, Außerirdische zu ermutigen, sich in solcher Zahl hier niederzulassen. Andere Planeten sind nicht so großzügig mit ihrem Land.«

»Andere Planeten sind auch nicht so groß«, sagte Thesme. »Ich habe gehört, daß die Landmasse von Majipoor trotz der riesigen Ozeane, die wir haben, drei- bis viermal so groß wie bei anderen bewohnten Planeten ist. In dieser Größenordnung jedenfalls. Wir haben großes Glück, eine so riesige Welt zu sein und dennoch eine so angenehme Schwerkraft zu haben, so daß Menschen und Humanoide hier angenehm leben können. Natürlich bezahlen wir dafür einen hohen Preis, daß wir kaum schwere Elemente haben, aber dennoch – oh. Hallo.«

Der Tonfall ihrer Stimme veränderte sich abrupt und sank zu einem erstaunlichen Flüstern. Ein schlanker junger Mann, sehr groß, mit hellem, lockigem Haar, war beinahe mit ihr zusammengestoßen, als er aus der Bank an der Ecke kam, und nun starrten sie sich gegenseitig an. Es war Ruskelorn Yulvan, Thesmes Liebhaber in den letzten vier Monaten, bevor sie sich in den Dschungel zurückgezogen hatte, und die Person, die sie am allerwenigsten sehen wollte. Aber wenn die Konfrontation mit ihm schon sein mußte, wollte sie wenigstens das Beste daraus machen; und so ergriff sie nach dem ersten Augenblick der Verwirrung die Initiative und sagte: »Du siehst gut aus, Ruskelorn.«

»Du auch. Das Leben im Dschungel scheint dir zu gefallen.«

»Sehr. Es waren die glücklichsten sieben Monate meines Lebens. Ruskelorn, das ist mein Freund Vismaan, der in den vergangenen Wochen bei mir gelebt hat. Er hatte einen Unfall, während er in der Nähe meiner Hütte nach Farmland kundschaftete – er brach sich ein Bein, als er von einem Baum fiel –, und ich habe mich um ihn gekümmert.«

»Sehr gekonnt, möchte ich wetten«, sagte Ruskelorn unverbindlich. »Er scheint in einem ausgezeichneten Zustand zu sein.« Zu dem Ghayrog sagte er: »Hocherfreut, dich kennenzulernen«, in einem Tonfall, als meinte er es tatsächlich ernst.

Thesme sagte: »Er stammt von einem Teil seines Planeten, wo das Klima dem von Narabal sehr ähnlich ist. Er sagte mir, daß sich eine Menge seiner Landsleute in den kommenden Jahren hier in den Tropen niederlassen wollen.«

»Das habe ich auch gehört.« Ruskelorn Yulvan grinste und sagte: »Sie werden feststellen, daß das Land außerordentlich fruchtbar ist. Wenn man eine Beere zum Frühstück ißt und den Kern wegwirft, hat man bei Einbruch der Nacht eine Rebe so groß wie ein Haus. Jedenfalls behaupten das alle, also muß es stimmen.«

Die unbekümmerte und beiläufige Art, in der er sprach, brachte sie in Wut. Wurde ihm nicht klar, daß dieses schuppige außerirdische Wesen, dieser Fremdweltler, dieser Ghayrog, sein Nachfolger in ihrem Bett war? War er immun gegen Eifersucht, oder begriff er die wirkliche Situation nur nicht? Mit wütender, stummer Leidenschaft versuchte sie, Ruskelorn Yulvan in blumigen Bildern den wahren Sachverhalt zu übermitteln, indem sie daran dachte, wie sie in Vismaans Armen lag und Ruskelorn Yulvan die Hände des Außerirdischen zeigte, wie sie ihre Brüste und Lenden liebkosten, und die gespaltene Zunge, die sanft über ihre geschlossenen Lider, ihre Brüste und ihre Scham züngelte. Aber es war vergebens. Ruskelorn war ebensowenig Gedankenleser wie sie. *Er ist mein Liebhaber,* dachte sie, *er dringt in mich ein, so daß ich immer und immer wieder komme, ich kann es kaum erwarten, wieder im Dschungel zu sein und mit ihm ins Bett zu gehen,* und die ganze Zeit stand Ruskelorn Yulvan lächelnd da, unterhielt sich höflich mit dem Ghayrog, erörtete die Möglichkeiten, Niyk oder Glein oder Stajja in diesen Breiten zu züchten, oder vielleicht Lusavendersamen in den morastigeren Teilen des Landes, und erst nachdem das eine ganze Weile so gegangen war, richtete er den Blick wieder auf Thesme, fragte, so nichtssagend als fragte er nach dem Wochentag, ob sie für immer im Dschungel leben wollte.

Sie funkelte ihn an. »Bisher ziehe ich es dem Stadtleben vor. Warum?«

»Ich frage mich, ob du den Luxus unserer großartigen Metropole vermißt, das ist alles.«

»Bisher noch nicht, keinen Augenblick. Ich war noch nie glücklicher.«

»Gut. Das freut mich so für dich, Thesme.« Ein weiteres heiteres Lächeln. »Wie schön, daß wir einander begegnet sind. War schön, dich kennengelernt zu haben«, sagte er zu dem Ghayrog, und damit war er verschwunden.

Thesme kochte vor Wut. Es war ihm einerlei gewesen, vollkommen einerlei, es hatte ihn nicht im mindesten gekümmert, ob sie mit Ghayrogs oder Skandars oder dem Gromwark im Teich kopulierte, ihm war es gleichgültig! Sie hatte gewollt, daß er verletzt reagierte, oder wenigstens schockiert, und statt dessen war er einfach höflich gewesen. Höflich! Es mußte so sein, daß er, wie alle anderen auch, gar nicht begriff, was sich zwischen ihr und Vismaan abspielte – daß es einfach undenkbar für sie war, daß eine Frau von menschlichem Geblüt ihren Körper einem reptilienhaften Fremdweltler anbieten könnte, und daher dachten sie nicht daran – argwöhnten nicht einmal –

»Hast du jetzt genug von Narabal gesehen?« fragte sie den Ghayrog.

»Genug um zu erkennen, daß es hier wenig zu sehen gibt.«

»Wie geht es deinem Bein? Bist du bereit, die Rückreise anzutreten?«

»Hast du keine Geschäfte in der Stadt zu erledigen?«

»Nichts Wichtiges«, sagte sie. »Ich würde gerne gehen.«

»Dann gehen wir«, antwortete er.

Sein Bein schien ihm etwas Schwierigkeiten zu machen – die Muskeln verkrampften sich wohl; dies war selbst für jemanden bei bester Gesundheit eine anstrengende Sache, und seit seiner Genesung hatte er nur wesentlich kürzere Strecken zurückgelegt – aber er folgte ihr mit seiner gewohnten ruhigen Art zur Dschungelstraße. Dies war die ungünstigste Tageszeit für den Rückweg, die Sonne stand direkt über ihnen, und die Luft war feucht und schwül von den ersten Vorboten des Nachmittagsregens. Sie gingen langsam und machten häufig Pausen, wenngleich er sich niemals beschwerte, daß er erschöpft sei; Thesme selbst war erschöpft, und sie gab vor, daß sie ihm hier eine geologische Formation zeigen wollte, und dort eine ungewöhnliche Pflanze, um gelegentlich einmal innehalten zu können. Ihre Erschöpfung wollte sie sich nicht eingestehen. Sie hatte heute schon genug Demütigungen erdulden müssen.

Der Ausflug nach Narabal war eine Katastrophe für sie gewesen. Stolz, trotzig, rebellisch und voller Abscheu vor Narabals Konventionen, hatte sie ihren Ghayrog-Liebhaber in die Stadt geschleppt, um ihn den zahmen Stadtmenschen zu präsentieren, und ihnen war es einerlei gewesen. Waren sie solche Schwächlinge, daß sie die Wahrheit nicht erraten konnten? Oder hatten sie ihre Absichten auf der Stelle durchschaut und waren entschlossen, ihr den Triumph nicht zu gönnen? Wie auch immer, sie kam sich verletzt, gedemütigt und besiegt vor – und sehr närrisch. Und wie war es mit der Bigotterie, die sie früher bei den Leuten von Narabal zu sehen glaubte? Waren sie nicht durch den Zustrom von Außerirdischen bedroht? Sie waren alle so freundlich zu Vismaan gewesen, so charmant. Vielleicht, überlegte Thesme düster, waren die Vorurteile nur in ihrem Kopf, und sie hatte die Bemerkungen anderer falsch interpretiert, und in diesem Fall war es dumm gewesen, sich dem Ghayrog hinzugeben, denn es hatte nichts bewirkt, keine narabalischen Moralvorstellungen umgestürzt und keinem Zweck in dem Privatkrieg gedient, den sie gegen diese Menschen führte. Es war lediglich ein seltsames und eigensinniges und groteskes Ereignis gewesen.

Weder sie noch der Ghayrog sprachen während des langen, langsamen und anstrengenden Rückwegs zum Dschungel. Als sie die Hütte erreicht hatten, ging er hinein, während sie sich ziellos beschäftigte, Fallen prüfte, Beeren pflückte, Sachen weglegte und vergaß, was sie mit ihnen tun wollte.

Nach einer Weile betrat sie die Hütte und sagte zu Vismaan: »Es ist an der Zeit, daß du gehst.«

»Gut. Es wird *tatsächlich* Zeit, daß ich mich auf den Weg mache.«

»Selbstverständlich kannst du die Nacht über noch hierbleiben. Aber morgen früh –«

»Warum soll ich nicht jetzt gehen?«

»Es wird bald dunkel. Du bist heute schon so viele Meilen gegangen –«.

»Ich möchte dir nicht lästig werden. Ich glaube, ich werde gleich gehen.«

Selbst jetzt war sie außerstande, seine Gefühle zu deuten. War er überrascht? Verletzt? Zornig? Er zeigte nichts. Er entbot auch keinen Abschiedsgruß, sondern wandte sich einfach um und ging gemessenen Schrittes in den Dschungel hinein. Thesme sah ihm mit trockener Kehle und klopfendem Herzen nach, bis er hinter den herabhängenden Reben verschwunden war. Sie hielt sich mit aller Macht zurück, hinter ihm herzulaufen. Dann war er verschwunden, und bald senkte sich die Tropennacht herab.

Sie bereitete sich irgendwie eine Mahlzeit, aber sie aß sehr wenig und dachte ständig: Er sitzt dort draußen in der Dunkelheit und wartet auf den Morgen. Sie hatten sich nicht einmal verabschiedet. Sie hätte einen kleinen Scherz machen und ihn warnen können, sich von Sijaneelbäumen fernzuhalten, und er hätte ihr für alles danken können, was sie für ihn getan hatte, aber nichts von alledem, sie hatte ihn fortgeschickt, und er ging ruhig weg. Ein Außerirdischer, dachte sie, und sein Benehmen war außerirdisch. Und dennoch, wenn sie zusammen im Bett waren und er sie berührt und gehalten und ihren Körper auf seinen gezogen hatte –

Es war eine lange schlaflose Nacht für sie. Sie lag zusammengerollt in dem notbedürftig gemachten Zanja-Unterbett, das sie noch vor so kurzer Zeit geteilt hatten, lauschte dem nächtlichen Regen, der auf die großen Blätter des Daches hämmerte, und zum erstenmal, seit sie in den Dschungel gegangen war, empfand sie den Schmerz der Einsamkeit. Bis zu diesem Augenblick war ihr nicht klargewesen, wie sehr sie die bizarre Parodie eines Haushalts gebraucht hatte, die sie und der Ghayrog hier aufführten; aber nun war es vorbei, und sie war wieder allein, irgendwie noch einsamer, als sie es zuvor gewesen war, und auch viel weiter von ihrem früheren Leben in Narabal abgeschnitten, und er war dort draußen, schlaflos in der Dunkelheit, schutzlos vor dem Regen. Ich habe mich in einen Außerirdischen verliebt, dachte sie verwundert, ich liebe ein schuppiges *Ding,* das keine zärtlichen Worte findet und kaum je eine Frage stellt und ohne Danke oder auf Wiedersehen zu sagen geht. Sie lag stundenlang wach und weinte manchmal. Ihr Körper war von dem langen Fußmarsch und den Frustrationen des Tages verkrampft und verspannt; sie zog die Knie an die Brust und blieb lange Zeit so, dann schob sie die Hände zwischen die Beine und streichelte sich selbst, und schließlich kam der befreiende Augenblick, ein Keuchen und leises Stöhnen, und danach schlief sie.

KAPITEL 7

Am Morgen badete sie und prüfte die Fallen und bereitete ein Frühstück und ging all die vertrauten Pfade in der Nähe ihrer Hütte ab. Keine Spur von dem Ghayrog. Um die Mittagszeit hob sich ihre Stimmung, und der Nachmittag war fast fröhlich; erst als der Abend kam, die Zeit des einsamen Abendessens, spürte sie die Einsamkeit wiederkehren. Aber sie ertrug sie. Sie spielte die Würfel ab, die sie von zu Hause für ihn mitgebracht hatte, und schließlich sank sie in Schlaf, und am nächsten Tag ging es besser, und am nächsten, und am übernächsten auch.

Allmählich kehrte Thesmes Leben wieder in normale Bahnen zurück. Sie sah nichts von dem Ghayrog, schließlich vergaß sie ihn. Während die Wochen der Einsamkeit verstrichen, lernte sie wieder, die Einsamkeit zu schätzen, so schien es ihr wenigstens, aber gelegentlich quälte sie sich mit nagenden Erinnerungen an ihn – beim Anblick eines Bilantoons im Dikkicht oder des Sijaneelbaums mit dem abgebrochenen Ast oder des Gromwarks, der mürrisch am Ufer des Teichs saß – und ihr wurde klar, daß sie ihn immer noch vermißte. Sie streifte in immer weiteren Kreisen durch den Dschungel, ohne recht zu wissen warum, bis sie sich schließlich eingestand, daß sie nach ihm suchte.

Sie brauchte drei weitere Monate, um ihn zu finden. Sie begann im Südosten Anzeichen für eine Besiedlung zu erkennen – eine deutlich sichtbare Lichtung, die drei oder vier Hügelkämme entfernt zu sehen war, mit Spuren neuer Straßen, die davon ausgingen –, und nach kurzer Zeit bahnte sie sich einen Weg in diese Richtung, über einen breiten Fluß, der ihr vorher unbekannt gewesen war, zu einer Zone gefällter Bäume, hinter der sich eine neu erbaute Farm befand. Sie streifte an der Grenze entlang, bis sie einen Ghayrog erblickte – es war Vismaan, dessen war sie ganz sicher –, der den fruchtbaren Boden pflügte. Furcht übermannte sie und ließ sie erzittern. Konnte es ein anderer Ghayrog sein? Nein, nein, nein, sie war ganz sicher, daß er es war, sie glaubte sogar, ein leichtes Hinken festzustellen. Sie duckte sich, damit er sie nicht sehen konnte, und weil sie Angst hatte, sich ihm zu nähern. Was konnte sie ihm sagen? Wie konnte sie es rechtfertigen, so weit gekommen zu sein, um ihn zu suchen, nachdem sie ihn so kalt aus ihrem Leben verstoßen hatte? Sie zog sich ins Unterholz zurück und wäre um ein Haar wieder umgekehrt. Aber dann nahm sie allen Mut zusammen und rief seinen Namen.

Er blieb unvermittelt stehen und sah sich um.

»Vismaan? Hier drüben! Ich bin es, Thesme!«

Ihre Wangen brannten, ihr Herzschlag raste. Einen entsetzlichen Augenblick lang war sie überzeugt, daß dies ein anderer Ghayrog war, und schon kamen ihr Entschuldigungen für ihr Eindringen auf die Lippen. Aber als er auf sie zukam, wußte sie, daß sie sich nicht geirrt hatte.

»Ich sah die Lichtung und dachte, es könnte deine Farm sein«, sagte sie und trat aus dem Gestrüpp. »Wie geht es dir, Vismaan?«

»Ausgezeichnet. Und dir?«

Sie zuckte die Schultern. »Ich komme zurecht. Du hast hier ja wahre Wunder vollbracht, Vismaan. Es ist nur ein paar Monate her, und nun dies alles!«

»Ja«, sagte er. »Wir haben hart gearbeitet.«

»Wir?«

»Ich habe jetzt eine Gefährtin. Komm, ich möchte dich ihr vorstellen und dir zeigen, was wir hier alles erreicht haben.«

Seine sanften Worte brachten sie aus dem Gleichgewicht. Vielleicht hatten sie genau das bezwecken sollen – statt Wut oder Bedauern zu zeigen über die Weise, wie sie ihn aus ihrem Leben verdrängt hatte, nahm er auf diabolischere Weise Rache, durch völlige, geduldige Zurückhaltung. Wahrscheinlicher war aber, dachte sie, daß er gar kein Bedauern empfand und keine Notwendigkeit sah, sich zu rächen. Seine Sicht dessen, was zwischen ihnen vorgefallen war, unterschied sich wahrscheinlich völlig von ihrer. Vergiß niemals, daß er ein Außerirdischer ist, ermahnte sie sich.

Sie folgte ihm einen sanft ansteigenden Hügel

empor, über einen Bewässerungskanal und um ein schmales Feld herum, das offensichtlich frisch bepflanzt war. Oben auf dem Hügel, halb verdeckt von einem üppigen Gemüsegarten, befand sich eine Hütte aus Sijaneelbäumen, die ihrer nicht unähnlich war, aber größer und im Entwurf etwas eckiger. Von hier oben konnte man die ganze Farm überblicken, die drei Seiten des kleinen Hügels einnahm. Thesme war erstaunt darüber, wieviel er geleistet hatte – es schien unmöglich, dies alles innerhalb weniger Monate abgeholzt, ein Gebäude errichtet, den Boden urbar gemacht und sogar schon mit dem Anpflanzen begonnen zu haben. Sie erinnerte sich daran, daß Ghayrogs nicht schliefen, aber brauchten sie keine Ruhepausen?

»Turnome!« rief er. »Wir haben Besuch, Turnome!«

Thesme zwang sich, ruhig zu bleiben. Sie begriff jetzt, daß sie nach dem Ghayrog gesucht hatte, weil sie nicht mehr alleine sein wollte, und daß es ihr halbbewußter Traum gewesen war, ihm beim Aufbau der Farm zu helfen, sein Leben und sein Bett zu teilen, eine wirkliche Beziehung zwischen ihnen aufzubauen; sie hatte sogar, einen flüchtigen Augenblick lang, sich auf Urlaub mit ihm im Norden gesehen, im wunderschönen Dulorn, wo er seinesgleichen besuchte. Das alles war närrisch, sie wußte es, aber bis zu dem Augenblick, als er ihr von seiner Gefährtin erzählt hatte, hatte alles eine gewisse verrückte Glaubwürdigkeit gehabt. Jetzt bemühte sie sich, die Fassung wiederzuerlangen, herzlich und warm zu sein, alle absurden Anzeichen von Rivalität zu verdrängen –

Aus der Hütte kam ein Ghayrog, der fast so groß wie Vismaan war, mit demselben glänzenden Schuppenpanzer, demselben, sich langsam windenden

Schlangenhaar; es gab nur einen äußerlichen Unterschied zwischen ihnen, aber der war nicht zu übersehen, denn der Oberkörper der Ghayrogfrau war mit einem Dutzend oder mehr wippenden runden Brüsten bedeckt, jede mit einem dunkelgrünen Nippel. Thesme erschauerte. Vismaan hatte gesagt, daß Ghayrogs Säugetiere waren, und diese Tatsache ließ sich nun unmöglich länger anzweifeln, aber wenn überhaupt, so wurde das reptilienhafte Aussehen der Frau durch die unheimlichen Brüste noch betont, die sie nicht wie ein Säugetier aussehen ließen, sondern auf seltsame Weise hybrid und unverständlich. Thesme sah voll tiefem Unbehagen von einem Geschöpf zum anderen.

Vismaan sagte: »Das ist die Frau, von der ich dir erzählt habe, die mich gefunden hat, als mein Bein verletzt war, und die mich wieder gesund pflegte. Thesme, meine Gefährtin Turnome.«

»Du bist hier willkommen«, sagte die Ghayrogfrau ernst.

Thesme stammelte einige weitere lobende Worte über die Arbeit, die sie auf der Farm vollbracht hatten. Jetzt wollte sie nur noch entkommen, aber es gab keine Möglichkeit; sie war ihre Dschungelnachbarn besuchen gekommen, und die bestanden nun auf den Austausch der üblichen Höflichkeiten. Vismaan bat sie herein. Was kam als nächstes? Eine Tasse Tee, ein Glas Wein, ein paar Hokkas und gegrillte Mintun? Innerhalb der Hütte befand sich kaum etwas, außer einem Tisch, ein paar Kissen und, in der gegenüberliegenden Ecke, einem seltsam hochwandigen geflochtenen Behälter von beachtlicher Größe, der auf einem dreibeinigen Hocker stand. Thesme sah hinüber und dann rasch wieder weg; ohne zu wissen warum, meinte sie, es wäre falsch, diesbezügliche Neugier zu zeigen; aber Vismaan ergriff sie am Ellbogen und sagte: »Wir wollen es dir zeigen. Komm, sieh.« Sie sah hinein.

Es war ein Brutkasten. In einem Nest aus Moos lagen elf oder zwölf ledrige runde Eier, hellgrün mit großen roten Flecken.

»Unsere Erstgeborenen werden in weniger als einem Monat ausschlüpfen«, sagte Vismaan.

Thesme wurde von einer Woge der Benommenheit überschwemmt. Irgendwie verblüffte dieser Beweis der wahren Fremdartigkeit dieser Wesen sie mehr als alles andere zuvor, mehr als der kalte Blick von Vismaans niemals blinzelndem Auge oder das Schlängeln seines Haars, oder die Berührung seiner Haut an ihrer, oder das plötzlich erregende Gefühl, ihn in sich zu spüren. Eier! Ein Gelege! Und Turnorme quoll bereits über vor Milch, um sie zu säugen! Thesme hatte die Vision von einem Dutzend winziger Echsen, die sich an den zahlreichen Brüsten der Frau festklammerten, und Entsetzen schlug sie in den Bann. Einen endlosen Augenblick stand sie bewegungslos und atmete nicht einmal, dann warf sie sich herum und stürzte hinaus, floh den Hügel hinab, sprang über den Bewässerungskanal und direkt über die, wie sie zu spät erkannte, neu angelegte Pflanzung, in den dampfenden, feuchten Dschungel hinein.

KAPITEL 8

Sie wußte nicht, wieviel Zeit verstrichen war, als Vismaan an ihrer Tür erschien. Die Zeit war in einem verschwommenen Wechsel von Essen und Schlafen und Weinen und Zittern verstrichen, und vielleicht war es ein Tag, vielleicht zwei, vielleicht eine Woche, und nun war er da, streckte Kopf und Schultern ins Innere der Hütte und rief ihren Namen.

»Was willst du?« fragte sie, ohne aufzustehen.

»Reden. Es gibt Dinge, die ich dir sagen muß. Warum bist du so überstürzt gegangen?«

»Ist das wichtig?«

Er kauerte sich neben ihr nieder. Seine Hand ruhte sanft auf ihrer Schulter.

»Thesme, ich muß mich bei dir entschuldigen.«

»Wofür?«

»Als ich von hier wegging, vergaß ich, mich für alles zu bedanken, was du für mich getan hast. Meine Gefährtin und ich unterhielten uns darüber, weshalb du so plötzlich weggelaufen bist, und sie sagte mir, du wärst böse auf mich, aber ich wußte nicht warum. Daher gingen wir beide alle möglichen Gründe durch, und als ich beschrieb, wie wir uns getrennt haben, fragte Turnome mich, ob ich dir gesagt hätte, wie dankbar ich für deine Hilfe war, und ich sagte nein, das hätte ich nicht, mir war nicht bewußt, daß so etwas üblich sei. Daher bin ich zu dir gekommen. Vergib mir meine Unhöflichkeit, Thesme. Es geschah aus Unwissenheit.«

»Ich vergebe dir«, sagte sie mit erstickter Stimme. »Wirst du jetzt wieder gehen?«

»Schau mich an, Thesme.
»Besser nicht.«
»Bitte. Ja?« Er zog an ihrer Schulter.
Sie drehte sich verdrossen zu ihm um.
»Deine Augen sind geschwollen«, sagte er.
»Etwas, das ich gegessen habe, muß mir nicht bekommen sein.«
»Du bist immer noch böse. Warum? Ich bat dich zu verstehen, daß ich nicht unhöflich sein wollte. Ghayrogs drücken ihre Dankbarkeit nicht so wie Menschen aus. Aber laß es mich jetzt nachholen. Ich glaube, du hast mir das Leben gerettet. Du warst sehr freundlich. Ich werde nie vergessen, was du für mich getan hast, als ich verletzt war. Es war falsch von mir, dir das nicht früher zu sagen.«
»Und es war falsch von mir, dich so hinauszuwerfen«, sagte sie mit leiser Stimme. »Bitte mich nicht um eine Erklärung dafür. Es ist sehr kompliziert. Ich verzeihe dir, daß du dich nicht bedankt hast, wenn du mir den Hinauswurf verzeihst.«
»Diesbezüglich ist kein Verzeihen nötig. Mein Bein war geheilt; es war Zeit für mich zu gehen, wie du gesagt hast; ich ging meines Weges und fand das Leben, das ich für meine Farm brauchte.«
»So einfach war das?«
»Ja, natürlich.«
Sie stand auf und sah ihn an. »Vismaan, warum hattest du Sex mit mir?«
»Weil du es zu wollen schienst.«
»Das ist alles?«
»Du warst unglücklich und schienst nicht alleine schlafen zu wollen. Ich hoffte, ich könnte dich trösten. Ich versuchte, etwas Freundliches, Mitfühlendes zu tun.«

»Oh. Ich verstehe.«

»Ich glaube, es hat dir Vergnügen bereitet«, sagte er.

»Ja. Ja. Großes Vergnügen. Aber du hast mich nicht begehrt?«

Seine Zunge schnellte heraus, das Äquivalent eines verwirrten Stirnrunzelns, dachte sie.

»Nein«, sagte er. »Du bist ein Mensch. Wie könnte ich Begehren nach einem Menschen empfinden? Du bist so verschieden von mir, Thesme. Auf Majipoor nennt man meine Rasse Außerirdische, aber für mich bist *du* die Außerirdische. Ist es nicht so?«

»Ich denke schon. Ja.«

»Aber ich mochte dich sehr gerne. Ich wollte, daß du glücklich bist. In diesem Sinn begehrte ich dich. Verstehst du das? Und ich werde immer dein Freund sein. Ich hoffe, du kommst uns besuchen und teilst die Früchte unserer Farm mit uns. Wirst du das tun, Thesme?«

»Ich – ja, ja, das werde ich.«

»Gut. Ich gehe jetzt. Aber zuerst –«

Ernst und mit grenzenloser Würde zog er sie an sich und nahm sie in seine mächtigen Arme. Wieder spürte sie die seltsam glatte Starre seiner fremdartigen Haut; wieder huschte die kleine scharlachrote Zunge zu einem gespaltenen Kuß über ihre Lider. Er umarmte sie eine lange Zeit.

Als er sie freigab, sagte er: »Ich mag dich sehr, Thesme. Ich werde dich nie vergessen.«

»Ich dich auch nicht.«

Sie stand unter der Tür und sah ihm nach, bis er jenseits des Teichs verschwunden war. Ein Gefühl der Erlöstheit, des Friedens und der Wärme war über sie gekommen. Sie bezweifelte, daß sie Vismaan und Turnome und ihr Gehege kleiner Echsen je besuchen würde, aber das machte nichts: Vismaan würde es verstehen. Alles war in Ordnung. Thesme begann ihre Habseligkeiten in den Rucksack zu stopfen. Es war noch früher Morgen, Zeit genug für den Weg nach Narabal.

Sie kam kurz nach dem Nachmittagsregen in der Stadt an. Es war über ein Jahr her, seit sie sie verlassen hatte, und etliche Monate seit ihrem letzten Besuch, und sie war überrascht von den Veränderungen, die sie nun sah. Der ganze Ort summte vor Geschäftigkeit, überall wurden neue Häuser errichtet, Schiffe befuhren den Kanal, die Straßen waren voller Verkehr. Die Stadt schien von Außerirdischen überlaufen zu sein – sie sah Hunderte von Ghayrogs, und auch andere, die Warzigen, die sie für Hjorts hielt, und riesige doppelschultrige Skandars, ein ganzer Zirkus seltsamer Wesen, die ihren Geschäften nachgingen und von den menschlichen Bewohnern absolut ohne Aufhebens akzeptiert wurden. Unter einigen Schwierigkeiten fand Thesme den Weg zum Haus ihrer Mutter. Zwei ihrer Schwestern waren da, und ihr Bruder Dalkhan. Sie sahen sie voller Erstaunen und sogar mit Furcht an.

»Ich bin wieder da«, sagte sie. »Ich weiß, ich sehe wie ein wildes Tier aus, aber wenn ich mein Haar geschnitten und ein frisches Kleid anhabe, werde ich wieder ein Mensch sein.«

Ein paar Wochen später lebte sie mit Ruskelorn Yulvan zusammen, und gegen Ende des Jahres heirateten sie. Eine Weile dachte sie daran, ihm zu sagen, daß sie und der Ghayrog Geliebte gewesen waren, aber irgendwie fürchtete sie sich davor, und schließlich schien es unwichtig, es überhaupt zu erwähnen. Eines Tages tat sie es dann doch, zehn oder zwölf Jahre später, als sie in einem der teuren Restaurants im Stadtviertel der Ghayrogs gegrilltes Bilantoon gegessen hatten, und sie so viel von dem starken goldenen Wein des Nordens getrunken hatte und der Druck ansteigender Erinnerungen zu groß geworden war. Als sie ihm die ganze Geschichte erzählt hatte, sagte sie: »Hast du so was vermutet?« Und er sagte: »Ich wußte es sofort, als ich dich mit ihm auf der Straße sah. Aber warum hätte es eine Rolle spielen sollen?«

BUCH ZWEI

Die Zeit des Feuers

Wochen nach diesem erstaunlichen Ereignis wagt Hissune nicht, das Seelenregister zu betreten. Es war zu übermächtig, zu gewaltig; er benötigt Zeit zum Verarbeiten, zum Absorbieren. In der Kabine hatte er Monate aus dem Leben dieser Frau innerhalb von einer Stunde durchlebt, und die Erfahrung brennt lodernd in seiner Seele. Seltsame neue Bilder taumeln seither rastlos durch sein Bewußtsein.

Zu allererst der Dschungel – Hissune hat nie etwas anderes kennengelernt als das sorgfältig kontrollierte Klima des unterirdischen Labyrinths, abgesehen von der Zeit, als er zum Berg gereist ist, dessen Klima in anderer Weise ebenso kontrolliert ist. Daher erstaunten ihn die Feuchtigkeit, das dichte Laub, die Regenschauer, die Vogellaute und Insektenlaute, das Gefühl von nasser Erde unter den bloßen Füßen. Aber das ist nur ein winziger Ausschnitt dessen, was er in sich aufgenommen hat. Eine Frau zu sein – wie verblüffend! Und dann einen Außerirdischen als Liebhaber zu haben – dafür findet Hissune keine Worte; es ist schlicht ein Ereignis, das Teil von ihm geworden ist, unverständlich und bestürzend. Und als er sich durch das alles hindurchgearbeitet hat, bleibt ihm noch viel mehr für seine Meditation: das Bild von Majipoor als sich entwickelnder Welt, Teile davon noch jung, ungepflasterte Straßen in Narabal, Schuppen aus Holz, ganz und gar nicht der ordentliche und völlig gezähmte Planet, auf dem er lebt, sondern ein turbulentes und geheimnisvolles Land mit vielen dunklen Regionen. Hissune denkt Stunde für Stunde über diese Dinge nach, während er geistesabwesend seine bedeutungslosen Steuerarchive sortiert, und allmählich wird ihm klar, daß ihn dieses kurze Zwischenspiel im Seelenregister für alle Zeit verändert hat. Nie wieder kann er nur Hissune sein; auf eine unergründliche Weise wird er nicht nur Hissune sein, sondern auch die Frau Thesme, die vor neuntausend Jahren auf einem anderen Kontinent lebte und starb, einem heißen, feuchten Ort, den Hissune selbst niemals sehen wird.

Und nun gelüstet es ihn selbstverständlich nach einem weiteren Erlebnis in dem geheimnisvollen Register. Diesmal hat ein anderer Beamter Dienst, ein finsterer kleiner Vroon mit schräger Maske, und Hissune muß hastig mit seinen Papieren wedeln, um hineinzukommen. Aber sein schneller Verstand ist diesen schwerfälligen Beamten in jedem Fall gewachsen, und kurz darauf ist er wieder in der Kabine und gibt mit behenden Fingern Koordinaten ein. Diesmal die Zeit von Lord Stiamot, beschließt er. Die letzten Tage der Eroberung der Metamorphen durch die Armeen der menschlichen Siedler auf Majipoor. Gib mir einen Soldaten aus Lord Stiamots Armee, befiehlt er dem verborgenen Gehirn. Vielleicht kann ich sogar einen Blick auf Lord Stiamot selbst erhaschen!

Die trockenen Vorberge brannten entlang einer gekrümmten Kuppe von Milimorn bis Hamifeu, und selbst hier oben, in seinem fünfzig Meilen östlich vom Berg Zygnor gelegenen Horst, konnte Oberst Eremoil die heißen Windböen spüren und den verbrannten Geruch der Luft wahrnehmen. Eine dichte Krone dunklen Rauchs hing über dem ganzen Gebirge. In einer Stunde würden die Flieger die Feuerlinie von Hamifeu bis zu dem kleinen Ort am Fuß des Tals verlängern, und morgen würden sie die Zone von dort nach Süden bis Sintalmond versengen. Und dann würde diese ganze Provinz brennen, und wehe jedem Gestaltveränderer, der sich darin aufhielt.

»Wird nicht mehr lange dauern«, sagte Viggan. »Der Krieg ist fast vorbei.«

Eremoil sah von den Karten der nordwestlichen Ecke des Kontinents auf und betrachtete den Untergebenen. »Glauben Sie?« fragte er unbestimmt.

»Dreißig Jahre. Das ist mehr als genug.«

»Nicht dreißig. Fünftausend Jahre, sechstausend, seit Menschen erstmals diese Welt betraten. Der Krieg dauerte die ganze Zeit über, Viggan.«

»Den größten Teil dieser Zeit merkten wir aber gar nicht, daß wir Krieg führten.«

»Nein«, sagte Eremoil. »Nein, das wußten wir nicht. Aber jetzt begreifen wir es, nicht wahr, Viggan?«

Er wandte seine Aufmerksamkeit wieder den Karten zu, beugte sich über sie, blinzelte, suchte. Der ölige Rauch in der Luft trieb ihm Tränen in die Augen und sein Blick verschwamm, und die Karten waren sehr fein gezeichnet. Langsam fuhr er mit dem Zeigestock die Konturen der Berge unterhalb von Hamifeu ab und überprüfte die Dörfer in seinen Berichten.

Jedes Dorf entlang des Flammenbogens war auf den Karten eingezeichnet, hoffte er, und Offiziere hatten jedes besucht und das bevorstehende Feuer gemeldet. Es würde ihm und seinen Untergebenen schlecht ergehen, wenn die Kartographen einen Ort vergessen hatten, denn Lord Stiamot hatte befohlen, daß die Endphase des Krieges keine Menschenleben kosten durfte: Alle Siedler mußten gewarnt werden und hinreichend Zeit für eine Evakuierung haben. Den Metamorphen überbrachte man dieselbe Warnung. Man röstet seine Feinde nicht einfach bei lebendigem Leib, hatte Lord Stiamot wiederholt gesagt. Man zielte nur darauf ab, sie unter seine Kontrolle zu bringen, und augenblicklich schien Feuer die beste Methode, das zu erreichen. Dieses Feuer selbst hinterher wieder unter Kontrolle zu bringen, könnte sich als schwieriger erweisen, dachte Eremoil, aber das war nicht das Problem der Stunde.

»Kattikawn – Bizfern – Domgrave – Byelk – so viele kleine Städte, Viggan. Warum wollen die Menschen eigentlich dort leben?«

»Sie sagen, das Land ist fruchtbar, Sir. Und das Klima mild für einen so weit nördlich gelegenen Bezirk.«

»Mild? Wenn es einem nichts ausmacht, ein halbes Jahr ohne Regen auszukommen, nehme ich an.« Eremoil hustete. Er bildete sich ein, er könnte das Knistern des fernen Feuers durch das gelbbraune, kniehohe Gras hören. Auf dieser Seite von Alhanroel regnete es den ganzen Winter durch, den ganzen Sommer über dann aber überhaupt nicht: eine Herausforderung für Farmer, sollte man meinen, aber offensichtlich hatten sie sie überwunden, bedachte man, wie viele Siedlungen entlang der Hügelkette und in den Tälern, die zum Meer führten, aus dem Boden geschossen waren. Augenblicklich herrschte der Höhepunkt der trockenen Jahreszeit, und die Region kochte schon seit Monaten unter der Sommersonne – trocken, trocken, trocken, der dunkle Boden knisterte und staubte, die winterwachsenden Gräser schliefen und waren verdörrt, die Büsche mit den fleischigen Blättern waren zusammengeschrumpelt und warteten. Was für ein perfekter Zeitpunkt, den ganzen Ort anzuzünden und die widerborstigen Feinde zum Ufer des Meeres oder sogar ins Meer hinein zu treiben! Aber ohne Leben zu nehmen, ohne Leben zu nehmen – Eremoil studierte seine Listen. »Chickmoge – Eualle – Daniup – Michimang –« Wieder sah er auf. Zum Untergebenen sagte er: »Viggan, was werden Sie nach dem Krieg tun?«

»Meine Familie besitzt Land im Clayge-Tal. Ich werde wieder Farmer sein, nehme ich an. Und Sie, Sir?«

»Meine Heimat ist Stee. Ich war Bauingenieur – Aquädukte, Bewässerungsleitungen und andere faszinierende Dinge. Das kann ich wieder werden. Wann haben Sie Glayge zuletzt gesehen?«

»Vor vier Jahren«, sagte Viggan.

»Bei mir ist es fünf Jahre her, seit Stee. Sie waren in der Schlacht von Treymone, nicht wahr?«

»Verwundet. Leicht.«

»Je einen Metamorphen getötet?«

»Ja, Sir.«

Eremoil sagte: »Ich nicht. Niemals. Neun Jahre Soldat, und niemals ein Leben genommen. Natürlich war ich Offizier. Ich bin nicht gut im Töten, glaube ich.«

»Das ist keiner von uns«, sagte Viggan. »Aber wenn sie hinter einem her sind, fünfmal pro Minute die Gestalt verändern, in einer Hand ein Messer, in der anderen eine Axt – oder wenn man weiß, daß sie das Land des eigenen Bruders überfallen und einem die Neffen getötet haben –«

»Ist Ihnen das passiert, Viggan?«

»Mir nicht, Sir. Aber anderen, vielen anderen. Die Grausamkeiten – aber das muß ich Ihnen nicht erzählen –«

»Nein. Nicht nötig.«

»Wie lautet der Name dieser Stadt, Viggan?«

Der Untergebene beugte sich über die Karte. »Singaserin, Sir. Die Buchstaben sind ein wenig verschmiert, aber das steht hier. Steht auf unserer Liste. Sehen Sie hier, Sir. Wir haben ihnen vorgestern eine Nachricht zukommen lassen.«

»Ich glaube, dann haben wir sie alle.«

»Ich glaube auch, Sir«, sagte Viggan.

Eremoil schob die Karten zu einem Stapel zusammen, packte sie weg und sah wieder nach Westen. Eine deutlich sichtbare Demarkationslinie verlief zwischen der Zone des Feuers und den unberührten Hügeln südlich davon, auf denen das Laub noch dunkelgrün und üppig war. Aber die Blätter dieser Bäume waren zusammengeschrumpft und trocken nach Monaten ohne Regen, und diese Hügel würden wie unter einem Bombardement explodieren, wenn das Feuer sie erreichte. Hin und wieder sah er Flammen emporzüngeln, kaum mehr als ein grelles Aufleuchten, wie bei einem Blitzschlag. Aber Eremoil wußte, daß ihm die Entfernung einen Streich spielte; jedes dieser kurzen Aufleuchten war das Entflammen eines neuen großen Gebiets, weil das Feuer, das sich mittlerweile durch Funkenflug auch dort ausbreitete, wo die Flieger es nicht legten, die Wälder hinter Hamifeu verzehrte.

Viggan sagte: »Ein Bote, Sir.«

Eremoil drehte sich um. Ein großer junger Mann in verschwitzter Uniform war vom Berg heruntergekommen und sah sie unsicher an.

»Nun?« sagte er.

»Kapitän Vanayle schickt mich, Sir. Ein Problem unten im Tal. Ein Siedler will sich nicht evakuieren lassen.«

»Wäre aber besser für ihn«, meinte Eremoil achselzuckend. »Aus welcher Stadt?«

»Zwischen Kattikawn und Bizfern, Sir. Großes Anwesen. Der Name des Mannes lautet ebenfalls Kattikawn, Aibil Kattikawn. Er sagte Kapitän Vanayle, daß er das Land durch direkte Schenkung von Pontifex Dvorn erhielt, daß seine Familie schon seit Jahrtausenden dort lebt und er auf gar keinen Fall gehen wird –«

Eremoil seufzte und sagte: »Es ist mir gleichgültig, ob er sein Land direkt vom Göttlichen persönlich erhielt. Wir verbrennen den Bezirk morgen, und wenn er bleibt, wird er geröstet werden.«

»Das weiß er, Sir.«

»Was sollen wir tun? Das Feuer um seine Farm herumlenken, was?« Eremoil winkte ungeduldig mit dem Arm. »Evakuieren Sie ihn, ganz gleich, was er tun oder lassen möchte.«

»Das haben wir versucht«, sagte der Bote. »Er ist bewaffnet und leistet Widerstand. Er sagt, er wird jeden töten, der versucht, ihn von seinem Land zu vertreiben.«

»Töten?« sagte Eremoil, als hätte das Wort keinerlei Bedeutung für ihn. »*Töten?* Wer möchte denn Menschen umbringen? Der Mann ist verrückt. Schicken Sie fünfzig Mann und schaffen Sie ihn in eine sichere Zone.«

»Ich sagte, er leistet Widerstand, Sir. Es kam zu einem Feuergefecht. Kapitän Vanayle glaubt, daß er nur unter Verlust von Menschenleben herausgeholt werden kann. Kapitän Vanayle bittet Sie, persönlich hinunterzukommen und mit dem Mann zu sprechen, Sir.«

»*Ich* –«

Viggan sagte leise: »Das wird das einfachste sein. Diese Großgrundbesitzer können sehr schwierig sein.«

»Soll Vanayle zu ihm gehen«, sagte Eremoil.

»Kapitän Vanayle hat bereits versucht, mit dem Mann zu reden, Sir«, sagte der Bote. »Erfolglos. Dieser Kattikawn verlangt eine Audienz bei Lord Stiamot. Das ist selbstverständlich unmöglich, aber wenn Sie gehen würden –«

Eremoil dachte darüber nach. Es war absurd, daß der kommandierende Offizier des Bezirks so eine Aufgabe übernahm. Es war Vanayles direkte Verantwortung, das Gelände vor dem morgigen Verbrennen zu evakuieren; es war Eremoils Aufgabe, die Aktion von hier oben zu leiten. Andererseits lag die Evakuierung letztlich ebenfalls in Eremoils Verantwortung, und Vanayle hatte es offensichtlich nicht geschafft, und wenn er eine Schwadron zur Zwangsräumung schickte, würde das wahrscheinlich den Tod von Kattikawn und auch einigen Soldaten bedeuten, was keineswegs eine optimale Lösung war. Warum nicht gehen? Eremoil nickte langsam. Zum Teufel mit dem Protokoll; es ging hier nicht um eine Zeremonie. An diesem Nachmittag gab es nichts Wesentliches mehr zu tun, und Viggan konnte sich um die anfallenden Kleinigkeiten kümmern. Und wenn er ein Leben retten konnte, das eines störrischen alten Mannes, indem er einen kleinen Ausflug ins Tal unternahm …

»Holen Sie den Schweber«, sagte er zu Viggan.

»Sir?«

»Holen Sie in gleich, bevor ich es mir anders überlege. Ich werde nach ihm sehen.«

»Aber Vanayle hat bereits …«

»Hören Sie auf, sich den Kopf zu zerbrechen, Viggan. Ich werde nur kurze Zeit weg sein. Sie haben den Befehl, bis ich zurück bin, aber ich glaube nicht, daß Sie schwer arbeiten müssen. Kommen Sie zurecht?«

»Ja, Sir«, sagte der Untergebene düster.

Es war ein längerer Weg als Eremoil gedacht hatte, fast zwei Stunden die Serpentinenstraße hinab zum Fuß des Berges Zygnor Peak, dann über ein unebenes, abfallendes Plateau bis zu den niedrigen Hügeln, die die Küstenebene säumten. Hier unten war die Luft heißer, dafür weniger rauchverhangen; flimmernde Hitzewellen erzeugten Spiegelungen und schienen die Landschaft schmelzen und zerfließen zu lassen. Kein Verkehr war auf der Straße, aber er wurde immer wieder von panisch fliehenden Tieren aufgehalten, seltsamen Angehörigen einer Rasse, die er nicht identifizieren konnte, die wie von Sinnen aus der Feuerzone hinter ihnen flohen. Die Schatten wurden bereits länger, als Eremoil die Siedlung am Fuß der Berge erreichte. Hier war die Gegenwart des Feuers greifbar, spürbar wie eine zweite Sonne am Himmel; Eremoil spürte die Hitze davon auf den Wangen, feiner Ruß schlug sich auf seiner Haut und der Kleidung nieder.

Die Orte, die er in seinen Listen abgehakt hatte, wurden nun auf unangenehme Weise Wirklichkeit für ihn: Byelk, Domgrave, Bizfern. Einer war wie der andere, eine zentrale Ansammlung von Geschäften und Läden und öffentlichen Gebäuden, ein äußerer Ring mit Wohnhäusern und schließlich ein breiter Gürtel mit Farmen, die darum verstreut lagen, und jedes Dorf war in sein eigenes kleines Tal geschmiegt, wo ein Bach vom Berg herabfloß und sich in der Ebene verlor. Inzwischen waren sie alle verlassen, oder fast, nur ein paar Müßiggänger waren noch da, die anderen befanden sich bereits auf den Straßen zur Küste. Eremoil vermutete, daß er in jedes dieser Häuser gehen könnte und Bücher, Schnitzereien, Erinnerungen an Ferienreisen, vielleicht sogar schweren Herzens verlassene Haustiere finden würde; und morgen würde das alles Asche sein. Aber dieses Gelände war von den Gestaltverändern durchsetzt. Die Siedler lebten schon seit Jahrhunderten unter der Bedrohung durch einen wilden und gnadenlosen Gegner, der maskiert die Wälder durchstreifte und sich als der eigene Freund, die Geliebte, der Sohn verkleidete, um lautlos zu morden, ein geheimer, stummer Krieg zwischen den Enteigneten und jenen, die nach ihnen gekommen waren, ein Krieg, der unvermeidlich gewesen war, seit die ersten Vorposten auf Majipoor zu Städten und weiträumigen landwirtschaftlichen Gebieten geworden waren, die mehr und mehr vom Land der Eingeborenen beanspruchten. Manche Heilungsprozesse erfordern drastische Maßnahmen: In diesem letzten Aufbäumen im Kampf zwischen Menschen und Gestaltveränderern durfte man keine Rücksichten nehmen, Byelk und Domgrave und Bizfern mußten vernichtet werden, damit das Leid endete. Das machte es aber nicht einfacher, sich damit abzufinden, sein Heim zu verlassen, dachte Eremoil, noch war es besonders einfach, die Häuser anderer Leute zu zerstören, wie er es schon seit Tagen tat, es sei denn, man tat es aus der Ferne, aus einer beruhigenden Ferne, wo all das Verbrennen nur eine strategische Abstraktion war.

Hinter Bizfern zogen sich die Vorgebirge ein langes Stück westwärts, und die Straße folgte ihrem Verlauf. Hier gab es einige Bäche, fast schon kleine Flüsse, und das Land war dicht bewaldet, da, wo es nicht für den Ackerbau abgeholzt worden war. Doch auch hier hatte die monatelange Dürrezeit die Wälder in einem schrecklichen Zustand hinterlassen, überall lagen tote, abgefallene Blätter herum, abgebrochene Zweige, alte, trockene Baumstämme.

»Hier ist es, Sir«, sagte der Bote.

Eremoil sah vor sich einen Taleinschnitt, der am Zugang schmal, im Inneren dagegen viel breiter war, und in dessen Mitte ein Bach verlief. Gegen die zunehmenden Schatten konnte er ein eindrucksvolles Landhaus ausmachen, ein großes, weißes Gebäude mit grünen Ziegeln, und dahinter etwas, das wie ein riesiges Getreidefeld aussah. Dies war nicht irgendeine kleine Farm, sondern der Besitz von jemandem, der sich als Herzog betrachtete. Eremoil sah Schwierigkeiten auf sich zukommen.

Er stieg aus und ging auf die Wachen zu, die ihn kalt betrachteten und ihre Energiestrahler bereithielten. Zu demjenigen, der am eindrucksvollsten aussah, sagte er: »Oberst Eremoil möchte Aibil Kattikawn sprechen.«

»Kattikawn erwartete Lord Stiamot«, lautete die kalte Antwort.

»Lord Stiamot ist anderswo beschäftigt. Ich vertrete ihn heute. Ich bin Oberst Eremoil, der befehlshabende Offizier dieses Bezirks.«

»Wir haben Befehl, nur Lord Stiamot vorzulassen.«

»Sagen Sie Ihrem Herrn«, erwiderte Eremoil mit müder Stimme, »daß der Coronal sein Bedauern ausdrückt und ihn bittet, an seiner Statt Oberst Eremoil vorzulassen.«

Die Wache schien darauf nicht zu reagieren. Doch nach einem Augenblick drehte der Mann sich um und ging in das Tal. Eremoil sah ihm nach, wie er ohne Eile am Bach entlangging, bis er im dichten Buschwerk der Plaza vor dem Landsitz verschwand. Lange Zeit verstrich; der Wind drehte und brachte heißte Böen aus der Feuerzone mit sich, eine Schicht dunkler Luft, die in den Augen schmerzte und die Kehle zum Husten reizte. Eremoil stellte sich einen Belag winziger Rußteilchen auf seiner Lunge vor. Aber von hier, von diesem geschützten Ort, war das Feuer selbst unsichtbar.

Schließlich kam der Wachmann ohne Anzeichen von Eile zurück.

»Kattikawn will Sie sehen«, sagte er.

Eremoil deutete auf die Fahrerin und den Boten, seinen Führer. Aber der Wachmann schüttelte den Kopf.

»Nur Sie, Oberst.«

Die Fahrerin sah besorgt drein. Eremoil winkte sie zurück. »Warten Sie hier auf mich«, sagte er. »Ich glaube nicht, daß es lange dauern wird.«

Er folgte dem Wachmann in das Tal und auf das Gutshaus zu.

Er erwartete von Aibil Kattikawn dasselbe harte

und unfreundliche Willkommen wie von den Wachen; aber Eremoil unterschätzte die Höflichkeit, zu der sich ein Provinzaristokrat verpflichtet fühlte. Kattikawn begrüßte ihn mit einem warmen Lächeln und einem durchdringenden, forschenden Blick, umarmte ihn mit scheinbar ungespielter Herzlichkeit und führte ihn in das große Haus, das sparsam möbliert war, aber in seiner derben und rustikalen Art elegant wirkte. Freiliegende Balken aus geöltem schwarzem Holz beherrschten die gewölbten Decken, Jagdtrophäen schmückten die Wände, das Mobiliar war massiv und anscheinend uralt. Das ganze Haus wirkte archaisch. Und so wirkte auch Aibil Kattikawn. Er war ein großer Mann, viel größer als der schlank gebaute Eremoil, und ungeheuer breit in den Schultern, eine Breite, die durch einen schweren Mantel aus Steetmoyfell noch betont wurde. Seine Stirn war hoch, das Haar grau, aber kräftig und stark gelockt; die Augen waren dunkel, die Lippen schmal. Er war in jeder Hinsicht eine eindrucksvolle Erscheinung.

Nachdem er einen schweren bernsteinfarbenen Wein eingegossen hatte und sie beide einen Schluck getrunken hatten, sagte Kattikawn: »Sie müssen also mein Land niederbrennen?«

»Ich fürchte, wir müssen die ganze Provinz niederbrennen.«

»Eine dumme Strategie, wahrscheinlich die dümmste Sache in der Geschichte der menschlichen Kriegsführung. Wissen Sie, wie wertvoll die Erzeugnisse dieses Distrikts sind? Wissen Sie, wie viele Generationen harte Arbeit es erfordert hat, die Farmen hier aufzubauen?«

»Die ganze Zone von Milimorn bis Sintalmond und

darüber hinaus ist ein Zentrum der Guerilliaaktiviität der Metamorphen, der letzten, die es auf Alhanroel noch gibt. Der Coronal ist entschlossen, diesen häßlichen Krieg ein für allemal zu beenden, und das kann nur erreicht werden, wenn wir die Gestaltveränderer aus ihren Verstecken in diesen Bergen herauslocken.«

»Dafür gibt es andere Methoden.«

»Wir haben sie erprobt und sie nützen nichts«, sagte Eremoil.

»Haben Sie das? Haben Sie versucht, Zentimeter für Zentimeter den Dschungel durchzukämmen und sie zu suchen? Haben Sie alle Soldaten Majipoors hierher beordert, um an der Suchaktion teilzunehmen? Natürlich nicht. Zuviel Aufwand. Viel einfacher ist es, die Flugzeuge zu rufen und das ganze Land in Flammen aufgehen zu lassen.«

»Dieser Krieg hat eine ganze Generation unserer Leben gekostet.«

»Und gegen Ende wird der Coronal ungeduldig«, sagte Kattikawn. »Auf meine Kosten.«

»Der Coronal ist ein Meister der Strategie. Der Coronal hat einen gefährlichen und fast unverständlichen Gegner besiegt und Majipoor erstmalig vollkommen sicher für Siedler gemacht – bis auf diesen Bezirk.«

»Wir sind bisher ganz gut mit den umherschleichenden Metamorphen zurechtgekommen, Oberst. Ich wurde noch nicht niedergemetzelt. Ich wurde mit ihnen fertig. Sie waren für meinen Wohlstand keine annähernd so große Bedrohung, wie es meine eigene Regierung zu sein scheint. Ihr Coronal, Oberst, ist ein Narr.«

Eremoil beherrschte sich. »Künftige Generationen werden ihn als den Held der Helden preisen.«

»Wahrscheinlich«, sagte Kattikawn. »Er ist von dem Schlag, aus dem man gewöhnlicherweise Helden macht. Ich sage Ihnen, es war nicht nötig, eine ganze Provinz zu zerstören, um ein paar tausend überlebende Ureinwohner zu besiegen, die noch übriggeblieben sind. Ich sage Ihnen, daß es sich um den übereilten und kurzsichtigen Schachzug eines müden Generals handelt, der es eilig hat, wieder in die Bequemlichkeit des Burgbergs zurückzukehren.«

»Das mag sein, wie es will, die Entscheidung ist gefallen, und von Milimorn bis Hamifeu steht bereits alles in Flammen.«

»Das ist mir nicht entgangen.«

»Das Feuer nähert sich dem Dorf Kattikawn. Vielleicht werden mit Einbruch der Dämmerung bereits die Grenzen unserer eigenen Domäne bedroht werden. Im Verlauf des morgigen Tages werden wir unsere Angriffe über diese Region hinaus weiter südlich fliegen, bis Sintalmond.«

»Wahrhaftig«, sagte Kattikawn ruhig.

»Dieses Gebiet wird ein Inferno werden. Wir bitten Sie, es zu verlassen, solange Sie noch Zeit haben.«

»Ich ziehe es vor zu blieben, Oberst.«

Eremoil ließ langsam den Atem ausströmen. »Wir können die Verantwortung für Ihre Sicherheit nicht übernehmen, wenn Sie das tun.«

»Für meine Sicherheit war bisher niemand anders verantwortlich als ich selbst.«

»Ich möchte damit sagen, daß Sie sterben werden, und zwar auf eine schreckliche Weise. Wir haben keine Möglichkeit, die Feuerlinie so zu legen, daß Ihr Gut verschont bleibt.«

»Ich verstehe.«

»Sie bitten mich also, Sie umzubringen.«

»Ich bitte um nichts dergleichen. Sie und ich, wir haben gar nichts miteinander zu schaffen. Sie führen Ihren Krieg, und ich kümmere mich um meinen Besitz. Wenn das Feuer, das Ihr Krieg erfordert, auf mein Gebiet übergreift, dann ist das schlimm für mich, hat aber nichts mit Mord zu tun. Wir bewegen uns auf voneinander unabhängigen Bahnen, Oberst Eremoil.«

»Ihre Schlußfolgerung ist seltsam. Sie werden als direkte Folge unseres Angriffs sterben. Ihr Leben wird auf unser Konto gehen.«

»Ich bleibe aus freien Stücken hier, nachdem ich hinreichend gewarnt wurde«, sagte Kattikawn. »Mein Leben wird ganz allein auf mein Konto gehen.«

»Und das Leben Ihrer Leute? Die werden auch sterben.«

»Diejenigen, die hierbleiben wollen, ja. Ich habe ihnen gesagt, was passieren wird. Drei sind zur Küste aufgebrochen. Der Rest bleibt. Auf eigenen Wunsch, und nicht, um mir einen Gefallen zu erweisen. Dies ist unsere Heimat. Noch ein Glas Wein, Oberst?«

Eremoil lehnte ab, änderte seine Meinung aber noch im selben Augenblick und hielt ihm das leere Glas hin. Beim Einschenken sagte Kattikawn: »Ist es nicht möglich, daß ich mit Lord Stiamot persönlich sprechen kann?«

»Nein.«

»Ich weiß, daß sich der Coronal in dieser Gegend aufhält.«

»Eine halbe Tagesreise entfernt, ja. Aber er darf nicht mit solchen Petitionen behelligt werden.«

»Wohlweislich, möchte ich meinen.« Kattikawn

grinste. »Glauben Sie, daß er verrückt geworden ist, Eremoil?«

»Der Coronal? Ganz und gar nicht.«

»Dieses Verbrennen aber – so ein verzweifelter Zug, so ein idiotischer Zug. Die Entschädigungen, die er hinterher bezahlen muß – Millionen Royal; es wird die Staatskasse leeren; es wird mindestens fünfzig solcher Burgen kosten wie die, die er auf dem Berggipfel errichten ließ. Und wofür? Wenn er uns noch zwei oder drei Jahre gibt, haben wir die Gestaltsveränderer gezähmt.«

»Oder fünf oder zehn oder zwanzig«, sagte Eremoil. »Jetzt muß der Krieg zu Ende sein, noch in dieser Jahreszeit. Dieser gräßliche Aufruhr, diese Schande für alle, dieser endlose Alptraum, dieser Schandfleck ...«

»Oh, Sie halten den Krieg also für einen Fehler?«

Eremoil schüttelte rasch den Kopf. »Der fundamentale Fehler wurde vor langer Zeit gemacht, als unsere Vorfahren beschlossen, sich auf einer Welt niederzulassen, die schon von einer anderen intelligenten Rasse bewohnt war. In unserer Zeit hatten wir keine andere Wahl, als die Metamorphen zu unterwerfen oder uns völlig von Majipoor zurückzuziehen, und wie könnten wir das?«

»Ja«, sagte Kattikawn. »Wie könnten wir die Heimstätten unserer Väter und Vorväter aufgeben, was?«

Eremoil achtete nicht auf die ätzende Ironie. »Wir haben diesen Planeten einem unwilligen Volk weggenommen. Tausende von Jahren haben wir versucht, in Frieden mit ihnen zu leben, bis wir einsehen mußten, daß die Koexistenz unmöglich ist. Nun zwingen wir ihnen mit Gewalt unseren Willen auf, was unschön ist, aber die Alternativen sind noch schlimmer.«

»Was wird Lord Stiamot mit den Formveränderern tun, die er in seinen Internierungslagern hat? Sie als Dünger unter die Felder pflügen, die er verbrannt hat?«

»Man wird ihnen auf Zimroel ein Reservat zuweisen«, sagte Eremoil. »Einen halben Kontinent ganz für sie allein – das kann man schwerlich grausam nennen. Alhanroel wird uns gehören, und ein ganzer Ozean dazwischen. Der Wiederaufbau hat ebenfalls bereits begonnen. Nur Ihr Gebiet ist noch nicht befriedet. Lord Stiamot persönlich hat die schreckliche Bürde der Verantwortung für diesen grausamen, aber notwendigen Vorgang übernommen, und die Zukunft wird ihn dafür preisen.«

»Ich preise ihn schon jetzt«, sagte Kattikawn. »O weiser und gerechter Coronal! Der in seiner grenzenlosen Weisheit dieses Land zerstört, damit seine Welt sich keine Sorgen mehr wegen der lauernden Ureinwohner machen muß. Für mich wäre es besser gewesen, Eremoil, wenn er ein weniger edler Geist wäre, Ihr Helden-König. Oder vielleicht noch edler. Mir wäre er noch wunderbarer erschienen, hätte er sich für eine andere Methode entschieden, diese letzte Bastion zu erobern. Dreißig Jahre Krieg, was machen da schon zwei oder drei weitere?«

»Er hat sich eben so entschieden. Und während wir uns unterhalten, rückt das Feuer unaufhaltsam näher.«

»Soll es. Ich werde hiersein und mein Haus dagegen verteidigen.«

»Sie haben die Feuerzone nicht gesehen«, sagte Eremoil. »Ihre Verteidigung wird keine zehn Sekunden halten. Das Feuer verzehrt alles, was ihm in den Weg kommt.«

»Schon möglich. Ich gehe das Risiko ein.«

»Ich bitte Sie –«

»Sie bitten? Also sind Sie ein Bettler? Was wäre, wenn ich Sie bitten würde? Ich bitte Sie, Oberst, verschonen Sie mein Anwesen.«

»Das geht nicht. Ich bitte Sie tatsächlich: Kommen Sie mit und schonen Sie Ihr Leben und das Ihrer Leute.«

»Was soll ich tun, auf der Straße zur Küste kriechen und in einer engen winzigen Hütte in Alaisor oder Bailemoona wohnen? Als Kellner in einem Restaurant arbeiten, die Straßen fegen oder Fleisch in einer Kaschemme würzen? Dies ist mein Zuhause. Lieber würde ich morgen in zehn Sekunden hier sterben, als tausend Jahre in einem feigen Exil zu leben.« Kattikawn trat ans Fenster. »Es wird dunkel, Oberst. Wollen Sie mein Gast beim Essen sein?«

»Es ist mir leider nicht möglich zu bleiben.«

»Langweilt dieser Disput Sie? Wir können über andere Dinge sprechen. Das würde auch ich vorziehen.«

Eremoil griff nach der gewaltigen Pranke des anderen. »Ich habe Verpflichtungen im Hauptquartier. Es wäre eine unvergeßliche Freude gewesen, Ihre Gastfreundschaft in Anspruch zu nehmen. Ich wünschte, es wäre möglich. Vergeben Sie mir die Ablehnung?«

»Es schmerzt mich, Sie hungrig aufbrechen zu sehen. Eilen Sie zu Lord Stiamot?«

Eremoil schwieg.

»Ich wollte Sie bitten, mir eine Audienz bei ihm zu verschaffen«, sagte Kattikawn.

»Das ist nicht möglich, und es würde auch nichts nützen. Bitte, räumen Sie das Haus heute nacht. Lassen Sie uns zusammen essen und dann gemeinsam weggehen.«

»Dies ist mein Zuhause, und hier bleibe ich«, sagte Kattikawn. »Ich wünsche Ihnen alles gute, Oberst, ein langes und harmonisches Leben. Und ich danke Ihnen für diese Unterhaltung.« Er schloß einen Augenblick die Augen und beugte den Kopf: ein fast unmerkliches Nicken, ein Hinweis, daß die Unterredung beendet war. Eremoil ging auf die Tür des großen Saales zu. Kattikawn sagte: »Der andere Offizier glaubte, er könnte mich mit Waffengewalt hier wegschaffen. Sie waren vernünftiger, was ich Ihnen hoch anrechne. Leben Sie wohl, Oberst Eremoil.«

Eremoil suchte nach angemessenen Worten, fand keine und begnügte sich daher mit einer Geste des Saluts.

Kattikawns Wachen führten ihn zum Eingang des Tals zurück, wo Eremoils Fahrerin und Bote neben dem Schweber bei einem Würfelspiel warteten. Sie schnellten in Habacht-Stellung, als sie Eremoil sahen, aber er bedeutete ihnen, sich zu entspannen. Er sah nach Osten, zu den großen Bergen, die an der gegenüberliegenden Seite des Tals anstiegen. In diesen nördlichen Breiten war der Himmel in einer Sommernacht wie dieser immer noch hell, selbst im Osten, und der große Bulk des Berges Zygnor hob sich wie eine schwarze Wand vom grauen Himmel ab. Südlich davon befand sich sein Zwillingsbruder, der Berg Haimon, wo der Coronal sein Hauptquartier aufgeschlagen hatte. Eremoil blieb eine Zeitlang stehen und betrachtete die beiden gewaltigen Berge sowie die Vorgebirge davor und die Rauch- und Feuersäule, die sich von der anderen Seite näherte, und die Monde, die soeben am Himmel aufgingen; dann schüttelte er den Kopf und drehte sich zu Aibil Kattikawns Landsitz, der langsam in den Schatten der voranschreitenden Dämmerung versank. Während seines Aufstiegs in den Diensten der Armee hatte Eremoil Herzöge und Prinzessinnen und viele andere hochgestellte Persönlichkeiten kennengelernt, die ein Bauingenieur in seinem Leben normalerweise nie zu Gesicht bekommen würde, und er hatte ziemlich viel Zeit mit dem Coronal selbst und dem intimen Kreis seiner Ratgeber verbracht, und dennoch war er niemals jemandem begegnet, der diesem Kattikawn ähnelte, welcher entweder der edelste oder irregeleitetste Mann auf dem ganzen Planeten war, möglicherweise beides.

»Gehen wir«, sagte er zu der Fahrerin. »Nehmen Sie die Straße nach Haimon.«

»Nach Haimon, Sir?«

»Zum Coronal, ja. Können Sie uns bis Mitternacht dorthin bringen?«

Die Straße zur südlichen Erhebung ähnelte der nach Zygnor, aber sie war steiler und weniger gut gepflastert. In der Dunkelheit waren ihre Haarnadelkurven und Biegungen wahrscheinlich gefährlich, besonders bei der Geschwindigkeit, die Eremoils Fahrerin, eine Frau aus Stoien, riskierte; aber der rote Widerschein der Feuerzone erhellte das Tal und die umliegenden Hügel und verminderte das Risiko deutlich. Eremoil sagte nichts während der langen Fahrt. Es gab nichts zu sagen: Wie konnten die Fahrerin oder der Bote die Natur von Aibil Kattikawn begreifen? Eremoil selbst hatte diese Natur ebenfalls mißverstanden, als er davon gehört hatte, daß ein Farmer sich weigerte, sein Land zu verlassen, und hatte sich einen verrückten alten Narren vorgestellt, einen störrischen Fanatiker, blind für die Gefahr, in der er schwebte. Sicher, Kattikawn war störrisch, und wahrscheinlich konnte man ihn auch einen Fanatiker nennen, aber alles andere war unzutreffend, er war nicht einmal verrückt, selbst wenn seine Philosophie anderen, wie Eremoil, die nach anderen Wertvorstellungen lebten, verrückt erschien.

Er fragte sich, was er Lord Stiamot erzählen wollte.

Es hatte keinen Zweck, sich Worte zurechtzulegen. Entweder kamen die Worte heraus, oder nicht. Nach einer Weile glitt er in eine Art Wachschlaf, sein Verstand war hellwach, aber erstarrt, er dachte an nichts und kalkulierte nichts. Der Schweber, der sich auf der steilen Straße gewandt und schnell bewegte, kam aus dem Tal heraus und erklomm das zerklüftete Gelände dahinter. Um Mitternacht befand er sich immer noch auf den unteren Vorbergen des Haimon, aber das machte nichts. Man wußte, daß der Coronal bis in die späten Nachtstunden wach blieb und oft gar nicht schlief. Eremoil zweifelte nicht daran, daß er ihn wach vorfinden würde.

Irgendwo in den oberen Regionen des Berges Haimon sank er, ohne es zu merken, in tiefen Schlaf, und er war verwirrt und überrascht, als der Bote ihn sanft wachrüttelte und sagte: »Dies ist Lord Stiamots Lager, Sir.« Desorientiert blinzelnd stellte Eremoil fest, daß er immer noch aufrecht saß, mit verkrampften Beinen und schmerzendem Rücken. Die Monde standen bereits hoch am Himmel, und die Nacht war schwarz, abgesehen vom Feuerschein, der im Westen an ihr zehrte. Linkisch kletterte Eremoil aus dem Schweber. Selbst mitten in der Nacht herrschte rege Geschäftigkeit im Lager des Coronals, Boten eilten hin und her, in vielen Gebäuden brannten noch Lichter. Ein Adjudant kam näher, erkannte Eremoil und begrüßte ihn mit einem übertriebenen formellen Salutieren. »Dieser Besuch kommt überraschend, Oberst Eremoil!«

»Für mich nicht minder, wie ich gestehen muß. Ist Lord Stiamot im Lager?«

»Der Coronal hält eine Generalbesprechung. Erwartet er Sie, Oberst?«

»Nein«, sagte Eremoil. »Aber ich muß ihn sprechen.«

Den Adjutanten berührte das alles wenig. Stabsbesprechungen mitten in der Nacht, Offiziere, die unangemeldet eintrafen – warum nicht? Es war Krieg, und die Protokolle wurden tagtäglich improvisiert. Eremoil folgte dem Mann durch das Lager zu einem achteckigen Zelt, das die Sternenfächer-Insignien des Coronals trug. Es war umgeben von einem Ring von Wachen, die ebenso grimmig und entschlossen dreinsahen wie die von Kattikawn am Eingang des Tals. In den vergangenen achtzehn Monaten hatte man Lord Stiamot viermal nach dem Leben getrachtet – alles Metamorphen, und alle hatten abgewehrt werden können. Kein Coronal in der Geschichte Majipoors war je eines gewaltsamen Todes gestorben, aber vor diesem hatte auch noch keiner einen Krieg geführt.

Der Adjutant sprach mit dem Befehlshaber der Wachen; plötzlich befand sich Eremoil im Mittelpunkt einer Gruppe bewaffneter Männer, grelle Lichter schienen ihm in die Augen, Finger bohrten sich schmerzhaft in seine Arme. Einen Augenblick verblüffte ihn der Ansturm. Doch dann gewann er die Fassung wieder und sagte: »Was soll das? Ich bin Oberst Eremoil.«

»Wenn Sie kein Gestaltveränderer sind«, sagte einer der Männer.

»Und Sie glauben, Sie könnten das herausfinden, indem Sie mich mit Ihren Taschenlampen blenden und mich kneifen?«

»Es gibt Methoden«, sagte ein anderer.

Eremoil lachte. »Keine hat sich je als zuverlässig erwiesen. Aber nur zu: Überprüfen Sie mich, und tun Sie es schnell. Ich muß Lord Stiamot sprechen.«

Sie hatten tatsächlich Tests. Jemand gab ihm einen Streifen grünen Papiers und bat ihn, es mit der Zunge zu berühren. Er tat es, und es wurde orange. Jemand anders bat um eine Locke, die er anzündete. Eremoil verfolgte alles mit Erstaunen. Es war Monate her, seit er zuletzt im Lager des Coronals gewesen war, und damals war keine dieser Praktiken angewendet worden; es mußte einen weiteren Anschlag gegeben haben, dachte er, oder es war ein Scharlatan von einem Wissenschaftler zu ihnen gestoßen und hatte sie eingeführt. Soweit Eremoil wußte, gab es keine verläßliche Methode, einen Metamorphen von einem echten Menschen zu unterscheiden, wenn der Metamorph die Gestalt eines Menschen angenommen hatte, außer, wenn man eine Autopsie vornahm, und er hatte nicht die Absicht, eine solche über sich ergehen zu lassen.

»Ihr Paß«, sagten sie endlich. »Sie können hineingehen.«

Aber sie begleiteten ihn. Eremoils bereits überanstrengte Augen gewöhnten sich nur mühsam an das Dämmerlicht im Zelt des Coronals, aber nach wenigen Augenblicken sah er ein halbes Dutzend Gestalten am anderen Ende, unter ihnen Lord Stiamot. Sie schienen zu beten. Er vernahm gemurmelte Beschwörungen und Antworten aus uralten Schriften. War das die Art von Stabsbesprechungen, die der Coronal nun abhielt? Eremoil trat nach vorne und blieb wenige Meter von der Gruppe entfernt stehen. Er kannte einen der Attachés des Coronals, Damlang von Bibiroon, der allgemein als zweiter oder dritter in der Thronfolge betrachtet wurde; die anderen schienen nicht einmal Soldaten zu sein, denn es waren ältere, in Zivil gekleidete Männer mit dem weichlichen Äußeren von Stadtmenschen, Dichter, vielleicht Traumsprecher, gewiß keine Kämpfer. Aber der Krieg war fast vorbei.

Der Coronal sah in Eremoils Richtung, ohne ihn zu bemerken.

Eremoil war entsetzt über Lord Stiamots hageres, ausgezehrtes Aussehen. Der Coronal war in den letzten drei Kriegsjahren sichtlich gealtert, aber nun schien sich der Prozeß noch beschleunigt zu haben: Er schien geschrumpft, farblos, zerbrechlich, die Haut wie Pergament, die Augen trübe. Er hätte hundert Jahre alt sein können, und doch war er nicht älter als Eremoil selbst, ein Mann in mittleren Jahren. Eremoil konnte sich noch an den Tag erinnern, als Stiamot den Thron bestiegen hatte, und wie er an jenem Tag schwor, den Wahnsinn dieses unerklärten Krieges zwischen Menschen und Metamorphen zu beenden, die Ureinwohner des Planeten zu sammeln und sie aus den von Menschen bewohnten Gebieten zu verbannen.

Nur dreißig Jahre, und der Coronal sah um mehr als die Hälfte eines Jahrhunderts gealtert aus; aber er hatte seinen Schwur gehalten und geherrscht wie kein

Coronal vor ihm und wahscheinlich auch keiner mehr nach ihm, er hatte im Glayge-Tal gekämpft, in den heißen Ländern des Südens, in den dichten Wäldern des Nordostens, auf den fruchtbaren Ebenen am Golf von Stoien, und hatte die Gestaltveränderer Jahr um Jahr mit seinen zwanzig Armeen umzingelt und in Lager gesperrt. Und nun hatte er die Aufgabe fast erledigt, nur die Guerillas im Nordwesten waren noch frei – ein dauernder Krieg, ein langes, dem Krieg gewidmetes Leben, kaum jemals Zeit, ins milde Klima des Burgbergs und zu den Freuden des Throns zurückzukehren. Eremoil hatte sich gelegentlich gefragt, während sich der Krieg hinzog, wie Lord Stiamot reagieren würde, sollte der Ponitfex sterben und er zur anderen Königswürde berufen und gezwungen werden, seinen Wohnsitz ins Labyrinth zu verlegen: Würde er sich weigern und die Krone des Coronals behalten, damit er auf dem Schlachtfeld bleiben konnte? Aber der Pontifex erfreute sich bester Gesundheit, sagte man, und Lord Stiamot war nun der müde alte Mann, der selbst schon am Rande des Grabes zu stehen schien. Eremoil verstand plötzlich, was Aibil Kattikawn nicht begriffen hatte, warum Lord Stiamot die Endphase des Krieges so schnell wie möglich zum Abschluß bringen wollte, ungeachtet der Kosten.

Der Coronal sagte: »Wen haben wir denn da? Ist das Finiwain?«

»Eremoil, mein Lord. Befehlshaber der Streitkräfte, die die Verbrennung ausführen.«

»Eremoil. Ja. Eremoil. Ich erinnere mich. Kommen Sie, setzen Sie sich zu uns. Wir danken dem Göttlichen für die Beendigung des Krieges, Eremoil. Diese Menschen sind von meiner Mutter zu mir gekommen, der Lady der Insel, die uns in unseren Träumen behütet, und wir werden die Nacht damit verbringen, Dankgebete zu sprechen, denn am Morgen wird der Feuerkreis vollständig sein. Eh, Eremoil! Kommen Sie, setzen Sie sich zu uns! Sie kennen doch die Lieder der Lady, nicht?«

Eremoil hörte die spröde, zitternde Stimme des Coronals mit einem Schock. Diese krächzenden, trokkenen Laute waren alles, was von einer einst majestätischen Stimme geblieben war. Dieser Held, dieser Halbgott, war von seinem langen Feldzug aufgebraucht und verschlissen worden; nichts mehr war von ihm übrig; er war ein Gespenst, ein Schatten. Als er ihn so sah, fragte Eremoil sich, ob Lord Stiamot jemals die mächtige Gestalt der Erinnerung gewesen war, oder ob alles nur auf Mythenschöpfung und Propaganda beruhte, und der Coronal schon immer weniger gewesen war, als das Auge sah.

Lord Stiamot winkte. Eremoil ging widerstrebend näher zu ihm.

Er dachte daran, was er sagen wollte, weswegen er hergekommen war. *Mein Lord, ein Mann lebt im Gebiet des Feuers, und er will seinen Besitz nicht verlassen und sich auch nicht entfernen lassen, und wir können ihn nur unter Verlust von Menschenleben holen, und, mein Lord, er ist ein zu guter Mann, ihn auf diese Weise sterben zu lassen. Daher bitte ich Sie, mein Lord, das Verbrennen abzublasen, vielleicht eine andere Strategie auszudenken, damit wir die Metamorphen greifen können, wenn sie aus der Feuerzone fliehen, die Zerstörung aber nicht über den Punkt hinaus fortsetzen müssen, den sie bereits erreicht hat, weil –*

Nein.

Er erkannte die völlige Unmöglichkeit, den Coronal

davon zu überzeugen, das Ende des Krieges auch nur um eine Stunde hinauszuzögern. Nicht um Kattikawns willen, nicht um Eremoils willen, nicht um seiner Mutter, der heiligen Lady willen, konnte das Verbrennen aufgehalten werden, denn dies waren die letzten Tage des Krieges, und das Verlangen des Coronals, zum Ende zu kommen, war die vorherrschende Kraft, die alle anderen überrollte. Eremoil konnte versuchen, dem Verbrennen auf eigene Faust Einhalt zu gebieten, aber er konnte den Coronal nicht um seine Zustimmung bitten.

Lord Stiamot wandte den Kopf in Eremoils Richtung.

»Was gibt es, Oberst? Was beschäftigt Sie? Hier. Setzen Sie sich zu mir. Singen Sie mit mir, Oberst. Erheben Sie Ihre Stimme zum Dankeslied.«

Sie begannen einen Psalm, eine Melodie, die Eremoil nicht kannte. Er summte mit und improvisierte eine Harmonie. Danach sangen sie einen weiteren, und noch einen, und den kannte Eremoil; er sang mit, aber in tonloser, hohler Weise. Die Dämmerung konnte nicht mehr weit sein. Langsam trat er in den Schatten und aus dem Zelt heraus. Ja, da war die Sonne, die ihr erstes grünes Licht über die Kuppe des Berges Haimon ergoß, wenn es auch noch eine Stunde dauern würde, bis sie am Himmel stand und ihre Strahlen auch die zum Untergang verurteilten Täler im Südwesten erreichen würden. Eremoil sehnte sich nach einer ganzen Woche Schlaf. Er sah nach dem Adjutanten und sagte: »Können Sie meinem Untergebenen auf dem Mount Zygnor eine Botschaft übermitteln?«

»Selbstverständlich, Sir.«

»Sagen Sie ihm, er soll den Befehl über die nächste Phase der Verbrennung übernehmen und wie geplant fortfahren. Ich werde den Tag über hierbleiben und heute abend wieder in mein Hauptquartier zurückkehren, wenn ich mich etwas ausgeruht habe.«

»Ja, Sir.«

Eremoil wandte sich ab und sah nach Westen, der immer noch von der Nacht eingehüllt war, abgesehen vom schrecklichen Schein der Feuerzone. Wahrscheinlich war Aibil Kattikawn die ganze Nacht über mit Pumpen und Schläuchen beschäftigt gewesen, um sein Land zu nässen. Natürlich würde das nichts nützen; ein Feuer dieser Größenordnung verschlang alles in seinem Weg und brannte, bis nichts mehr übrig war. Daher würde Kattikawn sterben, und das Ziegeldach seines Hauses würde einstürzen, und nichts konnte das verhindern. Er konnte nur gerettet werden, wenn das Leben unschuldiger Soldaten riskiert wurde, und wahrscheinlich nicht einmal dann; oder er konnte gerettet werden, wenn Eremoil sich über die Befehle Lord Stiamots hinwegsetzte, aber nicht für lange. Er würde also sterben. Nach neun Jahren auf dem Schlachtfeld, dachte Eremoil, bin ich endlich die Ursache dafür, daß ein Leben verlorengeht, und es ist das Leben eines unserer eigenen Bürger. So sei es. So sei es.

Er blieb auf dem Aussichtsposten, müde, aber außerstande, sich zu entfernen, und eine Stunde verstrich, bis er die ersten grellen Explosionen in der Nähe von Bizfern sah, oder vielleicht Domgrave, und er wußte, daß das letzte Bombardement begonnen hatte. Der Krieg wird bald vorbei sein, sagte er zu sich. Die letzten unserer Feinde fliehen zur Küste, wo man sie einfangen und nach Übersee transportieren wird, und dann wird die Welt wieder zur Ruhe kommen. Er spürte die Wärme der Sommersonne auf dem Rücken und die Wärme des sich ausbreitenden Feuers auf den Wangen. Die Welt wird wieder zur Ruhe kommen, dachte er und suchte sich einen Schlafplatz.

BUCH DREI

Im fünften Jahr der Reise

Diese Geschichte war völlig anders als die erste. Hissune ist weniger aus der Fassung, weniger erschüttert; es ist eine traurige und bewegende Geschichte, aber sie erschüttert die Tiefen seiner Seele nicht in der Weise, wie es die Umarmung von Menschenfrau und Ghayrog getan hat. Und doch hat er aus ihr viel über die Natur der Verantwortung gelernt, über die Konflikte, welche zwischen rivalisierenden Kräften entbrennen können, ohne daß man sagen könnte, eine von ihnen wäre im Unrecht; und auch über die Bedeutung von wahrem geistigem Frieden hat er etwas erfahren. Und schließlich erfuhr er noch etwas über den Prozeß der Mythenschöpfung: Denn in der ganzen Geschichte Majipoors gibt es keinen, der gottähnlicher wäre als Lord Stiamot, der schillernde Krieger-König, der die Macht der bösen und bedrohlichen Gestaltveränderer brach, und achttausend Jahre der Verehrung haben ihn in ein ehrfurchtgebietendes Wesen von großer Majestät und großem Ruhm verwandelt. Dieser Lord Stiamot des Mythos existiert immer noch in Hissunes Vorstellung, aber es ist notwendig geworden, ihn beiseite zu rücken, um auch dem Stiamot Platz zu machen, den er durch Eremoils Augen gesehen hat – diesen müden, ausgezehrten kleinen alten Mann, der im Verlauf einer lebenslangen Schlacht seine Seele zu Asche ausbrannte. Ein Held? Sicher, nur für die Metamorphen wahrscheinlich nicht. Aber ein Halbgott? Nein, ein menschliches Wesen, allzu menschlich, zerbrechlich und verletzbar und müde. Es ist wichtig, das niemals zu vergessen, sagt Hissune sich, und in diesem Augenblick wird ihm klar, daß diese gestohlenen Minuten im Seelenregister ihm die wahre Ausbildung ersetzen, ihm den Doktortitel im Leben verschaffen.

Es dauert lange, bis er sich für eine weitere Episode gewappnet fühlt. Doch mit der Zeit sickert der Staub der Steuerarchive durch die Tiefen seines Wesens, und er sehnt sich nach einer Ablenkung, einem Abenteuer. Also, zurück zum Register. Eine weitere Legende wartet darauf, erforscht zu werden; denn vor langer Zeit machte sich ein Schiff voller Narren auf, um das Große Meer zu überqueren – wenn je ein irrsinniges Unternehmen geplant wurde, dann dieses, aber es war auf ruhmreiche Weise irrsinnig, und Hissune beschließt, eine Passage an Bord dieses Schiffes zu buchen und herauszufinden, was mit der Mannschaft geschehen ist. Nach einigen Nachforschungen kann er den Namen des Kapitäns herausfinden: Sinnabor Lavon, ein Bewohner des Burgbergs. Hissunes Finger huschen geschickt über die Tasten, geben Datum ein, Namen, Ort, und dann lehnt er sich erwartungsvoll und gespannt zurück, bereit, in See zu stechen.

Im fünften Jahr der Reise bemerkte Sinnabor Lavon die ersten Halme von Drachengras, die sich am Rumpf des Schiffes entlang im Meer krümmten und wanden.

Er hatte natürlich keine Vorstellung davon, woraus es bestand, denn niemand auf Majipoor hatte je zuvor Drachengras gesehen. Diese fernen Winkel des Großen Meeres waren noch nie erforscht worden. Aber er wußte, daß dies das fünfte Jahr der Reise war, denn jeden Morgen hatte Sinnabor Lavon Datum und Schiffsposition in sein Logbuch eingetragen, so daß die Forscher ihren psychologischen Bezug auf diesem grenzenlosen und monotonen Meer nicht verlieren würden. Deshalb war er sicher, daß dieser Tag im zwanzigsten Jahrhundert des Ponitfikats von Dizimaule lag, in dem Lord Arioc der Coronal war, und daß es das fünfte Jahr war, seit die *Spurifon* vom Hafen von Til-omon abgelegt hatte und sich auf ihrer Reise rund um die Welt befand.

Er mißdeutete das Drachengras zuerst als Masse von Seeschlangen. Es schien sich durch eine innere Kraft fortzubewegen, hüpfte, schlängelte sich, zog sich zusammen und entspannte sich. Gegen das ruhige Wasser glomm es in einer schimmernden Farbenpracht, jeder Strang irisierte, zeigte Schimmer von Smaragdgrün, Indigo und Zinnoberrot. Es gab einen kleinen Flecken davon an der Backbord- und einen breiteren Streifen an der Steuerbordseite.

Lavon blickte über die Reling auf das tiefer liegende Deck und sah unter sich ein abgerissenes, vierarmiges Trio: die Skandar-Mannschaft, die Netze flickte oder vorgab, es zu tun. Wie so viele der Mannschaft waren sie vor langer Zeit der Reise überdrüssig geworden. »Ihr da!« rief Lavon. »Nehmt den Wasserschöpfer raus! Und holt ein paar von diesen Schlangen ein!«

»Schlangen, Kapitän? Welche Schlangen meinen Sie?«

»Da! Da! Seht ihr sie denn nicht?«

Die Skandars starrten ins Wasser und dann, mit einem gewissen herablassenden Ernst, wieder auf Sinnabor Lavon. »Meinen Sie das Gras im Wasser?«

Lavon besah sich die Sache näher. Gras? Das Schiff war schon an den ersten Flecken vorbei, aber weiter vorn gab es noch größere Massen davon. Er blickte verstohlen um sich und versuchte, ein paar einzelne Stränge aus dem treibenden Knäuel herauszufinden. Die Masse bewegte sich wie Schlangen. Aber dennoch konnte Lavon weder Köpfe noch Augen erkennen. Nun, dann war es möglicherweise Gras. Er gestikulierte ungeduldig, und die Skandars begannen ohne Eile den am Bug montierten Teleskopgreifer auszufahren, mit dem biologische Proben aufgesammelt wurden.

In der Zwischenzeit hatte Lavon das untere Deck erreicht; ein tropfender kleiner Grashügel war auf den Brettern ausgebreitet worden, und ein halbes Dutzend Leute der Mannschaft hatte sich darum versammelt: erster Maat Vormecht, Hauptnavigator Galimoin, Joachil Noor und ein paar ihrer Wissenschaftler sowie Mikdal Hasz, der Chronist. Ein scharfer Ammoniakgeruch schwebte in der Luft. Die drei Skandars standen abseits, hielten sich ostentativ die Nasen zu und murrten, aber die anderen lachten, deuteten auf das Gras und schlugen darauf. Sie schienen aufgeregter und lebhafter zu sein als während der Wochen zuvor.

Lavon kniete sich neben sie. Zweifellos war die Masse ein Seetang von besonderer Art, jeder flache, fleischige Strang so lang wie ein Mann, so breit wie ein

Unterarm und so dick wie ein Finger. Er zuckte und hüpfte konvulsivisch, als ob er an Fäden hinge, aber seine Bewegungen wurden von Moment zu Moment merklich langsamer, während er trocknete, und die brillanten Farben verblaßten rasch.

»Schöpft noch ein paar Stränge mehr!« wies Joachil Noor die Skandars an. »Und dieses Mal steckt sie in einen Bottich Meerwasser, um sie am Leben zu erhalten.«

Die Skandars bewegten sich nicht. »Der Gestank – so ein ekelhafter Gestank ...«, grunzte eines der haarigen Wesen.

Joachil Noor ging auf sie zu – die kleine drahtige Frau sah neben den gigantischen Kreaturen wie ein Kind aus – und erhob brüsk die Hand. Die Skandars zuckten mit den Achseln und schlenderten zu ihrer Arbeit.

Sinnabor Lavon fragte: »Was wollen Sie damit?«

»Algen. Eine unbekannte Spezies, aber bisher ist alles auf dem Meer unbekannt. Die Farbwechsel sind interessant. Ich weiß nicht, ob sie auf Pigmentfluktuationen basieren oder einfach das Ergebnis optischer Täuschungen sind, das Spiel von Licht über den sich verschiebenden epidermischen Schichten.«

»Und die Bewegungen? Algen haben keine Muskeln.«

»Viele Pflanzen sind der Bewegung fähig. Geringe Oszillationen von elektrischen Strömungen sind der Grund für Veränderungen von Flüssigkeitskolonnen innerhalb der Pflanzenstruktur – kennen Sie die Sensitivos vom nordwestlichen Zimroel? Man ruft sie an, und sie kringeln sich. Meerwasser ist ein ausgezeichneter Leiter; diese Alge muß alle Arten elektrischer

Impulse aufnehmen. Wir werden sie sorgfältig studieren.« Joachil Noor lächelte. »Ich meine, es ist ein Geschenk Gottes. Eine weitere Woche ödes Meer, und ich wäre über Bord gesprungen.«

Lavon nickte. Er hatte es auch gefühlt: diese versteckte, tödliche Langeweile, dieses erschreckende, erstickende Gefühl, sich selbst auf eine endlose Reise nach nirgendwo verbannt zu haben. Sogar er, der sieben Jahre seines Lebens damit verbracht hatte, diese Expedition zu organisieren, und willens war, den Rest davon bis zum Abschluß zu ertragen, sogar er war im fünften Jahr der Reise von Teilnahmslosigkeit gelähmt und von Apathie betäubt –

»Heute abend erstatten Sie uns Bericht, ja?« sagte er. »Präliminarische Funde. Außergewöhnliche neue Spezies von Seetang.«

Joachil Noor machte ein Zeichen, und die Skandaras hoben den Bottich mit Seetang auf ihre breiten Rücken und trugen ihn zum Laboratorium. Die drei Biologen folgten.

»Es gibt sehr viel davon für ihre Studien«, sagte Vormecht. Der erste Maat zeigte darauf. »Seht mal, da! Das Meer vor uns ist damit eingedickt!«

»Vielleicht zu dick?« sagte Mikdal Hasz.

Sinnabor Lavon wandte sich dem Chronisten zu, einem kleinen Mann mit blassen Augen und trockener Stimme, dessen eine Schulter höher war als die andere. »Was meinen Sie damit?«

»Ich meine umwickelte Rotoren, Kapitän. Wenn der Seetang noch dicker wird. Es gibt Geschichten von der Alten Erde, die ich gelesen habe, von Ozeanen, wo der Tang undurchdringlich war, wo Schiffe hoffnungslos darin verstrickt waren, die Mannschaften von Krebsen und Fischen lebten und schließlich vor Durst starben, aber die Schiffe schwammen jahrhundertelang weiter und hatten nur Skelette an Bord …«

Hauptnavigator Galimoin schnaubte. »Phantastereien! Fabeln!«

»Und wenn uns das passiert?« fragte Mikdal Hasz.

Vormecht erwiderte: »Wie wahrscheinlich ist das?«

Lavon erkannte, daß ihn alle anstarrten. Er blickte aufs Meer. Ja, der Seetang schien dicker; unter dem Bug sammelte er sich in geballten Klumpen, und seine rhythmischen Zuckungen ließen die flache, teilnahmslose Wasseroberfläche pulsieren und geschwollen erscheinen. Jedoch lagen breite Kanäle zwischen den einzelnen Klumpen. War es möglich, daß dieser Tang ein Schiff wie die *Spurifon* vollkommen umwickeln konnte? Es war still auf dem Deck. Es war fast komisch: Die furchtbare Bedrohung des Seetangs, die angespannten Offiziere geteilter Meinung und streitsüchtig, und vom Kapitän wurde verlangt, eine Entscheidung zu treffen, die Leben oder Tod bedeuten konnte –

Die wirkliche Bedrohung, dachte Lavon, ist nicht der Seetang, sondern die Langeweile. Monatelang war die Reise so ereignislos verlaufen, daß die Tage zu einer Leere geworden waren, die mit verzweifelter Unterhaltung angefüllt werden mußte. Jeden Morgen ging die bronzegrüne Sonne der Tropen über Zimroel auf; um die Mittagszeit loderte sie aus einem wolkenlosen Himmel; am Nachmittag tauchte sie in den unbegreiflichen, fernen Horizont ein, und am nächsten Tag geschah dasselbe. Wochenlang hatte es nicht geregnet, keine Wetterveränderungen irgendeiner Art. Das Große Meer füllte das ganze Universum. Sie sahen kein Land, nicht einmal den Schatten einer Insel so weit draußen, keine Vögel, keine Wasserkreaturen. Bei solch einem Leben wurde eine unbekannte Seetang-Spezies zu einer aufregenden Neuigkeit. Eine grimmige Ruhelosigkeit verzehrte die Seelen der Reisenden, dieser pflichtbewußten und hingebungsvollen Forscher, die einmal Lavons Vision einer epischen Suche geteilt hatten, aber jetzt grimmig und elend die Gewissensqualen erduldeten, daß sie ihr Leben in einem Moment romantischer Tollheit weggeworfen hatten. Keiner hatte erwartet, daß es so werden würde, als sie ablegten, um die erste Überquerung des Großen Meeres in der Geschichte zu wagen, das fast die Hälfte ihres gigantischen Planeten mit Beschlag belegte. Sie hatten sich tägliche Abenteuer vorgestellt, neue Bestien phantastischer Natur, unbekannte Inseln, heroische Stürme, einen Himmel, durchzogen von Blitzen und mit Wolken in fünfzig unbekannten Farben. Aber nicht das, diese bedrückende Gleichheit, diese eintönige Wiederholung der Tage. Lavon hatte schon begonnen, die Risiken einer Meuterei einzukalkulieren, denn es konnte noch sieben oder neun oder noch elf Jahre dauern, bis sie am Ufer des weit entfernten Alhanroel anlegten, und er zweifelte daran, daß es viele an Bord gab, die den Mut hatten, es bis zum Ende durchzustehen. Es mußte Dutzende geben, die begonnen hatten, Träume zu träumen, in denen sie das Schiff wendeten und wieder nach Zimroel zurückfuhren; es gab Zeiten, in denen er selbst davon träumte. Deshalb will ich die Risiken suchen, dachte er, und sie, wenn notwendig, in der Phantasie herstellen. Deshalb will ich dem Risiko des Seetangs, ob nun wahr oder nur in der Vorstellung, tapfer ins

Auge blicken. Die Möglichkeit einer Gefahr wird uns aus unserer tödlichen Lethargie reißen.

»Wir werden es mit dem Seetang aufnehmen«, sagte Lavon. »Laßt uns darauf zusteuern.«

Innerhalb einer Stunde begann er zu zweifeln. Von der Brücke starrte er vorsichtig auf den eingedickten Seetang hinunter. Dieser bildete jetzt kleine Inseln, fünfzig oder hundert Meter entfernt, und die Kanäle dazwischen waren enger. Die ganze Meeresoberfläche war in Bewegung, sie bebte und zitterte. Unter den versengenden Strahlen einer fast senkrechten Sonne wurde der Seetang farbenprächtiger, glitt wie unter Zwang von Farbton zu Farbton, als ob er durch den Zustrom von Sonnenenergie aufgepumpt würde. Er sah Kreaturen, die sich in den dichten Strängen bewegten: enorme, vielbeinige, krebsähnliche Dinge, sphärisch, mit knotigen grünen Schalen; und geschmeidige Schlangentiere in der Art eines Tintenfischs, die andere Lebensformen fraßen, so klein, daß sie Lavon nicht sehen konnte.

Vormecht sagte nervös: »Vielleicht eine Kursänderung ...«

»Vielleicht«, entgegnete Lavon. »Ich werde jemanden in den Ausguck schicken, der uns dann sagt, wie weit sich dieser Schlamassel ausdehnt.«

Den Kurs zu ändern, sei es auch nur um ein paar Grad, traf bei ihm auf taube Ohren. Sein Kurs war festgelegt, seine Gedanken waren fixiert, er fürchtete, daß die kleinste Abweichung seine zerbrechliche Anordnung sprengen würde. Und dennoch war er kein Besessener, der mit allen Mitteln vorwärts wollte, ohne auf das Risiko zu achten. Er sah einzig und allein, wie leicht die Menschen der *Spurifon* auch das noch verlieren konnten, was von ihrer Hingabe für die immense Unternehmung übriggeblieben war, für die sie sich eingeschifft hatten.

Es war das goldene Zeitalter Majipoors, eine Zeit heroischer Gestalten und großartiger Taten. Forscher reisten überall hin, in das wüstenähnliche Ödland von Suvrael, in die Wälder und Sümpfe von Zimroel, in die unberührten Außenbezirke von Alhanroel und auf die Archipele und Inselgruppen, die die drei Kontinente begrenzten. Die Bevölkerung wuchs rasch; Städte wurden zu Großstädten und Großstädte zu unvorstellbar riesigen Metropolen; nichtmenschliche Siedler wanderten von den Nachbarwelten ein, um hier ihr Glück zu machen; alles war Aufregung, Veränderung, Wachstum. Und Sinnabor Lavon hatte für sich die verrückteste Heldentat von allen ausgewählt: das Große Meer mit dem Schiff zu überqueren. Keiner hatte es bisher versucht. Vom Raum aus konnte man erkennen, daß der gewaltige Planet halb aus Wasser bestand, daß die Kontinente – so riesig sie auch waren – vom blanken Meeresspiegel schier verdrängt wurden. Und obwohl es ein paar tausend Jahre her war, seit die menschliche Kolonisierung von Majipoor begonnen hatte, gab es an Land immer noch viel Arbeit, und das Große Meer war sich selbst und den Meeresdrachenrudeln überlassen, die es unermüdlich in schier endlos dauernden Wanderzügen von Westen nach Osten durchquerten.

Aber Lavon liebte Majipoor und sehnte sich danach, es ganz zu umarmen. Er hatte es von Amblemorn am Fuße des Schloßberges bis nach Til-omon am anderen Ufer des Großen Meeres überquert; und jetzt, gedrängt durch die Notwendigkeit, den Kreis zu schließen, hatte er seine ganzen Mittel und Energien in die Ausstattung dieses achtunggebietenden Schiffes gesteckt, das so unabhängig und selbständig wie eine Insel war; und an Bord befand sich eine Mannschaft, die genauso verrückt war wie er, und die beabsichtigte, ein Jahrzehnt oder mehr mit der Erforschung dieses unbekannten Ozeans zu verbringen. Er wußte – und wahrscheinlich wußten sie es auch –, daß sie sich auf etwas eingelassen hatten, das sich als unlösbare Aufgabe entpuppen konnte. Aber wenn sie erfolgreich waren und ihr Schiff sicher in den Hafen von Alhanroels östlicher Küste brachten, wo noch nie ein auf dem Ozean fahrendes Schiff eingelaufen war, würden ihre Namen für immer leben.

»Ahoi!« rief der Mann im Ausguck plötzlich. »Holla, Drachen! Ahoi! Ahoi!«

»Wochenlang Langeweile, und dann alles auf einmal!« murmelte Vormecht.

Lavon sah den Mann im Ausguck, der sich dunkel gegen den blendenden Himmel abhob, starr nach Nordnordwest deuten. Er beschattete die Augen und folgte dem ausgestreckten Arm. Ja! Große bucklige Schatten, die sich gelassen auf sie zubewegten, die Schwanzflossen erhoben, die Flügel an den Körper gepreßt oder, bei manchen, großartig ausgestreckt –

»Drachen!« rief Galimoin. »Seht doch, Drachen!« riefen ein paar andere Stimmen auf einmal.

Die *Spurifon* war während der Reise schon früher auf zwei Herden von Meeresdrachen gestoßen: Sie waren gerade sechs Monate auf See gewesen und hatten sich unter den Inseln befunden, die sie Stiamot-Archipel nannten; und dann wieder zwei Jahre danach, in dem Teil des Ozeans, dem sie den Namen Arioc-Tiefe gegeben hatten. Beide Male waren die Herden riesig gewesen, Hunderte der gewaltigen Kreaturen mit vielen trächtigen Kühen, doch sie waren der *Spurifon* ferngeblieben. Aber die hier schienen nur die Außenseiter ihrer Herde zu sein, nicht mehr als fünfzehn oder zwanzig, eine Handvoll riesiger Männchen, und die anderen Jünglinge, die kaum vierzig Fuß lang waren. Der sich windende Seetang schien belanglos zu werden, als sich die Drachen näherten. Auf einmal befand sich jeder an Deck und tanzte fast vor Aufregung.

Lavon umfaßte fest die Reling. Er hatte das Risiko um des Zeitvertreibs willen gewollt: Nun, hier war das Risiko. Ein wütender ausgewachsener Meeresdrachen konnte ein Schiff (sogar eines, das so gut geschützt war wie die *Spurifon*) mit einigen kräftigen Schlägen lahmlegen. Nur selten attackierten sie Schiffe, die sie nicht zuerst angegriffen hatten, aber es war bekannt, daß es geschehen konnte. Nahmen diese Kreaturen an, die *Spurifon* sei ein Drachenfänger? Jedes Jahr streifte eine neue Herde von Meeresdrachen durch die Fahrrinne zwischen Piliplok und der Insel des Schlafs, wo die Jagd auf sie erlaubt war und ganze Drachenfängerflotten ihre Zahl immens ausdünnten, diese großen hier mußten letzte Überlebende eines Massakers sein, und wer konnte genau sagen, welche Rachegelüste sie hegten? Die Harpunisten der *Spurifon* machten sich auf ein Zeichen Lavons hin bereit.

Aber der Angriff erfolgte nicht. Die Drachen schienen das Schiff als Kuriosität, und sonst nichts, zu sehen. Sie waren gekommen, um zu fressen. Als sie die ersten Seetangknäuel erreicht hatten, öffneten sie die gewaltigen Mäuler und begannen, die Gewächse in Bündeln hinunterzuschlingen, dabei saugten sie alle tintenfischähnlichen, krebsähnlichen Lebewesen mit ein. Mehrere Stunden streiften sie inmitten des Seetangs umher; und dann, wie nach einer gemeinsamen Übereinkunft, tauchten sie unter die Oberfläche und waren innerhalb weniger Minuten verschwunden.

Ein weiterer Kreis offener See umgab jetzt die *Spurifon*.

»Die müssen das Zeug tonnenweise gefressen haben«, murmelte Lafon. »Tonnenweise!«

»Und jetzt ist unser Weg sauber«, sagte Galimoin.

Vormecht schüttelte den Kopf. »Nein. Sehen Sie es, Kapitän? Drachengras weiter vorn. Dick, dicker, am dicksten!«

Lavon starrte in die Ferne. Wo auch immer er hinsah, befand sich eine dünne dunkle Linie am Horizont.

»Land«, schlug Galimoin vor. »Inseln – Atolle –«

»Um uns herum?« entgegnete Vormecht spöttisch. »Nein Galimoin. Wir sind genau in die Mitte dieses Drachengras-Kontinents hineingesegelt. Die Öffnung, die die Drachen für uns gefressen haben, ist nur eine optische Täuschung. Wir sind gefangen!«

»Das ist doch nur Seetang«, antwortete Galimoin. »Wenn es sein muß, werden wir uns unseren Weg hindurchschneiden.«

Unschlüssig beobachtete Lavon den Horizont. Er begann Vormechts Unbehagen zu teilen. Vor ein paar Stunden war das Drachengras lediglich strangweise vorgekommen, dann in vereinzelten Fächern und Bündeln; aber obwohl sich das Schiff im Augenblick in klarem Wasser befand, sah es jetzt wirklich so aus, als ob ein geschlossener Ring aus Seetang sie an Bug und Heck umschlösse. Und konnte es möglicherweise so dick werden, daß es ihre Weiterfahrt blockierte?

Das Zwielicht verblaßte. Die warme, schwere Luft wurde rosa und dann schnell grau. Dunkelheit legte sich aus dem östlichen Himmel über die Reisenden.

»Wir werden morgen früh Boote aussetzen und sehen, was es zu sehen gibt«, ordnete Lavon an.

An diesem Abend berichtete Joachil Noor nach dem Essen über das Drachengras: Eine riesige Alge, erklärte sie, mit einer komplizierten Biochemie, durchaus einer eingehenderen Untersuchung wert. Sie sprach ausführlich über das komplexe System der Farbknoten und die beachtliche Fähigkeit, sich zusammenzuziehen und zu entspannen. Jeder an Bord, sogar einige, die wochenlang im Nebel hoffnungsloser Depression verloren gewesen waren, versammelten sich, um die Exemplare im Bottich zu betrachten, sie zu berühren, Vermutungen und Kommentare abzugeben. Sinnabor Lavon freute sich, nach Wochen der Flaute wieder einmal solche Lebhaftigkeit an Bord der *Spurifon* zu sehen.

In dieser Nacht träumte er, daß er auf dem Wasser tanzte und ein lebhaftes Solo in einer Art abstraktem Ballett aufführte. Das Drachengras unter seinen flinken Füßen war fest und elastisch.

Eine Stunde vor Sonnenaufgang wurde er durch ein kräftiges Pochen an seiner Kabinentür geweckt. Ein Skandar stand draußen – Skeen, der die dritte Wache hielt. »Kommen Sie schnell – das Drachengras, Kapitän –«

Das Ausmaß der Katastrophe war sogar beim schwachen perligen Schimmer des neuen Tages zu erkennen. Die ganze Nacht waren die *Spurifon* und auch das Drachengras in Bewegung gewesen, und jetzt lag das Schiff im Herzen einer festgewobenen Seetangmasse, die sich bis ans Ende des Universums zu erstrecken schien. Die Landschaft, die sich ihnen darbot, als der erste grüne Streifen des Morgens den Himmel färbte, glich einer Traumlandschaft: ein einziger undurchdringlicher Teppich aus einer Milliarde mal einer Milliarde verknoteter Stränge, dessen Oberfläche pulsierte, sich bog, sich aufbäumte und zitterte, und seine Farben schoben sich überall durch ein ruheloses Spektrum tiefer, ausdrucksstarker Farbtöne. Hier und da konnte man die Bewohner dieses unendlich verwirrten Netzwerks sehen, die entweder davoneilten, krochen, glitten, krabbelten, kletterten oder hüpften. Aus den dichten, umschlungenen Seetangmassen stieg ein Geruch auf, der so durchdringend war, daß es schien, als würde er direkt durch die Nasenlöcher bis ganz hinten in den Schädel dringen. Kein freies Wasser war zu sehen. Die *Spurifon* lag still; sie war steckengeblieben und so bewegungslos, als wäre sie in der Nacht Tausende von Meilen über Land gewandert, bis zum Herzen der Wüste von Suvrael.

Lavon sah zu Vormecht, dem ersten Maat – gestern noch gereizt und verdrossen –, dessen Gesicht jetzt einen ruhigen, selbstgerechten Ausdruck zeigte, und zu dem Hauptnavigator Galimoin, dessen prahlerisches Vertrauen nun einer gespannten und unbeständigen Stimmung gewichen war, die sich in einem starren Blick und dem grimmigen Zusammenpressen der Lippen zeigte.

»Ich habe die Motoren abgestellt«, sagte Vormecht. »Wir haben Drachengras durch den Kiel angesaugt. Die Rotoren waren sofort verstopft.«

»Können sie wieder gereinigt werden?« fragte Lavon.

»Wir machen sie gerade sauber«, antwortete Vormecht. »Aber in dem Moment, wo wir wieder starten, werden wir durch jede Öffnung Seetang hereinbekommen.«

Lavon betrachtete Galimoin finster und sagte: »Waren Sie in der Lage, den Umfang der Seetangmasse zu messen?«

»Wir können nicht darunter sehen, Kapitän.«

»Und haben Sie die Tiefe ausgelotet?«

»Es gleicht einem Rasen. Wir kommen mit unserem Lot nicht durch.«

Lavon atmete ganz langsam aus. »Laßt die Boote zu Wasser. Wir müssen überprüfen, was wir vor uns haben. Vormecht, schicken Sie zwei Taucher hinunter, die herausfinden sollen, wie tief der Seetang reicht und ob es einen Weg gibt, wie wir unsere Öffnungen dagegen abschirmen können. Und bitten Sie Joachil Noor hierher.«

Die kleine Biologin erschien prompt, sie sah müde, aber seltsamerweise fröhlich aus. Bevor Lavon etwas sagen konnte, sagte sie: »Ich war die ganze Nacht auf, um diese Algen zu studieren. Es sind Metallfixierer mit einer schweren Konzentration an Rhenium und Vanadium in ihrer –«

»Haben Sie bemerkt, daß wir angehalten haben?«

Sie schien demgegenüber gleichgültig. »Ja, das habe ich bemerkt.«

»Wir befinden uns in einer uralten lebenden Fabel,

in der Schiffe durch undurchdringlichen Tang gefangen und zu Wracks werden. Wir werden sehr lange Zeit hierbleiben müssen.«

»Das gibt uns Gelegenheit, diese einzigartige ökologische Provinz genauer zu studieren, Kapitän.«

»Vielleicht den Rest Ihres Lebens.«

»Glauben Sie das?« fragte Joachil Noor nun doch überrascht.

»Ich weiß es nicht. Aber ich möchte, daß Sie das Ziel Ihrer Studien erst einmal verschieben. Finden Sie heraus, was diesen Tang tötet – abgesehen vom Aussetzen in der Luft. Wir müssen vielleicht einen biologischen Krieg gegen ihn führen, falls wir jemals wieder hier herauskommen wollen. Ich will eine Chemikalie, eine Methode, irgendeinen Plan, der das Zeug von unseren Rotoren fernhält.«

»Fangen Sie ein paar Meeresdrachen«, sagte Joachil Noor plötzlich, »binden Sie sie an jede Seite des Bugs und lassen sie sich und damit *uns* freifressen.«

Sinnabor Lavon lächelte nicht. »Denken Sie ernsthafter darüber nach«, antwortete er, »und berichten Sie später.«

Er sah zu, wie zwei Boote zu Wasser gelassen wurden, jedes mit einer Gruppe aus vier Männern besetzt. Lavon hoffte, daß die Außenbordmotoren imstande wären, vom Drachengras freizubleiben, aber das war ganz und gar nicht der Fall: Fast sofort wurden die Schrauben umwickelt, und die Männer im Boot mußten die Ruder hervorholen und einen langsamen, zermürbenden Kurs durch den Tang rudern, während sie gelegentlich anhielten, um mit Knüppeln die furchtlosen, riesigen Krustentiere zu vertreiben, die über die Oberfläche der würgenden See wanderten. Nach fünfzehn Minuten waren die Boote nicht weiter als neunzig Meter vom Schiff entfernt. In der Zwischenzeit waren zwei Taucher, mit Tauchermasken bekleidet, hinuntergestiegen, der eine ein Hjort, der andere ein Mensch, hackten am Schiff entlang Öffnungen in das Drachengras und verschwanden in der klumpigen Tiefe. Als sie nach einer halben Stunde noch nicht aufgetaucht waren, fragte Lavon seinen ersten Maat: »Vormecht, wie lange können die Männer mit diesen Masken unter Wasser bleiben?«

»Ungefähr bis jetzt, Kapitän. Ein Hjort vielleicht ein bißchen länger, aber nicht sehr.«

»Das dachte ich auch.«

»Wir können ihnen kaum noch mehr Taucher nachsenden, nicht wahr?«

»Kaum«, entgegnete Lavon finster. »Glauben Sie, daß das Unterseeboot in der Lage wäre, den Tang zu durchdringen?«

»Wahrscheinlich nicht.«

»Ich bezweifle es auch. Aber wir müssen es versuchen. Rufen Sie nach Freiwilligen.«

Die *Spurifon* transportierte ein kleines Unterseeboot mit sich, das für wissenschaftliche Forschungen vorgesehen war. Monatelang war es nicht benutzt worden, und bis es fertig war, um zu Wasser gelassen zu werden, verging mehr als eine Stunde; das Schicksal der beiden Taucher war gewiß, und Lavon fühlte, wie sich die Erkenntnis ihres Todes wie eine kalte Metallhaut über seine Seele legte. Er hatte niemanden gekannt, der anders als in extrem hohem Alter gestorben war, und die Fremdheit eines zufälligen Todes war eine harte Sache für sein Begriffsvermögen, fast so hart wie das Wissen, daß er für das Geschehene verantwortlich war.

Drei Freiwillige kletterten in das Unterseeboot, und es wurde zu Wasser gelassen. Es verharrte einen Moment an der Wasseroberfläche; dann stießen die Besatzungsmitglieder die einziehbaren Klauen heraus, mit denen das Boot ausgerüstet war, und es begann sich wie ein fetter, schwimmender Krebs seinen Weg nach unten zu graben. Das war ein langsames Geschäft, denn das Drachengras schlang sich fest um das Boot, und es wob sein vielfältiges Netz fast so schnell wieder zusammen, wie es die Klauen auseinanderreißen konnten. Aber allmählich glitt das kleine Schiff immer tiefer und war bald außer Sicht.

Galimoin rief durch ein Megaphon etwas vom anderen Deck herunter. Lavon sah auf und erkannte die zwei Boote, die er ausgeschickt hatte und die sich vielleicht eine halbe Meile entfernt durch den Tang schlugen. Aber jetzt war es schon fast Mittag, und in dem blendenden Licht war es schwer auszumachen, welche Richtung sie eingeschlagen hatten, doch sie schienen zurückzukehren.

Lavon wartete allein und ruhig auf der Brücke. Keiner wagte sich ihm zu nähern. Er starrte auf den schwimmenden Teppich aus Drachengras, der hier und da mit merkwürdigen und schrecklichen Lebensformen durchsetzt war, und dachte an die beiden ertrunkenen Männer, an die anderen im Unterseeboot, an die in den Booten und an jene, die sich noch sicher an Bord der *Spurifon* befanden, und alle waren sie in die gleiche groteske Lage verstrickt. Wie leicht wäre es gewesen, dies zu vermeiden, dachte er; und wie einfach, jetzt so zu denken. Und wie nutzlos!

Er blieb bis weit nach Mittag bewegungslos auf seinem Posten, in der Stille, im Dunst, in der Hitze und im Gestank. Dann ging er in seine Kabine. Später kam Vormecht mit der Nachricht zu ihm, daß die Mannschaft des Unterseeboots die Taucher gefunden hatte, die neben den stillgelegten Rotoren hingen und in eine feste Verschnürung aus Drachengras eingehüllt waren, als hätte sich der Tang bewußt um sie geschlungen und sie eingewickelt. Lavon war dieser Ansicht gegenüber skeptisch; sie mußten sich wohl darin verfangen haben, behauptete er, wenn auch ohne Überzeugung. Das Unterseeboot hatte einen harten Stand gehabt und hatte seine Motoren bei dem Versuch fast ausgebrannt, fünfzig Fuß abzusinken. Der Tang, erklärte Vormecht, bildete ein Dutzend Fuß unter der Oberfläche eine solide Schicht. »Was ist mit den Booten?« fragte Lavon, und der erste Maat antwortete ihm, sie seien unbeschadet zurückgekehrt, und die Mannschaft sei von dem anstrengenden Rudern durch den verknoteten Tang erschöpft. Am frühen Morgen hatten sie es bewerkstelligt, sich eine Meile vom Schiff zu entfernen, aber ein Ende des Drachengrasteppichs war nicht zu sehen, nicht einmal eine Öffnung in seinem undurchdringlichen Gewebe. Einer der Bootsmänner war auf dem Rückweg von einer krebsähnlichen Kreatur angegriffen worden, aber mit geringfügigen Schnittwunden davongekommen.

Während des Tages ergab sich keine Änderung der Situation. Keine Veränderung schien möglich. Das Drachengras hatte von der *Spurifon* Besitz ergriffen und schien sie nicht wieder freilassen zu wollen, bis die Reisenden es dazu zwangen, aber Lavon wußte im Augenblick nicht, wie er das bewerkstelligen sollte. Er bat den Chronisten Mikdal Hasz, sich unter die Besatzung der *Spurifon* zu mischen und ihre Stimmung zu ermitteln. »Überwiegend ruhig«, berichtete Hasz. »Ein paar sind mißgelaunt. Doch die meisten finden unsere Lage merkwürdig erfrischend: eine Herausforderung, eine Ablenkung aus der Monotonie der vergangenen Monate.«

»Und Sie?«

»Ich habe Angst, Kapitän. Aber ich will daran glauben, daß wir einen Weg hier heraus finden werden. Und ich reagiere mit unerwarteter Freude auf die Schönheit dieser Landschaft.«

Schönheit? Lavon hatte noch nicht daran gedacht, irgendwo Schönheit zu sehen. Düster starrte er auf das sich meilenweit ausbreitende Drachengras, das bronzerot unter dem blutfarbenen Himmel des Sonnenuntergangs lag. Roter Nebel stieg vom Wasser auf, und in diesem dichten Dunst bewegten sich die Kreaturen der Alge in großer Zahl, so daß die enormen floßähnlichen Tangstrukturen dauernd in Bewegung waren. Schönheit? Eine besondere Art Schönheit, ja, befand Lavon. Er hatte das Gefühl, als sei die *Spurifon* in der Mitte eines riesigen Gemäldes gestrandet, eine große Schriftrolle sanfter, flüssiger Umrisse, die eine traumähnliche, desorientierte Welt ohne Landbegrenzungen darstellte, auf deren flüssiger Oberfläche sich ein unendlicher Wechsel von Mustern und Farben abspielte. Solange er sich davon freimachen konnte, das Drachengras als Feind und Zerstörer von allem anzusehen, das er zustande gebracht hatte, vermochte er bis zu einem gewissen Grad das veränderliche Schimmern und die Formen um sich herum zu bewundern.

Den größten Teil der Nacht lag er wach und suchte

ohne Erfolg nach einer Taktik, die er diesen Gewächsen gegenüber einsetzen konnte.

Der Morgen brachte neue Farben in den Tang, Blaßgrün und Strohgelb unter einem entmutigenden Himmel, der mit dünnen Wolken übersät war. Fünf oder sechs riesige Meeresdrachen waren eine ganze Strecke entfernt zu sehen, die sich langsam einen Weg durchs Wasser fraßen. Wie praktisch es wäre, überlegte Lavon, wenn es die *Spurifon* genauso machte!

Er traf sich mit seinen Offizieren. Sie hatten in der vergangenen Nacht auch die allgemeine Stimmung der Ruhe, ja sogar der Faszination bemerkt. Aber sie entdeckten Spannungen, die an diesem Morgen auftraten. »Sie waren schon entmutigt und hatten Heimweh«, sagte Vormecht, »und jetzt sehen sie hierin eine neue Verzögerung von Tagen oder sogar Wochen.«

»Oder von Monaten, Jahren oder für immer!« fauchte Galimoin. »Glaubst du, daß wir hier jemals wieder rauskommen?«

Die Stimme des Navigators war vor Aufregung verzerrt, und Adern standen an den Seiten seines dicken Halses hervor. Lavon hatte schon vor langer Zeit eine gewisse Labilität bei Galimoin beobachtet, aber er war nicht darauf vorbereitet, wie schnell Galimoin durch das Auftauchen des Seegrases aus der Fassung gebracht würde.

Vormecht schien darüber genauso verblüfft zu sein. Der erste Maat sagte überrascht: »Du hast uns selbst vorgestern erzählt, daß es nur Seetang ist. ›Wir werden uns unseren Weg hindurchschlagen‹. Erinnerst du dich?«

»Da wußte ich noch nicht, was auf uns zukam«, knurrte Galimoin.

Lavon betrachtete Joachil Noor. »Wie steht es mit der Möglichkeit, daß sich dieses Zeug auf Wanderschaft befindet und daß die ganze Formation früher oder später auseinanderbricht und uns freigibt?«

Die Biologin schüttelte den Kopf. »Das kann eintreten. Aber ich sehe keinen Grund, damit zu rechnen. Eher ist dieses Phänomen ein quasipermanentes Ökosystem. Strömungen könnten es in andere Teile des Großen Meeres tragen, und in diesem Fall zieht es uns mit sich.«

»Seht ihr?« erwiderte Galimoin mürrisch. »Hoffnungslos!«

»Noch nicht«, antwortete Lavon. »Vormecht, wäre es möglich, das Unterseeboot einzusetzen, damit es Schirme vor den Öffnungen anbringen könnte?«

»Möglich. Möglich.«

»Versuchen Sie es. Lassen Sie die Arbeiter sofort eine Art Schirm fabrizieren. Joachil Noor, was sagen Sie zu einem chemischen Gegenangriff gegen den Seetang?«

»Wir haben noch Testreihen laufen«, erwiderte sie. »Ich kann Ihnen nichts versprechen.«

Niemand konnte irgend etwas versprechen. Man konnte nur denken und arbeiten und warten und hoffen.

Der Schirmentwurf für die Öffnungen dauerte mehrere Tage; die Schirme zu bauen, dauerte weitere fünf Tage. In der Zwischenzeit experimentierte Joachil Noor mit verschiedenen Methoden, um das Gras um das Schiff herum abzutöten, doch ohne sichtbare Ergebnisse.

In dieser Zeit schien nicht nur die *Spurifon*, sondern auch die Zeit selbst stillzustehen. Täglich nahm Lavon seine Messungen vor und machte seine Logeintragungen; das Schiff legte tatsächlich ein paar Meilen pro Tag zurück, wobei es sich stetig nach Südsüdwest wandte, aber in bezug auf die unverminderte Algenmasse blieb es auf der Stelle. Um einen festen Bezugspunkt zu schaffen, markierte man das Drachengras um das Schiff herum mit Farbe; doch als die Tage verstrichen, gab es keinerlei Bewegung von den großen gelben und scharlachroten Flecken weg. Und in diesem Ozean konnten sie ewig mit der Strömung treiben und doch nicht in Reichweite von Land kommen.

Lavon fühlte sich ausgelaugt. Er hatte Schwierigkeiten, seine gewöhnlich aufrechte Haltung beizubehalten; seine Schultern begannen sich jetzt zu beugen, und sein Kopf war schwer wie ein totes Gewicht. Er fühlte sich älter; er fühlte sich alt. Die Schuld zerfraß ihn. Auf ihm lastete die Verantwortung, sich nicht aus der Gefahrenzone zurückgezogen zu haben, als die Bedrohung durch das Drachengras offensichtlich geworden war; ein paar Stunden nur hätten den Ausschlag gegeben, sagte er sich selbst. Aber er hatte sich durch das Schauspiel der Meeresdrachen ablenken lassen, ebenso wie durch seine idiotische Theorie, ein wenig Risiko werde der in tödlicher Langeweile erstarrten Reise etwas Würze geben. Er überschüttete sich unbarmherzig mit Vorwürfen und war nicht weit davon entfernt, sich selbst zu beschuldigen, diese unwissenden Menschen in diese letztendlich absurde und nutzlose Reise geführt zu haben. Eine Reise, die zehn oder fünfzehn Jahre dauerte und von nirgendwo nach nirgendwo führte. Warum? Warum?

Dennoch arbeitete er daran, die Moral unter der Besatzung zu heben. Die Weinration – die begrenzt war, da die Vorräte des Schiffes bis zum Ende der Reise reichen sollten – wurde verdoppelt. Jede Nacht wurden Unterhaltungen geboten. Lavon ordnete jedem Forschungstrupp an, die ozeanographischen Studien auf den neuesten Stand zu bringen, denn er dachte, daß dies nicht der Augenblick war, sich dem Müßiggang hinzugeben. Papiere, die schon vor Monaten oder sogar Jahren hätten geschrieben werden müssen, die aber in dem langsamen Prozeß der Seereise beseite gelegt worden waren, wurden jetzt auf einmal vervollständigt. Arbeit war die beste Medizin gegen Langeweile, Frustration und gegen einen neuen und anschwellenden Faktor: Angst.

Als die ersten Schirme fertig waren, tauchte eine Mannschaft von Freiwilligen mit dem Unterseeboot, um zu versuchen, sie an der Hülle über den Öffnungen zu verschweißen. Diese Arbeit, im besten Fall eine waghalsige Sache, wurde noch dadurch komplizierter gemacht, daß sie nur mit Hilfe der Greifarme des kleinen Bootes ausgeführt werden konnte. Nach dem Verlust der zwei Taucher wollte Lavon es nicht mehr riskieren, jemanden ins Wasser zu schicken, es sei denn im Unterseeboot. Unter Anleitung eines geschickten Mechanikers namens Duroin Klays ging die Arbeit Tag für Tag weiter, aber es war ein undankbares Geschäft. Die schwere Masse des Drachengrases, die die Hülle mit jeder Bewegung der See anstieß, riß häufig die leichten Konstruktionen los, und die Schweißer machten nur geringe Fortschritte.

Am sechsten Arbeitstag kam Duroin Klays mit einem Stapel feuchter Fotos zu Lavon. Sie zeigten Muster orangefarbener Flecke gegen einen dunklen Hintergrund.

»Korrosion der Hülle?« Lavon zwang sich zu einem Lächeln. »Das ist kaum möglich. Die Hülle ist vollständig resistent. Was Sie mir zeigen, müssen Muscheln oder Schwämme irgendeiner Art sein oder –«

»Nein, Sir. Es ist auf den Bildern vielleicht nicht klar zu erkennen«, entgegnete Duroin Klays. »Aber wenn man sich im Unterseeboot befindet, sieht man es sehr genau. Es ähnelt kleineren Narben, die sich ins Metall gefressen haben. Ich bin mir absolut sicher, Sir.«

Lavon entließ den Mechaniker und sandte nach Joachil Noor. Sie betrachtete die Fotos eine Zeitlang und sagte schließlich: »Das könnte durchaus sein.«

»Daß sich das Drachengras in die Hülle frißt?«

»Wir haben diese Möglichkeit schon vor ein paar Tagen in Betracht gezogen. Eine unserer ersten Entdeckungen war eine deutliche pH-Steigerung zwischen diesem Teil des Ozeans und dem offenen Meer. Wir sitzen in einem Säurebad, Kapitän, und ich bin sicher, daß es die Algen sind, die die Säure absondern. Und wir wissen, daß sie Metallfixierer sind, deren Gewebe mit schweren Elementen beladen ist. Gewöhnlich beziehen sie ihr Metall natürlich aus dem Meerwasser. Aber sie müssen die *Spurifon* als riesiges Festmahl ansehen. Ich wäre nicht überrascht, würde es sich herausstellen, daß das Drachengras in unserer unmittelbaren Umgebung plötzlich so dick geworden ist, weil sich die Algen meilenweit um uns herum angesammelt haben, um bei dem Fest dabei zu sein.«

»Dann wäre es verrückt anzunehmen, daß das Gedränge der Algen von sich aus auseinanderbricht.«

»In der Tat.«

Lavon blinzelte. »Und wenn wir lange genug eingeschlossen bleiben, wird das Drachengras dann Löcher in uns hineinfressen?«

Die Biologin lachte und antwortete: »Das könnte Hunderte von Jahren dauern. Hungertod ist ein weit dringenderes Problem.«

»Warum das?«

»Wie lange können wir noch von den Vorräten an Bord leben?«

»Ich nehme an, ein paar Monate. Sie wissen, es hängt davon ab, was wir während der Fahrt fangen. Meinen Sie damit ...«

»Ja, Kapitän. Wahrscheinlich ist im Ökosystem um uns herum alles giftig für uns. Die Algen absorbieren Metalle aus dem Meer. Die kleinen Krebse und Fische fressen die Algen. Die größeren fressen die kleineren. Die Konzentration von Metallsalzen wird größer und größer, wenn wir die Kette fortführen. Und wir –«

»– werden bei einer Diät aus Rhenium und Vanadium nicht gedeihen.«

»Und Molybdän und Rhodium. Nein, Kapitän. Haben Sie die letzten medizinischen Berichte gelesen? Eine Epedemie von Seekrankheit, Fieber und ein paar Kreislaufbeschwerden – wie fühlen *Sie* sich, Kapitän? Und das ist erst der Anfang. Keiner von uns zeigt bisher ernste Symptome. Aber in einer Woche, zwei Wochen, drei ...«

»Die Lady möge uns beschützen!« keuchte Lavon.

»Der Segen der Lady reicht nicht so weit nach Westen«, erwiderte Joachil Noor. Sie lächelte kalt. »Ich empfehle, sofort mit der Fischerei aufzuhören und uns aus unseren Lagerbeständen zu ernähren, bis wir aus diesem Teil des Meeres heraus sind. Und daß wir mit der Arbeit, die Rotoren zu beschirmen, so schnell wie möglich fortfahren.«

»Das meine ich auch«, antwortete Lavon.

Als sie gegangen war, schritt er auf die Brücke und sah düster über das verstopfte, wabernde Wasser. Heute waren die Farben kräftiger als sonst, ein tiefes Umbra, Sepia, Rotgelb und Indigo. Das Drachengras blühte. Lavon stellte sich vor, wie die fleischfarbenen Stränge gegen die Hülle schlugen, das schimmernde Metall mit Säuresekreten ausbrannten, es Molekül um Molekül verbrannten, das Schiff in eine Ionensuppe umwandelten und es gierig aufsogen. Er zitterte. Er konnte in dem dichten Gewebe des Seetangs nicht länger Schönheit sehen. Diese ineinanderverwobene Algenmasse, die sich bis an den Horizont erstreckte, bedeutete jetzt für ihn nur Gestank und Zerfall, Gefahr und Tod, blubbernde Gase der Fäulnis und geheime Zähne der Vernichtung. Stunde um Stunde wurden die Flanken des großen Schiffes dünner, und das Schiff saß immer noch unbeweglich und hilflos inmitten des Gegners, der es auffraß.

Lavon versuchte, diese neuen Gefahren nicht bekannt werden zu lassen. Das war natürlich unmöglich: Es konnte in einem geschlossenen Universum wie der *Spurifon* nicht lange Geheimnisse geben. Sein Beharren auf Geheimhaltung diente wenigstens dazu, eine offene Diskussion des Problems niederzuhalten, was sehr schnell zur Panik hätte führen können. Jeder wußte es, aber jeder gab vor, daß nur er allein wußte, wie schlecht die Dinge standen.

Nichtsdestotrotz stieg der Druck an. Die Nerven waren angespannt, die Unterhaltungen gezwungen; Hände zitterten, Worte wurden verschluckt, Dinge fallengelassen. Lavon blieb den anderen fern, sofern es ihm seine Pflichten erlaubten. Er betete um Errettung und suchte in Träumen Führung, doch Joachil Noor schien recht zu haben: Die Reisenden befanden sich außer Reichweite der gütigen Lady der Insel, deren Rat den Leidenden Linderung und den Verwirrten Weisheit brachte.

Der einzige neue Hoffnungsschimmer kam von den Biologen. Joachil Noor hielt es für möglich, das elektrische System des Drachengrases zu unterbrechen, indem man Strom durchs Wasser leitete. Für Lavon klang es zweifelhaft, aber er gab die Erlaubnis, ein paar der Schiffstechniker in ihre Dienste zu stellen, um daran zu arbeiten.

Und schließlich befand sich der letzte der Schirme an Ort und Stelle. Das war am Ende der dritten Woche ihrer Gefangenschaft. »Startet die Rotoren!« befahl Lavon.

Das Schiff klopfte vor erneutem Leben, als sich die Rotoren zu bewegen begannen. Auf der Brücke standen unbeweglich die Offiziere: Lavon, Vormecht, Galimoin, ruhig, still, nur atmend. Winzige Wellchen brachen sich vor dem Bug. Die *Spurifon* bewegte sich! Langsam und hartnäckig begann sich das Schiff einen Weg durch die dicht gepackten Massen von wogendem Drachengras zu bahnen –

– und zitterte und bockte und kämpfte, und das Klopfen der Rotoren erstarb –

»Die Schirme halten nicht!« schrie Galimoin voller Qual.

»Sehen Sie nach, was passiert ist!« befahl Lavon Vormecht. Er wandte sich an Galimoin, der dastand, als ob seine Füße an Deck genagelt wären; er zitterte, schwitzte, und seine Muskeln um Lippen und Wangen zuckten unkontrolliert. Lavon sagte freundlich: »Es ist wahrscheinlich nur ein geringer Schaden. Kommen Sie, trinken wir ein Gläschen Wein, und dann werden wir gleich wieder in Fahrt sein.«

»Nein!« schrie Galimoin. »Ich habe gespürt, wie sich die Schirme lösten. Das Drachengras frißt sie aus.«

Drängender entgegnete Lavon: »Die Schirme werden halten. Morgen um diese Zeit sind wir schon weit weg, und Sie halten Kurs auf Alhanroel –«

»Wir sind verloren!« brüllte Galimoin und brach plötzlich aus. Seine Arme flatterten, während er die Treppen hinunterrannte und aus dem Blickfeld verschwand. Lavon zögerte. Vormecht kam zurück und sah grimmig aus: Die Schirme hatten sich tatsächlich gelöst, die Rotoren waren verstopft, und das Schiff hatte wieder angehalten. Lavon schwankte. Er fühlte sich von Galimoins Verzweiflung angesteckt. Sein Lebenstraum endete mit einem Scheitern, in einer absurden Katastrophe, als makabre Farce.

Joachil Noor erschien. »Kapitän, wissen Sie, daß Galimoin rasend ist? Er ist auf dem Beobachtungsdeck, klagt, schreit, tanzt und fordert zur Meuterei auf.«

»Ich werde zu ihm gehen«, sagte Lavon.

»Ich habe gemerkt, wie die Rotoren starteten. Aber dann –«

Lavon nickte. »Wieder verstopft. Die Schirme haben sich gelöst.« Als er sich auf die Gangway zubewegte, hörte er Joachil Noor etwas über ihr elektrisches Projekt sagen: daß sie für den ersten ernsthaften Test bereit sei, und er erwiderte, daß sie sofort damit beginnen und ihm Bericht erstatten sollte, falls es irgendwelche ermutigende Ergebnisse gab. Aber ihre Worte verschwanden schnell aus seinem Gedächtnis. Das Problem mit Galimoin beschäftigte ihn mehr.

Der Hauptnavigator war auf der höheren Plattform an Steuerbord in Stellung gegangen, da wo er einst seine Beobachtungen und Berechnungen über Breiten- und Längengrade gemacht hatte. Jetzt schlug er Kapriolen wie ein verstörtes Tier, stolzierte vor und zurück, streckte die Arme aus, schrie unzusammenhängend, sang rauhe, zotige Seefahrerlieder und denunzierte Lavon als Narren, der sie absichtlich in diese Falle geführt habe. Ein Dutzend oder mehr Männer der Mannschaft hatten sich unterhalb der Plattform versammelt, lauschten, einige jubelten ihm zu, ein paar bekundeten ihre Zustimmung, und laufend kamen neue hinzu: Dies war die heutige Ablenkung, die Zerstreuung des Tages. Zu Lavons Schrecken sah er Mikdal Hasz, der von der entgegengesetzten Seite zu Galimoin auf die Plattform ging. Hasz sprach mit ruhiger Stimme, winkte dem Navigator und drängte ihn herunterzukommen; mehrere Male unterbrach Galimoin seine flammende Rede, um Hasz zu beobachten und ihm eine Drohung zuzurufen. Aber Hasz näherte sich ihm trotzdem. Jetzt war er nur noch einen oder zwei Meter von Galimoin entfernt, redete immer noch, lächelte und zeigte ihm seine geöffneten Hände, um ihm zu beweisen, daß er keinerlei Waffen bei sich trug.

»Hau ab!« röhrte Galimoin. »Verschwinde!«

Lavon, der sich selbst der Plattform näherte, signalisierte Hasz, er solle außer Reichweite verschwinden.

Aber es war zu spät: In einem einzigen, wahnsinnigen Augenblick griff der wütende Galimoin nach Hasz, packte den kleinen Mann, als wäre er eine Puppe, und warf ihn über die Reling ins Meer. Ein Schrei des Erstaunens ging durch die Reihen der Zuschauer. Lavon beeilte sich, an die Reling zu kommen, um gerade noch zu sehen, wie Hasz, um sich schlagend, auf die Wasseroberfläche aufschlug. Sofort begann eine heftige Tätigkeit im Drachengras. Wie verrückte Aale drängten, hüpften und wanden sich die Stränge; das Meer schien einen Moment lang zu kochen, dann war Hasz verschwunden.

Eine Benommenheit des Entsetzens durchlief Lavon. Er hatte das Gefühl, als ob sein Herz den ganzen Brustkorb ausfülle und seine Lungen zusammendrücke, und sein Hirn spielte im Schädel verrückt. Er hatte vorher noch nie Gewalt gesehen. Er hatte zeit seines Lebens noch nie von einem Fall gehört, wo ein Mensch einen anderen tötete. Daß es ausgerechnet auf seinem Schiff geschah, daß sich ein Offizier in einer Krisensituation gegen einen anderen erhob, war unerträglich, eine todbringende Wunde. Er schritt vor wie ein Schlafwandler und legte seine Hände auf Galimoins kräftige, muskulöse Schultern, und mit einer Kraft, die er vorher noch nie besessen hatte, schleuderte er den Navigator leicht und ohne nachzudenken über die Reling. Er hörte ein ersticktes Wimmern, ein Plätschern; er blickte erstaunt und verwirrt hinab und sah, wie das Meer ein zweites Mal kochte, als sich das Drachengras über dem zappelnden Körper schloß.

Langsam und betäubt entfernte sich Lavon von der Plattform.

Er fühlte sich verwirrt und beschämt. Etwas schien

in ihm zerbrochen zu sein. Ein Kreis verschwommener Gestalten umgab ihn. Allmählich konnte er Augen und Münder ausmachen, Muster bekannter Gesichter. Er wollte etwas sagen, aber kein Wort kam über seine Lippen, nur Töne. Er stürzte, wurde aufgefangen und aufs Deck gelegt. Jemand legte den Arm um seine Schultern, und jemand gab ihm Wein zu trinken. »Seht euch seine Augen an!« hörte er eine Stimme sagen. »Er hat einen Schock!« Lavon begann zu zittern. Irgendwie – er war sich nicht bewußt, getragen worden zu sein – fand er sich in seiner Kabine wieder. Vormecht beugte sich über ihn, und andere standen daneben.

Der erste Maat sagte ruhig: »Das Schiff fährt, Kapitän.«

»Was? Was? Hasz ist tot. Galimoin tötete Hasz, und ich tötete Galimoin.«

»Das war die einzige Möglichkeit. Der Mann war völlig verrückt.«

»Ich *tötete* ihn, Vormecht!«

»Wir hätten keine Irren an Bord brauchen können, der für die nächsten zehn Jahre hinter verschlossenen Türen sitzt. Er war für uns alle gefährlich. Sein Leben war verwirkt. Sie hatten die Macht. Und Sie haben richtig gehandelt.«

»Wir töten nicht«, antwortete Lavon. »Unsere barbarischen Vorfahren nahmen einander vor langer Zeit auf der Alten Erde das Leben, aber wir töten nicht. *Ich* töte nicht. Einst waren wir Bestien, aber das war in einem anderen Zeitalter, auf einem anderen Planeten. Ich habe ihn getötet, Vormecht.«

»Sie sind der Kapitän. Sie hatten das Recht dazu. Er bedrohte den Erfolg der Reise.«

»Erfolg? Erfolg?«

»Das Schiff fährt wieder, Kapitän!«

Lavon blickte starr, konnte aber kaum sehen. »Was haben Sie gesagt?«

»Kommen Sie. Sehen Sie selbst!«

Vier kräftige Arme halfen ihm auf, und Lavon roch den moschusähnlichen Geruch von Skandarpelz. Der riesige Mannschaftsführer hob ihn auf, trug ihn an Deck und setzte ihn vorsichtig ab. Lavon schwankte, doch Vormecht und Joachil Noor waren an seiner Seite. Der erste Maat deutete aufs Meer. Eine Zone offenen Wassers zog sich um die ganze Länge der *Spurifon*.

Joachil Noor sagte: »Wir haben Kabel ins Wasser gelassen und dem Drachengras ein paar ordentliche Stromstöße verpaßt. Das verkürzte sein Kontraktionssystem. Was uns am nächsten war, starb augenblicklich, und der Rest begann sich zurückzuziehen. So weit das Auge sehen kann, befindet sich vor uns ein sauberer Kanal.«

»Die Reise ist gerettet«, fügte Vormecht hinzu. »Jetzt kann es weitergehen!«

»Nein«, antwortete Lavon. Er fühlte, wie sich Unklarheit und Verwirrung von seinem Gehirn lösten. »Wer ist jetzt Navigator? Sagt ihm, daß er das Schiff wenden und nach Zimroel zurückfahren soll.«

»Aber ...«

»Umdrehen! Zurück nach Zimroel!«

Sie rissen den Mund auf, denn sie waren überrascht und erstarrt. »Kapitän, Sie sind noch nicht der alte. Einen solchen Befehl in dem Augenblick zu geben, wenn alles wieder in Ordnung ist – Sie müssen sich ausruhen, und in ein paar Stunden fühlen Sie sich –«

»Die Reise ist hier zu Ende, Vormecht. Wir kehren um.«

»Nein!«

»Nein? Heißt das Meuterei?« Ihre Augen waren blank. Ihre Gesichter waren ausdruckslos. Lavon sagte: »Wollen Sie wirklich weiterfahren? An Bord eines verlorenen Schiffes mit einem Mörder als Kapitän? Sie waren doch alle schon der Reise überdrüssig, bevor dies hier alles passierte. Glauben Sie, daß ich das nicht gewußt habe? Sie haben Heimweh nach zu Hause. Sie haben nur nicht gewagt, es zu sagen, das ist alles. Und jetzt fühle ich wie Sie.«

Vormecht antwortete: »Wir sind seit fünf Jahren auf See. Wir könnten die Hälfte schon hinter uns haben. Es dauert vielleicht nicht länger, das neue Ufer zu erreichen, als umzukehren.«

»Oder es dauert ewig«, entgegnete Lavon. »Aber das ist ganz egal. Ich habe keinen Mut weiterzufahren.«

»Morgen denken Sie anders darüber, Kapitän.«

»Morgen werde ich immer noch Blut an den Händen haben, Vormecht. Mir war es nicht gegönnt, das Schiff sicher über das Große Meer zu bringen. Wir erkauften unsere Freiheit auf Kosten von vier Menschenleben, aber die Reise wurde dadurch beendet.«

»Kapitän –«

»Drehen Sie um!« befahl Lavon.

Als sie am nächsten Tag zu ihm kamen und darum baten, die Reise fortsetzen zu dürfen, und damit argumentierten, daß ewiger Ruhm und Unsterblichkeit sie an den Ufern von Alhanroel erwarteten, weigerte sich

Lavon ruhig und besonnen, mit ihnen darüber zu diskutieren. Jetzt weiterfahren, sagte er, sei unmöglich. Deshalb sahen sie einander nur an, jene, die die Reise gehaßt und sich danach gesehnt hatten, davon befreit zu sein, und die in dem euphorischen Moment des Sieges ihre Meinung geändert hatten und jetzt ihre Meinung wieder änderten, denn ohne die treibende Kraft von Lavons Willen gab es keinen Weg, weiterzumachen. Sie nahmen Kurs nach Osten und erwähnten nie wieder das Überqueren des Großen Meeres. Ein Jahr danach gerieten sie in Stürme und wurden mehrere Male hin und her geworfen, und im darauffolgenden Jahr gab es einen schlimmen Zusammenstoß mit Meeresdrachen, die mehrmals das Schiffsheck beschädigten; aber dennoch fuhren sie weiter, und von den hundertunddreiundsechzig Reisenden, die vor langer Zeit Til-omon verlassen hatten, waren mehr als hundert noch am Leben, Kapitän Lavon eingeschlossen, als sie *Spurifon* im elften Jahr der Reise in ihren Heimathafen einlief.

BUCH VIER

Calintane erklärt

In den darauffolgenden Tagen ist Hissune niedergeschlagen. Selbstverständlich weiß er, daß das Unternehmen scheiterte: Kein Schiff hat je das Große Meer überquert, und kein Schiff wird es je überqueren, denn die Vorstellung ist absurd und das einzusehen wahrscheinlich unmöglich. Aber auf solche Weise zu scheitern, so weit zu kommen und dann umzukehren, nicht aus Feigheit oder Krankheit oder Hungersnot, sondern aus reiner moralischer Verzweiflung – das kann Hissune nur schwer verstehen. Er würde nie umkehren. In den fünfzehn Jahren seines Lebens ist er immer nach vorne gegangen, auf das zu, was er auch immer als sein Ziel betrachtete, und jene, die auf ihren eigenen Wegen auf der Strecke blieben, sind ihm immer müßig und schwach erschienen. Aber er ist auch nicht Sinnabor Lavon; und auch er hat niemals ein Menschenleben genommen. Eine solche Gewalttat könnte jedermanns Seele erschüttern. Für Sinnabor Lavon empfindet er Verachtung und viel Mitleid, doch je mehr er den Mann betrachtet, ihn gewissermaßen von innen sieht, desto mehr ersetzt eine Art von Bewunderung die Verachtung, denn er erkennt allmählich, daß Sinnabor Lavon kein Schwächling war, sondern eine Person von enormer moralischer Stärke. Das ist eine verblüffende Einsicht, und Hissunes Depression verfliegt in dem Augenblick, als er dahintergekommen ist. Meine Ausbildung, denkt er, geht weiter.

Trotzdem ist er auf der Suche nach Abenteuern und Ablenkung gewesen, als er in Sinnabor Lavons Verstand eingedrungen ist, nicht wegen dieses ernsten Philosophierens. Er hat nicht gerade das gefunden, was er gesucht hat. Aber wenige Jahre später, das weiß er, fand in diesem Labyrinth ein Ereignis statt, das jedermanns Meinung extrem beschäftigte und das selbst nach sechstausend Jahren als eines der seltsamsten Ereignisse in der Geschichte von Majipoor gilt. Wenn seine Pflichten es erlauben, nimmt sich Hissune die

Zeit für ein paar geschichtliche Forschungen; und dann kehrt er ins Seelenregister zurück, um in den Verstand eines bestimmten jungen Angestellten einzudringen, der am Hof des Pontifex Arioc einen bizarren Ruf genoß.

Am Morgen nach dem Tag, als die Krise ihren Höhepunkt erreicht hatte und es zu den letzten Verrücktheiten gekommen war, senkte sich ein seltsames Schweigen über das Labyrinth von Majipoor, als wäre jeder zu verblüfft zum Sprechen. Der Nachhall der gestrigen Ereignisse wurde langsam spürbar, wenn auch diejenigen, die Zeugen davon geworden waren, es selbst noch nicht recht glauben konnten. Auf Befehl des neuen Pontifex waren an diesem Morgen alle Ministerien geschlossen. Die höheren und niederen Bürokraten waren durch die jüngsten Geschehnisse großen Belastungen ausgesetzt gewesen, und man hatte ihnen freigegeben, damit sie sich ausschlafen konnten, während der neue Pontifex und der neue Coronal – jeder völlig verblüfft von der so unerwartet erlangten Königswürde, die sie wie ein Blitz aus heiterem Himmel getroffen hatte – sich in ihre Privatgemächer zurückzogen, um über ihre erstaunliche Wandlung nachzudenken. Was Calintane endlich Gelegenheit gab, seine Geliebte Silimoor zu sehen. Voll dunkler Vorahnungen – denn er hatte sie den ganzen Monat sträflich vernachlässigt, und sie gehörte zu den nachtragenden Frauen – schickte er ihr eine Mitteilung mit folgendem Wortlaut: *Ich weiß, ich habe mich einer unverzeihlichen Vernachlässigung Deiner Person schuldig gemacht, aber vielleicht beginnst Du nun zu verstehen. Wir könnten uns zur Mittagszeit im Café am Hof der Kugeln treffen, dann werde ich Dir alles erklären.*

Selbst unter normalen Umständen war sie schnell aufgebracht. Es war buchstäblich ihr einziger Fehler, aber es war ein ernster Fehler, und Calintane fürchtete ihren Zorn. Sie waren seit einem Jahr ein Liebespaar; sie waren fast verlobt, um zu heiraten; alle hohen

Beamten am Hof des Pontifex waren sich einig, daß er eine gute Wahl getroffen hatte. Silimoor war liebenswürdig und intelligent und bewandert in politischen Fragen; sie stammte aus guter Familie, mit drei Coronals unter ihren Vorfahren, darunter kein Geringerer als der legendäre Lord Stiamot selbst. Eindeutig war sie die ideale Frau für einen nach Höherem strebenden jungen Mann. Obwohl noch lange nicht dreißig Jahre alt, hatte er bereits den äußeren Rand des inneren Kreises um den Pontifex erreicht, und man hatte ihm Verantwortung über seine Jahre hinaus anvertraut. Tatsächlich war diese Verantwortung der Grund dafür, daß er in lezter Zeit Silimoor weder gesehen noch gesprochen hatte. Wofür er ihre Strafe erwartete; aber, so hoffte er ohne rechte Überzeugung, schließlich würde sie ihm verzeihen.

In den vergangenen schlaflosen Nächten hatte er sich in seinem müden Verstand immer wieder eine lange Entschuldigungsrede zurechtgelegt, die mit den Worten begann: »Wie du weißt, war ich in den vergangenen Wochen von dringenden Staatsgeschäften beansprucht, die zu delikat sind, sie im einzelnen mit dir zu besprechen, und daher ...« Und während er sich zum Platz der Kugeln begab, um sich mit ihr zu treffen, ging er alle Sätze nochmals in Gedanken durch. Die geisterhafte Stille, die an diesem Morgen im Labyrinth herrschte, machte ihn noch nervöser. Die unteren Ebenen, wo sich die Regierungsbüros befanden, schienen völlig verlassen, und weiter oben waren auch nur wenige Menschen zu sehen, die sich in den dunkelsten Ecken zu kleinen Grüppchen zusammenfanden und miteinander flüsterten, als habe es einen *coup d'état* gegeben, was in mancher Hinsicht gar nicht so falsch war. Alle starrten ihn an. Einige deuteten auf ihn. Calintane wunderte sich, wie sie ihn als Angestellten des Pontifikats erkennen konnten, bis ihm auffiel, daß er immer noch die Büromaske trug. Er behielt sie aber dennoch auf, als Abschirmung gegen das grelle künstliche Licht, das so sehr in seinen schmerzenden Augen brannte. Heute schien das Labyrinth beängstigend und niederschmetternd. Er sehnte sich danach, den ernsten unterirdischen Tiefen zu entkommen, diesen Etagen über Etagen kleiner, spiralförmig angeordneter Kammern, die sich tiefer und tiefer wanden. In einer einzigen Nacht war ihm der Ort verhaßt geworden.

Auf der Etage des Hofes der Kugeln stieg er aus dem Aufzug und ging quer über den riesigen, verwirrenden Platz, der mit Tausenden geheimnisvoll befestigter Kugeln geschmückt war, hin zu dem kleinen Café an der gegenüberliegenden Seite. Gerade schlug die Mittagsstunde, als er es betrat. Silimoor war bereits da – damit hatte er fest gerechnet; durch übertriebene Pünktlichkeit drückte sie ihr Mißfallen aus –, sie saß an der hinteren Wand an einem kleinen Tischchen aus poliertem Onyx. Sie erhob sich und bot ihm nicht den Mund, sondern ihre Hand, aber auch damit hatte er gerechnet. Ihr Lächeln war präzise und kühl. So erschöpft er war, fand er ihre Schönheit beinahe überwältigend: das kurze, zu einer Krone arrangierte goldene Haar, die blitzenden türkisfarbenen Augen, die vollen Lippen und hohen Wangenknochen, eine Eleganz, die im Augenblick fast unerträglich schmerzhaft war. »Ich habe dich vermißt«, sagte er heiser.

»Selbstverständlich. Eine so lange Trennung. Es muß eine schreckliche Bürde für dich gewesen sein –«

»Wie du weißt, war ich in den vergangenen Wochen von dringenden Staatsgeschäften beansprucht, die zu delikat sind, sie im einzelnen mit dir zu besprechen, und daher ...«

Plötzlich kamen ihm die Worte idiotisch vor. Es war eine Erleichterung, als sie ihn unterbrach und mit glatter Stimme sagte: »Für das alles haben wir noch Zeit, Liebster. Möchtest du etwas Wein?«

»Bitte. Ja.«

Sie gab ein Zeichen. Ein livrierter Kellner, ein überheblich dreinblickender Hjort, kam, nahm die Bestellung auf und stolzierte wieder weg.

Silimoor sagte: »Und du möchtest nicht einmal die Maske abnehmen?«

»Oh. Tut mir leid. Es waren so hektische Tage ...«

Er nahm den hellgelben Streifen ab, der Nase und Augen bedeckte und ihn als Bediensteten des Pontifex auszeichnete. Silimoors Ausdruck veränderte sich, als sie ihn zum erstenmal deutlich sah; die selbstzufriedene Wut verschwand aus ihrem Gesicht und wich so etwas wie Sorge. »Deine Augen sind so blutunterlaufen – deine Wangen so bleich und ausgezehrt –«

»Ich hatte keinen Schlaf. Es war eine verrückte Zeit.«

»Armer Calintane.«

»Glaubst du, ich bin nicht zu dir gekommen, weil ich es *wollte*? Ich hatte Teil an dem ganzen Wahnsinn, Silimoor.«

»Ich weiß. Ich sehe jetzt, was für eine Anstrengung es gewesen sein muß.«

Plötzlich erkannte er, daß sie ihn nicht verspottete, daß ihr Mitgefühl echt war, daß es vielleicht sogar einfacher sein würde, als er erwartet hatte.

Er sagte: »Das Problem mit Ambitionen ist, daß man in Dinge hineingezogen wird, die außerhalb der eigenen Kontrolle liegen, und man hat keine andere Wahl, als sich mitreißen zu lassen. Hast du gehört, was der Pontifex Arioc gestern getan hat?«

Sie unterdrückte ein Lachen. »Ja, natürlich. Ich meine, ich habe die Gerüchte gehört. Jeder hat sie gehört. Sind sie wahr? Ist es wirklich passiert?«

»Unglücklicherweise, ja.«

»Wie herrlich, wie absolut herrlich. Aber derlei Dinge stellen die Welt auf den Kopf, nicht wahr? Beeinflußt es dich auf schlimme Weise?«

»Es beeinflußt dich, und mich, alle auf der Welt«, sagte Calintane mit einer Geste, die über den Hof der Kugeln hinausreichte, über das Labyrinth selbst, und den gesamten Planeten einschloß, über diese klaustrophobische Tiefe hinaus, vom ehrfurchtgebietenden Burgberg bis hin zu den abgelegenen Städten des westlichen Kontinents. »Es betrifft uns alle in einem Ausmaß, wie ich es selbst noch kaum verstehe. Aber laß mich dir die Geschichte von Anfang an erzählen –«

Vielleicht war dir nicht bewußt, daß sich der Pontifex Arioc schon seit Monaten seltsam benahm. Ich glaube, die Verantwortung in den hohen Regierungsämtern macht die Menschen irgendwann einmal verrückt, vielleicht muß man aber auch von Anfang an verrückt sein, um überhaupt erst in die hohen Ämter vorzustoßen. Aber du weißt, daß Arioc dreizehn Jahre unter Dizimaule Coronal war, und jetzt ist er noch länger Pontifex, und das ist eine lange Zeit, so viel Macht in Händen zu halten. Besonders, wenn man hier im Labyrinth lebt. Der Pontifex muß sich hin und wieder nach der Außenwelt sehnen, könnte ich mir vorstellen – um den Wind auf dem Burgberg zu spüren, oder Gilhornas in Zimroel zu jagen oder einfach nur irgendwo in einem richtigen Fluß zu schwimmen –, statt dessen sitzt er in diesem meilenlangen unterirdischen Irrgarten und präsidiert bis an sein Lebensende über seine Rituale und seine Bürokraten.

Eines Tages, vor etwa einem Jahr, begann Arioc plötzlich von einer großen Prozession über Majipoor zu sprechen. Ich hatte an diesem Tag bei Hofe Dienst, zusammen mit Herzog Guadeloom. Der Pontifex verlangte nach Karten und entwarf eine Reise den Fluß hinab nach Alaisor, zur Insel des Schlafes hinüber, um der Lady im Inneren Tempel einen Besuch zu machen, dann quer durch Zimroel, mit Aufenthalten in Piliplok, Ni-moya, Pidruid, Narabal, weißt du, *überall*, eine Reise, die mindestens fünf Jahre gedauert hätte. Guadeloom sah mich komisch an und wies Ariok behutsam darauf hin, daß der Coronal ausgedehnte Prozessionen unternimmt und nicht der Pontifex, und daß Lord Struin gerade erst vor ein paar Jahren von einer Reise zurückgekehrt war.

»Dann ist es mir verboten, eine Reise zu unternehmen?« fragte der Pontifex.

»Nicht gerade verboten, Majestät, aber die Bräuche verlangen –«

»Daß ich Gefangener des Labyrinths bleibe?«

»Keineswegs Gefangener, Eure Majestät, aber –«

»Aber ich darf nur selten, wenn überhaupt, in die obere Welt?«

Und so weiter. Ich muß sagen, daß meine Sympathieen bei Arioc lagen, aber vergiß nicht, daß ich nicht, so wie du, im Labyrinth geboren wurde, sondern nur einer bin, den die Regierungspflichten hierher geführt haben, und ich finde das unterirdische Leben manchmal ein wenig unnatürlich. Jedenfalls überzeugte Guadeloom Seine Majestät, daß eine große Prozession nicht in Frage kam. Aber ich konnte die Rastlosigkeit in den Augen des Pontifex sehen.

Als nächstes begann Seine Majestät, sich in der Nacht davonzustehlen und allein durch das Labyrinth zu wandern. Niemand weiß, wie oft er das getan hat, bis wir es herausfanden, aber wir begannen seltsame Gerüchte zu hören, daß eine maskierte Gestalt, die große Ähnlichkeit mit dem Pontifex hatte, in den frühen Morgenstunden im Hof der Pyramiden oder dem Saal der Winde gesehen worden war. Wir betrachteten das als Unsinn, bis eines Nachts ein Diener Seiner Majestät dachte, der Pontifex habe geläutet, und das Zimmer leer vorfand. Ich glaube, du erinnerst dich an diese Nacht, Silimoor, denn ich verbrachte sie mit dir, und einer von Guadelooms Männern spürte mich auf und zwang mich, mit ihm zu kommen, indem er behauptete, eine dringende Sitzung wäre anberaumt worden und meine Anwesenheit vonnöten. Du warst sehr aufgebracht – wütend, würde ich sagen. Natürlich ging es bei dem Treffen um das Verschwinden des Pontifex, wenn wir später auch verlautbarten, es habe sich um die große Flutwelle gedreht, die große Teile von Stoienzar zerstörte.

Wir fanden Arioc vier Stunden nach Mitternacht. Er war in der Arena – du weißt, dieses dumme, leere Ding, das der Pontifex Dizimaule in einem *seiner* wahnsinnigen Momente erbauen ließ –, wo er mit überkreuzten Beinen an einem Ende saß, Zootibar spielte und einem Publikum von fünf oder sechs Lumpenjungen Lieder vorsang. Wir brachten ihn heim. Ein paar Wochen später verschwand er wieder, und diesmal kam er bis zum Hof der Säulen. Guadeloom unterhielt sich mit ihm darüber. Er beharrte darauf, daß es für einen Monarchen wichtig ist, sich seinem Volk zu zeigen, seinen Kummer anzuhören, und dabei erzählte er von Präzedenzfällen bis zurück zu den Königen der Alten Erde. Guadeloom begann heimlich Wachtposten in den königlichen Gemächern aufzustellen, vorgeblich um Attentäter abzuschrecken – aber wer würde schon einen Pontifex ermorden? Die Wachen waren dazu da, Arioc drinnen zu behalten. Aber wenn der Pontifex auch exzentrisch ist, so ist er doch weit davon entfernt, dumm zu sein, und trotz der Wachen konnte er in den folgenden Monaten noch zweimal hinausschlüpfen. Es wurde zu einem kritischen Problem. Was wäre, wenn er eine ganze Woche lang verschwand? Wann er das Labyrinth überhaupt verließ und einen Spaziergang in der Wüste unternahm?

»Da wir seine Streifzüge nicht verhindern können«, sagte ich zu Guadeloom, »warum geben wir ihm keinen Begleiter mit, jemanden, der ihn während seiner Abenteuer begleitet und darauf achtet, daß ihm kein Leid geschieht?«

»Eine ausgezeichnete Idee«, antwortete der Herzog. »Und ich übertrage Ihnen diese Aufgabe. Der Pontifex ist vernarrt in Sie, Calintane. Und Sie sind jung genug und gewandt genug, um alle Gefahren, in die er geraten könnte, von ihm abzuwenden.«

Das war vor sechs Wochen, Silimoor. Du wirst

bemerkt haben, daß ich plötzlich aufhörte, die Nächte mit dir zu verbringen und eine zunehmende Last der Pflichten bei Hofe dafür verantwortlich machte, und so nahm unsere Entfremdung ihren Anfang. Ich konnte dir nicht sagen, welche Pflicht nun meine Nächte beanspruchte, und ich konnte nur hoffen, du würdest nicht argwöhnen, ich hätte meine Zuneigung einer anderen geschenkt. Nun kann ich dir sagen, daß ich gezwungen war, ein Gemach nahe beim Schlafzimmer des Pontifex zu nehmen und ihn jede Nacht zu beobachten; ich schlief nur noch unregelmäßig zu den unterschiedlichsten Tageszeiten; und durch verschiedene Strategien wurde ich zum Begleiter des Pontifex bei seinen nächtlichen Ausflügen.

Es war eine schwierige Aufgabe. Ich war eigentlich der Aufpasser des Pontifex, was wir beide wußten, aber ich mußte achtgeben, diese Tatsache nicht zu deutlich werden zu lassen, indem ich ihm meinen Willen aufzwang. Und doch mußte ich ihn vor groben Gesellen beschützen und verhindern, daß er gefährliche Ausflüge unternahm. Es gibt Gauner, Störenfriede und Hitzköpfe; keiner würde wissentlich einem Pontifex etwas antun, aber es konnte ja sein, daß er zwischen zwei Streitsüchtige geriet. In den seltenen Augenblicken, wenn ich schlief, erflehte ich den Beistand der Lady der Insel – möge sie am Busen des Göttlichen ruhen –, und sie offenbarte sich mir in einer gesegneten Sendung und sagte mir, ich müßte der Freund des Pontifex werden, wollte ich nicht sein Gefängnisaufseher sein. Wie glücklich sind wir, die Unterstützung einer so herzensguten Mutter in unseren Träumen zu haben! Und so wagte ich es, nicht wenige von Ariocs Abenteuern selbst anzustiften.

»Kommen Sie, gehen wir heute nacht aus«, sagte ich zu ihm, und Guadeloom wäre das Blut gefroren, hätte er es hören können. Es war meine Absicht, den Pontifex in die öffentlichen Ebenen des Labyrinths zu führen, um eine Nacht lang durch die Tavernen und Marktplätze zu ziehen – selbstverständlich so maskiert, daß ein Erkennen unmöglich war. Ich führte ihn in die geheimnsivollen Alleen, wo die Spieler leben, aber mir bekannte Spieler, die keine Bedrohung waren. Und ich war es auch, der ihn in der kühnsten aller Nächte aus dem Labyrinth selbst hinausführte. Ich wußte, das war das, was er sich am meisten wünschte, aber selbst er fürchtete, es zu versuchen, daher schlug ich es ihm als mein privates Geschenk vor, und er und ich nahmen den geheimen königlichen Gang, der am Mund des Wassers mündet. Gemeinsam standen wir so dicht am Fluß Glayge, daß wir die kühle Luft spüren konnten, die vom Burgberg herabwehte, und wir sahen zu den funkelnden Sternen empor. »Ich war seit sechs Jahren nicht mehr hier draußen«, sagte der Pontifex. Er zitterte, und ich glaube, er weinte hinter der Maske; und ich, der ich die Sterne ebenfalls sehr lange nicht mehr gesehen hatte, war gleichermaßen bewegt. Er deutete auf einen und sagte, das wäre der Stern, von dem das Volk der Ghayrogs kam, und dies der Stern der Hjorts, und der dort, dieses kaum wahrnehmbare Lichtpünktchen, wäre nichts anderes als der Stern der Alten Erde, was ich bezweifelte, da man mir in der Schule etwas anderes beigebracht hatte, aber er war so entzückt, daß ich ihm damals nicht widersprechen konnte. Und dann wandte er sich zu mir, drückte meinen Arm und sagte: »Calintane, ich bin der alleinige

Herrscher über diese unermeßliche Welt, und dennoch bin ich nichts, ein Sklave, ein Gefangener. Ich würde alles dafür geben, diesem Labyrinth entkommen und meine letzten Jahre in Freiheit unter den Sternen verbringen zu können.«

»Warum dann nicht abdanken?« schlug ich vor, selbst über meine Kühnheit erstaunt.

Er lächelte. »Das wäre Feigheit. Ich bin der Erwählte des Göttlichen, wie könnte ich die Bürde von mir weisen? Ich bin auserwählt, bis an mein Lebensende die Macht auf Majipoor zu repäsentieren. Aber es muß eine ehrbare Möglichkeit geben, mich von diesem unterirdischen Elend zu befreien.«

Da erkannte ich, daß der Pontifex weder verrückt noch böse noch kapriziös war, sondern nur einsam, und er sehnte sich nach der Nacht und den Bergen und den Monden und den Bäumen und den Flüssen der Welt, die er gezwungenermaßen verlassen hatte, um das Regierungsamt zu übernehmen.

Als nächstes kam die Nachricht, vor etwa zwei Wochen, daß die Lady der Insel, Lord Struins Mutter und Mutter von uns allen, krank geworden war und sich wahrscheinlich nicht mehr erholen würde. Das war eine ungewöhnliche Krise, welche bedeutende konstitutionelle Probleme aufwarf, denn selbstverständlich ist die Lady eine Macht, die auf derselben Ebene wie der Pontifex oder der Coronal steht, und einen Ersatz für sie sollte man nicht leichtfertig suchen. Man meldete, daß sich Lord Struin selbst auf dem Weg zum Labyrinth befand, um mit dem Pontifex zu sprechen – noch vor der Reise zur Insel des Schlafs, denn er würde wahrscheinlich nicht mehr rechtzeitig dort ankommen, um seiner Mutter Lebewohl zu sagen. Derweil hatte Herzog Guadeloom, ein hoher Sprecher des Pontifikats und oberster Beamter bei Hofe, eine Liste von Kandidatinnen für den Posten erstellt, die mit Lord Struins Liste verglichen werden sollte, um festzustellen, ob sich irgendwelche Namen auf beiden befanden. Der Rat des Pontifex Arioc war hierbei unbedingt vonnöten, und wir dachten, es würde ihm in seinem damaligen rastlosen Zustand guttun, wenn man ihn tiefer in Regierungsangelegenheiten verstrickte. Wenigstens im technischen Sinne war die sterbende Lady seine Frau, denn gemäß den Formalitäten unseres Erbfolgegesetzes hatte er Lord Struin als Sohn adoptiert, als er beschloß, ihn zum Coronal zu berufen; selbstverständlich hatte die Lady irgendwo auf dem Burgberg einen rechtmäßigen Ehemann, aber du verstehst doch den rechtlichen Sachverhalt, oder nicht? Guadeloom informierte den Pontifex vom bevorstehenden Tod der Lady, worauf eine Runde von Regierungssitzungen begann. An ihnen nahm ich nicht teil, da ich nicht dieser Ebene von Autorität oder Verantwortung angehörte.

Ich fürchte, wir gingen davon aus, daß der Ernst der Situation Arioc veranlassen würde, weniger unberechenbar in seinem Verhalten zu werden, und daher müssen wir zumindest unbewußt in unserer Wachsamkeit nachgelassen haben. In der ersten Nacht, als die Nachricht vom Tode der Lady im Labyrinth gemeldet wurde, verließ er das Labyrinth zum erstenmal allein, seit ich mit seiner Bewachung betraut worden war. An den Wachen vorbei, an mir vorbei, an den Dienern vorbei – hinaus in die unendlich komplizierte Verworrenheit des Labyrinths, und niemand konnte ihn finden. Wir suchten die ganze Nacht, bis in den kommenden Tag hinein. Ich selbst war voller Entsetzen, denn ich fürchtete um ihn, wie auch um meine Karriere. Voll schlimmster Befürchtungen sandte ich Beamte zu den sieben Mündern des Labyrinths hinaus, um in der Wüste außerhalb nach ihm zu suchen; ich selbst besuchte alle entlegenen Winkel, zu denen ich ihn geführt hatte; Guadelooms Stab durchsuchte die mir unbekannten Orte; und dabei versuchten wir ununterbrochen vor der Bevölkerung zu verheimlichen, daß der Pontifex verschwunden war. Ich glaube, damit hatten wir Erfolg.

Wir fanden ihn am Spätnachmittag des Tages nach seinem Verschwinden. Er war in einem Haus in dem als Stiamots Zähne bekannten Teil im ersten Ring des Labyrinths, und er war in Frauengewänder gekleidet. Wir hätten ihn vielleicht nie gefunden, wäre es nicht zu einem Streit wegen einer unbezahlten Rechnung gekommen, was die Ordnungshüter auf der Bildfläche erscheinen ließ, und als der Pontifex sich nicht zufriedenstellend ausweisen konnte, und die angebliche Frau mit einer Männerstimme sprach, waren die Ordnungshüter vernünftig genug, mich zu rufen, und ich eilte hin, um ihn in Gewahrsam zu nehmen. In den Frauenkleidern sah er auf erschreckende Weise seltsam aus, aber er begrüßte mich ruhig, reagierte völlig normal und gelassen und sagte, er hoffe, er habe mir keine allzu großen Unannehmlichkeiten bereitet.

Ich rechnete damit, daß Guadeloom mich entlassen würde. Aber der Herzog war gnädiger Stimmung, oder er war zu sehr mit der größeren Krise beschäftigt, um weiter auf meinen Fehler einzugehen, denn er sagte nichts mehr zu der Tatsache, daß ich den Pontifex aus seinen Gemächern hatte entkommen lassen.

»Lord Struin ist heute morgen in aller Frühe hier eingetroffen«, sagte mir Guadeloom, der übernächtigt und erschöpft aussah. »Natürlich wollte er zuerst den Pontifex sprechen, aber wir teilten ihm mit, daß Arioc schliefe und es unklug wäre, ihn zu wecken – während die Hälfte meiner Leute fieberhaft nach ihm suchte. Es schmerzte mich, den Coronal zu belügen, Calintane.«

»Der Pontifex schläft mittlerweile tatsächlich in seinen Gemächern«, sagte ich.

»Ja. Ja. Und dort wird er bleiben, glaube ich.«

»Ich werde alles Menschenmögliche tun, dafür zu sorgen.«

»Das meine ich nicht«, sagte Guadeloom. »Der Pontifex Arioc hat eindeutig den Verstand verloren. Durch Müllschächte hinauskriechen, in der Nacht umherstreifen, sich mit Frauengewändern verkleiden – das geht über Exzentrizität hinaus, Calintane. Wenn die Angelegenheit mit der neuen Lady geklärt ist, werde ich den Vorschlag machen, daß wir ihn permanent unter strengster Bewachung in seine Gemächer verbannen – zu seinem eigenen Schutz, Calintane, zu seinem eigenen Schutz – und die Pflichten des Pontifex einem Stellvertreter überlassen. Dafür gibt es einen Präzedenzfall. Ich habe in den Aufzeichnungen nachgesehen. Als Barhold Pontifex war, steckte er sich mit Sumpffieber an, was seinen Verstand angriff, und –«

»Sir«, sagte ich. »Ich glaube nicht, daß der Pontifex verrückt ist.«

Guadeloom runzelte die Stirn. »Wie sonst würden Sie jemanden charakterisieren, der das tut, was er getan hat?«

»Es sind die Taten eines Mannes, der zu lange König gewesen ist und dessen Seele gegen all das rebelliert, was er ertragen muß. Ich kenne ihn inzwischen gut, und ich möchte sagen, daß er durch diese Eskapaden seine Seelenqualen ausdrückt, und daß es sich nicht um eine Art von Wahnsinn handelt.«

Das war eine eindrucksvolle Rede, und mutig, wie ich hinzufügen möchte, denn ich bin nur ein Junior-Berater, und Guadeloom war in diesem Augenblick der drittmächtigste Mann in der Hierarchie, gleich hinter Arioc und Lord Struin. Aber es gibt Zeiten, wo ein Mann Diplomatie und Ambitionen und Bescheidenheit vergessen und schlicht und einfach die Wahrheit sagen muß; und die Vorstellung, den armen Pontifex wie einen gewöhnlichen Irren einzusperren, nachdem er schon unter der Gefangenschaft im Labyrinth selbst so sehr litt, war mir entsetzlich. Guadeloom schwieg eine lange Zeit, und ich denke, ich hätte Angst haben müssen, denn er konnte ja darüber nachdenken, ob er mich ganz aus seinen Diensten entließ, oder mich einfach in die Halle der Aufzeichnungen verbannte, damit ich den Rest meines Lebens Akten studieren konnte, aber ich war ruhig, vollkommen ruhig, während ich auf seine Antwort wartete.

Dann klopfte es an der Tür: Ein Bote brachte eine Nachricht mit dem Sternenfächer-Siegel, dem persönlichen Symbol des Coronals. Herzog Guadeloom öffnete sie und las die Nachricht und las sie noch einmal und las sie ein drittes Mal, und ich habe niemals zuvor einen so entsetzten Gesichtsausdruck wie seinen gesehen. Seine Hände zitterten, sein Gesicht war ohne Farbe.

Er sah mich an und sagte mit erstickter Stimme:

»Dies ist vom Coronal persönlich verfaßt, und er informiert mich, daß sich der Pontifex aus seinem Quartier geschlichen und zum Platz der Masken begeben hat, wo er ein so unglaubliches Dekret verlas, daß ich es nicht über mich bringen kann, es mit meinen eigenen Lippen in Worte zu kleiden.« Er reichte mir die Nachricht. »Kommen Sie«, sagte er. »Ich glaube, wir sollten zum Platz der Masken eilen.«

Er stürmte hinaus, und ich folgte ihm, während ich mich verzweifelt bemühte, die Nachricht zu lesen. Aber Lord Struins Handschrift ist verschnörkelt und schwer zu lesen, und Guadeloom bewegte sich mit phänomenaler Geschwindigkeit, und die Flure waren verschlungen und spärlich erleuchtet; daher konnte ich nur hier und da ein Stück des Inhalts entziffern, etwas über eine Proklamation, eine neue Lady, eine Abdankung. Wessen Abdankung, wenn nicht die des Pontifex Arioc? Und doch hatte er mir aus tiefster Überzeug mitgeteilt, daß es Feigheit wäre, dem Schicksal den Rücken zu kehren, das ihm die Macht gegeben hatte.

Atemlos erreichte ich den Platz der Masken, einen Ort des Labyrinths, den ich im günstigsten Falle beunruhigend finde, denn die großen schlitzäugigen Gesichter, die sich auf glänzenden Marmorstatuen erheben, schienen mir Fratzen aus einem Alptraum zu sein. Guadelooms Schritte hallten auf dem Boden, meine ein Stück weiter hinten, denn obwohl er doppelt so alt war wie ich, rannte er wie ein Dämon. Oben hörte ich Rufe, Gelächter, Beifall. Und dann sah ich eine Versammlung von etwa hundertfünfzig Bürgern, unter denen ich einige der höchsten Minister des Pontifikats erkannte. Guadeloom und ich drängten in die

Menge und blieben erst stehen, als wir die Gestalten in den grün-goldenen Uniformen des Coronals sahen und dann den Coronal selbst. Lord Struin sah wütend und benommen zugleich aus, ein Mann unter Schockeinwirkung.

»Nichts kann ihn aufhalten«, sagte der Coronal heiser. »Er geht von Saal zu Saal und wiederholt seine Proklamation. Hören Sie: Er fängt schon wieder an!«

Nun sah ich den Pontifex Arioc an der Spitze der Gruppe, wo er auf den Schultern eines riesigen Skandar-Dieners saß. Seine Majestät war in wallende weiße Gewänder weiblichen Stils gekleidet, mit reich bestickten Borten, und auf seiner Brust ruhte ein rotleuchtendes Juwel von erstaunlicher Größe und Leuchtkraft.

»Es gibt eine unausgefüllte Lücke unter den Mächtigen von Majipoor!« rief der Pontifex mit verblüffend robuster Stimme. »Weshalb es unbedingt notwendig ist, eine neue Lady auf der Insel des Schlafs zu haben! Sie muß rasch gefunden werden! Damit sie sich um die Seelen der Menschen kümmern kann! Indem sie in ihren Träumen erscheint und ihnen Unterstützung und Ruhe bringt! Und! Wohlan! Es ist mein ernster Wunsch! Die Bürde des Pontifikats aufzugeben, die zwölf Jahre auf meinen Schultern lastete!

Daher ...

Verkündige ich hiermit! Unter Berufung auf die höchste Macht meines Amtes! Daß ich hiermit zum Mitglied des weiblichen Geschlechts ernannt werde! Und als Pontifex berufe ich als Lady der Insel die Frau Arioc, ehemals männlich!«

»Irrsinn!« murmelte Herzog Guadeloom.

»Das ist das drittemal, daß ich es gehört habe, und

ich kann es immer noch nicht glauben«, sagte Lord Struin.

» – und gleichzeitig danke ich hiermit vom Pontifikats-Thron ab! Und wende mich an die Bewohner des Labyrinths! Der Lady Arioc eine Kutsche zu bringen! Um sie zum Hafen von Stoien zu bringen! Und dann zur Insel des Schlafs, damit sie euch allen Trost bringen kann!«

In diesem Augenblick sah Arioc mich an, und einen kurzen Augenblick begegneten sich unsere Blicke. Er war rot im Gesicht vor Aufregung, Schweiß schimmerte auf seiner Stirn. Er erkannte mich und lächelte und blinzelte, ein unverkennbares Blinzeln, ein Blinzeln der Freude, ein Blinzeln des Triumphs. Dann wurde er fortgetragen, und ich konnte ihn nicht mehr sehen.

»Das muß aufhören«, sagte Guadeloom.

Lord Struin schüttelte den Kopf. »Hören Sie sich die Hurrarufe an. Es gefällt ihnen. Mit jeder Ebene, die er betritt, wird die Menge größer. Sie werden ihn noch vor Ende des Tages zum Ausgang der Messer und nach Stoien getragen haben.«

»Sie sind der Coronal«, sagte Guadeloom. »Können Sie nichts tun?«

»Den Pontifex entmachten, wo ich geschworen habe, jeden seiner Befehle auszuführen? Vor Tausenden von Zeugen Verrat begehen? Nein, nein, nein, Guadeloom, was geschehen ist, ist geschehen, so lächerlich es sein mag, und nun müssen wir damit leben.«

»Lang lebe die Lady Arioc!« rief eine dröhnende Stimme.

»Lang lebe sie! Die Lady Arioc! Lang lebe sie! Lang lebe sie!«

Ich sah völlig ungläubig zu, wie die Prozession den Saal der Masken verließ und sich dem Saal der Winde oder dem Hof der Pyramiden näherte. Wir folgten ihnen nicht, Guadeloom und der Coronal und ich. Benommen und stumm standen wir bewegungslos da, während die jubelnden und gestikulierenden Gestalten verschwanden. Ich war verlegen, in einem so demütigenden Augenblick in Gegenwart der größten Männer unseres Planeten zu sein. Es war absurd und phantastisch, dieses Abdanken und die Berufung zur Lady, und sie waren fassungslos darüber.

Schließlich sagte Guadeloom nachdenklich: »Wenn Sie die Abdankung als gültig betrachten, Lord Struin, dann sind Sie nicht mehr Coronal, sondern müssen sich bereitmachen, die Regentschaft hier im Labyrinth anzutreten, denn Sie sind nun der neue Pontifex.«

Diese Worte fielen wie gewaltige Felsen auf Lord Struin herab. In der Hektik des Augenblicks hatte er Ariocs Tat anscheinend nicht einmal bis zur ersten Konsequenz durchdacht.

Er öffnete den Mund, aber kein Laut kam heraus. Er öffnete und schloß die Hände, als würde er die Sternenfächer-Geste sich selbst zu Ehren ausführen, aber ich wußte, daß es nur eine Verlegenheitsgebärde war. Ich verspürte ein ehrfürchtiges Zittern, denn es ist keine Kleinigkeit, eine Erbfolge mitzuerleben, und Struin war völlig unvorbereitet darauf. In der Mitte des Lebens die Freuden des Burgbergs aufzugeben, die strahlenden Städte und geräumigen Wälder gegen die düstere Enge des Labyrinths einzutauschen, die Sternenfächer-Krone mit dem Senior-Diadem zu wechseln – nein, er war ganz und gar nicht bereit, und als ihm die Wahrheit klar wurde, wurde sein

Gesicht äschern, und seine Lider zitterten unkontrolliert.

Nach langer Zeit sagte er: »Nun gut, so sei es. Ich bin der Pontifex. Und wer, frage ich Sie, wird an meiner Stelle Coronal werden?«

Ich dachte, es wäre eine rhetorische Frage. Ich jedenfalls gab keine Antwort, und Herzog Guadeloom auch nicht.

Wütend, grob, sagte Struin: »Wer soll Coronal werden? Das frage ich Sie!«

Sein Blick ruhte auf Guadeloom.

Ich sage dir, es brachte mich fast um, Zeuge dieser Ereignisse zu werden, die niemals vergessen werden können, und sollte unsere Zivilisation noch einmal zehntausend Jahre überdauern. Aber wieviel mehr Wirkung muß das bei ihnen gehabt haben! Guadeloom trat stammelnd zurück. Da Arioc und Lord Struin beide vergleichsweise junge Männer waren, hatte noch niemand Spekulationen über ihre Nachfolge angestellt; und Guadeloom war zwar ein Mann mit Macht und Majestät, aber ich bezweifle, daß er sich jemals zur Höhe des Burgbergs emporsteigen sah, und gewiß nicht in einer solchen Weise. Er schnappte wie ein gestandeter Gromwark nach Luft und konnte nicht sprechen, und am Ende war ich es, der zuerst reagierte, indem ich auf die Knie sank und die Sternenfächer-Geste ausführte und mit erstickter Stimme rief: »Guadeloom! Lord Guadeloom! Heil, Lord Guadeloom! Lang lebe Lord Guadeloom!«

Niemals wieder werde ich zwei so erstaunte, so verblüffte, so schnell veränderte Männer sehen wie den ehemaligen Lord Struin, der jetzt Pontifex war, und den ehemaligen Herzog Guadeloom, der jetzt Coronal war. Struins Gesicht war wut- und schmerzverzerrt, Lord Guadeloom war halb gebrochen vor Fassungslosigkeit.

Es folgte ein langes Schweigen.

Dann sagte Lord Guadeloom mit seltsam zitternder Stimme: »Wenn ich Coronal bin, verlangt es der Brauch, daß meine Mutter zur Lady der Insel berufen wird, ist es nicht so?«

»Wie alt ist Ihre Mutter?« fragte Struin.

»Sehr alt. Uralt, könnte man sagen.«

»Ja. Und weder auf die Aufgaben der Lady vorbereitet noch kräftig genug, sie zu ertragen.«

»Richtig«, sagte Lord Guadeloom.

Struin sagte: »Außerdem erhielten wir heute eine neue Lady, und es würde nicht gehen, so bald eine andere zu wählen. Wollen wir sehen, wie sich Lady Arioc im Inneren Tempel anstellt, bevor wir eine andere an ihre Stelle setzen wollen, nicht?«

»Irrsinn«, sagte Lord Guadeloom.

»Irrsinn, wahrhaftig«, sagte der Pontifex Struin. »Kommen Sie, gehen wir zur Lady und sehen zu, daß sie wohlbehalten zur Insel gelangt.«

Ich folgte ihnen in die oberen Bereiche des Labyrinths, wo wir zehntausend Menschen vorfanden, die Arioc bejubelten, als er oder sie, barfuß und in ein kostbares Gewand gekleidet, sich anschickte, eine Karosse zu besteigen, die ihn oder sie zum Hafen von Stoien bringen würde. Es war unmöglich, in Ariocs Nähe zu kommen, so dichtgedrängt war der Ring der Leiber. »Irrsinn«, wiederholte Lord Guadeloom immer wieder. »Irrsinn, Irrsinn!«

Ich aber wußte es besser, denn ich hatte Ariocs Blinzeln gesehen, und ich verstand ihn vollkommen. Das war ganz und gar kein Irrsinn. Der Pontifex Arioc hatte einen Weg aus dem Labyrinth hinaus gefunden, was sein Herzenswunsch gewesen war. Künftige Generationen, dessen bin ich sicher, werden ihn als Musterbeispiel für Absurdität und Wahnsinn ansehen, aber ich weiß, daß er völlig normal war, ein Mann, dem die Krone eine Last gewesen war und dem es seine Ehre verbot, sich einfach ins Privatleben zurückzuziehen.

Und so kommt es, daß wir nach den seltsamen Ereignissen des gestrigen Tages einen Pontifex, einen Coronal und eine Lady haben, und keiner ist derselbe wie vorigen Monat, und nun verstehst du, liebe Silimoor, alles, was über unsere Welt gekommen ist.

Calintane beendete seine Geschichte und nahm einen großen Schluck Wein. Silimoor sah ihn mit einem Ausdruck an, der eine Mischung aus Mitleid, Geringschätzung und Mitgefühl zu sein schien.

»Ihr seid wie kleine Kinder«, sagte sie schließlich, »mit euren Titeln und königlichen Hofzeremonien und Ehrbegriffen. Nichtsdestotrotz glaube ich, daß ich verstehe, was du mitgemacht hast und wie sehr es dich aus dem Gleichgewicht brachte.« –

»Da ist noch etwas«, sagte Calintane.

»Ja?«

»Bevor der Coronal Lord Guadeloom sich in seine Gemächer zurückzog, um sich an die Aufgabe zu machen, die Veränderungen zu begreifen, berief er mich zu seinem Kanzler. Er wird nächste Woche zum Burgberg aufbrechen. Und selbstverständlich muß ich ihn begleiten.«

»Wie schön für dich«, sagte Silimoor kühl.

»Ich möchte dich daher bitten, mich ebenfalls dorthin zu begleiten, als meine Lebensgefährtin in der Burg«, sagte er so gemessen wie er konnte.

Ihre verwirrtenden türkisfarbenen Augen schauten kalt in seine. »Ich bin ein Kind des Labyrinths«, sagte sie. »Ich liebe es über alles, mich in seinem Inneren aufzuhalten.«

»Ist das deine Antwort?«

»Nein«, sagte Silimoor. »Du wirst deine Antwort später bekommen. Wie dein Pontifex und dein Coronal, brauche auch ich Zeit, um mich an große Umwälzungen zu gewöhnen.«

»Dann *hast* du geantwortet!«

»Später«, sagte sie und dankte ihm für den Wein und die Geschichte, die er erzählt hatte, und ließ ihn am Tisch sitzen. Schließlich stand Calintane auf und wanderte wie ein Geist durch die Tiefen des Labyrinths, über gewöhnliche Erschöpfung hinaus erschöpft, und er hörte die Menschen reden, als sich die Nachricht ausbreitete – Arioc war jetzt die Lady, Struin der Pontifex, Guadeloom der Coronal –, und für ihn war es wie das Summen von Insekten in den Ohren. Er ging in sein Gemach und versuchte zu schlafen, doch der Schlaf floh ihn, und er versank in düsteres Brüten über sein Leben, da er befürchtete, die lange Trennung von Silimoor habe ihrer Liebe geschadet, und daß sie trotz ihrer vagen Andeutungen des Gegenteils seinen Antrag ablehnen würde. Aber er irrte sich. Einen Tag später ließ sie ihm die Nachricht übermitteln, daß sie bereit war, mit ihm zu gehen, und als Calintane seinen neuen Wohnort auf den Burgberg bezog, war sie an seiner Seite, wie auch viele Jahre später noch, als er Lord Guadelooms Nachfolge als Coronal antrat. Seine Herrschaftszeit als Coronal war kurz, aber fröhlich, und in dieser Zeit bewerkstelligte er den Bau der großen Straße auf den Gipfel des Burgbergs, die seinen Namen trägt; und als er im hohen Alter selbst als Pontifex ins Labyrinth zurückkehrte, so geschah das ohne Überraschung, denn er hatte die Fähigkeit, überrascht zu sein, vor langer Zeit verloren, als Pontifex Arioc sich selbst zur Lady der Insel ausgerufen hatte.

BUCH FÜNF

Die Wüste der gestohlenen Träume

So hat die Legende von Arioc die Wahrheit über ihn verschleiert, erkennt Hissune nun, wie die Legende in vielen anderen Fällen ebenfalls die Wahrheit verschleiert hat. Denn im Lauf der Zeit ist Arioc eine groteske, bemitleidenswerte Gestalt geworden, ein Clown von plötzlicher Instabilität; und doch, wenn die Aussage von Lord Calintane etwas zu bedeuten hat, dann war er das ganz und gar nicht. Ein leidender Mann suchte die Freiheit und wählte einen ungewöhnlichen Weg, um sie zu bekommen: kein Clown, kein Verrückter. Hissune, der selbst im Labyrinth gefangen ist und sich nach der frischen Luft draußen sehnt, findet im Pontifex Arioc eine unerwartet seelenverwandte Gestalt – sein Bruder im Geiste über Tausende von Jahren hinweg.

Hinterher geht Hissune lange Zeit nicht mehr zum Seelenregister. Die Nachwirkungen dieser unerlaubten Reisen in die Vergangenheit sind zu übermächtig; sein Kopf hallt wider von den Echos der Seelen von Thesme und Calintane und Sinnabor Lavon und Oberst Eremoil, so daß er manchmal Schwierigkeiten hat, den wahren Hissune zu finden, wenn sie alle sich gleichzeitig bemerkbar machen, und das ist unangenehm. Außerdem hat er andere Dinge zu tun. Nach eineinhalb Jahren ist er mit den Steuerunterlagen fertig, und mittlerweile hat er sich derartig im Haus der Aufzeichnungen bewährt, daß man bereits andere Aufgaben für ihn bereithält, nämlich einen Überblick über die Verteilung der Ureinwohnergruppen auf dem heutigen Majipoor. Er weiß, daß Lord Valentine einige Probleme mit den Gestaltveränderern hatte, daß es sogar eine Verschwörung der Metamorphen war, die ihn um den Thron brachte, jener unheimliche Vorfall, der sich vor einigen Jahren zugetragen hat. Er erinnerte sich, daß er die Großen des Burgbergs davon hat reden hören, die Metamorphen, wie es Lord Valentines Plan entspricht, enger ins Leben des Planeten zu integrieren, wenn das mög-

lich ist. Daher vermutet Hissune, daß diese Statistiken, die er erstellen muß, einen Zweck in dieser großen Strategie des Coronals erfüllen, und das erfüllt ihn mit privater Freude.

Aber es gibt ihm auch Gelegenheit, ironisch zu lächeln. Denn er ist schlau genug zu sehen, was mit dem Straßenjungen Hissune passiert. Der behende und fröhliche Tunichtgut, der vor sieben Jahren die Aufmerksamkeit des Coronals erregte, ist inzwischen ein heranwachsender Bürokrat, verwandelt, gezähmt, höflich, ruhig. So sei es, denkt er: man bleibt nicht ewig vierzehn Jahre alt, und es kommt die Zeit, da man die Straße verlassen und zum nützlichen Mitglied der Gesellschaft werden muß. Dennoch empfindet er Bedauern über den Verlust des Jungen, der er gewesen ist. Etwas vom Unmut dieses Jungen kocht noch immer in ihm; nur etwas, nicht genug. Er ertappt sich dabei, wie er gewichtige Gedanken über den Zustand der Gesellschaft auf Majipoor wälzt, die organische Wechselwirkung politischer Kräfte, das Konzept, daß Macht Verantwortung bedeutet, daß alle Wesen durch gegenseitige Verpflichtung zu einer harmonischen Einheit verbunden werden. Die vier großen Mächte – der Pontifex, der Coronal, die Lady der Insel, der König der Träume – wie, fragt sich Hissune, waren sie imstande, so harmonisch zusammenzuarbeiten? Selbst in dieser durch und durch konservativen Gesellschaft, wo sich im Verlauf von Jahrtausenden so wenig verändert hat, scheint die Harmonie der Mächtigen verwunderlich, ein Gleichgewicht der Kräfte, das auf göttlicher Inspiration basieren muß. Hissune hat keine formale Ausbildung genossen; es gibt keinen, an den er sich wenden könnte, um Wissen über derlei Dinge zu erlangen; aber nichtsdestotrotz gibt es das Seelenregister, wo all das wimmelnde Leben Majipoors in einer geheimnisvollen Starre festgehalten wurde, um seine eingefrorene Vitalität auf Befehl herauszulassen. Es wäre närrisch, diesen

Wissensschatz jetzt nicht anzuzapfen, wo so viele drängende Fragen ihn quälen. Hissune vergißt die Dokumente; wieder schlüpft er an den arglosen Wachen vorbei in die Archive, wieder drückt er die Tasten, diesmal nicht nur auf der Suche nach Abenteuern und vom Reiz des Verbotenen erfüllt, sondern um die Evolution der politischen Institutionen seines Planeten zu verstehen. Was für ein ernster junger Mann du wirst, denkt er bei sich, während die verwirrenden Lichter vieler Farben in seinem Kopf pulsieren und die dunkle, übermächtige Präsenz eines anderen Wesens, längst tot und dennoch zeitlos, sich seiner Seele bemächtigt.

KAPITEL 1

Suvrael lag wie ein glühendes Schwert am südlichen Horizont – ein Eisenband dunkelroten Lichts, das schimmerndes Hitzeflimmern in der Luft erzeugte. Dekkeret, der am Bug des Frachters stand, mit dem er die lange, anstrengende Seereise unternommen hat, konnte spüren, wie sich sein Puls beschleunigte. Suvrael, endlich! Dieser schreckliche Ort, dieses Spottbild eines Kontinents, dieses nutzlose und elende Land, nur wenige Tage entfernt, und wer mochte sagen, welche Schrecken ihn dort erwarteten? Aber er war vorbereitet. Was immer geschieht, glaubte Dekkeret, geschieht zum Besten, auf Suvrael wie auf dem Burgberg. Er war in seinem zwanzigsten Jahr, ein großer, bulliger Mann mit einem kurzen Nacken und enorm breiten Schultern. Dies war der zweite Sommer der ruhmreichen Regentschaft Lord Prestimions unter dem großen Pontifex Confalume.

Es war ein Akt der Buße, daß Dekkeret die Reise zu den brennenden Wüsten des öden Suvrael unternahm. Er hatte eine beschämende Tat begangen – die er anfangs sicher nicht beabsichtigte, hatte er doch nicht einmal die Schande gesehen, die sie bedeutete –, während er in den Kynthormarschen des fernen Nordlandes gejagt hatte, und dafür schien ihm eine Art Strafe nötig. In gewisser Weise war das eine romantische und großartige Geste, das wußte er, aber das konnte er sich verzeihen. Wenn er mit zwanzig keine romantischen und großartigen Gesten machte, wann dann? Sicher nicht in fünfzehn Jahren, wenn er ans Rad seines Schicksals geflochten war und sich behaglich für die einfache und unvermeidliche Karriere im Gefolge von Lord Prestimion eingerichtet hatte. Wenn überhaupt, dann war dies der Augenblick. Also dann, nach Suvrael, um seine Seele zu geißeln, egal welche Konsequenzen.

Sein Freund und Mentor und Jagdgefährte in Khyntor, Akbalik, war außerstande gewesen, ihn zu verstehen. Aber natürlich war Akbalik kein Romantiker und außerdem schon ein gutes Stück jenseits der Zwanzig. Eines Nachts früh im Frühling, über ein paar Flaschen Wein in einer rustikalen Gebirgstaverne, hatte Dekkeret seine Absicht kundgetan, und Akbalik hatte mit einem unverhohlenen schnaubenden Lachen darauf reagiert. »Suvrael?« hatte er losgeprustet. »Du bestrafst dich zu hart. Es gibt keine Sünde, die groß genug ist, eine Reise nach Suvrael zu rechtfertigen.«

Und der erstaunte Dekkeret, der sich verspottet fühlte, hatte den Kopf geschüttelt. »Die Missetat lastet auf mir wie ein Mal. Ich werde sie unter der heißen Sonne aus meiner Seele brennen.«

»Unternimm statt dessen eine Reise zur Insel, wenn du meinst, etwas tun zu müssen. Möge die gesegnete Lady deinen Geist heilen.«

»Nein. Suvrael.«

»Warum?«

»Um zu leiden«, sagte Dekkeret. »Um mich weit von den Genüssen des Burgbergs zu entfernen, zum unerfreulichsten Ort von Majipoor, in eine gefährliche Wüste mit feurigen Winden und schrecklichen Gefahren. Um das Fleisch zu geißeln, Akbalik, und meine Zerknirschung zu zeigen. Um mir selbst die Disziplin von Ungemach und sogar Schmerz aufzuerlegen –

Schmerz, weißt du, was das ist? –, bis ich mir selbst vergeben kann. Alles klar?«

Akbalik grinste und grub die Finger in den dicken Mantel aus schweren schwarzen Khyntor-Pelzen, den Dekkeret trug. »Alles klar. Aber wenn du schon Buße tun mußt, dann richtig. Ich nehme an, du wirst das hier niemals ablegen, während du unter der sengenden Sonne von Suvrael schmorst.«

Dekkeret kicherte. »Es gibt für alles Grenzen«, sagte er. »Auch für meinen Wunsch nach Unbilden.« Er griff nach dem Wein. Akbalik war fast doppelt so alt wie Dekkeret, und zweifellos fand er seinen Ernst erheiternd. Dekkeret ebenfalls, bis zu einem gewissen Grad, aber das brachte ihn nicht davon ab.

»Soll ich noch einmal versuchen, dich umzustimmen?«

»Vergebens.«

»Bedenke die Vergeudung«, sagte Akbalik dennoch. »Du mußt dich um deine Karriere kümmern. Man hört deinen Namen inzwischen oft im Schloß. Lord Prestimion hält große Stücke auf dich. Ein vielversprechender junger Mann, der es weit bringen wird, große Charakterstärke, solche Töne. Prestimion ist jung, er wird noch lange regieren, und jene, die zu seiner Zeit jung sind, werden mit ihm steigen. Und du bist hier, tief in der Wildnis von Khyntor, und spielst, während du bei Hofe sein solltest, und schon planst du einen weiteren, noch unsinnigeren Ausflug. Vergiß diesen Unsinn mit Suvrael, Dekkeret, und kehre mit mir zum Berg zurück. Beeindrucke den Coronal und die Großen mit deinem Wert, erbaue die Zukunft. Es sind herrliche Zeiten auf Majipoor, und es wird großartig sein, zu den Mächtigen zu gehören, wenn die Dinge sich weiter so entwickeln. Eh? Eh? Warum willst du dich in Suvrael wegwerfen? Niemand weiß von dieser deiner – äh, *Sünde*, diesem winzigkleinen Ausrutscher –«

»*Ich* weiß es.«

»Dann versprich, es nie mehr zu tun, und erteile dir die Absolution.«

»So einfach ist das nicht«, sagte Dekkeret.

»Ein oder zwei Jahre deines Lebens zu vergeuden, dieses Leben vielleicht ganz zu verlieren, während einer sinnlosen, vergeblichen Reise nach –«

»Nicht sinnlos. Nicht vergeblich.«

»Abgesehen von einem rein persönlichen Standpunkt schon.«

»Nein, Akbalik. Ich hatte Kontakt mit den Leuten des Pontifikats, und ich erhielt einen offiziellen Auftrag. Ich bin gewissermaßen ein Erkundungskommando. Suvrael exportiert sein Quantum Fleisch und Lebensmittel nicht, und der Pontifex möchte wissen warum. Verstehst du? Ich kümmere mich selbst dann um meine Karriere, wenn ich mich auf eine Reise mache, die dir ein rein privates Vergnügen zu sein scheint.«

»Du hast also bereits Vorkehrungen getroffen.«

»Ich gehe am nächsten Viertag.« Dekkeret streckte seinem Freund die Hand hin. »Es wird mindestens zwei Jahre dauern. Wir werden uns auf dem Berg wiedersehen. Was meinst du, Akbalik, die Spiele von High Morpin, zwei Jahre nach dem Wintertag?«

Akbaliks graue Augen sahen unverwandt in die Dekkerets. »Ich werde dasein«, sagte er. »Ich bete, daß du es ebenfalls sein wirst.«

Diese Unterhaltung lag erst einige Monate zurück,

aber für Dekkeret, der die pulsierende Hitze des südlichen Kontinents spürte, die über das blaßgrüne Wasser des Inneren Meeres nach ihm griff, schien sie unglaublich lange her zu sein und die Reise endlos lang.

Der erste Teil der Reise war angenehm gewesen – aus den Bergen heraus zur Großstadt Ni-moya und dann mit dem Flußboot den Zimr hinab bis zum Hafen von Piliplok an der Ostküste. Dort war er an Bord eines Frachters gegangen, das billigste Transportmittel, das er finden konnte, der die Suvraelstadt Tolaghai als Ziel hatte, und danach war es immer nach Süden gegangen, nach Süden, nach Süden, den ganzen Sommer über, eingepfercht in eine abscheuliche kleine Kabine direkt neben einer Vorratskammer mit Ballen getrockneter junger Meeresdrachen, und als das Schiff die Tropenregion erreichte, brachten die Tage eine Hitze mit sich, wie er sie noch niemals gekannt hatte, und in den Nächten war es kaum besser; und die Mannschaft, größtenteils ein Haufen zottiger Skandars, lachte über sein Unbehagen und riet ihm, das kühle Wetter besser zu genießen, solange er es noch konnte, denn erst in Suvrael würde er die wirkliche Hitze kennenlernen. Nun, er hatte leiden wollen, und seinem Wunsch wurde bereits überreichlich Genüge getan, wenngleich Schlimmeres angedroht wurde. Er beschwerte sich nicht. Er empfand kein Bedauern. Aber sein angenehmes Leben unter den jungen Rittern des Burgbergs hatte ihn nicht auf schlaflose Nächte mit dem Gestank von Meeresdrachen in der Nase vorbereitet, der stechend wie Messer war, nicht auf die stickige Hitze, die das Schiff wenige Wochen nach der Abfahrt von Piliplok umfing, und auch nicht auf die grenzenlose Langeweile der unendlichen See. Der Planet war so unvorstellbar *riesig*, das war das Problem. Man brauchte ewig, um von irgendwo nach irgendwo zu gelangen. Die Überfahrt von seinem Heimatkontinent Alhanroel zum westlichen Land von Zimroel war schon ein ziemlich großes Unternehmen gewesen: Zuerst mit dem Flußschiff vom Berg nach Alaisor, dann über das Meer nach Piliplok und den Fluß entlang zu den Gebirgsmarschen, aber da war Akbalik bei ihm gewesen, um ihm die Zeit zu vertreiben, und hinzu kam das Entzücken über seine erste größere Reise, die seltsam fremden Orte, neues Essen und neue Akzente.

Und er hatte sich auf den Jagdausflug freuen können. Aber das? Dieses Gefangensein auf einem schmutzigen, ächzenden Schiff, zusammen mit übelriechendem Trockenfleisch? Diese ununterscheidbare Abfolge einsamer Tage ohne Freunde, ohne Pflichten, ohne Unterhaltung? Wenn wenigstens ein monströser Meeresdrache zu sehen gewesen wäre, um die Reise ein wenig zu beleben und Gefahr zu bringen; aber nein, nein, ihre Wanderungen hatten die Drachen anderswo hingeführt, eine große Herde sollte sich gerade jetzt in den westlichen Gewässern vor Narabal aufhalten, eine weitere zwischen Piliplok und dem Archipel von Rodamaunt, und Dekkeret sah keines der riesigen Tiere, nicht einmal einen versprengten Einzelgänger. Was die Langeweile noch unerträglicher machte, war die Tatsache, daß sie überhaupt keinen Wert als Katharsis zu haben schien. Er litt, das stimmte, und er hatte sich vorgestellt, daß das Leid seine Wunde heilen würde, doch bisher schien die Erinnerung an die schreckliche Tat, die er in den Bergen begangen hatte, nicht von ihm zu weichen. Er schwitzte, er langweilgte sich, und er war unruhig, und besonders nagte noch die Schuld in ihm, und immer noch folterte er sich mit dem ironischen Wissen, daß er von keinem Geringeren als dem Coronal Lord Prestimion wegen seines starken Charakters gelobt wurde, während er nur Schwäche und Feigheit und Narretei in sich finden konnte. Vielleicht erforderte es mehr als Demütigung und Langeweile und üble Gerüche, um die Seele zu läutern, dachte Dekkeret. Wie auch immer, er hatte mehr als genug davon, nach Suvrael unterwegs zu sein, und er war bereit, die nächste Phase seiner Pilgerfahrt ins Unbekannte zu beginnen.

KAPITEL 2

Jede Reise endet einmal, selbst eine endlose. Der heiße Wind aus dem Süden wurde mit jedem Tag stärker, bis es auf dem Deck so heiß war, daß man nicht mehr barfuß gehen konnte und die barfüßigen Skandars es alle paar Stunden feucht aufwischen mußten, und dann löste sich die aufragende brennende Masse bedrohlicher Dunkelheit am Horizont in eine Küste und eine Hafeneinfahrt auf. Endlich hatten sie Tolaghai erreicht.

Ganz Suvrael war tropisch, der größte Teil des Landesinneren bestand aus Wüste, die ständig vom kolossalen Gewicht trockener, toter Luft erdrückt wurde und an deren Peripherie vernichtende Stürme tobten; aber die Küstenzonen waren mehr oder weniger bewohnbar, und es gab fünf größere Städte entlang der Küste, von denen Tolaghai die größte war, durch den Handel stärker mit dem Rest von Majipoor verbunden als die anderen. Während der Frachter in den Hafen einlief, war Dekkeret von dem seltsamen Ort eigentümlich berührt. In seinem kurzen Leben hatte er viele der großen Städte gesehen – ein Dutzend von den fünfzig an den Hängen des Burgbergs, das turmartige, windumtoste Alaisor und das riesige Nimoya mit seinen weißen Mauern, und das herrliche Piliplok und viele andere – aber niemals war er in eine Stadt gekommen, die so einen schroffen, geheimnisvollen, abweisenden Eindruck machte wie diese. Tolaghai klammerte sich wie ein Krebs an einen schmalen Sims entlang des Meeres. Die Häuser waren flache, quadratische Gebilde aus sonnengetrockneten, orangefarbenen Ziegelsteinen, mit winzigen Schlitzen als Fenster, und es gab nur wenige Pflanzen zwischen ihnen, abstoßende eckige Palmen, mehr nicht, die nur aus Stamm bestanden, mit winzigen, federähnlichen Kronen an der Spitze. Zur Mittagszeit waren die Straßen fast völlig verlassen. Der heiße Wind blies Sand über die gesprungenen Pflastersteine. Für Dekkeret schien die Stadt wie eine Gefangenenkolonie, brutal und häßlich, oder vielleicht eine von der Zeit vergessene Stadt, die dem prähistorischen Volk einer reglementierten und autoritären Rasse gehörte. Warum hatte jemand einen Ort geschaffen, der so unheilschwanger aussah? Zweifellos aus reiner Nüchternheit; Häßlichkeit war der beste Weg, mit dem Klima des Landes zurechtzukommen, aber dennoch, dachte Dekkeret, die Herausforderungen von Hitze und Dürre hätten gewiß nach einer weniger abstoßenden Architektur verlangt.

In seiner Unschuld glaubte Dekkeret, er könne sofort an Land gehen, aber so liefen die Dinge hier nicht ab. Das Schiff lag über eine Stunde vor Anker, bis die Hafenbeamten kamen, drei düster aussehende Hjorts. Danach folgten längere sanitäre Inspektionen und Frachtbegutachtungen und Feilschen um Hafengebühren; und schließlich erhielt das runde Dutzend Passagiere die Erlaubnis, an Land zu gehen. Ein Gepäckträger von der Rasse der Ghayrogs schnappte sich Dekkerets Gepäck und erkundigte sich nach dem Namen von seinem Hotel. Er antwortete, daß er keines gebucht hatte, und das reptilienhafte Geschöpf mit der hervorschnellenden gespaltenen Zunge und dem schwarzen Haar, das sich wie ein Schlangenknäuel wand, betrachtete ihn mit einem eisigen Blick des Spotts und sagte: »Was kannst du bezahlen? Bist du reich?«

»Nicht sehr. Was bekomme ich für drei Kronen pro Nacht?«

»Wenig. Bett aus Stroh. Ungeziefer an den Wänden.«

»Bring mich hin«, sagte Dekkeret.

Der Ghayrog sah so verblüfft aus, wie es einem Ghayrog möglich ist. »Du wirst dort nicht glücklich sein, feiner Sir. Du hast das Gebaren einer Lordschaft.«

»Schon möglich, aber ich habe den Geldbeutel eines armen Mannes. Ich gehe das Risiko mit dem Ungeziefer ein.«

Tatsächlich entpuppte sich das Wirtshaus als weniger schlimm als vermutet; uralt, eng und bedrückend, ja, aber das traf auf alles hier zu, und nach seiner Unterkunft an Bord des Schiffs war sein Zimmer fast königlich. Auch gab es hier den Gestank des Meeresdrachenfleischs nicht, nur den trockenen, durchdringenden Geruch der Suvraelu-Luft, stickig wie das Innere einer Flasche, die seit tausend Jahren versiegelt war. Er gab dem Ghayrog eine halbe Krone, für die er sich nicht bedankte, und packte seine wenigen Habseligkeiten aus.

Am Spätnachmittag ging Dekkeret aus. Die drükkende Hitze hielt immer noch an, doch der schneidende Wind schien weniger heftig zu sein, und auf den Straßen waren mehr Menschen. Dennoch machte die Stadt einen abweisenden Eindruck. Dies war der richtige Ort, um Buße zu tun. Er verabscheute die schwarzverfärbten Backsteingebäude, er haßte das verwitterte Aussehen der Landschaft, und er vermißte die reine, klare Luft seiner Heimatstadt Normork am unteren Hang des Burgbergs. Warum, überlegte er, entschied sich jemand, hier zu wohnen, wenn es auf anderen, angenehmeren Kontinenten bessere Möglichkeiten gab? Welches Seelenleid trieb einige Millionen seiner Mitbürger dazu, sich den täglichen Unbilden des Lebens auf Suvrael auszusetzen?

Die Repräsentanten des Pontifikats hatten ihre Büros an einer großen Plaza beim Hafen. Dekkerets Anweisungen verlangten, daß er sich dort zeigte, und ungeachtet der späten Stunde war noch geöffnet, denn um der Mittagshitze zu entkommen, schlossen alle Läden und Institutionen über die Mittagszeit und wickelten ihre Geschäfte dafür bis in die späten Abendstunden ab. Man ließ ihn einen Weile im

Nebenzimmer warten, das mit weißen Marmorbüsten der regierenden Monarchen geschmückt war: Pontifex Confalume frontal, mit einem Ausdruck gütiger, aber überwältigender Größe, und der junge Lord Prestimion, der Coronal, im Profil, mit von Intelligenz und dynamischer Energie glänzenden Augen. Majipoor konnte sich glücklich schätzen, solche Regenten zu haben, dachte Dekkeret. Als Junge hatte er Confalume, damals noch Coronal, gesehen, wie er in der sagenhaften Stadt Bombifale hoch auf dem Berg Hof hielt, und er wollte weinen vor Freude über die Ruhe und Stärke, die dieser Mann ausstrahlte. Einige Jahre später trat Lord Confalume die Nachfolge des Pontifex an und begab sich in die unterirdischen Tiefen des Labyrinths, und Prestimion war zum Coronal gemacht worden – ein völlig andersgearteter Mann, gleichermaßen beeindruckend, aber ganz Regsamkeit, Lebenskraft und rastlose Energie. Während Lord Prestimion die große Prozession durch die Städte des Burgbergs unternahm, war er in Normork auf den jungen Dekkeret aufmerksam geworden und hatte ihn in seiner unvorhersehbaren Weise auserwählt, sich zu den auszubildenden Rittern auf dem Burgberg zu gesellen. Dies schien ein Zeitalter zurückzuliegen, so große Veränderungen hatten seither in Dekkerets Leben stattgefunden. Mit achtzehn hatte er sich erlaubt davon zu träumen, selbst einmal den Thron des Coronal zu besteigen; aber dann waren seine unglücklichen Ferien in den Bergen von Zimroel gekommen, und nun, kaum über zwanzig, nervös in einem staubigen Vorzimmer in dieser heruntergekommenen Stadt im freudlosen Suvrael wartend, war ihm zumute, als habe er gar keine Zukunft, nur eine ereignislose Folge von eintönigen Jahren, die er abzuleben hatte.

Ein untersetzter Hjort mit sauertöpfischem Gesicht erschien und verkündete: »Erzregimantin Golator Lasgia möchte Sie sprechen.«

Das war ein eindrucksvoller Titel, doch sein Inhaber erwies sich als schlanke, dunkelhäutige Frau, die kaum älter als Dekkeret sein konnte, die ihn mit ihren großen, feucht schimmernden Augen eindringlich musterte. In beiläufiger Weise entbot sie ihm den Gruß mit einem Handsymbol des Pontifikats und nahm sein Beglaubigungsschreiben entgegen. »Der Initiat Dekkeret«, murmelte sie. »Auftrag, Nachforschungen auf Geheiß der Provinzverwaltung von Khyntor anzustellen. Ich verstehe nicht, Initiat Dekkeret. Dienen Sie dem Coronal oder dem Pontifex?«

Unbehaglich sagte Dekkeret: »Ich gehöre zu Lord Prestimions Stab, ein sehr niederer Beamter. Aber während ich in der Provinz Khyntor war, ergab sich im Büro des Pontifikats die Notwendigkeit zur Untersuchung gewisser Dinge in Suvrael, und als das dortige Büro erfuhr, daß ich ohnehin nach Suvrael wollte, baten sie mich, im Interesse der Wirtschaftlichkeit, den Auftrag anzunehmen, obwohl ich kein Angestellter des Pontifikats bin. Und –«

Indem sie Dekkerets Papiere nachdenklich gegen die Schreibtischplatte stieß, sagte Lasgia: »Sie wollten ohnehin nach Suvrael? Darf ich fragen, warum?«

Dekkeret errötete. »Eine persönliche Angelegenheit, wenn Sie gestatten.«

Sie ließ es dabei bewenden. »Und welche Dinge auf Suvrael sind von so entscheidendem Interesse für meine Brüder des Pontifikats von Khyntor, oder ist meine Neugier diesbezüglich ebenfalls fehl am Platze?«

Dekkerets Unbehagen wuchs. »Es hat etwas mit einem Defizit im Handelsausgleich zu tun«, antwortete er, kaum imstande, ihrem kühlen Blick standzuhalten. »Khyntor ist ein Manufaktionszentrum; es exportiert Güter für den Bedarf von Suvrael; in den vergangenen zwei Jahren ist der Export von Blaves und Reittieren beständig gesunken, und nun machen sich Differenzen in der Ökonomie von Khyntor bemerkbar. Die Hersteller haben Schwierigkeiten, die Kredite Suvraels länger zu tragen.«

»Das alles ist mir nichts Neues.«

»Man hat mich gebeten, hier die Ländereien zu inspizieren«, sagte Dekkeret, »um nachzuprüfen, ob ein Zuwachs an Tieren in nächster Zeit zu erwarten ist.«

»Möchten Sie etwas Wein?« fragte Golator Lasgia unerwartet.

Der verwirrte Dekkeret überdachte die Anstandsregeln. Während er noch überlegte, nahm sie zwei Flaschen goldenen Wein, entkorkte sie geschickt und reichte ihm ein Glas. Er nahm es mit einem dankbaren Lächeln. Der Wein war kalt, süß und prickelte leicht.

»Wein von Khyntor«, sagte sie. »So steuern wir unseren Teil zum Handelsdefizit von Suvrael bei. Die Antwort, Initiat Dekkeret, ist die, daß im letzten Jahr des Pontifex Prankipin eine schreckliche Dürre Suvrael heimsuchte – Sie werden sich fragen, Initiat, wie wir hier den Unterschied zwischen einer Dürre und einem Jahr mit normalem Regenfall feststellen, aber es gibt einen Unterschied, Initiat, einen gewaltigen Unterschied –, und die heimgesuchten Bezirke litten.

Wir hatten keine Möglichkeit, unser Vieh zu füttern, daher schlachteten wir so viel, wie der Markt aufnehmen konnte, und den größten Teil des verbleibenden Bestandes verkauften wir an Farmer im westlichen Zimroel. Nicht lange nachdem Confalume ins Labyrinth eingezogen war, fing es wieder an zu regnen, und das Gras unserer Savannen wuchs. Aber es dauert mehrere Jahre, bis die Herden wieder herangezüchtet sein werden. Die Handelsbilanz wird also noch eine Weile im Defizit bleiben und dann ausgeglichen werden.« Sie lächelte ohne Wärme. »So. Ich habe Ihnen die Strapazen einer uninteressanten Reise ins Landesinnere erspart.«

Dekkeret schwitzte stark. »Dennoch muß ich sie unternehmen, Erzregimantin Golator Lasgia.«

»Sie werden nicht mehr erfahren, als ich Ihnen eben erzählt habe.«

»Ich möchte nicht respektlos sein. Aber mein Auftrag verlangt ausdrücklich, daß ich mit eigenen Augen sehe –«

Sie schloß die ihren einen Augenblick. »Gerade jetzt ins Landesinnere vorzustoßen, wird Sie in extreme Schwierigkeiten, in außerordentliches körperliches Unbehagen und vielleicht in große Gefahren für Leib und Leben bringen. Wenn ich Sie wäre, würde ich in Tolaghai bleiben, die Freuden genießen, die hier zur Verfügung stehen, und mich um die persönlichen Angelegenheiten kümmern, die Sie hierher geführt haben. Schreiben Sie nach einer angemessenen Wartezeit Ihren Bericht in Absprache mit meinem Büro und begeben Sie sich zurück nach Khyntor.«

Augenblicklich keimte Verdacht in Dekkeret auf. Der Zweig der Regierung, dem sie diente, war nicht immer zur Zusammenarbeit mit den Leuten des Coronals bereit; sie versuchte eindeutig, etwas zu verheimlichen, das in Suvrael vor sich ging; und obwohl seine Mission nur der Vorwand für die Reise gewesen war, nicht seine zentrale Aufgabe, mußte er doch an seine Karriere denken, und wenn es einer pontifikalen Erzregimantin gelang, ihn hier allzu leicht zu übertölpeln, würde sich das später schlecht für ihn auswirken. Er wünschte, er hätte den Wein nicht von ihr angenommen. Doch um seine Verwirrung zu verbergen, gönnte er sich ein paar weitere Schlucke, und schließlich sagte er: »Mein Ehrgefühl würde es nie zulassen, diesen einfachen Weg zu beschreiten.«

»Wie alt sind Sie, Initiat Dekkeret?«

»Ich wurde im zwölften Jahr des Lord Confalume geboren.«

»Ja, dann kann es sein, daß Ihr Ehrgefühl Sie noch plagt. Kommen Sie, sehen Sie sich diese Karte mit mir an.« Sie erhob sich unvermittelt. Sie war größer, als er erwartet hatte, fast so groß wie er, was ihr ein zerbrechliches Aussehen verlieh. Ihr dunkles, lockiges Haar verströmte einen überraschenden Geruch, der selbst über das Aroma des starken Weins wahrnehmbar war. Golator Lasgia berührte die Wand, worauf eine Karte von Suvrael in leuchtenden Ocker- und Brauntönen sichtbar wurde. »Dies ist Tolaghai«, sagte sie und berührte die Nordwestspitze des Kontinents. »Die betroffenen Landstriche sind hier.« Sie deutete auf ein Band, das sechs- oder siebenhundert Meilen im Landesinneren begann und ungefähr ringförmig um die Wüste in Zentralsuvrael herum verlief. »Von Tolaghai«, fuhr sie fort, »gibt es drei Hauptstraßen zu den Farmgebieten. Dies ist eine davon. Derzeit wird sie von Sandstürmen heimgesucht, der Verkehr ist unmöglich geworden. Dies ist die zweite Straße. Wir rechnen mit Schwierigkeiten mit den Metamorphen, daher ist auch sie für Reisende geschlossen. Der dritte Weg ist hier, am Khulag-Paß, aber diese Straße wird neuerdings kaum noch benützt, und so hat die Wüste sie bereits zu einem großen Teil verschlungen. Erkennen Sie die Probleme?«

So sanft er konnte, sagte Dekkeret: »Aber wenn es Suvraels Geschäft ist, Vieh für den Export zu züchten, und alle Wege zwischen den Farmländern und dem größten Hafen blockiert sind, ist es da richtig zu sagen, daß mangelnde Wiesen der Grund für die jüngst auftretenden Verknappungen des Exports sind?«

Sie lächelte: »Es gibt andere Häfen, von denen wir in der derzeitigen Situation unsere Produkte verschiffen.«

Wieder deutete sie auf die Karte. »Seit letztem Winter ist der Hafen von Natu Gorvinu das Zentrum des Viehhandels. Das ist er, hier im Osten, unter der Küste von Alhanroel, aber sechstausend Meilen von hier entfernt.«

»Sechstausend ...«

»Es gibt wenig Gründe für einen Handel zwischen Tolaghai und Natu Gorvinu. Etwa einmal jährlich verkehrt ein Schiff zwischen beiden Städten. Über Land ist die Situation noch schlimmer, denn die Straßen von Tolaghai werden östlich von Kangheez nicht mehr gewartet ...« Sie deutete auf eine Stadt etwa tausend Meilen entfernt, »und jenseits davon, wer weiß? Dies ist kein dichtbesiedelter Kontinent.«

»Es gibt keine Möglichkeit, Natu Gorvinu zu erreichen?« fragte Dekkeret verblüfft.

»Eine. Mit dem Schiff von Tolaghai nach Stoien in Alhanroel, und von Stoien nach Natu Gorvinu. Dürfte nur wenig über ein Jahr dauern. Wenn Sie aber wieder nach Suvrael kommen und ins Landesinnere vorstoßen, wird die Krise, die Sie untersuchen sollen, möglicherweise schon überwunden sein. Noch ein Glas vom Goldenen, Initiat?«

Benommen akzeptierte er den Wein. Die Entfernungen machten ihn fassungslos. Noch einmal eine endlose Reise über das Innere Meer, zu seinem Heimatkontinent Alhanroel, nur um dann ein drittes Mal über das Wasser zu segeln und Suvrael von der anderen Seite zu betreten, um dort dann möglicherweise herauszufinden, daß das Landesinnere derweil von dort unpassierbar geworden war, und – nein. Nein. Man konnte eine Buße auch übertreiben. Es war besser, das ganze Unternehmen fallenzulassen, als sich solchen Absurditäten auszuliefern.

Während er noch zögerte, sagte Golator Lasgia: »Es ist schon spät, und Ihre Probleme bedürfen keines weiteren Nachdenkens mehr. Haben Sie schon Pläne für das Essen, Initiat Dekkeret?«

Unerwarteterweise glomm plötzlich ein nicht unbekanntes Funkeln in ihren Augen.

KAPITEL 3

In Begleitung der Erzregimantin Golator Lasgia entdeckte Dekkeret, daß das Leben in Tolaghai nicht unbedingt so eintönig war, wie die erste oberflächliche Untersuchung angedeutet hate. Sie brachte ihn mit dem Schweber zum Hotel zurück – er konnte ihren Abscheu erkennen, als sie es sah – und wies ihn an, sich auszuruhen, frisch zu machen und in einer Stunde auf sie zu warten.

Kupferfarbene Dämmerung hatte sich herabgesenkt, und als die Stunde um war, war der Himmel vollkommen schwarz, nur ein paar unbekannte Konstellationen schnitten zackige Streifen hinein, und hinter dem Horizont konnte man die beiden Monde bestenfalls vermuten. Sie rief pünktlich nach ihm. Statt ihrer schmucklosen offiziellen Robe trug sie nun ein hautenges Geflecht, das auf fast absurde Weise verführerisch schien. Dekkeret war verwirrt von alledem. Er hatte seine Erfolge bei Frauen gehabt, ja, aber bisher hatte er noch keinerlei Interesse an ihr bekundet, ihr nichts als formellen Respekt entgegengebracht; und dennoch rechnete sie eindeutig mit einer gemeinsamen Nacht. Warum? Sicher nicht wegen seiner unwiderstehlichen geistigen oder körperlichen Anziehungskraft, noch konnte er ihr politische Berechnung unterstellen, und auch kein anderes vernünftiges Motiv. Außer dem einen, nämlich daß dies ein elender hinterwäldlerischer Außenposten war, wo das Leben ereignislos und ungemütlich war, und er war ein ansehnlicher Fremder, der einer Frau im etwa gleichen Alter eine Nacht der Abwechslung und Lust verschaffen konnte. Dabei kam er sich benutzt vor, konnte aber nicht sehen, daß es schaden konnte. Und nach Monaten auf See war er bereit, um des Vergnügens willen ein kleines Risiko einzugehen.

Sie speisten in einem Privatklub am Stadtrand, in einem Garten, der so sehr mit den berühmten Pflanzenwesen aus Stoienzar und anderen Blumenwundern geschmückt war, daß Dekkeret sich schon fragte, wieviel von Tolaghais Wasservorrat abgezweigt wurde, um diesen winzigen Fleck zu erhalten. An anderen der weit auseinanderstehenden Tische saßen Suvraelinn in ansehnlichen Kostümen, und Golator Lasgia nickte diesem und jenem zu, aber keiner näherte sich ihr, noch starrten sie Dekkeret ungebührlich an. Aus dem Gebäudeinneren wehte eine frische, kühle Brise, die erste, die er seit Wochen spürte, als wäre eine der geheimnisvollen Maschinen der Alten, wie sie auch auf dem Burgberg für köstliche Frischluft sorgten, dort drinnen am Arbeiten. Das Essen war herrlich, fermentierte Früchte und zarte Stückchen eines saftigen grünfleischigen Fischs, dazu ein sehr trockener Wein aus Amblemorn, an den äußeren Rändern des Burgbergs. Sie trank freizügig, wie er auch; bis sie glänzende Augen bekamen und aus sich herausgingen. Die kalte Formalität der Unterhaltung in ihrem Büro verflog. Er erfuhr, daß sie ihm neun Dienstjahre voraus hatte, daß sie noch als Mädchen in die Dienste des Pontifex eingetreten und in den vergangenen zehn Jahren in Suvrael eingesetzt worden war, wo man sie nach Confalumes Erhebung in ihre derzeitige hohe Machtposition befördert hatte.

»*Gefällt* es dir hier?« fragte er.

Sie zuckte die Achseln. »Man gewöhnt sich daran.«

»Ich bezweifle, ob ich das könnte. Für mich ist Suvrael lediglich ein Ort der Folter, eine Art Fegefeuer.«

Golator Lasgia nickte. »Genau.«

Etwas blitzte von ihrem Blick zu seinem. Er wagte nicht, sie um eine Erklärung zu bitten, vermutete aber, daß sie viel gemeinsam hatten.

Er füllte die Gläser nach und riskierte die Gefahr eines ruhigen, wissenden Lächelns.

Sie sagte: »Suchst du hier ein Fegefeuer?«

»Ja.«

Sie deutete in den verschwenderischen Garten, auf die leeren Weinflaschen, das kostspielige Essen, die halb aufgegessenen Delikatessen. »Dann hast du einen schlechten Start erwischt.«

»Milady, ein Essen mit dir war nicht meine Absicht.«

»Noch meine. Aber der Göttliche gibt, und wir nehmen. Ja? Ja?« Sie beugte sich zu ihm. »Was wirst du tun? Die Reise nach Natu Gorvinu machen?«

»Das scheint ein zu aufwendiges Unterfangen zu sein.«

»Dann tu, was ich dir gesagt habe. Bleib in Tolaghai, bis du es satt hast, und dann kehre zurück und schreibe deinen Bericht. Niemand in Khyntor wird etwas merken.«

»Nein. Ich muß ins Landesinnere.«

Ihr Ausdruck wurde spöttisch. »Diese Entschlossenheit! Aber wie willst du das machen? Die Straßen sind gesperrt.«

»Du hast die beim Khulag-Paß erwähnt, die nicht mehr benutzt wird. Das hört sich weniger gefährlich an als Sandstürme oder Gestaltveränderer-Wegelagerer. Vielleicht kann ich einen Karawanenführer engagieren, der mich dorthin führt.«

»In die Wüste?«

»Wenn es ein muß.«

»Die Wüste ist heimgesucht«, sagte sie. »Das solltest du vergessen. Ruf den Kellner, wir brauchen noch Wein.«

»Ich glaube, ich hatte genug, Milady.«

»Dann komm. Gehen wir anderswo hin.«

Aus dem gekühlten Lokal in die Hitze der Nacht hinauszutreten, war ein Schock, aber sie saßen bald im Schweber und nicht wenig später in einem anderen Garten, der sich im Innenhof ihrer offiziellen Residenz befand und einen Teich umgab. Hier gab es keine Wettermaschinen, um die Hitze zu vertreiben, aber dagegen wußte die Erzregimantin Abhilfe, indem sie ihre Kleidung ablegte und zum Teich ging. Ihr schlanker, anmutiger Körper schimmerte einen Augenblick im Sternenlicht; dann tauchte sie und glitt fast ohne einen Spritzer unter die Oberfläche. Sie winkte ihm, und er gesellte sich rasch zu ihr.

Hinterher umarmten sie einander auf einem Bett aus kurzgeschnittenem, dicken Gras. Ihr Liebesspiel war gleichzeitig eine Art Ringkampf, denn sie umklammerte ihn mit ihren langen, muskulösen Beinen, versuchte, seine Arme festzuhalten, und rollte hierhin und dorthin mit ihm; er war erstaunt über ihre Kraft und die spielerische Wildheit ihrer Bewegungen. Aber nachdem sie sich gegenseitig ergründet hatten, bewegten sie sich mit größerer Harmonie, und es wurde eine Nacht mit wenig Schlaf und viel Anstrengung.

Die Dämmerung war unglaublich: Ohne Warnung stand die Sonne am Himmel, gleich einem Fanfarenstoß, und röstete die umliegenden Hügel mit ihrem grellen Licht.

Sie lagen erschöpft nebeneinander. Dekkeret wandte sich ihr zu – im unbarmherzigen Morgenlicht sah sie weniger mädchenhaft aus als unter den Sternen – und sagte unvermittelt: »Erzähle mir von der heimgesuchten Wüste. Welche Geister werde ich dort finden?«

»Wie beharrlich du bist!«

»Sag es mir.«

»Es gibt Geister, die in deine Träume eindringen und sie stehlen. Sie berauben deine Seele der Freude und hinterlassen Furcht an ihrer Stelle. Am Tag singen sie in der Ferne, verwirren dich und locken dich mit ihrer Musik vom Weg ab.«

»Soll ich das glauben?«

»In den vergangenen Jahren sind viele, die die Wüste betraten, nicht zurückgekehrt.«

»Wegen der träumestehlenden Geister.«

»So sagt man.«

»Ich werde eine spannende Geschichte erzählen können, wenn ich zum Burgberg zurückkehre.«

»*Wenn* du zurückkehrst«, sagte sie.

»Du sagtest, daß nicht jeder gestorben ist, der die Wüste betrat. Offensichtlich nicht, denn jemand kehrte zurück, um die Geschichte zu erzählen. Ich werde mir einen Führer nehmen und das Risiko mit den Geistern eingehen.«

»Niemand wird dich begleiten.«

»Dann gehe ich alleine.«

»Und wirst mit Sicherheit sterben.« Sie streichelte seine mächtigen Arme und gab ein leises Schnurren von sich. »Bist du so sehr daran interessiert, schnell zu sterben? Das Sterben hat keinen Wert. Es bringt keine Wohltaten. Welche Freiheit du auch suchst, die des Todes ist es nicht. Vergiß die Reise in die Wüste. Bleib hier bei mir.«

»Wir gehen zusammen.«

Sie lachte. »Ich glaube nicht.«

Es war, erkannte Dekkeret, Wahnsinn. Er hatte Zweifel an ihren Geschichten von Geistern und Traumstehlern, es sei denn, die Geschehnisse in der Wüste hatten mit gerissenen Gestaltveränderer-Rebellen zu tun, und selbst das bezweifelte er. Vielleicht zielten alle ihre Geschichten von möglichen Gefahren nur darauf ab, ihn länger in Tolaghai zu halten. Was schmeichelhaft war, wenn es stimmte, ihm aber bei seiner Suche nicht weiterhalf. Und sie hatte recht, der Tod war ein sinnloses Opfer. Wenn dieses Abenteuer in Suvrael einen Sinn haben sollte, mußte er es lebend überstehen.

Golator Lasgia zog ihn auf die Füße. Sie badeten kurz im Teich; dann führte sie ihn ins Innere des am hübschesten möblierten Hauses, das er fern vom Burgberg gesehen hatte, und servierte ihm ein Frühstück aus Früchten und getrocknetem Fisch.

Plötzlich, am Vormittag, sagte sie: »*Mußt* du ins Landesinnere gehen?«

»Ein innerer Zwang treibt mich in diese Richtung.«

»Nun gut. Wir haben hier in Tolaghai einen Halunken, der oft über den Khulag-Paß ins Landesinnere zieht, behauptet er jedenfalls, und bisher scheint er überlebt zu haben. Für eine Geldbörse voller Royals wird er dich zweifellos hinführen. Sein Name ist Barjazid; und wenn du darauf bestehst, werde ich ihn herbitten und ihm befehlen, dich zu begleiten.«

KAPITEL
4

»Halunke« war das angemessene Wort für Barjazid. Er war ein hagerer und verkommen aussehender kleiner Mann, der in eine schäbige braune Robe und lederne Sandalen gekleidet war, dazu eine uralte Halskette aus nicht zusammenpassenden Meeresdrachenknochen. Seine Lippen waren dünn, die Augen hatten einen fiebrigen Glanz, die Haut war von der Wüstensonne fast schwarzgebrannt. Er betrachtete Dekkeret, als schätzte er den Inhalt seiner Geldbörse.

»Wenn ich dich mitnehme«, sagte Barjazid mit einer Stimme bar jeglicher Resonanz, aber dennoch nicht schwach, »wirst du zuerst einen Vertrag unterschreiben, mit dem du mich jeder Verantwortung entbindest. Das ist für deine Erben, falls du sterben solltest.«

»Ich habe keine Erben«, antwortete Dekkeret.

»Dann Verwandte. Ich möchte nicht von deinem Vater oder deiner älteren Schwester vor das pontifikale Gericht geschleppt werden, weil du in der Wüste verschwunden bist.«

»Bist du bislang in der Wüste verschwunden?«

Barjazid schien verblüfft. »Eine absurde Frage.«

»Du gehst in diese Wüste«, behaarte Dekkeret, »und du kehrst lebend zurück. Ja? Nun denn, wenn du dein Gewerbe verstehst, wirst du auch diesmal lebend zurückkehren und ich ebenfalls. Ich werde das tun, was du tust, und ich gehe dahin, wo du hin gehst. Wenn du lebst, werde ich auch leben. Wenn ich sterbe, wirst du auch tot sein, und meine Familie wird keinen verklagen können.«

»Ich kann der Macht der Traumstehler widerstehen«, sagte Barjazid. »Das weiß ich durch verschiedene Tests. Woher weißt du, daß du ihnen gleichermaßen widerstehen kannst?«

Dekkeret nahm sich noch eine Tasse von Barjazids Tee, einem starken Aufguß aus einer aromatischen Pflanze der Sandhügel. Die beiden Männer saßen auf Sitzkissen aus Haigushautdecken im stickigen Hinterzimmer eines Ladens, der Barjazids Neffen gehörte: Offensichtlich war es ein großer Klan. Dekkeret trank von dem bitteren, scharfen Tee und sagte nach einem Augenblick des Nachdenkens: »Wer sind diese Traumstehler?«

»Das kann ich nicht sagen.«

»Vielleicht Gestaltveränderer?«

Barjazid zuckte die Schultern. »Sie haben sich nicht die Mühe gemacht, mir ihre Herkunft zu enthüllen. Gestaltveränderer, Ghayrogs, Vroons, gewöhnliche Menschen – woher soll ich das wissen? In Träumen sind alle Stimmen gleich. Es gibt sicher freilebende Stämme der Gestaltveränderer in der Wüste, und viele mögen zornige Leute sein, und vielleicht verfügen sie über die Gabe, zusammen mit ihrer Gestaltveränderung in die Gedanken anderer Leute einzudringen. Oder vielleicht nicht.«

»Wenn die Gestaltveränderer hier zwei von drei Straßen gesperrt haben, gibt es Arbeit für die Leute des Coronals hier.«

»Das geht mich nichts an.«

»Die Gestaltveränderer sind eine besiegte Rasse. Man darf ihnen nicht erlauben, das tägliche Leben auf Majipoor zu behindern.«

»Du hast darauf hingewiesen, daß die Traumstehler

Gestaltveränderer sein könnten«, meinte Barjazid ätzend. »Ich selbst habe keine solche Theorie. Und wer die Traumstehler sind, ist unwichtig. Wichtig ist, daß sie das Land jenseits des Khulag-Passes für Reisende gefährlich machen.«

»Warum gehst du dann dorthin?«

»Ich beantworte keine Fragen, die mit *Warum* beginnen«, sagte Barjazid. »Ich gehe, weil ich Gründe dafür habe. Anders als andere, kehre ich lebend zurück.«

»Sterben denn alle anderen, die den Paß überqueren?«

»Das bezweifle ich. Keine Ahnung. Außer Frage ist, daß viele verschwunden sind, seit wir zum erstenmal von den Traumstehlern hörten. Die Wüste ist im günstigsten Fall gefährlich.« Barjazid rührte seinen Tee um. Er schien unruhig zu werden. »Wenn du mich begleitest, werde ich dich so gut es geht beschützen. Garantien für deine Sicherheit kann ich aber keine geben. Darum verlange ich, daß du mich rechtsgültig von jeder Verantwortung entbindest.«

Dekkeret sagte: »Unterschreibe ich ein solches Dokument, würde ich damit mein Todesurteil unterzeichnen. Was würde dich davon abhalten, mich zehn Meilen jenseits des Passes zu ermorden, meinen Leichnam auszuplündern und alle Schuld den Traumstehlern zu geben?«

»Bei der Lady, ich bin kein Mörder! Ich bin nicht einmal ein Dieb.«

»Aber dir ein Papier zu geben, auf dem steht, daß dich keine Schuld trifft, sollte ich sterben – könnte das nicht selbst einen ehrlichen Mann in große Versuchung führen?«

Barjazids Augen flackerten vor Wut. Er gestikulierte, als wolle er das Gespräch beenden. »Was eine große Versuchung ist, ist deine Sache«, sagte er, stand auf und stieß seine Tasse beiseite. »Such dir einen anderen Führer, wenn du solche Angst vor mir hast.«

Dekkeret blieb sitzen und sagte leise: »Ich bedauere die Unterstellung. Ich bitte dich nur, meinen Standpunkt zu verstehen: ein fremder und junger Mann in einem fernen, fremden Land, der die Unterstützung von jemandem braucht, ihn in Gegenden zu führen, wo unerklärliche Dinge geschehen. Ich muß vorsichtig sein.«

»Dann sei noch vorsichtiger. Nimm das nächste Schiff nach Stoien und kehre zum angenehmen Leben auf dem Burgberg zurück.«

»Ich bitte dich nochmals, mich zu führen. Für einen guten Preis, und nichts mehr von einem Vertrag, den ich unterschreiben soll. Wie hoch ist dein Lohn?«

»Dreißig Royals«, sagte Barjazid.

Dekkeret grunzte, als hätte man ihn unterhalb der Rippen geschlagen. Es hatte ihn weniger als das gekostet, von Piliplok nach Tolaghai zu segeln. Dreißig Royals war für jemandem wie Barjazid ein Jahreslohn; wollte er ihn bezahlen, mußte Dekkeret auf einen teuren Kreditbrief zurückgreifen. Sein erster Impuls war, mit ritterlicher Verachtung zu reagieren und zehn zu bieten, doch er erkannte, daß er seine Handelsposition durch das Beharren, nichts zu unterschreiben, geschwächt hatte. Wenn er nun auch noch am Preis herumnörgelte, würde Barjazid die Verhandlungen abbrechen.

Schließlich sagte er: »Meinetwegen. Aber keinen Vertrag.«

Barjazid bedachte ihn mit einem sauren Blick. »Nun gut. Keinen Vertrag, wenn du darauf bestehst.«

»Wie ist das Geld zu bezahlen?«

»Die Hälfte gleich, die andere Hälfte am Morgen des Aufbruchs.«

»Zehn jetzt«, sagte Dekkeret. »Zehn am Tag des Aufbruchs, und zehn an dem Tag, an dem wir nach Tolaghai zurückkehren.«

»Damit hinge ein Drittel meines Honorars davon ab, daß du die Reise überlebst. Vergiß nicht, daß ich dafür nicht garantieren kann.«

»Vielleicht wird mein Überleben wahrscheinlicher, wenn ich ein Drittel des Honorars bis zum Ende behalte.«

»Von einem Ritter des Coronals erwartet man einen gewissen Hochmut, und man lernt, ihn als reinen Manierismus abzutun, bis zu einem gewissen Punkt. Ich denke, du hast den Punkt überschritten.« Wieder machte Barjazid die Geste der Verabschiedung. »Zwischen uns herrscht zu wenig Vertrauen. Es wäre ein Fehler, zusammen zu reisen.«

»Ich wollte nicht respektlos sein«, sagte Dekkeret.

»Aber du verlangst von mir, daß ich mich der Gnade deiner Verwandten ausliefere, solltest du verschwinden, und du scheinst mich als gewöhnlichen Halsabschneider zu betrachten, bestenfalls als Verbrecher, und du verteilst meinen Lohn so, daß ich weniger Grund habe, dich zu ermorden.« Barjazid spie aus. »Das Gegenteil von Hochmut ist Höflichkeit, junger Ritter. Ein Drachenjäger der Skandara wäre mir mit mehr Höflichkeit begegnet. Vergiß nicht, nicht ich bin zu dir gekommen. Ich lasse mich nicht demütigen, um dir zu helfen. Wenn du bitte –«

»Warte.«

»Ich habe heute morgen noch andere Dinge zu erledigen.«

»Fünfzehn Royals jetzt«, sagte Dekkeret. »Und fünfzehn wenn wir aufbrechen, wie du sagst. Ja?«

»Obwohl du glaubst, daß ich dich in der Wüste ermorden werde?«

»Ich wurde zu mißtrauisch, weil ich nicht zu unschuldig erscheinen wollte«, sagte Dekkeret. »Es war taktlos von mir, das alles zu sagen. Ich bitte dich, mich zu den vereinbarten Bedingungen zu führen.«

Barjazid schwieg.

Dekkeret nahm drei Fünf-Royal-Münzen aus dem Geldbeutel. Zwei waren von alter Prägung und zeigten den Pontifex Prankipin mit Lord Confalume. Aber eine war schimmernd und neu und trug das Bild von Confalume als Pontifex und das von Lord Prestimion auf der Rückseite. Er reichte sie Barjazid, der die neue Münze nahm und mit großer Sorgfalt studierte.

»So eine habe ich noch nie gesehen«, sagte er. »Sollen wir den Sohn meines Bruders hereinbitten und seine Meinung über ihre Echtheit einholen?«

Das war zuviel. »Hältst du mich für jemanden, der Falschgeld verteilt?« brüllte Dekkeret, sprang auf und beugte sich bedrohlich über den kleinen Mann. Wut pochte in ihm; er war nahe daran, Barjazid zu schlagen.

Aber er stellte fest, daß der andere angesichts seines Zorns völlig ungerührt und furchtlos war. Barjazid lächelte sogar und nahm die beiden anderen Münzen aus Dekkerets zitternder Hand.

»Also hast auch du etwas gegen grundlose Anschuldigungen, junger Ritter, eh?« lachte Barjazid. »Schließen wir ein Abkommen. Du gehst nicht davon aus, daß ich dich jenseits des Khulag-Passes ermorden werde, und ich schicke deine Münze nicht zum Geldwechsler, um zu sehen, ob sie echt ist, eh? Nun? Einverstanden?«

Dekkeret nickte müde.

»Nichtsdestotrotz ist es eine gefährliche Reise«, sagte Barjazid, »und ich möchte nicht, daß du einer sicheren Rückkehr allzu sicher bist. Vieles hängt von deiner eigenen Stärke ab, wenn die Zeit gekommen ist.«

»So sei es. Wann brechen wir auf?«

»Fünftag, zur Stunde des Sonnenuntergangs. Wir verlassen die Stadt durch das Pinitor-Tor. Ist dir dieser Ort bekannt?«

»Ich werde ihn finden«, sagte Dekkeret. »Bis Fünftag, Sonnenuntergang.« Er streckte dem kleinen Mann die Hand hin.

KAPITEL
5

Bis Fünftag waren es noch drei Tage. Dekkeret bedauerte die Verzögerung nicht, denn sie verhalf ihm zu drei weiteren Nächten mit der Erzregimantin Golator Lasgia; dachte er wenigstens, denn tatsächlich kam alles ganz anders. Am Abend von Dekkerets Treffen mit Barjazid war sie nicht in ihrem Büro am Hafen, noch wollten ihre Untergebenen ihr eine Nachricht zukommen lassen. Er streifte desillusioniert bis lange nach Mitternacht durch die bedrückende Stadt, fand aber keinerlei Gefährten, schließlich aß er ein fettiges, übelriechendes Mahl in seinem Hotel, während er dauernd hoffte, Golator Lasgia würde doch noch auf wundersame Weise erscheinen und ihn fortbringen. Sie kam nicht, und er schlief unruhig und schlecht, besessen von den Erinnerungen an ihre glatten Flanken, die kleinen, festen Brüste und ihren hungrigen, aggressiven Mund. Um die Dämmerstunde hatte er einen Traum, verschwommen und undeutbar, in dem sie und Barjazid und ein paar Hjorts und Vroons einen komplizierten Tanz in einer dachlosen, sandbedeckten Steinruine tanzten, und er erwachte erst gegen Mittag des Meertags. Die ganze Stadt schien sich zu verstecken, aber als die kühleren Stunden angebrochen waren, begab er sich wieder zum Büro der Erzregimantin, bekam sie aber auch heute nicht zu sehen, und den Abend verbrachte er in derselben ziellosen Weise wie am Tag zuvor. Als er sich dem Schlaf ergab, flehte er inbrünstig zur Lady der Insel, sie möge ihm Golator Lasgia schicken. Aber es war nicht Aufgabe der Lady, so etwas zu tun, und daher erreichte ihn nur ein nichtssagender, fröhlicher Traum in dieser Nacht, vielleicht ein Geschenk der Lady, vielleicht auch nicht, in dem er in einer Strohhütte am Ufer des Großen Meeres bei Til-omon lebte und süße purpurne Früchte aß, deren Saft seine Wangen befleckte. Als er erwachte, wartete ein Hjort aus dem Stab der Erzregimantin auf ihn, um ihn zu Golator Lasgia zu führen.

An diesem Abend aßen sie spät zusammen und gingen wieder in ihre Villa und verbrachten eine Nacht der stürmischen Liebe, mit der verglichen ihre erste wie ein Monat Enthaltsamkeit war. Dekkeret fragte sie nicht, warum sie sich ihm in den beiden zurückliegenden Nächten verweigert hatte, aber als sie ein Frühstück aus gewürzter Gihornahaut und goldenem Wein zu sich nahmen, beide frisch und munter, obwohl sie keinen Schlaf gehabt hatten, sagte sie: »Ich wünschte, ich hätte diese Woche mehr Zeit mit dir verbringen können, aber wenigstens konnten wir unsere letzte Nacht gemeinsam verbringen. Nun gehst du mit meinem Geschmack auf den Lippen in die Wüste der gestohlenen Träume. Habe ich dich alle anderen Frauen vergessen lassen?«

»Du kennst die Antwort.«

»Gut. Gut. Du wirst vielleicht nie mehr eine Frau umarmen, aber die letzte war die beste, und nicht viele sind so glücklich wie du.«

»Bist du so sicher, daß ich in der Wüste sterbe?«

»Nur wenige Reisende kehren zurück«, sagte sie. »Die Chancen, daß ich dich wiedersehe, sind gering.«

Dekkeret zitterte leicht – nicht aus Furcht, sondern durch die Erkenntnis von Golator Lasgias inneren Motiven. Irgendeine Morbidität hatte sie veranlaßt, ihn die beiden vorhergehenden Nächte zu schneiden, damit die dritte nur um so intensiver wurde, denn sie schien zu glauben, daß er bald ein toter Mann sein würde, und sie wollte das besondere Vergnügen, seine letzte Frau zu sein. Das erfüllte ihn mit Kälte. Wenn er bald sterben mußte, hätte Dekkeret wenigstens auch die beiden anderen Nächte mit ihr verbringen wollen, aber derlei Gedanken kamen ihr offensichtlich nicht in den Sinn. Er entbot ihr einen höflichen Abschiedsgruß, ohne zu wissen, ob sie sich wiedersehen würden, oder ob er es überhaupt wollte, trotz ihrer Schönheit und Erfahrung in den Liebeskünsten. Zuviel Geheimnisvolles und gefährlich Kapriziöses lag in ihrem Wesen verborgen.

Nicht lange vor Sonnenuntergang fand er sich am

Pinitor-Tor am südöstlichen Stadtrand ein. Es hätte ihn nicht überrascht, hätte Barjazid sich nicht an ihre Abmachung gehalten, aber nein, ein Schweber wartete außerhalb des verwitterten Sandsteinbodens des alten Tores, und der kleine Mann stand an die Seite des Fahrzeugs angelehnt. Drei Begleiter waren bei ihm: ein Vroon, eine Skandar und ein schlanker Mann mit stechendem Blick, der eindeutig Barjazids Sohn war.

Auf ein Nicken Barjazids nahm die gigantische vierarmige Skandar Dekkerets zwei Rucksäcke und verstaute sie mit einer beiläufigen Handbewegung im Kofferraum des Schwebers. »Ihr Name«, sagte Barjazid, »ist Khaymak Gran. Sie kann nicht sprechen, ist aber alles andere als dumm. Sie hat mir viele Jahre treu gedient, seit ich sie ohne Zunge und halbtot in der Wüste gefunden habe. Der Vroon ist Serifain Renaulion, der häufig zuviel spricht, die Wege in der Wüste aber besser als jeder andere in der Stadt kennt.« Dekkeret wechselte einen brüsken Gruß mit dem Tentakelwesen. »Und mein Sohn Dinitak wird uns ebenfalls begleiten«, sagte Barjazid. »Bist du gut ausgeruht, Initiat?«

»Hinreichend gut«, antwortete Dekkeret. Nach der schlaflosen Nacht hatte er fast den ganzen Tag über geschlafen.

»Wir reisen hauptsächlich in der Nacht und rasten während der Hitze des Tages. Soweit ich informiert bin, soll ich dich über den Khulag-Paß bringen, dann durch das als die Wüste der gestohlenen Träume bekannte Gebiet und zu den Farmländern bei Ghyzyn Kor, wo du gewisse Nachforschungen bei den Viehzüchtern anstellen willst. Und dann zurück nach Tolaghai. Ist das so?«

»Genau«, sagte Dekkeret.

Barjazid machte keine Bewegung, den Schweber zu besteigen. Dekkeret runzelte die Stirn, dann begriff er. Er nahm drei weitere Fünf-Royal-Münzen aus dem Geldbeutel, zwei alte mit Prankipin und eine glänzende neue mit dem Bildnis von Lord Prestimion. Diese reichte er Barjazid, der die Prestimion-Münze nahm und seinem Sohn zuwarf, welcher sie mißtrauisch betrachtete. »Der neue Coronal«, sagte Barjazid. »Mach dich mit dem Gesicht vertraut, wir werden es noch öfter sehen.«

»Seine Regentschaft wird außergewöhnlich sein«, sagte Dekkeret. »Er wird selbst Lord Confalume an Ruhm überflügeln. Schon ist eine neue Blüte auf den nördlichen Kontinenten angebrochen, auf denen es schon vorher Blütezeiten gab. Lord Prestimion ist ein tatkräftiger und entschlossener Mann, und seine Pläne sind ambitiös.«

Barjazid sagte achselzuckend: »Die Ereignisse auf den nördlichen Kontinenten haben hier wenig Gewicht, und die Blüte von Arhanroel oder Zimroel kümmert uns hier auf Suvrael kaum. Aber wir schätzen, daß uns die Göttliche mit einem neuen und weitsichtigen Coronal beschenkt hat. Möge er sich gelegentlich daran erinnern, daß es auch einen südlichen Kontinent gibt, auf dem ebenfalls Bürger seines Reiches leben. Kommt jetzt, es ist Zeit zum Aufbruch.«

KAPITEL 6

Das Pinitor-Tor bildete eine absolute Trennlinie zwischen Stadt und Wüste. Zur einen Seite war ein Bezirk mit niederen, geräumigeren Villen, ummauert und abweisend; zur anderen nichts als öde Wüste jenseits der Stadtgrenze. Nichts unterbrach die Monotonie der Wüste als die Überlandstraße, ein breiter Schotterweg, der sich langsam auf die Gebirgskette zuwand, die Tolaghai einschloß.

Die Hitze war unerträglich. Bei Nacht war die Wüste spürbar kühler als am Tage, aber dennoch mörderisch. Denn wenn das große, brennende Auge der Sonne verschwunden war, strahlte der orangefarbene Sand die tagsüber gespeicherte Hitze ab und schimmerte und knackte mit der Intensität eines Heizofens. Ein starker Wind wehte – wenn die Dunkelheit kam, hatte Dekkeret bemerkt, wechselte die Windrichtung, und dann wehte er aus dem Herzen des Kontinents zum Meer –, aber das war eigentlich einerlei: Landwind und Meerwind waren gleichermaßen gnadenlose, trockene und heiße Luftströmungen.

In der reinen, klaren Atmosphäre war das Licht der Sterne und Monde ungewöhnlich hell, und auch ein irdisches Glühen konnte man wahrnehmen, eine seltsam geisterhafte grüne Strahlung, die in unregelmäßigen Flecken von den Hängen entlang der Straße aufstieg. Dekkeret fragte danach. »Von gewissen Pflanzen«, sagte der Vroon. »In der Dunkelheit scheinen sie mit einem inneren Licht. Eine solche Pflanze zu berühren, ist immer schmerzhaft und oft tödlich.«

»Wie kann ich sie bei Tageslicht erkennen?«

»Sie sehen wie Stücke alter Schnur aus, wettergegerbt und ausgebleicht, und sie sprießen in Büschen aus Felsspalten. Nicht alle Pflanzen dieser Form sind gefährlich, aber du wärst gut beraten, alle zu meiden.«

»Und die anderen auch«, warf Barjazid ein. »In der Wüste haben die Pflanzen alle einen augeprägten Verteidigungsmechanismus, manchmal in überraschender Form. Jedes Jahr lehrt unser Garten uns ein neues häßliches Geheimnis.«

Dekkeret nickte. Er hatte nicht vor, hier draußen spazierenzugehen, aber falls er es doch tat, würde er es sich zur Regel machen, nichts zu berühren.

Der Schweber war alt und langsam, die Steigung der Straße steil. Das Gefährt schleppte sich in der glühendheißen Nacht langsam voran. Im Inneren fand kaum eine Unterhaltung statt. Die Skandar fuhr, der Vroon an ihrer Seite, und hin und wieder machte Serifain Reinaulion eine Bemerkung über den Zustand der Straße; die beiden Barjazids auf dem Rücksitz schwiegen und überließen Dekkeret seinen Gedanken, der mit wachsendem Unbehagen die endlose Landschaft draußen beobachtete.

Unter dem gnadenlosen Hammer der Sonne hatte der Boden ein geschlagenes, zerbrochenes Aussehen. Die Feuchtigkeit, die der Winter diesem Land gebracht hatte, war längst aufgesogen worden und ließ düstere, verwinkelte Risse zurück. Die Erdoberfläche war pokkennarbig, wo der niemals endende Wind Sandteilchen darüber hinweggeweht hatte, und die Pflanzen, niedere und spärlich wachsende Dinge, waren von großer Vielzahl, aber alle knorrig, ausgedörrt und ledrig. An die Hitze gewöhnte sich Dekkeret mit der Zeit:

Sie war einfach da, wie die eigene Haut, und irgendwann einmal akzeptierte man sie. Aber die tödliche Häßlichkeit von allem, was er sah, die trockene, rauhe, stachelige Kahlheit von allem, schlug ihm aufs Gemüt. Eine Landschaft, die hassenswert war, war ein neues Konzept für ihn, ein fast unvorstellbares. Wohin er bisher auf Majipoor gegangen war, hatte er nur Schönheit gefunden. Er dachte an seine Heimatstadt Normork am Hang des Bergs, mit den verschlungenen Boulevards und der beeindruckenden Steinmauer und den sanften Mitternachtsregen. Er dacht an die große Stadt Stee weiter oben am Berg, wo er eines Tages um die Dämmerung in einem Garten mit Bäumen spazierengegangen war, die ihm nur bis zum Knöchel reichten und Blätter hatten, deren grüne Farbe seine Augen verwirrte. Er dachte an High Morpin, dieses glitzernde Wunder einer Stadt, die ganz dem Vergnügen gewidmet war und fast im Schatten der ehrfurchtgebietenden Burg des Coronals auf der Bergspitze lag. Und an die dichten Wälder von Khyntor und die gleißenden weißen Türme von Ni-moya und die süßen Wiesen des Glaygetals – was für eine schöne Welt das ist, dachte Dekkeret, welche Wunder sie bereithält, und wie schrecklich ist der Ort, an dem ich mich nun befinde!

Er sagte sich, daß er seine Werte relativieren und sich bemühen mußte, die Schönheiten dieser Wüste zu sehen, sonst würde sie seinen Geist lähmen. Laß Schönheit in der völligen Trockenheit sein, dachte er, und Schönheit in der bedrohlichen Kargheit und Schönheit in den Pockennarben und Schönheit in blaßgrünen Pflanzen, die in der Nacht leuchten. Soll dornig schön sein, soll öde schön sein, soll karg schön sein. Denn was ist Schönheit, fragte sich Dekkeret, wenn nicht die anerzogene Reaktion auf wahrgenommene Dinge? Warum ist eine Wiese schöner als eine öde Wüste? Schönheit, sagt man, ist nur im Auge dessen, der sie sieht; schule daher dein Auge neu, Dekkeret, denn sonst wird die Häßlichkeit der Landschaft dich töten.

Er versuchte sich dazu zu bringen, die Wüste zu lieben. Er verdrängte Worte wie »karg« und »öde« und »abstoßend« aus seinem Denken wie ein Raubtier, das die Krallen einzieht, und wies sich an, die Landschaft anmutig und beruhigend zu finden. Er brachte sich dazu, die Formationen der bloßliegenden Felsen zu bewundern und die großen Ebenen der ausgetrockneten Pfützen. Er fand Aspekte der Freude in den niederen, vertrockneten Büschen. Er sah Staunenswertes an den Nachtlebewesen, die manchmal draußen vorbeihuschten. Und während die Nacht verstrich, wurde ihm die Wüste weniger hassenswert und dann neutral, und schließlich glaubte er, tatsächlich eine Spur Schönheit entdecken zu können; und zur Dämmerstunde hatte er überhaupt aufgehört, darüber nachzudenken.

Der Morgen kam plötzlich: Ein Schaft orangefarbenen Feuers erstrahlte über dem Bergwall im Westen, ein hellroter Feuerfinger griff über den gegenüberliegenden Hang des Berges, und dann stieg die Sonne, deren gelbes Antlitz einen deutlicheren Grünstich als in den nördlicheren Breiten hatte, wie ein losgelassener Ballon an den Himmel. In diesem Augenblick des apokalyptischen Sonnenaufgangs dachte Dekkeret zu seinem Erstaunen mit einem Gefühl tiefen Schmerzes an die Erzregimantin Golator Lasgia und fragte sich, ob sie die Dämmerung bewunderte und mit wem; er weidete sich eine Weile an seinem eigenen Schmerz, dann verdrängte er den Gedanken und sagte zu Barjazid: »Es war eine Nacht ohne Phantome. Soll diese Wüste denn nicht heimgesucht sein?«

»Der richtige Ärger fängt erst hinter dem Paß an«, antwortete der kleine Mann.

Sie fuhren weiter bis in die frühen Morgenstunden. Dinitak servierte ein nüchternes Frühstück, trockenes Brot und sauren Wein. Zurückblickend sah Dekkeret ein gewaltiges Panorama, das Land fiel ab wie eine große, ungebügelte Schürze, ganz Falten und Risse und Furchen, und die Stadt Tolaghai war kaum mehr zu erkennen, und dahinter erstreckte sich das endlose Meer bis zum Horizont. Der Himmel war wolkenlos, und sein Blau wurde durch den Terrakottahauch des Landes darunter so verstärkt, daß er fast ein zweites Meer zu sein schien. Die Hitze stieg bereits wieder an. Am späten Morgen war sie unerträglich, und immer noch fuhr die Skandar-Fahrerin ungerührt den Bergkamm empor. Dekkeret döste manchmal ein, aber in dem überfüllten Fahrzeug war Schlaf unmöglich. Wollten sie die ganze Nacht fahren und auch noch den ganzen Tag? Er stellte keine Fragen. Aber gerade als Unbehagen und Müdigkeit unerträgliche Formen annahmen, steuerte Khaymak Gran den Schweber unvermittelt nach links, eine kurze Ausbuchtung der Straße hinab, wo sie ihn zum Stillstand brachte.

»Das Lager des ersten Tages«, verkündete Barjazid.

Wo der Weg endete, ragte ein hoher Fels aus dem Boden empor und bildete einen überhängenden Schutz. Davor, um diese Tageszeit von Schatten geschützt, befand sich eine geräumige Sandebene, die offensichtlich schon häufig als Lagerstätte benützt worden war. Am Fuß des Felsens sah Dekkeret einen dunklen Fleck, wo auf geheimnisvolle Weise Wasser aus dem Boden sickerte, nicht gerade eine Fontäne, aber dem durstigen Reisenden in dieser schrecklichen Wüste willkommen und nützlich. Der Ort war ideal. Und eindeutig war die ganze erste Tagesreise darauf ausgerichtet gewesen, sie hierher zu bringen, bevor die schlimmste Hitze des neuen Tages begann.

Die Skandar und der junge Barjazid holten Strohmatten aus einem Fach des Schwebers und breiteten sie auf dem Sand aus, das Mittagsmahl wurde eingenommen, getrocknetes Fleisch, ein wenig Dörrobst, warmer Skandarmet; dann legten sich die beiden Barjazids, der Vroon und die Skandar ohne ein weiteres Wort auf die Matten und sanken auf der Stelle in tiefen Schlaf; Dekkeret stand allein und bohrte zwischen den Zähnen nach einem Stück Fleisch, das sich dort verfangen hatte. Nun, da er schlafen konnte, war er überhaupt nicht mehr müde. Er wanderte am Rand des Lagers entlang und sah über die sonnengleißende Wüste dahin, die sich außerhalb der beschatteten Stelle erstreckte. Kein Lebewesen war zu sehen, und selbst die Pflanzen, armselige, schäbige Gewächse, schienen sich im Boden verkriechen zu wollen. Im Süden stiegen die Berge steil an; der Paß konnte nicht mehr weit entfernt sein. Und dann? Und dann?

Er versuchte zu schlafen. Unerwünschte Bilder quälten ihn. Golator Lasgia schwebte über seiner Matte, so dicht, daß er meinte, sie packen und zu sich herunterziehen zu können, aber sie schwebte fort und verlor sich im Hitzeflimmern. Zum tausendstenmal sah er sich in den Wäldern der Khyntormarschen, das

Wild verfolgen, plötzlich zittern. Er schüttelte das ab und sah sich an der großen Mauer von Normork entlangkriechen, kühle, atembare Luft in den Lungen. Aber das waren keine Träume, nur müßige Phantasiegespinste und flüchtige Erinnerungen; der Schlaf kam lange Zeit nicht, und als er dann kam, war es ein tiefer und traumloser Schlaf.

Seltsame Laute weckten ihn: Summen, Singen und Musikinstrumente in der Ferne, die leisen, aber verständlichen Laute einer Karawane aus vielen Personen. Er glaubte, das Klingeln von Glöckchen zu hören, das Dröhnen von Trommeln. Eine Weile lag er still, lauschte, versuchte zu verstehen. Dann saß er auf, blinzelte und sah sich um. Die Dämmerung war angebrochen. Er hatte die heißesten Stunden des Tages verschlafen, und die Schatten fielen nun auf die andere Seite. Seine vier Begleiter waren aufgestanden und packten die Matten zusammen. Dekkeret beugte den Kopf, um die Quelle der Laute ausfindig zu machen. Aber sie schienen von überall zu kommen, oder von nirgends. Er erinnerte sich an Golator Lasgias Geschichte von den Geistern der Wüste, die bei Tage singen und Reisende verwirren, um sie mit ihrer Musik vom richtigen Weg fortzulocken.

Zu Barjazid sagte er: »Was sind das für Geräusche?«

»Geräusche?«

»Hörst du sie nicht? Stimmen, Glöckchen, Schritte, das Summen vieler Reisender?«

Barjazid schien amüsiert. »Du meinst die Lieder der Wüste?«

»Geisterlieder?«

»Könnte sein. Oder auch nur der Lärm von Wanderern, die mit Kettengerassel und Gongschlägen den Berg herabkommen. Was ist wahrscheinlicher?«

»Keins von beiden«, sagte Dekkeret düster. »In der Welt, die ich bewohne, gibt es keine Geister. Und abgesehen von uns ist hier niemand.«

»Bist du sicher, Initiat?«

»Daß es keine Wanderer gibt, oder keine Geister?«

»Beides.«

Dinitak Barjazid, der beiseite gestanden und das Gespäch mit angehört hatte, näherte sich Dekkeret und sagte: »Haben Sie Angst?«

»Das Unbekannte ist immer besorgniserregend. Bisher aber empfinde ich mehr Neugier als Furcht.«

»Dann will ich Ihre Neugier befriedigen. Wenn die Wärme des Tages nachläßt, geben Sand und Felsen ihre Wärme ab, und beim Abkühlen ziehen sie sich zusammen und geben diese Geräusche von sich. Das sind die Trommeln und Glocken, die Sie hören. Hier gibt es keine Geister«, sagte der Junge.

Der ältere Barjazid machte eine unvermittelte Geste. Der Junge entfernte sich gehorsam.

»Sie wollten nicht, daß er mir das erzählt, nicht wahr?« fragte Dekkeret. »Ich sollte glauben, daß ich von Geistern umgeben bin.«

Lächelnd sagte Barjazid: »Mir ist das einerlei. Glaub die Erklärung, die dir besser gefällt. Auf der anderen Seite des Passes, das versichere ich dir, wirst du eine Vielzahl von Geistern kennenlernen.«

KAPITEL 7

Den ganzen Sterntagabend erklommen sie die Serpentinenstraße den Berghang hinauf, und gegen Mitternacht erreichten sie den Khulag-Paß. Hier war die Luft kühler, denn sie waren Tausende Fuß über dem Meeresspiegel, und der Wind vertrieb die stehende Hitze. Der Paß war eine breite und überraschend tiefe Einkerbung in der Bergkuppe; es war fast Sonntagmorgen, bis sie ihn überquert hatten und den Abstieg in die innere Wüste der gegenüberliegenden Seite begannen.

Dekkeret sah erstaunt, was vor ihm lag. Im hellen Mondschein bot sich ihm eine Szene beispielloser Einöde, verglichen mit der das Land auf der anderen Seite des Passes wie ein Garten wirkte. Diese andere Wüste war steinig gewesen, aber nun hatte er eine Sandhölle vor sich, ein Dünenmeer, das nur hier und da von vereinzelten Fleckchen geröllübersäten Bodens unterbrochen wurde. Vegetation gab es so gut wie überhaupt keine, in den sandigen Dünengebieten gar nicht und lediglich die vertrocknetsten Pflänzchen anderswo. Und die Hitze! Aus der dunklen Niederung stiegen Luftmassen von unvergleichlicher Hitze empor, und die Luft schien keinerlei Nährwert mehr zu haben, Luft, die zu Tode gebacken worden war. Es erstaunte ihn, daß es irgendwo in diesem Feuerofen Weideland geben sollte. Er versuchte, sich die Karte im Büro der Erzregimantin zu vergegenwärtigen: Das Farmland war ein Gürtel, der die innerste Wüstenzone des Kontinents flankierte, aber dort, unterhalb des Khulag-Passes, hatte sich irgendwie ein Ausläufer der Wüste breitgemacht – das war es. Auf der anderen Seite dieses Streifens vollkommener Sterilität lag eine grüne Zone mit Gras und grasenden Tieren, betete er jedenfalls.

In den frühen Morgenstunden legten sie die Strecke an den Hängen des Gebirges hinab zurück, bis hinaus auf das große Zentralplateau. Im ersten Tageslicht bemerkte Dekkeret eine seltsame Eigenart unten, einen ovalen Fleck tintiger Dunkelheit, der sich deutlich gegen das umliegende Wüstenland abhob, und während sie näher kamen, erkannte er, daß es sich um eine Art Oase handelte. Der dunkle Fleck löste sich in eine Gruppe schlanker Bäume mit langen Ästen auf, die winzige violette Blätter hatten. Dieser Ort bildete das Lager des zweiten Tages. Spuren im Sand zeigten, wo andere Gruppen gerastet hatten; hier zurückgebliebene Abfälle unter den Bäumen, dort, auf einer Lichtung im Herzen des Hains, ein halbes Dutzend Schutzwälle aus aufgetürmten Steinen, die mit getrockneten Zweigen bedeckt waren. Dahinter schlängelte sich ein brackiges Bächlein durch den Sand und mündete in einem kleinen stehenden Tümpel, in dem grüne Algen zu sehen waren. Und ein kleines Stück entfernt befand sich ein zweiter Tümpel, anscheinend von einem unterirdischen Wasserlauf gespeist, dessen Wasser klar war. Zwischen beiden Tümpeln sah Dekkeret eine eigentümliche Konstruktion sieben Steinsäulen mit runden Kuppen, die in einem doppelten Bogen angeordnet waren und bis Hüfthöhe reichten. Er betrachtete sie.

»Das Werk der Gestaltveränderer«, erzählte ihm Barjazid.

»Ein Metamorphenaltar?«

»Wir glauben es. Wir wissen, daß die Gestaltveränderer diese Oase oft besuchen. Wir fanden einige Piurivar-Souvenirs hier – Gebetsstäbe, Teile von Federn, kleine irdene Gefäße.«

Dekkeret betrachtete die Bäume unbehaglich, als rechnete er damit, daß sie sich jeden Augenblick in eine Horde wilder Ureinwohner verwandeln würde. Er hatte noch wenig Kontakt mit der Eingeborenenrasse von Majipoor gehabt, jenen besiegten und verbannten Waldbewohnern, und was er über sie wußte, beruhte größtenteils auf Gerüchten und Hirngespinsten, die aus Furcht, Unwissenheit und Schuldgefühlen entstanden waren. Einst hatten sie große Städte gehabt, soviel war sicher – in Alhanroel wimmelte es von Ruinen davon, und in der Schule hatte Dekkeret Bilder der berühmtesten gesehen, der aus Stein erbauten Velasilier, nicht weit vom Labyrinth des Pontifex entfernt; aber diese Städte waren vor Jahrtausenden untergegangen, und nach Ankunft der Menschen und anderen Rassen, waren die eingeborenen Piurivars immer weiter zu den dunkleren Orten des Planeten zurückgedrängt worden, hauptsächlich in ein großes bewaldetes Reservat in Zimroel, irgendwo südöstlich von Khyntor. Wirkliche Metamorphen hatte Dekkeret wissentlich nur zwei- oder dreimal gesehen, ein zerbrechliches grünes Volk mit seltsam ausdruckslosen Gesichtern, aber natürlich konnten sie mittels einer wunderbar einfachen Nachahmungskunst in jede beliebige Gestalt schlüpfen, und soweit er wußte, konnte selbst der kleine Vroon ein Gestaltveränderer sein, oder sogar Barjazid selbst.

Er sagte: »Wie können Gestaltveränderer oder sonst jemand in dieser Wüste überleben?«

»Sie sind ein wandlungsfähiges Volk. Sie passen sich an.«

»Gibt es viele von ihnen hier?«

»Wer weiß? Ich bin einigen versprengten Verbänden begegnet, fünfzig, fünfundsiebzig, alles in allem. Möglicherweise gibt es andere. Vielleicht habe ich aber auch immer dieselben in immer anderen Verkleidungen gesehen, eh?«

»Ein seltsames Volk«, sagte Dekkeret und rieb mit einer Hand müßig über die runde Kuppe einer Säule. Mit verblüffender Schnelligkeit packte Barjazid Dekkerets Hand und zog sie weg.

»Nicht anfassen.«

»Warum nicht?« fragte Dekkeret erstaunt.

»Diese Steine sind heilig.«

»Für dich?«

»Für jene, die sie errichtet haben. Wir respektieren sie. Wir ehren die Magie, die in ihnen sein könnte. In diesem Land setzt sich keiner achtlos der Rache seines Nachbarn aus.«

Dekkeret betrachtete den kleinen Mann verwundert, dann die Säulen, die beiden Tümpel, die anmutig geschwungenen Bäume, die sie umgaben. Trotz der Hitze zitterte er. Er schaute über die Grenze der kleinen Oase hinaus zu den sie auf allen Seiten eingrenzenden Dünen und dem staubigen Band der Straße, die im Süden im Land der Geheimnisse verschwand. Die Sonne stieg rasch höher, und ihre Wärme war wie ein gewaltiger Dreschflegel, der aus dem Himmel auf das Land und die unglücklichen Reisenden herabschlug, die es durchquerten. Er sah zurück zu den Bergen, die sie hinter sich gelassen hatten, eine gewaltige und ominöse Wand, die ihn von dem trennte, was auf diesem furchtbaren Kontinent als Zivilisation galt. Er kam sich hier schrecklich allein vor, verwundbar und verloren.

Dinitak Barjazid erschien, er zitterte unter einer schweren Last von Flaschen, die er beinahe vor Dekkerets Füße warf. Dekkeret half dem Jungen, sie an dem klaren Tümpel zu füllen, eine Aufgabe, die unerwartet lange dauerte. Er kostete das Wasser selbst: kühl, klar, mit einem seltsam metallischen Geschmack, nicht unangenehm, der, wie Dinitak sagte, von gelösten Mineralien herrührte. Sie mußten ein dutzendmal gehen, um alle Flaschen zum Schweber zu schaffen. Es würde mehrere Tage lang keine Gelegenheit mehr geben, frisches Wasser zu holen, erklärte Dinitak.

Sie aßen die üblichen Rationen, und hinterher, während die Hitze zu ihrem mörderischen Höchststand emporstieg, legten sie sich auf die Matten, um zu schlafen. Es war der dritte Tag, an dem Dekkeret schlief, und allmählich gewöhnte sich sein Körper an die Umstellung; er schloß die Augen, empfahl seine Seele der gesegneten Lady der Insel, Lord Prestimions heiliger Mutter, und versank fast augenblicklich in tiefen Schlummer.

Diesmal kamen Träume.

Er hatte seit mehr Tagen als er sich erinnern wollte nicht mehr richtig geträumt. Für Dekkeret, wie für alle Bewohner Majipoors, waren Träume ein zentraler Bestandteil der Existenz, indem sie in der Nacht Behagen, Beruhigung, Anweisungen, Klärung, Führung und Beistand brachten und vieles weitere. Von Kindesbeinen an wurde man ausgebildet, den Botschaften des Schlafs gegenüber empfänglich zu sein, die eigenen Träume zu verfolgen und aufzuzeichnen, sie mit sich durch die Nacht und die darauffolgenden wachen Stunden zu tragen. Stets schwebte die gütige und allgegenwärtige Gestalt der Lady der Insel des Schlafs über einem, die einem half, den eigenen Geist zu erforschen, und die mit ihren Sendungen direkten Kontakt mit den Milliarden Seelen hielt, die auf Majipoor lebten.

Dekkeret sah sich nun auf einem Bergrücken gehen, in dem er die Kuppe des Gebirges erkannte, das sie hinter sich gelassen hatten. Er war allein, und die Sonne war unvorstellbar groß, sie füllte den halben Himmel aus; dennoch war die Hitze kaum ein Problem. So steil war der Hang, daß er direkt hinabsehen konnte, scheinbar endlose Meilen weit, und er erblickte eine rauchende Vertiefung unter sich, einen vulkanischen Krater, in dem rote Lava blubberte. Dieser immense Wirbel unterirdischer Kräfte bereitete ihm kein Kopfzerbrechen; tatsächlich übte er eine Faszination aus, eine Anziehung, so daß er sich danach sehnte, sich in seine Tiefen zu stürzen und in seinem geschmolzenen Herzen zu schwimmen. Er begann hinabzusteigen, laufend und hüpfend, oftmals den Boden verlassend und schwebend, und als er näher kam, sah er Gesichter in der pulsierenden Lava: Lord Prestimion und der Pontifex und Barjazids Gesicht und das von Golator Lasgia – und waren das Metamorphen, diese seltsam verschlagenen halb sichtbaren Bilder nah der Peripherie? Das Herz des Vulkans war ein Gewimmel mächtiger Gestalten. Dekkeret rannte voller Liebe auf sie zu und dachte dabei: Hier bin ich, nehmt mich zu euch, ich komme; und als er hinter allen anderen die große weiße Scheibe wahrnahm, die er als Abbild der geliebten Lady der Insel begriff, überkam eine tiefe und übermächtige Wonne seine Seele, denn er wußte nun, daß es sich um eine Sendung handelte, und es war Monate her, seit die liebende Lady seinen Verstand zuletzt berührt hatte.

Schlafend, aber bewußt, beobachtete er den Dekkeret im Traum und wartete auf die Vereinigung, wenn Traum-Dekkeret und Traum-Lady zueinander fanden, eine Verschmelzung im Vulkan, die Klarheit bringen würde, einen Augenblick des Wissens, der zur Freude führte. Aber dann verhüllte etwas Seltsames den Traum wie eine übergestreifte Maske. Die Farben verblaßten; die Gesichter verschwammen; er lief weiter den Berghang hinunter, aber nun strauchelte er häufig, stolperte und kippte vornüber, schürfte sich Hände und Knie an den glühendheißen Wüstensteinen auf, und dann verlor er den Weg vollkommen, bewegte sich zur Seite statt abwärts und kam nicht mehr weiter. Er hatte am Rand eines Augenblicks der Verzückung gestanden, und irgendwie war dieser nun außer Reichweite, und er empfand nur Unbehagen, Niedergeschlagenheit und Schock. Die Ekstase, die das Versprechen des Traums gewesen war, löste sich auf. Die leuchtenden Farben verblichen zu einem einförmigen Grau, alle Bewegungen kam zum Erliegen: Er stand erstarrt am Berghang und sah steif auf den toten Krater hinab, und der Anblick ließ ihn zittern und die Knie an die Brust ziehen, und so lag er auf der Seite und weinte, bis er erwachte.

Er richtete sich blinzelnd auf. Sein Kopf pochte, die Augen brannten wie Feuer, Brust und Schultern waren unangenehm verspannt. Das war nicht das, was Träume, und seien es die schlimmsten Träume, bringen sollten. Es war eine niederschmetternde

Anhäufung von Unbehagen, Verwirrung, Angst. Es war früher Nachmittag, die blendende Sonne hing hoch über den Baumwipfeln. In seiner Nähe lagen Khaymak Gran und der Vroon, Serifain Reinaulion; ein wenig weiter entfernt war Dinitak Barjazid. Sie schienen fest zu schlafen. Der ältere Barjazid war nirgends zu sehen. Dekkeret rollte sich herum, preßte die Wange in den heißen Sand neben der Matratze und bemühte sich, die Spannung abzuschütteln. Etwas war schiefgegangen, als er schlief, das wußte er; eine dunkle Macht hatte sich in seinen Traum eingemischt, hatte ihm den Wert gestohlen und ihm statt dessen Schmerz gegeben. Meinten sie das mit dem Spuk der Wüste, ihrer Heimsuchung? War das das Traumstehlen? Er rollte sich zu einem Ball zusammen. Er fühlte sich beschmutzt, benützt, entblößt. Er fragte sich, ob das nun während jeder Schlafperiode so sein würde, während sie tiefer in die Wüste eindrangen; er fragte sich, ob es noch schlimmer werden konnte.

Nach einer Weile schlief Dekkeret wieder ein. Weitere Träume kamen, wahllose, bruchstückhafte Bilder ohne Rhythmus oder Muster. Er achtete nicht darauf. Als er erwachte, endete der Tag, und die Wüstenlaute, die Geisterklänge, klangen in seinen Ohren; Läuten und Murmeln und fernes Gelächter. Er fühlte sich erschöpfter, als wenn er überhaupt nicht geschlafen hätte.

KAPITEL 8

Die anderen machten nicht den Eindruck, als wäre ihr Schlaf gestört worden. Nach dem Aufstehen begrüßten sie Dekkeret in der üblichen Weise – die riesige stumme Skandarfrau gar nicht, der kleine Vroon mit liebenswürdigem summendem Tschirpen und viel Wedeln und Verschlingen der Tentakel, die beiden Barjazids mit höflichem Nicken – falls sie wußten, daß ein Mitglied der Expedition in seinen Träumen mit Qualen heimgesucht worden war, sagten sie nichts darüber. Nach dem Frühstück hielt der ältere Barjazid eine kurze Konferenz mit Serifain Reinaulion über die Straßen, die sie in dieser Nacht befahren wollten, und dann brachen sie wieder in die mondbeschienene Dunkelheit auf.

Ich werde so tun, als wäre nichts Außergewöhnliches geschehen, dachte Dekkeret. Ich werde ihnen nicht sagen, daß ich für diese Phantome verwundbar bin.

Aber das war ein kurzlebiger Entschluß. Als der Schweber ein Gebiet ausgetrockneter Flußbette passierte, aus denen zu Tausenden merkwürdige Steingebilde herausragten, wandte sich Barjazid plötzlich an ihn und sagte: »Hattest du angenehme Träume?«

Dekkeret wußte, daß er seine Müdigkeit nicht verbergen konnte. »Ich habe schon bessere gehabt«, sagte er.

Barjazids glänzende Augen waren unverwandt in seine gerichtet. »Mein Sohn sagte mir, daß du im Schlaf gestöhnt und dich hin und her gewälzt und die

Knie umklammert hast. Hast du die Berührung der Traumstehler gespürt, Initiat?«

»Ich spürte die Gegenwart einer besorgniserregenden Macht in meinen Träumen. Ich vermag nicht zu sagen, ob es die Berührung der Traumstehler war.«

»Kannst du deine Empfindungen beschreiben?«

»Bist du ein Traumsprecher, Barjazid?« schnappte Dekkeret in plötzlichem Zorn. »Warum sollte ich dich in meinem Verstand herumstochern lassen? Meine Träume gehören mir!«

»Sachte, sachte, guter Ritter. Ich wollte nicht aufdringlich sein.«

»Dann laß mich in Ruhe.«

»Deine Sicherheit unterliegt meiner Verantwortung. Wenn die Dämonen dieser Gegend begonnen haben, nach deinem Geist zu greifen, liegt es in deinem Interesse, mich zu informieren.«

»Dämonen, so?«

»Dämonen, Geister, Phantome, aufwieglerische Gestaltveränderer, was auch immer«, sagte Barjazid ungeduldig. »Die Wesen, die schlafende Reisende überfallen. Kamen sie zu dir, oder nicht?«

»Meine Träume waren unangenehm.«

»Du solltest mir sagen, in welcher Weise.«

Dekkeret amtete langsam aus. »Ich spürte, daß ich eine Sendung der Lady empfing, einen Traum von Frieden und Glück. Aber er veränderte langsam seine Natur, verstehst du? Er wurde dunkel und chaotisch, das ganze Glück war dahin, und ich beendete den Traum schlimmer, als ich ihn begonnen hatte.«

Mit ernstem Nicken sagte Barjazid: »Ja, ja, das sind die Symptome. Eine Berührung des Geistes, ein Eindringen in den Traum, eine beunruhigende Überlagerung und Entzug der Energie.«

»Eine Art Vampirismus?« schlug Dekkeret vor. »Geschöpfe, die in diesem Ödland auf der Lauer liegen und unachtsamen Reisenden die Lebenskraft entziehen?«

Barjazid lächelte. »Du beharrst auf Spekulationen. Ich erstelle keine Hypothese irgendeiner Art, Initiat.«

»Hast du ihre Bemühungen auch in deinem Schlaf verspürt?«

Der kleine Mann sah Dekkeret seltsam an. »Nein. Nein, niemals.«

»Niemals? Bist du immun?«

»Scheint so.«

»Und dein Junge?«

»Ihm passierte es einige Male. Aber es kommt bei ihm nur selten vor, einmal bei fünfzig Träumen. Es scheint aber, als wäre die Immunität nicht erblich.«

»Und die Skandar? Der Vroon?«

»Auch sie wurden berührt«, sagte Barjazid. »Bei verschiedenen Gelegenheiten. Sie finden es störend, aber nicht unerträglich.«

»Aber andere sind an der Berührung der Traumstehler gestorben.«

»Weitere Hypothesen«, sagte Barjazid. »Die meisten Reisenden, die in letzter Zeit hier vorbeikamen, haben über seltsame Träume berichtet. Manche haben sich verirrt und sind nicht zurückgekommen. Woher sollen wir wissen, ob ein Zusammenhang zwischen den beängstigenden Träumen und ihrem Verschwinden besteht?«

»Du bist ein sehr vorsichtiger Mann«, sagte Dekkeret. »Du läßt dich zu keinen vorschnellen Schlußfolgerungen verleiten.«

»Und ich habe ein hohes Alter erreicht, während

viele andere, die leichtsinniger waren, zur Quelle zurückgekehrt sind.«

»Ist das reine Überleben das höchste Ziel, das du dir vorstellen kannst?«

Barjazid lachte. »Das war wie ein wahrer Ritter des Burgbergs gesprochen! Nein, Initiat, ich denke, es ist mehr am Leben dran als nur den Tod zu vermeiden. Aber Überleben hilft, was, Initiat? Überleben ist eine gute Grundlage für alle, die nach großen Taten streben. Die Toten erreichen nicht viel.«

Dekkeret verfolgte dieses Thema nicht weiter. Die Wertvorstellungen eines Ritter-Initaten und eines Mannes wie Barjazid konnte man schwer miteinander vergleichen, und außerdem hatte Barjazids Argumentation etwas Listiges und Merkurisches, bei dem Dekkeret sich langsam, unbeholfen und schwerfällig vorkam, und er setzte sich nicht gern diesem Gefühl aus. Er schwieg einen Augenblick. Dann sagte er: »Werden die Träume schlimmer, wenn man weiter in die Wüste vorstößt?«

»Das hat man mir berichtet«, sagte Barjazid.

Doch als die Nacht verstrichen war und es Zeit wurde, das Lager aufzuschlagen, war Dekkeret bereit, sich erneut mit den Phantomen des Schlafs einzulassen, er brannte sogar darauf. Sie rasteten an diesem Tag tief in der Senke der Wüste, in einer tiefergelegenen Gegend, wo der Großteil des Sands von heftigen Winden beiseite geweht worden war und der darunterliegende Fels sichtbar wurde. Die trockene Luft war von einem unheimlichen Knistern erfüllt, einer Art von winderzeugtem Summen, als würde die Kraft der Sonne an diesem Ort die Teilchen der Materie bloßlegen. Es war eine Stunde vor Mittag, als sie sich zum

Schlafen bereitmachten. Dekkeret ließ sich ruhig auf seiner Strohmatte nieder und bot seine Seele am Rand des Einschlummerns allem dar, was kommen mochte. Während seiner Ausbildungszeit zum Ritter hatte man ihn auch die Tugend der Tapferkeit gelehrt, und man erwartete, daß er sich Herausforderungen furchtlos stellte, aber bisher hatte er nur wenig Gelegenheit zu praktischen Übungen gehabt. Auf dem friedlichen Majipoor mußte man lange suchen, um derlei Herausforderungen zu finden, und in die ungezähmten Teile der Welt vordringen, denn in den besiedelten Teilen ist das Leben geordnet und höflich; daher hatte Dekkeret sie verlassen, aber bei seinem ersten Test in der Wildnis der Khyntor-Marschen hatte er sich nicht bewährt. Hier hatte er eine weitere Chance. Die verunglimpften Träume hielten für ihn das Versprechen einer Wiedergutmachung bereit.

Er ergab sich dem Schlaf.

Und träumte rasch. Er war wieder in Tolaghai, aber einem seltsam verwandelten Tolaghai, einer Stadt mit glatten Alabastervillen und üppigen grünen Gärten, wenngleich die Hitze immer noch von tropischer Intensität war. Er schlenderte einen Boulevard hinab und den nächsten hinauf und bewunderte die Eleganz der Architektur und das saftige Grün der Pflanzen. Seine Kleidung war in den traditionellen Gold- und Grüntönen des Coronals gehalten, und wenn er Bürgern von Tolaghai begegnete, die ihre abendlichen Spaziergänge unternahmen, verbeugte er sich anmutig vor ihnen und wechselte das Sternenfächer-Symbol mit ihnen als Zeichen ihrer Anerkennung der Macht des Coronals. Nun kam die schlanke Gestalt der lieblichen Erzregimantin Golator Lasgia auf ihn zu. Sie lächelte, nahm ihn bei der Hand, führte ihn zu einem Ort mit plätschernden Springbrunnen, wo ein kühler Sprühregen die Luft befeuchtete, und dort legten sie die Kleidung ab und badeten und stiegen nackt aus dem nach Rosen duftenden Brunnen und gingen, wobei ihre Füße kaum den Boden berührten, in einen Pflanzengarten mit zum Gewölbe gebogenen Stämmen und großen, glänzenden Blättern. Wortlos nahm sie ihn weiter mit, durch halbschattige Alleen mit dicht aneinandergereihten Pflanzen. Golator Lasgia ging dicht vor ihm her, eine begehrenswerte, anmutige Gestalt, die nur Zentimeter außerhalb seiner Reichweite schwebte, diese Entfernung aber allmählich auf immer mehr Meter erweiterte. Anfangs schien es eine leichte Aufgabe, sie einzuholen, aber es gelang ihm nicht, und er mußte schneller und schneller gehen, um nicht den Sichtkontakt mit ihr zu verlieren. Ihre olivfarbene Haut glänzte im frühen Mondlicht, und sie sah sich häufig lächelnd nach ihm um und warf den Kopf herum, um ihn zu sich zu drängen. Aber er konnte sie nicht einholen. Nun war sie ihm fast die gesamte Länge des Gartens voraus. Mit zunehmender Verzweiflung eilte er ihr hinterher, aber sie verschwand, sie war schon so weit von ihm entfernt, daß er kaum noch das Spiel der Muskeln unter ihrer Haut erkennen konnte, und während er selbst den Gartenweg entlangeilte, spürte er, wie die Temperatur zunehmend anstieg, wie die Luft immer wärmer wurde, denn irgendwie ging die Sonne in der Nacht auf, und ihre ungeschwächte Kraft brannte auf seinen Schultern. Die Bäume verdorrten und kippten. Blätter fielen herab. Er bemühte sich, aufrecht zu bleiben. Golator Lasgia war nur noch ein Punkt am Horizont, immer noch lockend, immer noch lächelnd, immer noch den Kopf zurückwerfend, aber sie wurde kleiner und kleiner, und die Sonne stieg immer noch höher und wurde zunehmend sengender, und sie verbrannte alles innerhalb seiner Reichweite. Nun war der ganze Garten ein Ort trockener Äste und Zweige und ausgetrockneter, rissiger Erde. Schrecklicher Durst peinigte ihn, aber es gab kein Wasser, und als er Gestalten hinter den schwarzen und verdorrten Bäumen lauern sah – es waren Metamorphen, trügerische, tückische Wesen, die ihre Gestalt nicht wahren konnten, sondern in aberwitziger Weise zerflossen und verschwammen –, bat er sie um etwas zu trinken, aber er erhielt nur kicherndes Gelächter zur Antwort. Er taumelte weiter. Das gnadenlos pulsierende Licht am Himmel begann ihn zu rösten, er spürte seine Haut härter werden, aufplatzen, brüchig und rissig werden. Wenn das so weiterging, würde er völlig vernarbt sein. Was war aus Golator Lasgia geworden? Wo waren die lächelnden, sich verbeugenden, das Sternenfächer-Symbol machenden Stadtmenschen? Er sah keinen Garten mehr. Er befand sich in der Wüste und stolperte durch ein kahles und ödes Land, wo selbst der Schatten sengend heiß war. Nun stieg echtes Entsetzen in ihm auf, denn selbst im Traum spürte er die zunehmende Hitze, und der Teil seiner Seele, der alles beobachtete, war aufgeschreckt und dachte, daß die Macht des Traums so groß sein könnte, daß selbst sein physisches Selbst verletzt werden könnte. Es gab Geschichten über solche Vorkommnisse, Menschen, die in ihren übermächtig starken Träumen umgekommen waren. Wenngleich es seiner gesamten Ausbildung zuwiderlief, einen

Traum vorzeitig zu beenden, und obwohl er wußte, daß er normalerweise selbst das schlimmste Entsetzen bis zum unausweichlichen Ende durchstehen mußte, dachte Dekkeret doch daran, sich aus Sicherheitsgründen zu wecken, und er hätte es beinahe getan; doch dann sah er es als feiges Handeln an und beschloß, bis zum Ende in dem Traum zu bleiben, und sollte es ihn das Leben kosten. Er war inzwischen auf die Knie gesunken und wühlte mit den Händen im feinen Sand und sah mit überraschender Klarheit winzig goldene Insekten, die in einer Reihe über den Rand der Düne auf ihn zugekrochen kamen. Es waren Ameisen, mit häßlich geschwollenen Kiefern, und jede von ihnen kletterte seinen Körper hinauf und nahm einen kleinen Bissen, einen winzigen Bissen, und klammerte sich an und hielt sich fest, so daß innerhalb von Sekunden Tausende winziger Insekten seinen Körper bedeckten. Er wollte sie wegwischen, konnte es aber nicht. Ihre Zangen hielten, und die Köpfe lösten sich von den Körpern: Der Sand um ihn herum war schwarzgefärbt von kopflosen Ameisen, aber sie hüllten seinen Leib wie ein Mantel ein, und er strich darüber hinweg, strich immer heftiger, während immer mehr Ameisen auf ihn krochen und ihre Kiefer in ihn schlugen. Er wurde müde, sie wegzuwischen. In dem Mantel aus Ameisen war es sogar kühler, dachte er. Sie schirmten ihn von der Hitze der Sonne ab, wenngleich auch sie brannten und schmerzten, aber längst nicht so schmerzhaft wie die Sonnenstrahlen. Würde der Traum niemals enden? Er versuchte, selbst die Kontrolle über den Traum zu erlangen, den Strom der Ameisen in kühlendes Wasser zu verwandeln, aber das funktionierte nicht, und so ließ er sich wieder in den Alptraum zurücksinken und kroch erschöpft durch die Wüste.

Allmählich merkte Dekkeret, daß er gar nicht mehr träumte.

Es gab keine Grenze zwischen Schlaf und Wachsein, die er erkennen konnte, aber plötzlich stellte er fest, daß er die Augen offen hatte und seine beiden Bewußtseinszentren, der Träumer, der beobachtete, und der Traum-Dekkeret, der litt, miteinander verschmolzen waren. Aber er war immer noch in der Wüste, unter der schrecklichen Nachmittagssonne. Er war nackt. Seine Haut fühlte sich rauh und voller Blasen an. Und tatsächlich krochen Ameisen über seinen Körper, bis zu den Knien, kleine bleiche Ameisen, die wirklich ihre Kiefer in sein Fleisch gruben. Verwirrt fragte er sich, ob er in eine Schicht des Traums unter dem Traum geglitten war, aber nein, soweit er feststellen konnte, war dies die Wirklichkeit; dies war die echte Wüste, und er befand sich in der Mitte davon. Er stand auf und streifte die Ameisen ab – und wie im Traum klammerten sie sich fest, selbst wenn es ihre Köpfe kostete –, dann sah er sich nach dem Lager um.

Er konnte es nicht sehen. Im Schlaf war er in die offene Höllenglut der Wüste hinausgegangen und hatte sich verirrt. Laß es dennoch einen Traum sein, dachte er verbissen, und laß mich im Schatten von Barjazids Schweber erwachen. Aber es gab kein Erwachen. Nun verstand Dekkeret, wie Menschen in der Wüste der gestohlenen Träume verschwanden.

»Barjazid?« rief er. »*Barjazid?*«

KAPITEL 9

Echos hallten von den fernen Hügeln wider. Er rief nochmals, zweimal, dreimal, und lauschte dem Widerhall seiner eigenen Stimme, aber er vernahm keine Antwort. Wie lange konnte er hier draußen überleben? Eine Stunde? Zwei? Er hatte kein Wasser, keinen Schutz, nicht einmal Kleidung. Sein Kopf war unverhüllt dem gleißenden Auge der Sonne ausgesetzt. Es war die heißeste Zeit des Tages. Die Landschaft sah in jeder Richtung gleich aus, flach, eine von heißen Winden durchwehte flache Mulde. Er suchte nach seinen eigenen Fußstapfen, doch die verloren sich nach wenigen Metern, denn hier war der Boden hart und felsig, und er hatte keine Abdrücke hinterlassen. Das Lager konnte überall liegen, nur durch die kleinste Erhebung von ihm getrennt. Wieder rief er um Hilfe, und wieder hörte er nur Echos. Wenn er eine Düne finden könnte, würde er sich bis zum Hals eingraben, auf diese Weise die schlimmste Zeit überstehen, und wenn die Nacht gekommen war, konnte er das Lager vielleicht anhand des Lagerfeuers finden. Aber er sah keine Dünen. Gäbe es einen erhöhten Platz, könnte er ihn erklimmen und sich umsehen, aber er sah auch keine Erhöhungen. Was würde Lord Stiamot in so einer Situation tun? überlegte er, oder Lord Thimin, oder einer der anderen großen Krieger der Vergangenheit? Was wird Dekkeret tun? Das war eine närrische Weise zu sterben, dachte er, ein häßlicher, niederträchtiger und sinnloser Tod. Er drehte sich mehrmals im Kreis und suchte das Umland ab.

Keinerlei Anhaltspunkte, und daher war es sinnlos, überhaupt zu gehen, wenn er nicht wußte wohin. Achselzuckend kauerte er sich an einem Ort nieder, wo es keine Ameisen gab. Es gab keine atemberaubenden und eindrucksvollen Winkelzüge, mit denen er sich retten konnte. Es gab keine inneren Kräfte, die ihn, gegen alle Schwierigkeiten, in Sicherheit bringen würden. Er hatte sich im Schlaf verirrt, und er würde sterben, wie Golator Lasgia es vorhergesagt hatte, und mehr gab es dazu nicht zu sagen. Ihm blieb nur eines, und das war die Charakterstärke: Er würde still und leise sterben, ohne Tränen der Wut oder der Verzweiflung oder des Haders mit den Mächten des Schicksals. Vielleicht würde es eine Stunde dauern. Vielleicht weniger. Wichtig war es, ehrenvoll zu sterben, denn wenn der Tod unvermeidlich ist, hat es wenig Sinn, einen Schandfleck daraus zu machen.

Er erwartete ihn.

Wer statt dessen kam – zehn Minuten später, eine halbe Stunde, eine Stunde, er wußte es nicht – war Serifain Reinaulion. Der Vroon tauchte wie ein Wunder aus östlicher Richtung auf und stapfte gemessen und, unter der Last von zwei vollen Wassersäcken keuchend, auf ihn zu, und als er bis auf hundert Meter herangekommen war, winkte er mit den Tentakeln und rief: »Lebst du noch?«

»Mehr oder weniger. Bist du wirklich?«

»Wirklich genug. Wir suchen schon den halben Nachmittag nach dir.« Mit einem Wirbeln der gummiartigen Gliedmaßen hielt das Geschöpf Dekkeret einen Wassersack hin. »Hier. Sitz auf. Nicht zu hastig schlucken. *Nicht zu hastig.* Du bist so ausgetrocknet, daß du ertrinken wirst, wenn du zu gierig bist.«

Dekkeret bekämpfte den Impuls, den Wassersack mit einem Zug zu leeren. Der Vroon hatte recht: Langsam, langsam, sei bescheiden, sonst schadest du dir nur. Er ließ sich das Wasser in den Mund rinnen, wirbelte es herum, benäßte die geschwollene Zunge damit und schluckte es schließlich. *Ah*. Noch einen vorsichtigen Schluck. Noch einen, dann einen kräftigen. Er wurde ein wenig benommen. Serifain Reinaulion bat um den Schlauch. Dekkeret schüttelte ihn ab, trank nochmals und rieb sich dann etwas Wasser auf Wangen und Lippen.

»Wie weit sind wir vom Lager entfernt?« fragte er schließlich.

»Zehn Minuten. Bist du stark genug zu laufen, oder soll ich die anderen holen?«

»Ich kann gehen.«

»Dann machen wir uns auf den Weg.«

Dekkeret nickte. »Noch einen kleinen Schluck ...«

»Trag du den Schlauch. Trink wann immer du willst. Wenn du erschöpft bist, rasten wir. Vergiß nicht, ich kann dich nicht tragen.«

Der Vroon ging langsam auf einen sandigen Kamm zu, der etwa hundert Meter östlich lag. Dekkeret folgte ihm beschwingt und leichtfüßig und stellte verblüfft fest, daß der Boden anstieg; der Kamm war nicht so flach, dachte er. Nur eine optische Täuschung hatte ihn das Gegenteil denken lassen. Er stieg sogar auf das zwei- bis dreifache seiner Körpergröße an, hoch genug, zwei kleinere Kämme auf der anderen Seite zu verbergen. Der Schweber war im Schatten des entferntesten abgestellt.

Barjazid war allein im Lager. Er betrachtete Dekkeret mit einem Ausdruck von Verachtung oder Verärgerung und sagte: »Einen kleinen Ausflug gemacht, was? Am Mittag?«

»Schlafwandeln. Die Traumstehler hatten mich. Es war, als stünde ich unter einem Bann.« Dekkeret begann zu zittern, als der Sonnenbrand das Wärmeausgleichsystem seines Körpers durcheinanderbrachte. Er ließ sich neben dem Schweber niedersinken und hüllte sich in ein leichtes Gewand. »Als ich erwachte, konnte ich das Lager nicht sehen. Ich war sicher, daß ich sterben würde.«

»Eine halbe Stunde länger, dann wärst du das auch. Du mußt auch so schon zu zwei Drittel gebraten sein. Zum Glück ist mein Junge aufgewacht und hat gesehen, daß du verschwunden warst.«

Dekkeret schlang das Gewand enger um sich. »Stirbt man so hier draußen? Durch Schlafwandeln am Mittag?«

»Das ist eine Möglichkeit, ja.«

»Ich verdanke dir mein Leben.«

»Du verdankst mir dein Leben, seit wir den Khulag-Paß überquert haben. Allein wärst du schon fünfzigmal tot gewesen. Aber bedanke dich bei dem Vroon, wenn überhaupt. Er hat die Suche nach dir allein aufgenommen.«

Dekkeret nickte. »Wo ist dein Sohn? Und Khaymak Gran? Suchen sie ebenfalls nach mir?«

»Sind auf dem Rückweg«, sagte Barjazid, und tatsächlich tauchten die Skandar und der Junge wenige Augenblicke später auf. Ohne ihn eines Blickes zu würdigen, ließ sich die Skandarfrau wieder auf der Matte nieder. Dinitak Barjazid grinste Dekkeret verschlagen an und sagte: »Hatten Sie einen angenehmen Spaziergang?«

»Nicht unbedingt. Ich bedauere die Unannehmlichkeiten, die ich verursacht habe.«

»Wir ebenfalls.«

»Vielleicht sollte ich von jetzt an angebunden schlafen.«

»Oder mit einem schweren Gewicht auf der Brust«, schlug Dinitak vor. Er gähnte. »Versuchen Sie, wenigstens bis Sonnenuntergang hierzubleiben. Ja?«

»Ich habe es vor«, sagte Dekkeret.

Aber er konnte nicht mehr einschlafen. Seine Haut brannte an tausend Stellen, wo ihn die Insekten gebissen hatten, und der Sonnenbrand tat trotz einer lindernden Salbe, die Serifain Reinaulion ihm gegeben hatte, höllisch weh. Er hatte ein trockenes, taubes Gefühl in der Kehle, das keine noch so große Wassermenge beseitigen konnte, und seine Augen pochten schmerzhaft. Als müßte er eine schmerzende Wunde untersuchen, ging er die Erinnerung an sein Abenteuer in der Wüste immer wieder durch – den Traum, die Hitze, die Ameisen, den Durst, das Bewußtsein des bevorstehenden Todes. Er suchte streng nach Augenblicken der Feigheit, fand aber keine. Unbehagen, ja, und Wut und Niedergeschlagenheit, aber er hatte keine Erinnerung an Panik oder Furcht. Gut. Gut. Der schlimmste Teil des Erlebnisses waren weder Hitze noch Durst noch die Gefahr gewesen, überlegte er, sondern der Traum, der dunkle und beunruhigende Traum, der Traum, der wieder mit Freude begonnen und sich plötzlich beängstigend verändert hatte. Von angenehmen Träumen ferngehalten zu werden, ist eine Art Tod-im-Leben, dachte er, weit schlimmer als in der Wüste zu verschwinden, denn das Sterben erfordert nur einen kurzen Augenblick, während das Träumen die ganze Zeit beeinflußt, die noch vor einem liegt. Welche Botschaft vermittelten diese öden Träume von Suvrael? Dekkeret wußte, daß man Träume ganz genau studieren mußte, wenn sie von der Lady kamen, wenn nötig mit jemandem zusammen, der die Kunst der Traumsprache beherrschte, denn sie enthielten Informationen, die für das Leben des Betreffenden unbedingt notwendig waren; aber seine Träume konnten kaum von der Lady stammen, sondern schienen vielmehr von einer anderen dunklen Macht auszugehen, einer düsteren und unterdrükkenden Kraft, die mehr auf Nehmen denn auf Geben auszusein schien. Gestaltveränderer? Konnte sein. Was wäre, wenn einer ihrer Stämme durch dunkle Machenschaften eines jener Hilfsmittel in seinen Besitz gebracht hätte, mit denen die Lady den Schlaf ihrer Herde erreichen konnte, und nun hier im heißen Herzland von Suvrael arglosen Reisenden auflauerte, ihnen die Seele stahl, sie ihrer Lebenskraft beraubte und jenen, die ihnen ihre Welt gestohlen hatten, eine langsame, unergründliche Rache auferlegte?

Als die Schatten des Nachmittags länger wurden, sank er allmählich wieder in Schlaf. Er kämpfte dagegen an, da er befürchtete, die dunklen Eindringlinge würden wieder nach seiner Seele greifen. Verzweifelt hielt er die Augen offen, betrachtete das kahle Ödland und lauschte dem eigentümlichen Summen und Knistern der Wüste; aber es war unmöglich, länger gegen die Erschöpfung anzukämpfen. Er versank in einen leichten, unbehaglichen Schlummer, der ab und an von Träumen unterbrochen wurde, die, wie er spürte, weder von der Lady noch von einer anderen Macht kamen, sondern willkürlich in sein Bewußtsein drifteten, zusammenhanglose Ereignisse und verschwommene, undeutbare Bilder. Und dann schüttelte ihn jemand wach – der Vroon, erkannte er. Dekkerets Verstand war durcheinander, er reagierte langsam. Er war wie betäubt. Seine Lippen waren aufgesprungen, der Rücken schmerzte. Die Nacht war hereingebrochen, und seine Gefährten brachen bereits das Lager ab. Serifain Reinaulion bot Dekkeret eine Tasse mit einer süßen, dicken, blaugrünen Flüssigkeit an, die er mit einem Zug leerte.

»Komm«, sagte der Vroon. »Zeit für die Weiterreise.«

KAPITEL 10

Wieder veränderte sich die Wüste, und die Landschaft wurde wild und rauh. Anscheinend hatte es hier große Erdbeben gegeben, und mehr als eines, denn das Land war geborsten und aufgebrochen, und große Schollen ragten in unnatürlichen Winkeln aus dem Boden heraus, zerschmetterte Felsen lagen am Fuß eingestürzter Klippen. Durch diese chaotische Zone der Turbulenz und Unordnung führte nur ein gangbarer Weg – das breite, sanft gekrümmte Bett eines längst ausgetrockneten Flusses, dessen sandige Niederung in langgestreckten, anmutigen Kurven zwischen den zersplitterten und herabgestürzten Felsbrocken verlief. Der große Mond war voll und erhellte die groteske Szenerie. Nachdem sie ein Terrain durchquert hatten, das sich überhaupt nicht zu verändern schien, so daß es den Anschein hatte, als würde der Schweber sich gar nicht von der Stelle bewegen, wandte sich Dekkeret an Barjazid und sagte: »Wie lange wird es noch dauern, bis wir Ghyzyn Kor erreichen?«

»Dieses Tal bildet die Grenze zwischen der Wüste und dem Weideland.« Barjazid deutete nach Südwesten, wo das Flußbett zwischen zwei zerklüfteten Gipfeln verschwand, die wie Nadeln aus dem Wüstenboden herausragten. »Jenseits davon – Munnerak Notch – ist das Klima völlig anders. Auf der anderen Seite des Berges werden in der Nacht Nebel vom Meer hereingeweht, und das Land ist grün und geeignet zum Grasen. Wir werden heute auf halbem Weg zum Notch lagern und es morgen passieren. Spätestens am Meertag wirst du in deinen Unterkünften in Ghyzyn Kor sein.«

»Und du?« fragte Dekkeret.

»Mein Sohn und ich haben anderswo in der Gegend zu tun. Wir werden nach drei Tagen nach Ghyzyn Kor zurückkehren. Oder fünf?«

»Fünf dürften genügen.«

»Ja. Und dann die Rückreise.«

»Auf demselben Weg?«

»Es gibt keinen anderen«, sagte Barjazid. »Man hat dir doch in Tolaghai erklärt, daß der Zugang zum Landesinneren an zwei Stellen abgeschnitten wurde, abgesehen von diesem Weg durch die Wüste, oder nicht? Aber weshalb solltest du diesen Weg fürchten? Die Träume sind nicht so schlimm, oder? Und wenn du nicht im Schlaf spazierengehst, kann nicht viel passieren.«

Das hörte sich recht einfach an. Tatsächlich wußte er, daß er die Reise überleben konnte, aber der gestrige Traum war eine schlimme Tortur gewesen, und er sah allen, die noch kommen konnten, ohne Freude entgegen. Als sie am nächsten Morgen das Lager aufschlugen, wollte Dekkeret sich wieder nicht dem Schlaf überlassen. In der ersten Stunde der Ruheperiode hielt er sich wach und lauschte dem metallischen Tönen der nackten, durcheinanderliegenden Felsen, die sich in der Tageshitze ausdehnten, bis schließlich der Schlaf wie eine dichte schwarze Wolke über seinen Geist kam und ihn mit sich nahm.

Bald hatte er einen Traum, und schon zu Beginn wußte er, daß es der schrecklichste von allen werden würde.

Zuerst kamen die Schmerzen – ein Pochen, ein Bohren, ein Stechen, und dann ohne Vorwarnung eine grelle Explosion blendenden Lichts in seinem Schädel, so daß er stöhnte und sich den Kopf hielt. Der betäubende Schmerz verschwand aber bald wieder, und er spürte die sanfte Schlaf-Gegenwart von Golator Lagia in seiner Nähe, die ihn beruhigte und an ihrem Busen wiegte. Sie streichelte ihn und wiegte ihn so lange, bis er sich entspannt hatte und die Augen öffnete und sich umsah, und er sah, daß er die Wüste verlassen hatte, ja sogar ganz Suvrael. Er und Golator Lasgia waren in einem kühlen Sumpfwald, wo absolut gerade gewachsene riesige Bäume ihre gelblichen Stämme in unermeßliche Höhen streckten und ein rasch fließender Bach über hervorstehende Steine hinweg an ihnen vorbeirauschte. Jenseits des Baches fiel das Land scharf ab und gab den Blick auf ein fernes Tal frei und dahinter auf hohe, graue, säbelzahnartige und schneebedeckte Berge, in denen Dekkeret sofort die neun Gebirgsspitzen der Khyntormarschen erkannte.

»Nein«, sagte er. »Dort möchte ich nicht sein.«

Golator Lasgia lachte, und das helle Kichern klang in seinen Ohren irgendwie bedrohlich, wie die leisen Geräusche, die um die Dämmerung in der Wüste zu hören waren. »Aber das ist ein Traum, guter Freund! In Träumen muß man das nehmen, was kommt!«

»Ich werde meinen Traum dirigieren. Ich verspüre keinen Wunsch, in die Khyntormarschen zurückzukehren. Schau: die Szenerie verändert sich. Wir sind auf dem Zimr und nähern uns der großen Biegung des Flusses. Siehst du? Siehst du? Dort erstrahlt bereits die Stadt Ni-moya vor uns!«

Tatsächlich sah er die große Stadt weiß vor dem grünen Hintergrund eines bewaldeten Hügels. Aber Golator Lasgia schüttelte den Kopf.

»Hier ist keine Stadt, Geliebter. Nur der nördliche Wald. Spürst du den Wind? Höre dem Lied des Bachs zu. Hier – knie nieder und nimm die herabgefallenen Nadeln vom Boden auf. Ni-moya ist weit entfernt, und wir sind hier, um zu jagen.«

»Ich bitte dich, laß uns in Ni-moya sein.«

»Ein anderes Mal«, sagte Golator Lasgia.

Er konnte es nicht verhindern. Die zauberhaften Türme von Ni-moya waberten und wurden transparent und waren verschwunden, und es blieben nur die Bäume mit den gelben Stämmen, der kalte Wind, die Laute des Waldes. Dekkeret zitterte. Er war Gefangener seines Traums, und es gab kein Entrinnen.

Und nun erschienen fünf Jägerinnen in Gewändern aus schwarzem Haigusfell und machten oberflächliche Gesten der Ehrerbietung und hielten ihm Waffen hin, die schmucklose Röhre eines Energiewerfers und eine kurze, spitze Klinge sowie ein langes Messer mit breiter Schneide und einer gekrümmten Spitze. Er schüttelte den Kopf, worauf eine der Jägerinnen näher kam und ihn spöttisch angrinste, ein Zahnlückengrinsen aus einem breiten Maul, das nach Fisch roch. Dekkeret erkannte sie und wandte sich voller Scham ab, denn sie war die Jägerin, die vor Jahrtausenden, an jenem anderen Tag in den Khyntormarschen, ums Leben gekommen war. Wenn nur sie nicht hier wäre, dachte er, wäre der Traum erträglicher. Aber es war eine diabolische Folter, ihn das alles nochmals durchleben zu lassen.

Golator Lasgia sagte: »Nimm die Waffen von ihr. Die Steetmoy laufen bereits, und wir müssen ihnen hinterher.«

»Ich haben keinen Wunsch –«

»Welche Überheblichkeit zu glauben, der Traum kümmert sich um Wünsche! Nimm die Waffen.«

Dekkeret begriff. Mit kalten Fingern nahm er die Klingen und den Engergiewerfer und verstaute sie an den entsprechenden Stellen seines Gürtels. Die Jägerinnen lächelten und grunzten ihm im breiten Dialekt des Nordens Worte zu. Dann begannen sie, um Ufer des Bachs entlangzulaufen. Sie bewegten sich mit leichten Schritten und berührten nur hin und wieder den Boden, und Dekkeret rannte notgedrungen mit ihnen, anfangs ungeschickt, dann mit derselben schwebenden Anmut. Golator Lasgia an seiner Seite hielt ohne Schwierigkeiten mit ihm Schritt, ihr dunkles Haar wehte um ihr Gesicht, ihre Augen strahlten vor Aufregung. Sie wandten sich nach links, ins Herz des Waldes, und schwärmten zu einer Fächerformation aus, die die Beute einschließen sollte.

Die Beute! Dekkeret konnte die Steetmoy mit den weißen Pelzen sehen, die wie Laternen im Wald leuchteten. Die Tiere eilten unwillig knurrend hin und her, sich der Eindringlinge bewußt, aber noch nicht bereit, ihr Territorium aufzugeben – große Wesen, wahrscheinlich die gefährlichsten Wildtiere auf Majipoor, schnell und kräftig und tödlich, der Schrecken der Nordländer. Dekkeret zog die spitze Klinge. Steetmoy mit dem Energiestrahler zu töten war kein Sport und konnte außerdem zuviel von dem wertvollen Pelz zerstören: Man mußte sich ihnen so weit es ging nähern und sie mit der Klinge töten, vorzugsweise mit der spitzen, wenn es nicht anders ging mit der breiten Machete.

Die Jägerinnen sahen ihn an. Nimm eines, schienen sie zu sagen, wähl dein Opfer aus. Dekkeret nickte. Das mittlere, entschied er. Sie lächelten kalt. Was wußten sie, das sie ihm nicht sagten? Auch damals war es so gewesen, kaum verhohlener Abscheu des Bergvolks vor den stutzerhaften Edelleuten, die in den Wäldern tödliche Vergnügen suchten; und damals hatte die Jagd böse geendet. Dekkeret nahm die Klinge. Die Traum-Steetmoy, die sich zwischen den Bäumen bewegten, waren unverhältnismäßig groß, schwere, massige Giganten, die eindeutig nicht von einem einzelnen Mann getötet werden konnten, der nur Handwaffen benützte, aber es gab kein Zurück mehr, denn er wußte, er konnte dem Schicksal nicht entrinnen, das der Traum für ihn bereithielt. Nun machten sich die angeheuerten Jäger daran, die eingekreisten Tiere mit Jagdhörnern und Händeklatschen aus der Fassung zu bringen; die aufgeschreckten Steetmoy, durch den plötzlichen Lärm wütend geworden, reckten sich hoch, wirbelten herum, durchtrennten Bäume mit ihren Klauen, warfen sich herum und begannen zu laufen, aber mehr aus Mißfallen denn aus Furcht.

Die Jagd war eröffnet.

Dekkeret wußte, daß die Jäger die Tiere trennten und die beiden anderen wegtrieben, damit er freien Zugang zum Tier seiner Wahl hatte. Aber er sah weder nach rechts noch nach links. In Begleitung von Golator Lasgia und einem der Jäger eilte er vorwärts und verfolgte das durch die Wälder stampfende und fliehende Steetmoy. Das war der schlimmste Teil, denn die Menschen waren zwar schneller, aber die Steetmoy konnten Hindernisse im Wald besser überwinden, weil sie das Unterholz durchbrachen, und es konnte geschehen, daß er in der Hektik der Verfolgung seine Beute verlor. Hier war der Wald einigermaßen offen; aber das Steetmoy suchte nach Deckung, und schon bald mußte Dekkeret sich zwischen herabhängenden Reben und Lianen und durch dichtes Gestrüpp hindurchkämpfen und konnte das jagende Phantom kaum in Sichtweite halten. Mit gedankenloser Entschlossenheit hieb er mit der Machete um sich, rannte und trampelte durch das Unterholz. Alles war so schrecklich vertraut, eine alte Geschichte, besonders als das Steetmoy sich umwandte und durch den niedergetrampelten Pfad zurückkam, als plane es einen Gegenangriff …

Der Augenblick würde gleich kommen, dachte der träumende Dekkeret, wenn das rasende Tier auf die Jägerin mit der Zahnlücke treffen und die Frau aus den Bergen packen und gegen einen Baum schleudern würde, und Dekkeret, der nicht stehenbleiben wollte, würde weiterlaufen, die Jagd fortsetzen und die Frau liegenlassen, wo sie war, so daß keine Hilfe zur Stelle sein würde, wenn das gedrungene, aasfressende Tier aus seinem Loch hervorkommen und ihr den Bauch aufreißen würde, und erst später, wenn die Lage ruhiger geworden war, würde er Zeit finden, zurückzugehen und nach der verletzten Jägerin zu sehen, und er würde seine achtlose, menschenverachtende Konzentration bedauern, die ihn seine gestürzte Kameradin hatte ignorieren und statt dessen weiter der Beute hatte nachjagen lassen. Und hinterher die Scham, die Schuldgefühle, die endlosen Selbstbeschuldigungen – ja, er würde das alles nochmals durchleben, während er in der stickigen Hitze der Wüste von Suvrael lag, nicht?

Nein.

Nein, so einfach war das nicht, denn die Sprache der Träume ist komplex, und im Nebel, der plötzlich den Wald verhüllte, sah Dekkeret, wie sich das Steetmoy drehte und die Frau mit der Zahnlücke erfaßte und sie niederwarf, aber die Frau stand auf und spie ein paar blutige Zähne aus und lachte, und die Jagd ging weiter, oder vielmehr kam sie zum selben Punkt zurück, denn das Steetmoy brach aus dem dunkelsten Teil des Waldes hervor und stürmte auf Dekkeret los und schlug ihm Klinge und Machete aus den Händen, dann ragte es zum tödlichen Streich hoch über ihm empor, aber es führte ihn nicht aus, denn wieder veränderte sich das Bild, und es war Golator Lasgia, die unter den zustoßenden Krallen lag, während Dekkeret ziellos umhereilte und nicht fähig war, eine vernünftige Richtung einzuschlagen, und dann war es wieder die Jägerin, die das Opfer war, und wieder Dekkeret, und plötzlich der alte Barjazid mit verkniffenem Gesicht, und dann Golator Lasgia. Während Dekkeret zusah, sagte eine Stimme an seinem Ellbogen: »Was spielt es für eine Rolle? Wir alle schulden dem Göttlichen einen Tod. Vielleicht war es für dich wichtiger, der Beute zu folgen.« Dekkeret fuhr herum. Die Stimme gehörte der Jägerin mit der Zahnlücke. Ihr Klang ließ ihn benommen zittern. Der Traum nahm verwirrende Züge an. Er bemühte sich, hinter sein Geheimnis zu kommen.

Nun sah er Barjazid in dem dunklen Sumpfwald hinter sich stehen. Das Steetmoy fiel wieder über die Frau aus den Bergen her.

»Ist es wirklich so gewesen?« fragte Barjazid.

»Ich denke schon. Ich habe es nicht gesehen.«

»Was hast du getan?«

»Ich ging weiter. Ich wollte das Tier nicht verlieren.«

»Du hast es getötet?«

»Ja.«

»Und dann?«

»Kam ich zurück. Und fand sie. So –«

Dekkeret deutete hin. Der schnuppernde Aasfresser stand über der Frau. Golator Lasgia stand lächelnd mit überkreuzten Armen in der Nähe.

»Und dann?«

»Dann kamen die anderen. Sie begruben ihre Gefährtin. Wir häuteten das Steetmoy und gingen zurück zum Lager.«

»Und dann? Und dann? Und dann?«

»Wer bist du? Weshalb fragst du mich das?«

Dekkeret sah sich blitzartig, wie er selbst unter dem Aasfresser lag.

Barjazid sagte: »Du hast dich geschämt?«

»Natürlich. Ich stellte das Vergnügen meines Sports über ein Menschenleben.«

»Du konntest nicht wissen, daß sie verletzt war.«

»Ich spürte es. Ich sah es, aber ich *wollte* es nicht sehen. Begreifst du das? Ich sah, daß sie verletzt war. Und ging weiter.«

»Wen kümmert es?«

»Mich.«

»Kümmerte es die Stammesangehörigen?«

»Mich.«

»Und? Und? Und?«

»Für mich war es wichtig. Ihnen sind andere Dinge wichtig.«

»Du fühlst dich schuldig?«

»Selbstverständlich.«

»Du *bist* schuldig. Du bist jung, närrisch, naiv.«

»Und du bist mein Richter?«

»Gewiß bin ich das«, sagte Barjazid. »Siehst du mein Gesicht?« Er zog an seinem kantigen, klobigen Kiefer, bis sich seine wettergegerbte ledrige Haut abzulösen begann und sein Gesicht sich wie eine Maske abschälte und ein anders Gesicht darunter zum Vorschein kam, ein böses, ironische, verzerrtes Gesicht, das von spöttischem Lachen verunziert wurde, und das andere Gesicht war Dekkerets eigenes.

KAPITEL 11

In diesem Augenblick hatte Dekkeret ein Gefühl, als würde eine weißglühende Nadel durch seine Schädeldeck herabstoßen. Es war der intensivste Schmerz, den er je erfahren hatte, ein unvermittelter Pfeil rasender Seelenqual, der mit unglaublicher Kraft sein Gehirn verbrannte. Er entzündete ein Feuer in seinem Kopf, in dessen Licht er sich selbst grimmig erleuchtet sah, einen närrischen und romantischen Jungen, den einzigen Erfinder eines Dramas, um das sich sonst kein Mensch kümmerte, der eine Tragödie mit nur einem Zuschauer geschaffen hatte und Erlösung für eine Süde ohne Kontext suchte, die überhaupt keine Sünde war, abgesehen vielleicht von der Sünde der Selbsttäuschung. Mitten im größten Schmerz hörte Dekkeret weit entfernt einen Gong erschallen, gefolgt vom trockenen Keuchen von Barjazids dämonischem Gelächter; dann riß er sich mit einem unvermittelten Ruck selbst aus dem Schlaf und rollte sich zitternd herum, immer noch unter dem Einfluß des schrecklichen Schmerzes, wenngleich er nachzulassen begann, während er die letzten Reste des Schlafs abschüttelte.

Er wollte aufstehen und stellte fest, daß er von einem dichten Pelz umgeben war, als hätte der Steetmoy ihn umklammert und wollte ihn an seiner Brust zerquetschen. Mächtige Arme umklammerten ihn – *vier* Arme, erkannte er, und als er die Reise aus dem Traumreich beendete, erkannte er, daß es die gigantische Skandarfrau war, die ihn umfaßt hielt, Khaymak

Gran. Wahrscheinlich hatte er im Schlaf geschrien und um sich geschlagen, und als er sich aufrappelte, dachte sie, daß er wieder schlafwandeln wollte, und hatte ihn davon abhalten wollen. Sie hielt ihn mit einer Kraft, daß ihm fast die Rippen brachen.

»Schon gut«, murmelte er, dicht in ihren grauen Pelz gedrückt. »Ich bin wach! Ich werde nicht weggehen!«

Sie klammerte sich immer noch an ihn.

»Du – tust mir – weh.«

Er rang nach Atem. Es konnte sein, daß sie ihn in ihrer linkischen Hilfsbereitschaft aus reiner Mutterliebe tötete. Dekkeret stieß, trat sogar nach ihr, hämmerte mit dem Kopf gegen sie. Irgendwie konnte er sie aus dem Gleichgewicht bringen, während er sich in ihrem Griff wand, sie rollten gemeinsam herum, sie unter ihm, und im letzten Augenblick öffnete sie die Arme und gab ihn frei. Er landete auf den Knien und kauerte sich dort nieder, wo er hingestürzt war, mit Schmerzen an den verschiedensten Stellen und verwirrt von allem, was in den letzten Minuten passiert war. Aber nicht so verwirrt, daß er nicht Barjazid erkannte hätte, der am Schweber stand und hastig einen Mechanismus von seiner Stirn entfernte, einen schmalen, kronenähnlichen Reif, den er in einem Fach des Schwebers zu verstecken versuchte.

»Was ist das?« wollte Dekkeret wissen.

Barjazid schien ungewöhnlich verlegen zu sein. »Nichts weiter. Ein Spielzeug.«

»Laß mich sehen.«

Barjazid schien ein Signal zu geben. Aus den Augenwinkeln sah Dekkeret, wie sich Khaymak Gran erhob und wieder auf ihn zukam, aber bevor die schwerfällige Skandar ihn erreichen konnte, hatte

Dekkeret den Schweber umrundet und stand an Barjazids Seite. Der kleine Mann beschäftigte sich immer noch mit der Maschine. Dekkeret, der über ihm stand wie kurz vorher die Skandar über Dekkeret, packte rasch Barjazids Hand und drehte sie auf den Rücken. Dann nahm er den Mechanismus aus dem Fach und untersuchte ihn.

Mittlerweile waren alle wach. Der Vroon betrachtete mit Glubschaugen, was vor sich ging, und der junge Barjazid hatte ein Messer gezückt, das dem in Dekkerets Traum nicht unähnlich war, funkelte ihn an und sagte: »Lassen Sie meinen Vater in Ruhe.«

Dekkeret wirbelte den alten Barjazid herum und hielt ihn als Schild vor sich.

»Sag deinem Sohn, er soll das Messer weglegen«, sagte er.

Barjazid schwieg.

Dekkeret sagte: »Er legt das Messer weg, oder ich zerschmetter' das Ding in meiner Hand. Was ist dir lieber?«

Barjazid gab mit leiser, grollender Stimme einen Befehl. Dinitak schleuderte das Messer dicht vor Dekkerets Füße in den Sand, und Dekkeret trat einen Schritt vor, zog es an sich und kickte es nach hinten. Er hielt Barjazid den Mechanismus vors Gesicht, ein reich verziertes Ding aus Gold und Kristall und Elfenbein, mit geheimnisvollen Drähten und Kabeln.

»Was ist das?« fragte Dekkeret.

»Ich sagte es. Ein Spielzeug. Bitte – gib es mir, bevor du es kaputtmachst.«

»Welche Funktion hat dieses Spielzeug?«

»Es amüsiert mich, während ich schlafe«, sagte Barjazid heiser.

»In welcher Weise?«

»Es verstärkt meine Träume und macht sie interessanter.«

Dekkeret sah es genauer an. »Wenn ich es aufziehe, wird es auch meine Träume verstärken?«

»Es wird dir nur schaden, Initiat.«

»Sag mir, was es für dich tut.«

»Das ist schwer zu beschreiben«, sagte Barjazid.

»Versuch es. Such nach Worten. Wie konntest du eine Gestalt in meinem Traum werden, Barjazid? Du hattest in diesem besonderen Traum nichts zu suchen.«

Der kleine Mann zuckte die Achseln. Er sagte unbehaglich: »War ich in deinem Traum? Woher sollte ich wissen, was in deinem Traum geschieht? Jeder kann in jedermanns Traum sein.«

»Ich glaube, diese Maschine hat dir dabei geholfen. Und vielleicht hat sie dir auch verraten, was ich geträumt habe.«

Barjazid reagierte nur mit düsterem Schweigen.

Dekkeret sagte: »Beschreibe mir die Funktion dieser Maschine, sonst werde ich sie mit eigenen Händen zu Schrott zerdrücken.«

»Bitte –«

Dekkerets kräftige Finger schlossen sich um ein besonders zerbrechlich aussehendes Teil der Maschine. Barjazid sog den Atem ein, versteifte sich in Dekkerets Griff.

»Nun?« sagte Dekkeret.

»Deine Vermutung ist richtig. Sie – sie läßt mich in deinen Schlaf eindringen.«

»Wirklich? Woher hast du das?«

»Meine eigene Erfindung. Eine Sache, der ich mich lange Jahre gewidmet habe.«

»Wie die Maschinen der Lady der Insel?«

»Anders. Stärker. Sie kann nur zu den Gedanken sprechen, ich kann Träume lesen und ihre Form verändern. Ich kann sogar bis zu einem gewissen Grad die Herrschaft über den schlafenden Verstand einer Person übernehmen.«

»Und du hat dieses Gerät selbst hergestellt? Nicht von der Insel gestohlen?«

»Meine Erfindung«, murmelte Barjazid.

Unbeherrschte Wut stieg in Dekkeret auf. Einen Augenblick lang wollte er Barjazids Maschine mit einem schnellen Griff vernichten und hinterher Barjazid selbst zu Brei schlagen. Wenn er an Barjazids Ausflüchte und Halbwahrheiten und Lügen dachte, wie er bösartig die Ruhe gestört hatte, die Dekkeret so dringend brauchte, wie er die Geschenke der Lady mit Angst und Furcht verunstaltet hatte – Dekkeret verspürte einen mörderischen Haß auf den Mann, der ihn auf diese Weise manipuliert hatte. Sein Herz klopfte, seine Kehle wurde trocken, sein Blick verschwamm. Seine Hand schloß sich so fest um Barjazids gekrümmten Arm, daß der kleine Mann wimmerte und jammerte. Fester – fester – brich ihn –

Nein.

Dekkeret erreichte den Höhepunkt des inneren Zorns und hielt ihn einen Augenblick, dann ließ er sich langsam wieder ins Tal der Beruhigung hinabgleiten. Allmählich erlangte er die Fassung wieder, kam zu Atem und beherrschte das Hämmern in seiner Brust. Er hielt Barjazid fest, bis er sich ganz beruhigt hatte. Dann ließ er den kleinen Mann los und stieß ihn gegen den Schweber. Barjazid stolperte und klammerte sich an die gekrümmte Seite des Fahrzeugs. Alle

Farbe schien aus seinem Gesicht gewichen zu sein. Er rieb sich den geschwollenen Arm und betrachtete Dekkeret mit einer Mischung aus Entsetzen, Schmerz und Groll.

Dekkeret studierte das eigentümliche Instrument mit großer Sorgfalt und strich sanft mit den Fingern über seine eleganten und komplizierten Teile. Dann tat er so, als wollte er es sich überstreifen.

Barjazid keuchte. »Nicht!«

»Was wird passieren? Wird es Schaden nehmen?«

»Ja. Und du ebenfalls.«

Dekkeret nickte. Er argwöhnte, daß Barjazid bluffte, wollte es aber nicht darauf ankommen lassen.

Nach einer Weile sagte er: »Es gibt keine Gestaltveränderer-Traumstehler in der Wüste, ist das richtig?«

»Das stimmt«, flüsterte Barjazid.

»Nur du hast mit den Gedanken anderer Reisender experimentiert. Ja?«

»Ja.«

»Und sie getötet.«

»Nein«, sagte Barjazid. »Ich wollte niemanden töten. Wenn sie starben, dann nur, weil sie in Panik gerieten und an gefährlichen Orten Schutz suchten – weil sie schlafwandelten, so wie du –«

»Aber sie starben, weil du dich in ihren Verstand eingemischt hattest.«

»Wer kann da sicher sein? Manche starben, manche nicht. Ich wollte nicht, daß jemand verschwand. Vergiß nicht, als *du* verschwunden warst, haben wir aufrichtig nach dir gesucht.«

»Ich habe dich angeheuert, damit du mich führen und beschützen sollst«, sagte Dekkeret. »Die anderen waren unschuldige Fremde, denen du in der Ferne aufgelauert hast. Ist das nicht so?«

Barjazid sagte nichts.

»Du wußtest, daß Menschen als direkte Folge deiner Experimente starben, und dennoch hast du weiter experimentiert?«

Barjazid zuckte die Achseln.

»Wie lange treibst du das schon?«

»Mehrere Jahre.«

»Und aus welchem Grund?«

Barjazid sah zur Seite. »Ich sagte dir einmal, daß ich solche Fragen niemals beantworten werde.«

»Und wenn ich die Maschine vernichte?«

»Du wirst sie ohnehin vernichten.«

»Nein«, antwortete Dekkeret. »Hier. Nimm sie.«–

»*Was?*«

Dekkeret streckte die Hand aus, auf der die Traum-Maschine lag. »Nur zu. Nimm sie fort. Ich will das Ding nicht.«

»Du wirst mich nicht töten?« fragte Barjazid verwundert.

»Bin ich dein Richter? Wenn ich dich noch einmal dabei erwische, wie du dieses Ding gegen mich einsetzt, werde ich dich sicher töten. Aber ansonsten, nein. Töten ist nicht mein Sport. Ich habe meine Seele bereits mit einer Sünde befleckt. Außerdem brauche ich dich, um nach Tolaghai zurückzugelangen, oder hast du das vergessen?«

»Natürlich. Natürlich.« Barjazid schien erstaunt über Dekkerets Gnade.

Dekkeret sagte: »Warum sollte ich dich töten wollen?«

»Weil ich in deinen Geist eingedrungen bin – deine Träume gestört habe –«

»Ah.«

»Weil ich in der Wüste dein Leben riskierte.«

»Auch das.«

»Und du sinnst nicht auf Rache?«

Dekkeret schüttelte den Kopf. »Du hast dir mit meiner Seele große Freiheiten erlaubt, und das ärgert mich, aber mein Zorn ist verraucht. Ich werde dich nicht bestrafen. Wir hatten ein Geschäft, du und ich, und ich habe für mein Geld genügend bekommen, und dieses Ding von dir war wertvoll für mich.« Er beugte sich nach vorne und sagte mit leiser, ernster Stimme: »Ich kam voller Zweifel und Schuld und Scham nach Suvrael und wollte mich durch körperliches Leid läutern. Das war närrisch. Körperliches Leid schadet dem Leib und stärkt den Willen, aber einer verletzten Seele ist es wenig hilfreich. Du hast mir etwas anderes gegeben, du und dein Gedankenspielzeug. Du hast mich in meinen Träumen gepeinigt und meiner Seele einen Spiegel vorgehalten, und ich sah mich selbst deutlich. Wieviel von diesem letzten Traum hast du wirklich lesen können, Barjazid?«

»Du warst in einem Wald – im Norden –«

»Ja.«

»Beim Jagen. Eine deiner Gefährtinnen wurde von einem Tier verwundet, ja? Ist es das?«

»Weiter.«

»Und du hast nicht auf sie geachtet. Du hast die Jagd fortgesetzt. Als du hinterher nach ihr gesehen hast, war es zu spät, und du gabst dir die Schuld an ihrem Tod. Ich spürte diese große Schuld in dir. Sie strahlte mit aller Macht von dir aus.«

»Ja«, sagte Dekkeret. »Schuld, die ewig an mir haften wird. Aber jetzt kann man nichts mehr für sie tun, nicht?«

Erstaunliche Ruhe war über ihn gekommen. Er war selbst nicht ganz sicher, was geschehen war, aber er wußte, im Traum hatte er sich endlich mit den Geschehnissen in den Khyntormarschen auseinandergesetzt, und er war sich darüber klargeworden, was er dort getan und was er nicht getan hatte, hatte begriffen, in einer Weise, die er mit Worten nicht beschreiben konnte, daß es Torheit war, sich ein Leben lang für einen einzigen Akt der Achtlosigkeit und gefühllosen Dummheit zu geißeln, daß der Augenblick gekommen war, alle Selbstvorwürfe abzustreifen und zum normalen Leben zurückzukehren. Der Prozeß, sich selbst zu vergeben, hatte begonnen. Er war nach Suvrael gekommen, um sich zu läutern, und irgendwie war ihm das geglückt. Und er schuldete Barjazid Dank für diesen Gefallen. Zu Barjazid sagte er: »Vielleicht hätte ich sie retten können, vielleicht auch nicht; aber meine Gedanken waren anderswo, und ich ging achtlos an ihr vorüber, um meine Beute zu stellen. Aber sich ständig Vorwürfe zu machen, ist keine gute Methode, über eine Sache hinwegzukommen, was, Barjazid? Die Toten sind tot. Ich muß den Lebenden meine Dienste anbieten. Komm, wenden wir und kehren wir nach Tolaghai zurück.«

»Und was wird aus dem Besuch der Weideländer? Was ist mit Ghyzyn Kor?«

»Ein dummes Unternehmen. Es ist nicht mehr wichtig, dieses Handelsdefizit und die Fleischverknappung, die möglicherweise schon längst behoben sind. Bring mich zurück nach Tolaghai.«

»Und dann?«

»Wirst du mich zum Burgberg begleiten. Um dem Coronal dein Spielzeug zu zeigen.«

»Nein!« schrie Barjazid voller Entsetzen. Zum erstenmal, seit Dekkeret ihn kennengelernt hatte, schien er wirklich Angst zu haben. »Ich bitte dich –«

»Vater?« sagte Dinitak.

Unter der Mittagssonne schien der Junge mit innerem Licht zu strahlen. Er hatte einen wilden und stolzen Gesichtsausdruck.

»Vater, begleite ihn zum Burgberg. Soll er seinen Herren zeigen, was wir hier haben.«

Barjazid befeuchtete sich die Lippen. »Ich fürchte –«

»Fürchte nichts. Unsere Zeit beginnt.«

Dekkeret sah von einem zum anderen, von dem plötzlich schüchternen, in sich zusammengesunkenen alten Mann zu dem verwandelten und strahlenden Jungen. Er spürte, daß historische Dinge geschahen, daß sich gewaltige Mächte zu neuen Konfigurationen zusammenballten, und das verstand er kaum, abgesehen davon, daß sein Schicksal und das des Wüstenvolks nun miteinander verknüpft waren; und die Traumlese-Maschine, die Barjazid gebaut hatte, war der Faden, der sie verband.

Barjazid sagte heiser: »Was wird auf dem Burgberg mit mir geschehen?«

»Ich habe keine Ahnung«, sagte Dekkeret. »Vielleicht schlagen sie dir den Kopf ab und befestigen ihn auf Lord Siminaves Turm. Oder vielleicht wirst du zu einer der Hohen Mächte von Majipoor gemacht. Alles ist möglich. Woher soll ich es wissen?« Er erkannte, daß es ihn nicht interessierte, daß ihm Barjazids

Schicksal gleichgültig war, daß er keinen Zorn mehr gegenüber diesem kleinen und verschlagenen Gedankenmanipulator empfand, sondern nur eine Art perverse, abstrakte Dankbarkeit, weil Barjazid ihm geholfen hatte, seine eigenen Dämonen loszuwerden. »Das liegt in der Hand des Coronals. Aber eines ist sicher, daß du mich zum Burgberg begleiten wirst und deine Maschine auch. Komm jetzt, wende den Schweber und bringe mich nach Tolaghai.«

»Es ist noch Tageszeit«, murmelte Barjazid. »Die Hitze ist am schlimmsten.«

»Wir werden es schaffen. Komm, setzen wir uns in Bewegung, und zwar schnell! Wir dürfen das Schiff in Tolaghai nicht versäumen, und da gibt es eine Frau, die ich unbedingt wiedersehen möchte, bevor wir aufbrechen!«

KAPITEL 12

Dies geschah in den jungen Jahren dessen, der unter dem Pontifikat von Prestimion zum Coronal Dekkeret wurde. Und es war der junge Dinitak Berjazid, der als erster in Suvrael über die Gedanken aller Schlafenden herrschen sollte, mit dem Titel König der Träume.

BUCH SECHS

Der Seelen-Maler und der Gestaltveränderer

Es ist zur Sucht geworden. Hissunes Verstand öffnet sich nun in alle Richtungen, und das Seelenregister wird zum Schlüssel zu einer unendlichen Welt neuen Verstehens. Wenn man sich im Labyrinth aufhält, entwickelt man ein eigentümliches Gespür für die Welt, sie wird vage und unwirklich, nichts weiter als Namen, keine konkreten Orte. Nur das dunkle und hermetische Labyrinth hat Substanz, alles andere ist Dunst. Aber Hissune hat im Geiste inzwischen jeden Kontinent besucht, er hat seltsame Landschaften gesehen, er hat extreme Hitze und Kälte kennengelernt, und all das hat sich zu einem Verständnis der Welt angehäuft, das nur sehr wenige haben. Nun geht er immer und immer wieder zurück. Er muß sich nicht mehr um gefälschte Zutrittserlaubnisse kümmern; er ist ein so regelmäßiger Besucher der Archive, daß ihm ein Nicken Zutritt verschaffen kann, und dann stehen all die Millionen Gestern von Majipoor zu seiner Verfügung. Oft bleibt er nur wenige Augenblicke bei einer Kapsel, bis er erkannt hat, daß sie ihn weiterbringen wird auf der Straße zum Wissen. Manche Morgen ruft er acht, zehn, ein Dutzend Kapseln ab und läßt sie ebenso schnell wieder zurückgehen. Sicher, er weiß, daß die Seele jedes Lebewesens ein Universum enthält; aber nicht alle Universen sind gleichermaßen interessant, und das, was er von jemandem lernen könnte, der sein Leben lang die Straßen von Piliplok gefegt oder auf der Insel der Lady des Schlafs Gebete gemurmelt hat, scheint ihm nicht direkt nützlich zu sein, wenn er andere Möglichkeiten hat. So bestellt er Kapseln und lehnt sie ab und bestellt neue, taucht hier und da in Majipoors Vergangenheit ein, bis er Kontakt mit einem Bewußtsein erhält, das ihm vielversprechend zu sein scheint. Selbst Coronals und Pontifexe können langweilig sein, stellt er fest. Aber es gibt immer wundersame Zufallsfunde – zum Beispiel einen Mann, der sich in einen Metamorphen verliebte …

Es war ein Wunsch nach Perfektion, der den Seelen-Maler Therion Nismile aus den kristallinen Städten des Burgbergs heraus und in die dunklen Wälder des westlichen Kontinents trieb.

Er hatte sein ganzes Leben inmitten der Herrlichkeiten des Berges verbracht, war den Notwendigkeiten seiner Karriere folgend durch die Fünfzig Städte gereist und hatte alle paar Jahre eine Art von Glanz gegen eine andere eingetauscht. Dundilmir war seine Heimatstadt – seine ersten Ölbilder zeigten Szenen aus dem Feuertal, wild und leidenschaftlich, vom Ungestüm der Jugend erfüllt –, danach hatte er einige Jahre im herrlichen Canzilaine der sprechenden Statuen verbracht, und daran anschließend im ehrfurchtgebietenden Stee, dessen Vororte drei Tagesreisen auseinanderlagen, und im goldenen Halanx an den Grenzen der Burg, und fünf Jahre in der Burg selbst, wo er am Hof des Coronal Lord Thraym gemalt hatte. Man pries seine Bilder ihrer ruhigen Eleganz und der Perfektion der Gestaltung wegen, welche die Makellosigkeit der Fünfzig Städte selbst widerspiegelte. Aber nach einer gewissen Zeit betäubt die Schönheit solcher Orte die Seele und lähmt die künstlerischen Instinkte. Als Nismile sein vierzigstes Lebensjahr erreicht hatte, fing er an, Perfektion mit Stagnation gleichzusetzen; er verabscheute seine eigenen berühmten Werke; sein Verstand rief nach Aufruhr, Unvorhersehbarkeit, Veränderung.

Der Augenblick der Krise überwältigte ihn im Garten der Tolingar-Barriere, jenem wunderschönen Park auf der Ebene zwischen Dundilmir und Stipool. Der Coronal hatte ihn um eine Serie von Gemälden des Gartens gebeten, um eine in Bau befindliche Halle am

Rand der Burg zu schmücken. Gehorsam hatte Nismile den langen Weg an den Hängen des riesigen Berges herab angetreten, die vierzig Meilen des Parks durchquert, seine Arbeitsplätze ausgewählt und seine erste Staffelei bei Kazkas Promontory aufgestellt, wo die Konturen des Gartens sich in großen, grünen, symmetrischen, pulsierenden Schnörkeln nach außen öffneten. Als Knabe hatte er diesen Ort geliebt. Auf ganz Majipoor gab es keinen lieblicheren Anblick, denn der Garten von Tolingar war mit Pflanzen angelegt, die eigens dazu gezüchtet waren, zu transzendentalen Gebilden heranzuwachsen. Keine Gärtnerschere berührte diese Pflanzen jemals, denn sie wuchsen von selbst in den anmutigsten Formen, regulierten ihren Raum und ihr Wachstum selbst, unterdrückten alles Unkraut in ihrer Nachbarschaft und kontrollierten ihre eigenen Proportionen, so daß ihre Formen für immer unverändert blieben. Wenn sie die Bilder verloren oder es notwendig war, einen abgestorbenen Ast abzustreifen, dann lösten Enzyme im Inneren die abgestorbene Materie schnellstmöglich in nützlichen Kompost auf. Vor mehr als hundert Jahren war Lord Havilbove der Begründer dieses Gartens gewesen; seine Nachfolger Lord Kanaba und Lord Sirruth hatten das Programm genetischer Veränderung fortgesetzt und weiterentwickelt; und unter dem derzeitigen Coronal Lord Thraym wurde der ganze Plan verwirklicht, so daß der Garten nun auf ewig perfekt und ausgeglichen sein würde. Es war diese Perfektion, die Nismile einfangen wollte.

Er betrachtete die leere Leinwand, atmete tief ein und machte sich bereit, ins Trance-Stadium einzutre-

ten. In einem Augenblick würde seine Seele, die sich von seinem träumenden Verstand löste, die ganze Intensität dieser einmaligen Szene auf das psychosensitive Gewebe übertragen.
Er betrachtete die sanften Hügel ein letztesmal, das kunstvolle Gestrüpp, die zarten Blätter – und eine Woge rebellischer Wut raste durch ihn hindurch, und er zitterte und strauchelte und wäre beinahe gefallen. Diese unbewegliche Landschaft, diese statische, sterile Schönheit, dieser makellose und nicht mehr zu überbietende Garten, der brauchte ihn nicht; er war selbst so unveränderlich wie ein Gemälde, und ebenso erstarrt und leblos, bis ans Ende der Zeit in seinem eigenen makellosen Rhythmus gefangen. Wie schrecklich! Wie häßlich! Nismile stolperte und preßte die Hand gegen seinen pochenden Schädel. Er hörte das leise und überraschte Murmeln seiner Gefährten, und als er die Augen öffnete, sah er sie alle voller Entsetzen auf die schwarze und brodelnde Leinwand starren. »Bedeckt sie!« rief er und wandte sich ab. Auf der Stelle war jeder in Bewegung, und im Zentrum der Gruppe stand Nismile bewegungslos wie eine Statue. Als er wieder sprechen konnte, sagte er leise: »Sagt Lord Thraym, daß ich nicht imstande bin, seinen Auftrag zu erfüllen.«

Noch an diesem Tag in Dundilmir nahm er in Angriff, was er dringend brauchte, und begann seine lange Reise in das Flachland, dann durch die weite, heiße Flutebene des Flusses Iyann und mit dem Flußschiff auf dem trägen Iyann bis nach Alaisor, dem westlichen Hafen; in Alaisor ging er nach einer Wartezeit von einigen Wochen an Bord eines Schiffes nach

Numinor auf der Insel des Schlafs, wo er sich einen Monat aufhielt. Dann erhielt er Passage auf einem Pilgerschiff, das nach Piliplok auf dem wilden Kontinent Zimroel auslief. Zimroel, das war ganz sicher, würde ihn nicht mit Eleganz und Perfektion erdrücken. Es gab dort nur acht oder neun Städte, die eigentlich kaum mehr als Vorposten waren. Das ganze Innere des Kontinents war Wildnis, in die Lord Stiamont nach ihrer endgültigen Niederlage vor mehr als tausend Jahren die Metamorphen getrieben hatte. Ein der Zivilisation müder Mann konnte dort wohl seine Seele kurieren.

Nismile rechnete damit, daß Piliplok ein Schlammloch sein würde, aber zu seiner Überraschung entpuppte es sich als uralte und riesige Stadt, die nach einem verrückt starr erscheinenden mathematischen Plan angelegt war. Sie war häßlich, aber nicht auf erfrischende Weise, und daher fuhr er mit dem Flußschiff den Zimr hinauf. Er reiste am großen Ni-moya vorbei, das selbst bei den Bewohnern des anderen Kontinents berühmt war, hielt dort aber nicht an, sondern verließ in einer Stadt namens Verf impulsiv das Boot und machte sich mit einem Mietwagen in die südlichen Wälder auf. Als er so tief in die Wildnis vorgedrungen war, daß er keine Spur der Zivilisation mehr sah, verweilte er und baute eine Hütte am Ufer eines reißenden Stroms. Es war drei Jahre her, seit er den Burgberg verlassen hatte. Die ganze Reise über war er alleine gewesen und hatte nur mit anderen gesprochen, wenn es unbedingt notwendig gewesen war, und er hatte überhaupt nicht gemalt.

Hier konnte Nismile spüren, wie der Heilungsprozeß begann. Alles an diesem Ort war unbekannt und wunderbar. Auf dem Burgberg, wo das Klima künstlich kontrolliert wurde, herrschte eine endlose, süße Frühlingszeit, die unwirkliche Luft war klar und rein, Regen gab es nur in vorherbstimmten Zeiträumen. Nun aber war er in einem feuchten und dampfenden Regenwald, wo der Boden fruchtbar und schwer war und häufig Nebelbänke vorbeizogen, wo es häufig Regen gab und die Vegetation verwildert, chaotisch und verfilzt war, das extreme Gegenteil der Symmetrie der Tolingar-Barriere. Er trug wenig Kleidung, fand durch Versuche heraus, welche Wurzeln und Beeren eßbar waren, und ersann eine Angelleine mit Schlinge, die ihm half, den schlanken, scharlachroten Fisch zu fangen, der wie eine Rakete durch den Bach schoß. Er ging stundenlang durch den dichten Dschungel und erfreute sich nicht nur an dessen urwüchsiger Schönheit, sondern genoß auch den Nervenkitzel, ob er den Rückweg zu seiner Blockhütte wiederfinden würde. Oftmals sang er mit lauter, falscher Stimme; auf dem Burgberg hatte er nie gesungen. Gelegentlich begann er, eine Leinwand vorzubereiten, aber er stellte sie stets unbenützt wieder beiseite. Er schrieb Nonsensgedichte, sinnlose Silbenfolgen, die er einem Publikum von schlanken, hohen Bäumen und unbegreiflich ineinander verwucherten Lianen vortrug. Manchmal fragte er sich, wie es am Hofe von Lord Thraym stehen mochte, ob der Coronal schon einen anderen Künstler gebeten hatte, den Schmuck für die Pergola anzufertigen, und ob die Halatingas schon an der Straße nach High Morpin blühten. Aber solchen Gedanken hing er nur selten nach.

Die Begegnung fand auf einer marschigen Wiese

etwa zwei Meilen flußaufwärts von seiner Hütte statt. Nismile war dort hingegangen, um die saftigen roten Wurzelknollen der Sumpflilie auszugraben, die er zu einer Art Brot backen konnte. Da diese sehr tief im Boden wurzelten, mußte er sich flach auf die Erde legen und den ganzen Arm in den Sumpf stecken, um sie herauszuholen. Er kam schlammverschmiert wieder in die Höhe und umklammerte eine tropfende Handvoll und sah zu seinem Erstaunen, daß eine Gestalt ihn ruhig aus einer Entfernung von wenigen Metern betrachtete.

Er hatte noch nie einen Metamorphen gesehen. Die Eingeborenen von Majipoor waren für immer vom Hauptkontinent Alhanroel verbannt, wo Nismile sein ganzes Leben verbracht hatte. Aber er hatte eine Vorstellung davon, wie sie aussahen, und dies mußte einer sein: ein ziemlich großes, hageres Wesen mit bläßlicher Haut, scharfgeschnittenem Gesicht, einwärts gekrümmten Augen, einer kaum wahrnehmbaren Nase und strähnigem, gummiartigem Haar von blaßgrünem Farbton. Er trug nur einen Lendenschurz, an der Hüfte war ein zugespitzter Holzstab befestigt. Mit unnahbarer Würde stand der Metamorph da und hatte ein Bein um das Schienbein des anderen geschlungen. Er schien bedrohlich und sanft, düster und komisch zugleich zu sein. Nismile beschloß, nicht ängstlich zu reagieren.

»Hallo«, sagte er. »Macht es dir etwas aus, wenn ich hier Knollen sammle?«

Der Metamorph schwieg.

»Ich habe eine Hütte flußabwärts. Ich bin Therion Nismile. Ich war Seelen-Maler, als ich noch auf dem Burgberg lebte.«

Der Metamorph sah ihn ernst an. Dann wandte er sich anmutig und geschmeidig um und verschwand fast auf der Stelle im Dschungel.

Nismile zuckte die Achsel. Er grub nach weiteren Knollen von Sumpflilien.

Eine Woche später begegnete er einem anderen Metamorphen, oder vielleicht demselben, diesesmal, während er Reben von einem Stock abzog, um daraus ein Seil für Bilantoon-Fallen herzustellen. Wieder kam der Eingeborene wortlos und tauchte wie eine Erscheinung vor Nismile auf, den er mit derselben bewegungslosen Haltung, auf einem Bein stehend, betrachtete. Zum zweitenmal versuchte Nismile, das Geschöpf in eine Unterhaltung zu verwickeln, aber beim ersten Wort verschwand es wie ein Geist. »Warte!« rief Nismile. »Ich würde gerne mit dir reden, ich ...« Aber er war allein.

Einige Tage später sammelte er Feuerholz, als er merkte, daß er wieder beobachtet wurde. Auf der Stelle sagte er zu dem Metamorphen: »Ich habe ein Bilantoon gefangen und bin gerade dabei, es zu braten. Es ist mehr Fleisch, als ich essen kann. Möchtest du mein Gast sein?« Der Metamorph lächelte – er nahm das rätselhafte Flackern für ein Lächeln, wenngleich es alles hätte ausdrücken können – und unterzog sich wie zur Antwort einer blitzschnellen Veränderung, indem er sich in ein Spiegelbild von Nismile verwandelte, untersetzt und muskulös, mit dunklen, durchdringenden Augen und schulterlangem schwarzem Haar. Nismile blinzelte wild und zitterte; dann erholte er sich wieder, lächelte, beschloß, die Verwandlung als eine Form der Kommunikation anzusehen, und sagte: »Wunderbar! Mir ist völlig unbegreiflich, wie ihr das macht!« Er machte eine einladende Geste. »Komm, es wird eine halbe Stunde dauern, das Bilantoon zu grillen, und bis dahin können wir uns unterhalten. Du verstehst doch unsere Sprache, oder nicht? Oder nicht?« Es war über alle Maßen bizarr, sich mit sich selbst zu unterhalten. »Sag etwas, ja? Sag mir: Gibt es irgendwo in der Nähe ein Dorf der Metamorphen? *Piurivar*«, verbesserte er sich, als er sich an den Namen erinnerte, den die Metamorphen sich selbst gaben. »Nun? Leben hier im Dschungel viele Piurivars?« Nismile vollführte wieder eine Geste. »Komm mit mir zur Hütte, damit wir Feuer machen können. Du hast keinen Wein, oder? Das ist das einzige, was mir fehlt, glaube ich, ein starker, kräftiger Wein, ein schwerer Wein, wie er in Muldemar gemacht wird. Den werde ich nie wieder kosten, denke ich, aber in Zimroel gibt es doch auch Wein, oder nicht? Ja? Möchtest du nicht sprechen?« Aber der Metamorph reagierte nur mit einer Grimasse, möglicherweise ein Grinsen, das Nismiles Gesicht in etwas Schroffes, Fremdes verwandelte, dann nahm er innerhalb eines Augenblicks wieder seine normale Gestalt an und entfernte sich mit gemessenen, fließenden Schritten.

Nismile hoffte eine Weile, er würde mit einer Flasche Wein zurückkehren, ab er er sah ihn nicht wieder. Merkwürdige Geschöpfe, dachte er. Waren sie wütend, daß er in ihrem Gebiet lagerte? Behielten sie ihn aus Furcht im Auge, er könnte die Vorhut eines größeren Siedlertrupps sein? Seltsamerweise spürte er, daß er nicht in Gefahr war. Man hielt Metamorphen im allgemeinen für bösartig; auf jeden Fall waren sie beunruhigende Wesen, fremd und unergründlich. Man erzählte sich viel Geschichten über Gruppen von

Metamorphen, die menschliche Siedlungen überfielen, und zweifellos nährten sie einen bitteren Haß auf jene, die auf diese Welt gekommen waren und sie enteignet und auf diesen Kontinent vertrieben hatten; doch wußte Nismile, daß er ein gutwilliger Mensch war, der keinem anderen je ein Leid zugefügt hatte und lediglich in Ruhe gelassen werden wollte, und er vertraute darauf, daß ein Instikt die Metamorphen erkennen lassen würde, daß er nicht ihr Feind war. Er wünschte sich, er könnte ihr Freund sein. Nach der langen Zeit der Einsamkeit wurde er hungrig nach Unterhaltung, und es konnte sich als stimulierend und herausfordernd erweisen, mit diesem seltsamen Volk Gedanken auszutauschen. Er konnte sogar einen malen. In letzter Zeit dachte er wieder häufiger daran, zu seiner Kunst zurückzukehren, wieder einmal diesen Augenblick kreativer Ekstase zu erleben, wenn seine Seele ausströmte, um die psychosensitive Leinwand auszufüllen und sie mit den Bildern zu bedekken, die nur seine Seele erschaffen konnte. Inzwischen war er nicht mehr der zusehends unglücklicher werdende Mann, der er auf dem Burgberg gewesen war, und dieser Unterschied mußte sich in seinem Werk ausdrücken. In den folgenden Tagen überlegte er Worte, mit denen er die Metamorphen bewegen konnte, ihre seltsame Schüchternheit zu überwinden und ihm ihr Vertrauen zu schenken, damit ein Kontakt zustandekommen konnte. Mit der Zeit, dachte er, würden sie sich an ihn gewöhnen, sie würden zu sprechen anfangen, seine Einladungen zum Essen akzeptieren, und dann würden sie sich vielleicht sogar als Modell zur Verfügung stellen.

Aber in den nächsten Tagen sah er keinen Metamorphen mehr. Er durchstreifte die Wälder, spähte hoffnungsvoll in Dickichte und in nebelverhangene Baumgruppen, aber er fand keine. Er kam zu dem Ergebnis, daß er zu unverblümt gewesen war und sie erschreckt hatte – soviel zur Bösartigkeit der Metamorphen! – und nach einer Weile rechnete er nicht mehr mit weiteren Kontakten. Das war beunruhigend. Die Gesellschaft anderer Wesen hatte ihm nicht gefehlt, als keine zu haben war, aber das Wissen, daß es irgendwo hier im Wald intelligente Wesen gab, verstärkte die Einsamkeit in ihm, bis sie nicht mehr einfach zu ertragen war.

Eines warmen und feuchten Tages, mehrere Wochen nach seiner letzten Begegnung mit einem Metamorphen, als Nismile in einem natürlichen See schwamm, der durch einen Damm von Felsen eine halbe Meile von seiner Hütte entfernt entstanden war, sah er eine bleiche, schlanke Gestalt, die sich hastig durch einen blaublättrigen Busch am Ufer bewegte. Er hastete aus dem Wasser und schlug sich die Knie an den Felsen blutig. »Warte!« rief er. »Bitte – fürchte dich nicht – bitte geh nicht ...« Die Gestalt verschwand, aber Nismile bahnte sich verzweifelt einen Weg durch das Unterholz und sah sie wieder, wie sie lässig an einen großen Baum mit grellroter Rinde gelehnt stand.

Nismile blieb verwirrt stehen, denn er sah keinen Metamorphen vor sich, sondern eine menschliche Frau.

Sie war schlank und jung und nackt, mit dichtem kastanienfarbenem Haar und schmalen Schultern, kleinen, hohen Brüsten und klaren verspielten Augen. Sie schien überhaupt keine Angst vor ihm zu haben, ein Geschöpf des Waldes, dem es offensichtlich Spaß gemacht hatte, dieses kleine Spiel mit ihm zu spielen. Während er keuchend dastand und sie betrachtete, sah sie ihn langsam an und sagte dann mit einem glockenhellen Kichern: »Du bist ja ganz zerkratzt und zerschunden. Kannst du im Wald nicht besser laufen?«

»Ich wollte nicht, daß du weggehst.«

»Oh, ich wollte nicht weit weggehen. Weißt du, ich habe dich schon lange, bevor du es bemerkt hast, beobachtet. Du bist der Mann aus der Hütte, richtig?«

»Ja. Und du – wo lebst du?«

»Hier und dort«, sagte sie leichthin.

Er sah sie verwundert an. Ihre Schönheit entzückte ihn, ihre Schamlosigkeit setzte ihn in Erstaunen. Sie hätte fast eine Halluzination sein können, dachte er. Woher war sie gekommen? Was tat ein Menschenwesen nackt und allein in diesem urzeitlichen Dschungel?

Menschenwesen?

Natürlich nicht, erkannte Nismile plötzlich mit dem heftigen Kummer eines Kindes, dem man im Traum einen kostbaren Schatz gegeben hat und das nun erwacht ist und sich in der traurigen Wirklichkeit wiederfindet. Er erinnerte sich, wie mühelos der Metamorph seine eigene Gestalt angenommen hatte, und da begriff Nismile die unangenehme Wahrscheinlichkeit: Das war eine Täuschung, eine Art Maskerade. Er betrachtete sie eingehend und suchte nach Spuren der Metamorphen-Identität, ein Flackern der Projektion, eine Andeutung messerscharfer Wangenknochen und schräggestellter Augen hinter dem fröhlichen Gesicht. Sie war in allen Einzelheiten überzeugend menschlich. Und doch – wie unwahrscheinlich, jemanden von seiner eigenen Art hier zu treffen, viel wahrscheinlicher, daß sie eine Gestaltveränderin war, eine Täuscherin …

Das wollte er nicht glauben. Er beschloß, der Möglichkeit einer Täuschung mit einem bewußten Akt des Glaubens gegenüberzutreten, in der Hoffnung, das könnte sie zu dem machen, was sie zu sein vorgab.

»Wie heißt du?« fragte er.

»Sarise. Und du?«

»Nismile. Wo lebst du denn nun?«

»Im Wald.«

»Dann ist eine menschliche Siedlung in der Nähe?«

Sie zuckte die Achseln. »Ich lebe allein.« Sie kam auf ihn zu – er spürte, wie sich seine Muskeln anspannten, während sie näher kam, etwas verkrampfte sich in seinem Magen, seine Haut schien zu brennen – und berührte sanft mit den Fingern die Schnitte, die er sich an den Dornen der Reben und Lianen geholt hatte. »Machen dir diese Kratzer keinen Ärger?«

»Allmählich schon. Ich sollte sie waschen.«

»Ja. Gehen wir zum See zurück. Ich kenne einen besseren Weg als den, den du gekommen bist. Komm.«

Sie teilte einen dichten Vorhang aus Farnwedeln und enthüllte einen schmalen, ausgetretenen Trampelpfad. Sie sprintete anmutig los, und er folgte ihr, angetan von der Beschwingtheit ihrer Bewegungen und dem Spiel der Muskeln ihrer Oberschenkel und Gesäßbacken. Einen Augenblick nach ihr sprang er in den Teich, und sie planschten herum. Das kalte Wasser linderte das Brennen der Schnittwunden. Als sie aus dem Wasser stiegen, sehnte er sich danach, sie in die Arme zu nehmen und zu halten, aber er wagte es nicht. Sie legten sich am moosigen Ufer nieder. In ihren Augen funkelte der Schalk.

Er sagte: »Meine Hütte ist nicht weit entfernt.«

»Ich weiß.«

»Würdest du gerne mit mir kommen?«

»Ein anderes Mal, Nismile.«

»Na schön. Ein anderes Mal.«

»Woher kommst du?« fragte sie.

»Ich wurde auf dem Burgberg geboren. Weißt du, wo das ist? Ich war Seelen-Maler am Hofe des Coronal. Weißt du, was ein Seelen-Maler ist? Er malt mit dem Geist und einer sensitiven Leinwand, und – ich könnte es dir zeigen. Ich könnte dich malen, Sarise. Ich betrachte etwas genau, ich nehme seine Essenz mit dem tiefsten Bewußtsein auf, und dann falle ich in eine Art Trance, fast ein Wachtraum, und verwandle das, was ich gesehen habe, in meine ureigene Inspiration, die ich dann auf die Leinwand banne, so fange ich die Wahrheit von etwas in einem winzigen Augenblick der Verwandlung ...« Er verstummte. »Ich könnte es dir am besten zeigen, indem ich ein Bild von dir male.«

Sie schien ihn gar nicht gehört zu haben.

»Würdest du mich gerne berühren, Nismile?«

»Ja. Sehr gerne.«

Das dichte türkisfarbene Moos war wie ein Teppich. Sie rollte zu ihm, und seine Hand verharrte über ihrem Körper, doch dann zögerte er, denn er war immer noch sicher, daß sie ein Metamorph war, der ein perverses Gestaltverändererspiel mit ihm spielte, und das Erbe von tausend Jahren Ekel und Abscheu erwachte in ihm, und er fürchtete sich davor, sie zu berühren und festzustellen, daß ihre Haut die feuchte und klebrige Beschaffenheit hatte, die Metamorphenhaut seiner Meinung nach haben mußte, und sie sich im Augenblick der Berührung in ein abscheuliches außerirdisches Geschöpf verwandeln würde. Sie hatte die Augen geschlossen, die Lippen geöffnet, und die Zunge schnellte wie bei einer Schlange zwischen ihnen hin und her: Sie wartete. Voller Entsetzen zwang er seine Hand, ihre Brust zu berühren. Aber ihr Fleisch war warm und nachgiebig, und es fühlte sich ganz so an wie das Fleisch einer jungen Frau, soweit er sich nach den Jahren der Einsamkeit noch daran erinnern konnte. Mit einem leisen Aufschrei preßte sie sich in seine Berührung. Einen beunruhigenden Augenblick lang erschien das groteske Bild eines Metamorphen vor seinem geistigen Auge, eckig, mit langen Gliedmaßen und ohne Nase, aber er verdrängte den Gedanken mit aller Anstrengung und gab sich ganz ihrem gespannten und sehnsüchtigen Körper hin.

Lange Zeit hinterher lagen sie still nebeneinander, mit ineinander verschränkten Händen, und sprachen nicht. Selbst als ein leichter Regenschauer niederging, blieben sie liegen und ließen den leichten, warmen Regen den Schweiß von ihrem Körper waschen. Schließlich öffnete er die Augen und stellte fest, daß sie ihn voller Neugier betrachtete.

»Ich möchte dich malen«, sagte er.

»Nein.«

»Nicht jetzt. Morgen. Du kommst in meine Hütte, und ...«

»Nein.«

»Ich habe seit Jahren nicht mehr versucht zu malen.

Es ist wichtig, daß ich wieder anfange. Und ich möchte dich sehr gerne malen.«

»Ich möchte lieber nicht gemalt werden«, sagte sie.

»Bitte.«

»Nein«, sagte sie leise. Sie rollte weg und stand auf. »Male den Dschungel. Den See. Aber nicht mich, hörst du, Nismile? Einverstanden?«

Er machte eine unglückliche Geste des Einverständnisses.

Sie sagte: »Ich muß jetzt gehen.«

»Wirst du mir sagen, wo du lebst?«

»Das habe ich bereits. Hier und da. Im Wald. Warum stellst du diese Fragen?«

»Ich möchte dich wiederfinden. Wenn du verschwindest, woher soll ich wissen, wo ich dich suchen soll?«

»Ich weiß, wo ich dich finden kann«, sagte sie. »Das genügt.«

»Wirst du morgen zu mir kommen? In meine Hütte?«

»Ich denke, das werde ich tun.«

Er nahm ihre Hand und zog sie an sich. Aber nun war sie widerwillig, distanziert. Ihr Geheimnis pulsierte in seinem Verstand. Eigentlich hatte sie ihm außer ihrem Namen nichts gesagt. Ihm fiel es schwer zu glauben, daß sie, wie er, allein im Dschungel lebte und weiterzog, wenn es ihr einfiel; aber er bezweifelte, daß ihm in der ganzen Zeit bisher die Existenz eines nahegelegenen menschlichen Dorfs entgangen sein konnte. Die wahrscheinlichste Erklärung blieb, daß sie ein Gestaltveränderer war, der sich aus wer weiß was für Gründen auf ein Abenteuer mit einem Menschen einließ. So sehr ihm diese Vorstellung widerstrebte, war er doch zu vernünftig, sie einfach von der Hand zu weisen. Aber sie *sah aus* wie ein Mensch, sie *fühlte* sich wie ein Mensch an, sie *benahm* sich wie ein Mensch. Wie gut waren diese Verwandlungen der Metamorphen? Er war versucht, sie frei heraus zu fragen, ob seine Vermutung richtig war, aber das wäre närrisch gewesen; sie hatte keine anderen Fragen beantwortet, also würde sie diese schon gar nicht beantworten. Er behielt die Frage für sich. Sie entzog ihm sanft die Hand und lächelte und hauchte einen Kuß mit den Lippen, und dann betrat sie den farnbedeckten Weg und war verschwunden.

Nismile wartete den ganzen nächsten Tag in der Hütte. Sie kam nicht. Das überraschte ihn kaum. Ihr Treffen war ein Traum gewesen, ein Phantasiegespinst, ein Zwischenspiel zwischen Zeit und Raum. Er rechnete nicht damit, sie jemals wiederzusehen. Gegen Abend nahm er eine Leinwand aus dem Pack, das er mitgebracht hatte, stellte sie auf und nahm sich vor, das Bild seiner Hütte zu malen, während die Dämmerung die Waldluft purpurn färbte; er studierte die Landschaft lange Zeit und betrachtete das vertikale Panorama der schlanken Bäume gegen das horizontale eines Busches mit gelben Beeren, aber schließlich schüttelte er den Kopf und stellte die Staffelei beiseite. Nichts von dieser Landschaft mußte von der Kunst eingefangen werden. Morgen, überlegte er, würde er flußaufwärts gehen, an einen Ort, wo fleischige rote Sukkulenten wie Gumminadeln aus einer Kluft in Felsen wuchsen – vielleicht eine vielversprechendere Szene.

Aber am Morgen fand er Entschuldigungen, seinen Aufbruch zu verzögern, und am Nachmittag schien es zu spät, noch zu gehen. Statt dessen begann er, in seinem kleinen Fleckchen Garten zu arbeiten – er hatte angefangen, einige Büsche zu verpflanzen, deren Beeren und Blätter er aß –, was ihn stundenlang beschäftigte. Am Spätnachmittag legte sich ein milchiger Nebel über den Wald. Er ging hinein, und wenige Minuten später klopfte es an der Tür.

»Ich hatte die Hoffnung schon aufgegeben«, sagte er ihr.

Sarises Stirn und Brauen waren mit perliger Feuchtigkeit überzogen. Der Nebel, dachte er, oder vielleicht hatte sie den Weg hierher getanzt. »Ich habe versprochen, daß ich kommen würde«, sagte sie leise.

»Gestern.«

»Heute ist gestern«, sagte sie lachend und zog eine Flasche aus ihrem Kleid. »Möchtest du Wein? Ich habe einigen besorgt. Ich mußte einen weiten Weg gehen, um ihn zu bekommen. Gestern.«

Es war ein junger, trüber Wein, die Sorte, die mit ihrem Prickeln die Zunge kitzelte. Die Flasche hatte kein Etikett, aber er vermutete, daß es sich um einen Wein aus Zimroel handelte, der auf dem Burgberg unbekannt war. Sie tranken ihn ganz aus, er mehr als sie – sie füllte sein Glas immer wieder nach –, und als die Flasche leer war, gingen sie hinaus und liebten sich im feuchten, kühlen Gras neben dem Bach, und hinterher versanken sie in leichten Schlummer, aus dem sie ihn in der Nacht weckte und zum Bett führte. Den Rest der Nacht verbrachten sie eng umschlungen, und am Morgen schien sie keinen Wunsch zu verspüren, ihn zu verlassen. Sie gingen zum See und begannen den Tag mit Schwimmen; sie umarmten einander wieder auf dem türkisfarbenen Moos; dann führte sie ihn zu dem großen Baum mit der roten Rinde, wo er sie zuerst gesehen hatte, und deutete auf eine große gelbe Frucht, die von einem der gewaltigen Äste herabgefallen war und wenige Meter entfernt am Boden lag. Nismile betrachtete sie zweifelnd. Sie war aufgeplatzt, und das Innere bestand aus einer scharlachroten dickflüssigen Masse, in der schwarze Körper glänzten. »Dwikka«, sagte sie. »Sie wird uns betrunken machen.« Sie zog das Kleid aus und wickelte große Stücke der Dwikkafrucht darin ein, die sie in die Hütte trugen und den ganzen Vormittag lang aßen. Den größten Teil des Nachmittags sangen und lachten sie. Zum Mittagessen grillten sie Fisch aus Nismiles See, und später, als sie Arm in Arm lagen und zusahen, wie sich die Nacht herabsenkte, stellte sie ihm tausend Fragen nach seinem vergangenen Leben, seinen Bildern, seiner Knabenzeit, seinen Reisen, dem Burgberg, den Fünfzig Städten, den Sechs Flüssen, dem königlichen Hof von Lord Thraym, dem königlichen Schloß mit den zahllosen Zimmern. Die Fragen sprudelten in einem Strom aus ihr hervor, die nächste oft, noch ehe er die letzte vollständig beantwortet hatte. Ihre Neugier war unerschöpflich. Sie reichte aus, seine ein wenig zu dämpfen –; denn zwar gab es vieles, das er gerne gewußt hätte – alles –, aber er kam nicht dazu, es zu erfragen, und das war genausogut, denn er bezweifelte, ob sie antworten würde.

»Was werden wir morgen tun,« fragte sie schließlich.

So wurden sie Liebende. In den ersten Tagen taten sie wenig mehr als schwimmen, essen, einander umschlungen halten und die berauschende Dwikkafrucht von dem Baum zu sich nehmen. Seine Angst, sie könnte ebenso schnell und unerwartet verschwinden wie zu Beginn, ließ langsam nach. Nach einiger Zeit versiegte auch der Strom der Fragen, doch er zog es immer noch vor, seine nicht zu stellen, sondern ihr ihre Geheimnisse zu lassen.

Er konnte nicht seine Besessenheit loswerden, sie könnte ein Metamorph sein. Der Gedanke ließ ihn frösteln – daß ihre Schönheit eine Lüge und sie hinter der Maske fremd und grotesk war –, besonders dann, wenn er mit den Händen über ihre glatten Brüste und Schenkel strich. Er mußte ständig gegen seinen Argwohn ankämpfen. Dennoch verließ er ihn nie ganz. Es gab keine menschlichen Vorposten in diesem Teil von Zimroel, daß dieses Mädchen – denn mehr war sie nicht, ein Mädchen – sich gerade diesen Landesteil für ihr Einsiedlerdasein ausgesucht haben sollte, war unwahrscheinlich. Weitaus wahrscheinlicher war, dachte Nismile, daß sie an diesem Ort geboren worden war, eine aus der unbekannten Zahl der Gestaltveränderer, die wie Geister durch die feuchten Haine schlichen. Wenn sie schlief, betrachtete er sie manchmal im Licht der Sterne, um zu sehen, ob sie ihre Gestalt verlor. Sie blieb immer so, wie sie war, und dennoch wurde er seinen Verdacht nicht los.

Und doch, und doch, es lag nicht in der Natur der Metamorphen, die Nähe der Menschen zu suchen oder ihnen freundschaftliche Gefühle entgegenzubringen. Für die meisten Menschen waren die Metamorphen Geister einer vergangenen Ära, unwirkliche Überbleibsel und Legenden. Weshalb sollte ihn einer in seiner Zuflucht aufsuchen, ihm eine so geschickte Vorspiegelung von Liebe bieten und sich solcher Mühen unterziehen, um seine Tage zu verschönen und die Nächte aufregender zu gestalten? In einem Augenblick des Wahnwitzes stellte er sich Sarise vor, wie sie ihre wahre Gestalt annahm und ihm einen Dolch in die Kehle bohrte: Rache für die Verbrechen an ihren Vorfahren. Doch wie müßig waren solche Vorstellungen! Wenn die Metamorphen ihn hier ermorden wollten, hatten sie keine solch aufwendigen Kostümierungen nötig.

Es war ebenso absurd zu glauben, daß sie ein Metamorph war, wie daß sie keiner war.

Um derlei Fragen aus seinem Verstand zu verdrängen, wandte er sich wieder seiner Kunst zu. An einem ungewöhnlich hellen und sonnigen Tag ging er mit Sarise zum Felsen der roten Sukkulenten und nahm eine Staffelei mit. Sie sah ihm fasziniert zu, wie er alles vorbereitete.

»Malst du nur mit dem Geist?« fragte sie.

»Ausschließlich. Ich nehme die Szene mit der Seele auf, verwandle sie, arrangiere sie neu und verschöne sie, und dann – du wirst sehen.«

»Macht es nichts aus, wenn ich zusehe? Wird es das Gemälde nicht verderben?«

»Gewiß nicht.«

»Aber der Geist eines anderen mischt sich in das Bild ein ...«

»Das kann nicht geschehen. Die Leinwand ist auf mich abgestimmt.« Er blinzelte, machte mit den Fingern Rahmen, ging ein paar Schritte hierhin und dorthin. Seine Kehle war trocken, die Hände zitterten. So viele Jahre, seit er dies zum letztenmal getan hatte: Besaß er die Gabe überhaupt noch? Und die Technik? Er richtete die Leinwand aus und berührte sie vorbereitend mit dem Geist. Die Szene war gut, eindringlich, bizarr, der Farbkontrast lebhaft, die kompositorischen Aspekte waren herausfordernd, der massige Felsen, die unheimlichen, fleischigen roten Pflanzen, die winzigen gelben Deckblätter an den Spitzen, das vom Wald gefilterte Sonnenlicht – ja, ja, es mußte gehen, es würde hinreichend als Mittel dienen, mit dem er die Beschaffenheit dieses Dschungels einfangen konnte, diesen Ort der Gestaltveränderung.

Er schloß die Augen. Er versank in Trance. Er schleuderte das Bild auf die Leinwand.

Sarise stieß einen leisen Überraschungsschrei aus.

Nismile fühlte, wie ihm am ganzen Körper der Schweiß ausbrach; er taumelte und rang nach Atem, nach einem Augenblick gewann er die Beherrschung zurück und sah zur Leinwand.

»Wunderschön«, murmelte Sarise.

Aber er war erschüttert von dem, was er sah. Diese verwirrenden Diagonalen – die verschwommenen und verwischten Farben –, der schwere graue Himmel, der mit üppigen Wolken vom Horizont herabhing – nichts erinnerte an die Szene, die er hatte einfangen wollen, und noch beunruhigender, nichts erinnerte an das Werk von Therion Nismile. Es war ein dunkles Gemälde, voller Zorn, von unbeabsichtigten Störungen beeinflußt.

»Gefällt es dir nicht?« fragte sie.

»Es ist nicht das, was ich mir vorgestellt hatte.«

»Dennoch – wie wunderbar, ein Bild so auf der Leinwand entstehen zu lassen – und etwas so Schönes ...«

»Du findest es schön?«

»Ja, selbstverständlich! Du nicht?«

Er sah sie an. Das? Schön? Schmeichelte sie ihm,

oder hatte sie keine Ahnung vom vorherrschenden Geschmack, oder bewunderte sie wirklich, was er getan hatte? Dieses seltsam gequälte Bild, diese ernste und fremde Arbeit.

Fremd.

»Es gefällt dir nicht«, sagte sie, diesmal nicht als Frage.

»Ich habe fast vier Jahre nicht gemalt«, sagte er. »Vielleicht muß ich mich langsam wieder daran gewöhnen, um die Kunst wieder ganz zu beherrschen.«

»Ich habe dein Gemälde verdorben«, sagte Sarise.

»Du? Sei nicht albern.«

»Mein Geist mischte sich mit deinem. Meine Weise, die Dinge zu sehen.«

»Ich sagte dir doch, daß die Leinwand nur auf mich abgestimmt ist. Ich könnte mich inmitten von tausend Menschen befinden, und nichts würde das Bild stören.«

»Aber vielleicht habe ich dich abgelenkt, vielleicht waren deine Gedanken anderswo.«

»Unsinn.«

»Ich gehe spazieren. Mal ein anderes, während ich weg bin.

»Nein, Sarise. Dieses ist ausgezeichnet. Je länger ich es betrachte, desto besser gefällt es mir. Komm, gehen wir nach Hause, schwimmen, essen ein wenig Dwikka und lieben uns. Ja?«

Er nahm die Leinwand von der Staffelei und rollte sie zusammen. Aber was sie gesagt hatte, machte ihm mehr zu schaffen, als er zugeben wollte. Etwas Seltsames hatte sich *tatsächlich* in das Bild eingeschlichen, daran konnte es keinen Zweifel geben. Was, wenn es ihr irgendwie gelungen war, es zu verändern, wenn ihre verborgene Metamorphen-Seele sich in seinen Geist geschlichen und ihm ihre fremdartigen Impulse aufgezwungen hatte.

Sie gingen schweigend flußabwärts. Als sie die Wiese mit den Sumpflilien erreichten, wo Nismile den Metamorphen zum erstenmal gesehen hatte, hörte er sich hervorstoßen: »Sarise, ich muß dich etwas fragen.«

»Ja?«

Er konnte es nicht zurückhalten. »Du bist kein Mensch, nicht wahr? In Wirklichkeit bist du ein Metamorph, nicht?«

Sie sah ihn mit großen Augen an, ihre Wangen röteten sich.

»Soll das dein Ernst sein?«

Er nickte.

»Ich ein Metamorph?« Sie lachte nicht sehr überzeugend. »Was für eine ausgefallene Vorstellung!«

»Antworte mir, Sarise. Sieh mir in die Augen und antworte mir.«

»Es ist zu lächerlich, Therion.«

»Bitte. Antworte mir.«

»Du verlangst von mir, daß ich meine Menschlichkeit beweise? Wie sollte ich das tun?«

»Ich möchte, daß du mir sagst, ob du ein Mensch bist. Oder etwas anderes.«

»Ich bin ein Mensch«, sagte sie.

»Kann ich das glauben?«

»Das weiß ich nicht. Kannst du? Ich habe dir geantwortet.« Der Schalk leuchtete in ihren Augen. »Fühle ich mich denn nicht menschlich an? Handle ich nicht wie ein Mensch? Sehe ich wie eine Imitation aus?«

»Vielleicht bin ich unfähig, den Unterschied festzustellen.«

»Warum glaubst du, daß ich ein Metamorph bin?«

»Weil nur Metamorphen im Dschungel leben«, sagte er. »Es scheint logisch zu sein. Selbst wenn – trotz ...« Er konnte nicht weitersprechen. »Gut, ich habe meine Antwort. Es war eine dumme Frage, und ich würde das Thema gerne fallenlassen. Einverstanden?«

»Wie seltsam du bist. Du mußt böse auf mich sein! Du glaubst, daß ich dein Bild verunstaltet habe.«

»Das ist nicht so.«

»Du bist ein schlechter Lügner, Therion.«

»Na gut. *Etwas* hat mein Bild verunstaltet. Ich weiß nicht was. Es war nicht das Bild, das ich mir vorgestellt hatte.«

»Dann mal ein anderes.«

»Das werde ich. Laß mich dich malen, Sarise.«

»Ich sagte dir, ich möchte nicht gemalt werden.«

»Ich muß. Ich muß wissen, was in meiner Seele ist, und das kann ich nur herausfinden, wenn ...«

»Mal den Dwikkabaum, Therion, oder die Hütte.«

»Warum nicht dich?«

»Der Gedanke bereitet mir Unbehagen.«

»Du weichst mir aus. Was ist daran, gemalt zu werden, das dich so sehr ...«

»Bitte, Therion.«

»Hast du Angst, ich würde dich in einer Weise auf der Leinwand sehen, die dir nicht gefällt? Ist es das? Daß ich eine andere Antwort auf meine Frage erhalten könnte, wenn ich dich male?«

»Bitte.«

»Laß mich dich malen.«

»Nein.«

»Dann sag mir einen Grund.«

»Kann ich nicht«, sagte sie.

»Dann kannst du dich nicht weigern.« Er nahm eine Leinwand aus dem Bündel. »Hier auf der Wiese, jetzt. Komm, Sarise. Stell dich an den Bach. Es wird nur einen Augenblick dauern ...«

»Nein, Therion.«

»Wenn du mich liebst, Sarise, dann läßt du dich von mir malen.«

Es war ein schäbiger Erpressungsversuch, und es beschämte ihn, ihn versucht zu haben; er erzürnte sie, denn er sah ein kaltes Glitzern in ihren Augen, das er noch niemals zuvor gesehen hatte. Sie starrten einander einen langen, gespannten Augenblick an.

Dann sagte sie mit kalter, tonloser Stimme: »Nicht hier, Therion. In der Hütte. Dort kannst du mich malen, wenn du darauf bestehst.«

Während des Heimwegs sagte keiner von ihnen mehr ein Wort.

Er war versucht, die ganze Sache zu vergessen. Er wußte, er hatte ihr seinen Willen aufgezwungen, hatte eine Art von Vergewaltigung begangen, und er wünschte sich fast, er hätte von der Position zurückweichen können, die er erreicht hatte. Aber nun gab es keine Rückkehr zu der alten und einfachen Harmonie zwischen ihnen; und er mußte die Antwort bekommen, die er brauchte. Unbehaglich machte er sich daran, die Leinwand vorzubereiten.

»Wo soll ich stehen?« fragte sie.

»Irgendwo. Am Bach. Bei der Hütte.«

Mit schlurfendem, niedergedrücktem Gang begab sie sich zur Hütte. Er nickte und begann geistesabwesend mit den letzten Schritten, bevor er sich in Trance versetzte. Sarise funkelte ihn an. In ihren Augen schimmerten Tränen.

»Ich liebe dich«, rief er unvermittelt und versetzte sich in Trance, und das letzte, was er sah, bevor er die Augen schloß, war sie, wie sie aus ihrer niedergedrückten Stimmung hochschreckte und plötzlich lächelte und die Schultern nach vorn reckte.

Als er die Augen wieder öffnete, war das Bild fertig, und Sarise sah ihn schüchtern von der Hüttentür an.

»Wie ist es?« fragte sie.

»Komm. Sieh selbst.«

Sie ging zu ihm. Sie betrachteten das Bild eingehend, und nach einem Augenblick legte Nismile ihr den Arm um die Schulter. Sie zitterte und trat näher an ihn heran.

Das Bild zeigte eine Frau mit Menschenaugen und Nase und Mund eines Metamorphen vor einem chaotischen Hintergrund aus verschwommenen Klecksen Rot, Orange und Rosa.

Sie sagte leise: »Weißt du jetzt, was du wissen wolltest?«

»Warst du das auf der Wiese? Und die beiden anderen Male?«

»Ja.«

»Warum?«

»Du interessierst mich, Therion. Ich wollte alles über dich wissen. Einen wie dich hatte ich noch nie gesehen.«

»Ich kann es immer noch nicht glauben«, flüsterte er.

Sie deutete auf das Bild. »Glaub es, Therion.«

»Nein. Nein.«

»Jetzt hast du deine Antwort.«

»Ich *weiß*, daß du ein Mensch bist. Das Bild lügt.«

»Nein, Therion.«

»Beweise es mir. Verändere dich für mich. Jetzt gleich.« Er ließ ihre Hand los und trat zurück. »Beweise es mir. Verändere dich.«

Sie sah ihn traurig an. Dann verwandelte sie sich ohne sichtbare Anstrengung in sein Ebenbild, wie sie es schon einmal getan hatte: der letzte Beweis, die unwiderlegbare Antwort. An seiner Wange zitterte ein Muskel unkontrolliert. Er sah sie an, ohne den Blick abzuwenden, und sie veränderte sich wieder, diesmal in etwas Entsetzliches und Monströses, ein Alptraumgeschöpf mit grauer, pockennarbiger Haut und Augen wie Untertassen, einem Ballon nicht unähnlich, schließlich die Metamorphen-Gestalt, größer als er, schmalbrüstig und konturlos; und dann war sie wieder Sarise, Kaskaden kastanienroten Haars, zierliche Hände, feste, kräftige Schenkel.

»Nein«, sagte er. »Diese nicht. Keine Täuschungen mehr.«

Sie wurde wieder zum Metamorphen.

Er nickte. »Ja. Schon besser. Bleib so. So bist du schöner.«

»Schöner, Therion?«

»Ich finde dich schön. So. Wie du wirklich bist. Täuschung ist immer häßlich.«

Er griff nach ihrer Hand. Sie hatte sechs sehr lange schlanke Finger ohne Nägel oder sichtbare Gelenke. Ihre Haut war seidig und etwas feucht, und sie fühlte sich ganz und gar nicht an, wie er erwartet hatte. Er strich mit den Händen sanft über ihren schlanken, praktisch fleischlosen Körper. Sie war vollkommen reglos.

»Ich sollte jetzt gehen«, sagte sie endlich.

»Bleib bei mir. Lebe hier mit mir.«

»Selbst jetzt?«

»Selbst jetzt. In deiner wahren Gestalt.«

»Du begehrst mich immer noch?«

»Sehr«, sagte er. »Wirst du bleiben?«

Sie sagte: »Als ich anfangs zu dir kam, war es, um dich zu beobachten, dich zu studieren, mit dir zu sprechen, vielleicht sogar, um dich zu verspotten und zu verletzen. Du bist der Feind, Therion. Deine Rasse muß immer der Feind bleiben. Aber als wir zusammenlebten, wurde mir klar, daß es keinen Grund gab, dich zu hassen. Nicht *dich*, dich als spezielles Individuum, verstehst du?«

Es war die Stimme von Sarise, die mit diesen fremden Lippen sprach. Wie seltsam, dachte er, so sehr wie ein Traum.

Sie sagte: »Ich begann, bei dir sein zu wollen. Das Spiel ewig fortsetzen zu wollen, begreifst du? Aber das Spiel mußte enden. Und dennoch wollte ich bei dir sein.«

»Dann bleib, Sarise.«

»Nur dann, wenn du mich wirklich willst.«

»Das habe ich dir gesagt.«

»Du ekelst dich nicht vor mir?«

»Nein.«

»Dann male mich noch einmal, Therion. Zeige es mir mit einem Bild. Zeige mir Liebe auf der Leinwand, Therion, und dann werde ich bleiben.«

Er malte sie jeden Tag, bis er alle Leinwand verbraucht hatte, und er hängte sie alle im Inneren der Hütte auf: Sarise und der Dwikkabaum, Sarise auf der Wiese, Sarise vor dem milchigen Abendnebel, Sarise in der Dämmerung, Grün gegen Purpur. Er konnte keine weitere Leinwand mehr präparieren, wenngleich er es versuchte. Es spielte keine Rolle. Sie begannen, gemeinsam lange Ausflüge zu unternehmen, an Flußläufen entlang, in abgelegene Teile des Waldes, und sie zeigte ihm neue Bäume und Pflanzen, die Geschöpfe des Dschungels, zahnbewehrte Echsen und in der Erde hausende goldene Würmer und die bedrohlichen, behäbigen Amorfibots, die in ihren Schlammtümpeln den Tag verschliefen. Sie sprachen wenig miteinander; die Zeit der Fragen war vorbei, Worte waren nicht mehr nötig.

Tag um Tag verstrich, Woche um Woche, und in diesem Land ohne Jahreszeiten war es schwer, die verstreichende Zeit zu messen. Vielleicht verstrich ein Monat, vielleicht sechs. Sie begegneten niemandem sonst. Der Dschungel war voller Metamorphen, sagte sie ihm, aber sie wahrten Distanz, und sie hoffte, sie würden sie für immer in Ruhe lassen.

An einem Nachmittag, an dem leichter Nieselregen fiel, ging er hinaus, um seine Fallen zu überprüfen, und als er eine Stunde später zurückkehrte, merkte er sofort, daß etwas nicht stimmte. Als er sich der Hütte näherte, erschienen vier Metamorphen. Er war sicher, daß einer von ihnen Sarise war, aber er konnte es nicht feststellen. »Wartet!« rief er, als sie an ihm vorbeigingen. Er rannte hinter ihnen her. »Was wollt ihr von ihr? Laßt sie los! Sarise? Sarise? Wer sind sie? Was wollen sie?«

Einen Augenblick flackerte einer der Metamorphen, und er sah das Mädchen mit dem kastanienroten Haar, aber nur einen Augenblick, dann waren sie wieder Metamorphen, die wie Geister in den dichten Dschungel glitten. Der Regen wurde stärker, und eine dichte Nebelwolke kroch näher und raubte ihm die Sicht. Nismile blieb am Rand der Lichtung stehen und bemühte sich verzweifelt, im schweren Pochen des Regens und dem Rauschen des Bachs Geräusche zu hören. Er glaubte, ein Schluchzen vernommen zu haben, gefolgt von einem Schmerzenslaut, aber das konnte auch ein Geräusch des Dschungels gewesen sein. Es war unmöglich, den Metamorphen in die undurchdringliche Zone weißen Nebels zu folgen.

Er sah Sarise nie wieder, und auch keinen anderen Metamorphen. Eine Weile hoffte er, er würde im Wald auf Metamorphen treffen und von ihnen mit ihren kleinen Dolchen getötet werden, denn nun war die Einsamkeit unerträglich. Aber nichts dergleichen geschah, und als offensichtlich wurde, daß er in einer Art Quarantäne lebte, nicht nur von Sarise getrennt – wenn sie überhaupt noch lebte –, sondern auch von den anderen Metamorphen gemieden, konnte er es nicht mehr auf der Lichtung am Bach aushalten. Er rollte die Bilder von Sarise zusammen, baute sorgfältig die Hütte ab und begann die anstrengende und gefährliche Rückreise in die Zivilisation. Es war eine Woche vor seinem fünfzigsten Geburtstag, als er die Ausläufer des Burgbergs erreichte. In seiner Abwesenheit, stellte er fest, war Lord Thraym Pontifex geworden, und der neue Coronal war Lord Vildivar, ein Mann, der den Künsten wenig Sympathie entgegenbrachte. Nismile mietete sich ein Atelier am Ufer des Stee und begann wieder zu malen. Er arbeitete nur aus der Erinnerung: dunkle und beunruhigende Bilder des Dschungellebens, auf denen häufig bedrohliche Metamorphen zu sehen waren, die in der Nähe lauerten. Es waren nicht gerade Bilder, die es in der leichtlebigen und unbekümmerten Atmosphäre von Majipoor zu Berühmtheit bringen konnten, und anfangs fand er nur wenige Käufer. Aber nach einiger Zeit erregten die Bilder die Aufmerksamkeit des Herzogs von Quarain, der der sonnigen Unbeschwertheit und der perfekten Proportionen überdrüssig war. Unter der Mentorschaft des Herzogs wurden Nismiles Arbeiten populär, und in späteren Jahren gab es einen bereitwilligen Markt für alles, was er produzierte.

Er wurde häufig imitiert, aber nur selten erfolgreich, und er wurde Gegenstand vieler kritischer Essays und biographischer Studien. »Ihre Bilder sind so turbulent und seltsam«, sagte einmal ein Student zu ihm. »Haben Sie eine Methode gefunden, nach Träumen zu arbeiten?«

»Ich arbeite aus der Erinnerung«, sagte Nismile.

»Aus schmerzlichen Erinnerungen, möchte ich mich erkühnen zu sagen.«

»Ganz und gar nicht«, sagte Nismile. »Mein ganzes Werk dient dazu, mich an eine Zeit der Freude zu erinnern, eine Zeit der Liebe, an die glücklichsten und wertvollsten Augenblicke meines Lebens.« Er sah an dem Frager vorbei in weit entfernte Nebel, so dicht und weich wie Wolle, die zwischen hohen, schlanken Bäumen und herabhängenden Lianen umherwirbelten.

BUCH SIEBEN

Schuld und Sühne

Diese Geschichte versetzte ihn zurück in die Anfangszeit seiner Erforschung der Archive. Wieder dieselbe Geschichte wie bei Thesme und dem Ghayrog, wieder eine Urwald-Romanze, die Liebe zwischen einem Menschen und einer Außerirdischen. Und dennoch sind die gleichen Züge nur an der Oberfläche, denn hier handelte es sich um einen ganz anderen Menschen unter ganz anderen Umständen. Hissune kann nach dieser Geschichte den Zustand des Seelen-Malers Therion Nismile ganz gut verstehen – einige seiner Arbeiten, erfährt er, werden immer noch in Lord Valentines Burg ausgestellt – aber die Metamorphin ist ihm immer noch ein Geheimnis, vielleicht ein ebenso großes Geheimnis, wie sie es für Nismile selbst gewesen ist. Er sucht in den Archiven nach Aufzeichnungen von Metamorphen, aber es überrascht ihn nicht festzustellen, daß es keine gibt. Weigern sich die Gestaltveränderer, Aufzeichnungen zu machen, oder können die Maschinen ihre Gedanken nicht aufzeichnen, oder sind sie aus den Archiven verbannt? Hissune weiß es nicht, und er kann es auch nicht herausfinden. Mit der Zeit, sagt er sich, werden alle Fragen beantwortet werden. Derweil gibt es noch viel zu entdecken. Zum Beispiel die Taten des Königs der Träume – über die muß er viel mehr erfahren. Seit tausend Jahren haben die Nachkommen Barjazids die Aufgabe, den schlafenden Geist von Verbrechern zu peinigen, und Hissune fragt sich, wie das gemacht wird. Er stöbert in den Archiven, und wenig später ist ihm das Glück hold und bringt ihm die Seele eines Gesetzlosen, der in der Stadt Stee als Kaufmann gelebt hat.

Der Mord war erstaunlich leicht zu begehen. Der kleine Gleim stand am offenen Fenster des kleinen Zimmers im oberen Stock der Taverne in Vugels, wo er und Haligome sich treffen wollten. Haligome war in der Nähe des Sofas. Die Unterhaltung war gespannt. Haligome bat Gleim zum wiederholten Male, es sich zu überlegen.

Achselzuckend sagte Gleim: »Du vergeudest deine und meine Zeit. Ich sehe nicht, wo du irgendwelche Argumente hast.«

In diesem Augenblick schien es Haligome, daß Gleim, und nur Gleim allein, zwischen ihm und einem friedlichen Leben stand, wie er es verdiente, daß Gleim sein Feind war, seine Nemesis, sein Verfolger. Ruhig kam Haligome auf ihn zu, so ruhig, daß Gleim nicht im geringsten besorgt war, und dann stieß er ihn mit einer raschen, unerwarteten Bewegung aus dem Fenster.

Gleim sah erstaunt drein. Einen überraschend langen Moment sah es aus, als bliebe er in der Luft hängen; dann fiel er dem reißenden Fluß außerhalb der Taverne entgegen, traf fast ohne Aufspritzen auf das Wasser auf und wurde mit großer Geschwindigkeit in Richtung der Vorgebirge des Burgbergs davongerissen. Innerhalb eines Augenblicks war er nicht mehr zu sehen.

Haligome betrachtete seine Hände, als wären sie gerade eben den Handgelenken entwachsen. Er konnte nicht glauben, daß sie das getan hatten. Wieder sah er sich auf Gleim zugehen, wieder sah er Gleim verblüfft in der Luft hängen, wieder sah er Gleim in dem dunklen Fluß verschwinden. Wahrscheinlich war Gleim bereits tot. Wenn nicht, dann sicher in ein oder zwei Minuten. Früher oder später würden sie ihn finden, das wußte Haligome, wenn er bei Canzilaine oder Perimor an die felsige Küste gespült werden würde, und irgendwie würden sie ihn als Kaufmann aus Gimkandale identifizieren, der seit einer Woche oder zehn Tagen vermißt war. Aber würde es Grund zu der Vermutung geben, daß er ermordet worden war? Mord war ein ungewöhnliches Verbrechen. Er hätte stürzen können. Oder gesprungen sein. Und selbst wenn sie beweisen konnten – der Göttliche mochte wissen wie –, daß er unfreiwillig in den Tod gegangen war, wie wollten sie beweisen, daß er in Vugel von Sigmar Haligome aus der Stadt Stee aus dem Fenster einer Taverne gestoßen worden war? Das konnten sie nicht, sagte sich Haligome. Aber das änderte nichts an der wesentlichen Wahrheit der Situation, die einfach so war, daß man Gleim ermordet hatte und Haligome sein Mörder war.

Sein Mörder? Diese neue Bezeichnung erschreckte Haligome. Er war nicht hierher gekommen, um Gleim zu töten, nur um mit ihm zu verhandeln. Aber die Verhandlungen hatten von Anfang an unter keinem günstigen Stern gestanden. Gleim, ein kleiner, cholerischer Mann, hatte sich grundsätzlich geweigert, die Verantwortung für einige schadhafte Teile zu übernehmen, und hatte allein Haligomes Mitarbeitern die Schuld gegeben. Er weigerte sich, für irgend etwas zu haften, und für Haligomes unangenehme finanzielle Lage zeigte er wenig Verständnis. Bei dieser letzten strikten Weigerung schien Gleim anzuschwellen, bis er den ganzen Horizont erfüllte, und alles an ihm war verabscheuungswürdig, und Haligome wollte ihn nur loswerden, koste es, was es wolle. Hätte er innegehalten und sich Gedanken über die Tat und ihre Folgen gemacht, hätte er Gleim selbstverständlich nicht vom Fenstersims gestoßen, denn Haligome hatte keineswegs das Zeug zum Mörder. Aber er hatte nicht innegehalten, und nun war Gleim tot, und Haligomes Leben hatte sich einer grotesken Neudefinition unterzogen: Binnen eines Augenblicks war aus Haligome, dem Händler mit Präzisionsinstrumenten, Haligome, der Mörder, geworden. Wie unerwartet! Wie seltsam! Wie entsetzlich!

Und nun?

Zitternd, schwitzend und mit trockener Kehle schloß Haligome das Fenster und ließ sich auf das Sofa sinken. Er hatte keine Ahnung, was er als nächstes tun sollte. Sich den kaiserlichen Schergen stellen? Gestehen, sich unterwerfen und ins Gefängnis gehen, oder wohin man Mörder sonst brachte? Darauf war er nicht vorberteitet. Er hatte alte Geschichten über Schuld und Sühne gelesen, uralte Mythen und Legenden, aber soweit er wußte, war Mord ein ausgestorbenes Verbrechen, und die Methoden seiner Entlarvung waren längst in Vergessenheit geraten. Er kam sich prähistorisch vor, urzeitlich. Es gab eine legendäre Geschichte über einen Kapitän zur See, der vor langer Zeit, während einer gescheiterten Expedition über das Große Meer, einen verrückt gewordenen Matrosen über Bord gestoßen hatte, nachdem er jemand anderen getötet hatte. Haligome waren solche Geschichten immer wild und unglaubwürdig vorgekommen. Und nun hatte er sich selbst einfach und mühelos in eine legendäre Gestalt verwandelt, ein Monster, das ein Menschenleben genommen hatte. Er wußte, von nun an würde nichts mehr wie früher sein.

Zuerst mußte er aus der Taverne verschwinden. Wenn jemand Gleims Sturz gesehen hatte – was unwahrscheinlich war, denn das Wirtshaus stand direkt am Flußufer; Gleim war aus einem rückwärtigen Fenster gestürzt und fast auf der Stelle vom reißenden Strom fortgetragen worden – es war sinnlos, hier zu warten, bis Leute kamen und nachzuforschen begannen. Hastig packte er seinen Koffer, vergewisserte sich, daß keine Spuren von Gleim zurückblieben, und ging nach unten. An der Theke stand ein Hjort. Haligome holte ein paar Kronen hervor und sagte: »Ich möchte gerne bezahlen.«

Er unterdrückte den Wunsch, Konversation zu machen. Jetzt war nicht der Zeitpunkt, schlaue Bemerkungen zu machen, die ihn dem Hjort ins Gedächtnis einbrennen würden. Zahle und verschwinde schleunigst, dachte er. Wußte der Hjort, daß der Besucher von Stee einen Gast auf dem Zimmer empfangen hatte? Nun, das würde der Hjort schnell genug vergessen, und auch den Besucher aus Stee, wenn Haligome ihm keinen Grund gab, sich an ihn zu erinnern. Der Hjort zählte alle Beträge zusammen; Haligome reichte ihm ein paar Münzen; auf das mechanische ›Besuchen Sie uns bald wieder‹ des Hjort gab Haligome eine ebenso mechanische Antwort, und schon stand er auf der Straße und entfernte sich mit schnellen Schritte vom Fluß. Ein starker, süß duftender Wind wehte vom Berg herab. Das Sonnenlicht war warm und hell. Es war Jahre her, seit Haligome zuletzt in Vugel gewesen war, und bei anderen Gelegenheiten hätte er sich sicher Zeit genommen, die berühmte, juwelengeschmückte Plaza, die gefeierten Gemälde der Seelen-Maler und die anderen hiesigen Wunder zu besichtigen, aber dies war nicht der Augenblick für Tourismus. Er eilte zum Transit-Terminal und kaufte eine einfache Fahrkarte zurück nach Stee.

Furcht, Unsicherheit, Schuld und Scham waren seine Begleiter während der Fahrt von Stadt zu Stadt um den Burgberg herum.

Die vertrauten Vororte der großen Stadt Stee brachten ihm Erleichterung. Zuhause sein bedeutet, in Sicherheit zu sein. Mit jedem neuen Tag, dem er sich dem Zentrum von Stee näherte, fühlte er sich sicherer. Da war der mächtige Fluß, der der Stadt den Namen gegeben hatte, der mit erstaunlicher Geschwindigkeit vom Berg herabströmte. Da waren die glatten, leuchtenden Fassaden der Gebäude am Wall, vierzig Stockwerke hoch und Meilen lang. Da war die Kinniken-Brücke; dort der Thimin-Turm; dort das Feld der Großen Knochen. Daheim! Die gewaltige Vitalität und Macht von Stee, die rings um ihn herum pulsierten, beruhigten ihn ungemein, während er sich von der zentralen Haltestelle zu dem Vorort begab, in dem er wohnte. Sicherlich war Haligome in der größten Stdt auf Majipoor – die dank der Güte ihres großen Sohnes, dem jetzigen Coronal Lord Linniken, so groß geworden war –, in Sicherheit, und mußte sich nicht mehr vor den finsteren Konsequenzen der irrsinnigen Tat fürchten, die er in Vugel begangen hatte.

Er umarmte seine Frau, seine beiden Töchter und seinen strammen Sohn. Sie sahen ihm die Erschöpfung und Gereiztheit scheinbar an, denn sie behandelten ihn mit einer zurückhaltenden Zuvorkommenheit, als wäre er im Verlauf der Reise überempfindlich geworden. Sie brachten ihm Wein, eine Pfeife, Hausschuhe, sie umschwärmten ihn und verströmten Liebe und guten Willen; sie fragten nicht nach seiner Reise und ihrem Erfolg, sondern unterhielten ihn statt dessen mit hiesigem Klatsch. Erst beim Abendessen sagte er schließlich: »Ich glaube, Gleim und ich haben die Sache aus der Welt geschafft. Es gibt Anlaß zur Hoffnung.«

Er glaubte sich fast selbst.

Gab es eine Möglichkeit, ihm den Mord anzulasten, wenn er einfach schwieg? Es glaubte nicht, daß es Zeugen gab. Es würde den Behörden nicht schwerfallen festzustellen, daß er und Gleim sich in Vugel treffen wollten – auf neutralem Boden –, um ihre geschäftlichen Differenzen beizulegen, aber was bewies das schon? »Ja, wir haben uns in einem Gasthaus in der Nähe des Flusses getroffen«, würde Haligome sagen. »Wir aßen zusammen und tranken eine Menge Wein und einigten uns schließlich, und dann ging ich. Als ich ihn verließ, sah er ziemlich betrunken aus, muß ich sagen.« Der arme Gleim, den Bauch voll mit dem schweren Wein aus Muldemar, mußte sich zu weit aus dem Fenster gelehnt haben, vielleicht, um einen eleganten Lord nebst Lady zu betrachten, der auf dem Fluß vorübersegelte – nein, nein, sollen *sie* Spekulationen anstellen, mahnte Haligome sich. »Wir trafen uns beim Essen, unterhielten uns und gelangten zu einer Einigung«, mehr würde er nicht sagen. Wer konnte beweisen, daß es anders gewesen war?

Am nächsten Tag begab er sich in sein Büro und ging seinen Geschäften nach, als wäre nichts Ungewöhnliches in Vugel geschehen. Er konnte sich nicht den Luxus gönnen, über sein Verbrechen nachzudenken. Die Lage war prekär: Er stand kurz vor dem Bankrott, Kredite waren überfällig, seine Glaubwürdigkeit traurigerweise mit den Konten geschwunden. Das alles war Gleims Schuld. Vertreibt man einmal fehlerhafte Geräte, dann muß man lange dafür büßen, selbst wenn man schuldlos gewesen ist. Da er von Gleim keine Entschädigung bekommen hatte – und nun auch nicht mehr bekommen würde –, blieb ihm nichts anderes mehr übrig, als mit unendlicher Hingabe das Vertrauen jener zurückzuerlangen, die er mit Präzisionsinstrumenten versorgte, während er sich gleichzeitig bemühen mußte, seine Gläubiger hinzuhalten, bis er wieder Oberwasser hatte.

Gleim aus seinem Denken zu verbannen, fiel ihm nicht leicht. In den nächsten Tagen tauchte der Name immer wieder auf, und Haligome mußte sich bemühen, seine Reaktionen zu verbergen. Jeder in der Branche schien zu begreifen, daß Gleim Haligome zum Narren gehalten hatte, und jeder bemühte sich, Mitgefühl zu zeigen. Das war an sich ermutigend. Aber daß sich jede Unterhaltung irgendwie um Gleim drehte – Gleims Geschäftsgebaren, Gleims Methoden, Gleims Unerbittlichkeit –, brachte Haligome jedesmal aus dem Gleichgewicht. Der Name war wie der Abzug einer Waffe. »*Gleim!*« und schon schreckte er hoch. »*Gleim!*« und seine Wangenmuskeln begannen zu zukken. »*Gleim!*« und er versteckte die Hände hinter dem Rücken, als trügen sie noch die Spuren des Toten. Er stellte sich vor, wie er selbst in einem Augenblick des Überdrusses zu einem Kunden sagte: »Ich habe ihn getötet, wissen Sie. Als ich in Vugel war, habe ich ihn aus dem Fenster gestoßen.« Wie mühelos ihm diese

Worte über die Lippen kommen würden, wenn seine Wachsamkeit nachließ!

Er dachte daran, eine Pilgerfahrt zur Insel zu unternehmen, um seine Seele zu läutern. Später vielleicht, jetzt noch nicht, denn jetzt mußte er seine ganze Kraft auf das Geschäft konzentrieren, sonst würde seine Firma Pleite machen und seine Familie in Armut sinken. Er überlegte auch, sich den Behörden zu stellen und rasch zu einer Einigung mit ihnen zu gelangen, die es ihm ermöglichte, für das Verbrechen zu sühnen, ohne seine Aktivitäten unterbrechen zu müssen. Vielleicht ein Bestechungsgeld, aber woher sollte er augenblicklich ein Bestechungsgeld nehmen? Und würden sie ihn so einfach davonkommen lassen? Im Endeffekt tat er gar nichts, sondern bemühte sich, den Mord aus seinem Gedächtnis zu verdrängen, und eine Woche oder zehn Tage schien das tatsächlich gutzugehen. Und dann fingen die Träume an.

Der erste kam in der Sterntagnacht in der zweiten Woche des Sommers, und Haligome wußte sofort, daß es sich um eine dunkle und schmerzliche Sendung handelte. Er befand sich in der Phase des tiefsten Schlafes, kurz bevor sich der Verstand der Dämmerung öffnet, und überquerte ein Feld aus gelben und spitzen Zähnen, die sich unter seinen Füßen bewegten und nach ihnen schnappten. Die Luft war übelriechend, Sumpfluft mit einem niederdrückend grauen Ton, und Streifen einer rohen, fleischigen Substanz hingen vom Himmel herab, strichen über seine Wangen und Arme und hinterließen Spuren, die schmerzten und brannten. In seine Ohren hallte ein Klingeln: die grimmige, gespannte Stille einer bösen Sendung, die den Anschein erweckt, als wäre die Welt viel zu straff an ihren Halteseilen gezogen worden, und jenseits davon ein fernes, höhnisches Gelächter. Ein unterträglich grelles Licht teilte den Himmel. Er ging über eine Maulpflanze, erkannte er – eines jener bösen fleischfressenden Blumenmonster des fernen Zimroel, wie er es einst anläßlich einer Kuriositätenausstellung im Kinniken-Pavillion gesehen hatte. Aber jene hatten nur einen Durchmesser von drei oder vier Meter gehabt, diese aber war so groß wie ein mittlerer Vorort, und er war in ihrem diabolischen Herzen gefangen und lief so schnell er konnte, um den erbarmungslos zuschnappenden Zähnen zu entgehen.

So also wird es sein, dachte er, während er über seinem Traum schwebte und ihn nüchtern verfolgte. Dies ist die erste Sendung, und der König der Träume wird mich von nun an damit peinigen.

Es gab kein Entrinnen. Die Zähne hatten Augen, und es waren die Augen von Gleim, und Haligome taumelte und strauchelte und schwitzte, und nun stolperte er und kippte vornüber gegen eine Reihe der gnadenlosen Zähne, die in seine Hand bissen, und als er wieder aufstehen konnte, sah er, daß die blutige Hand nicht mehr seine eigene war, sondern sie hatte sich in die blasse, kleine Hand von Gleim verwandelt, die kaum an sein Handgelenk passen wollte. Wieder stürzte Haligome, und wieder schlugen die Zähne in ihn, und wieder erfolgte eine unwillkommene Verwandlung, und wieder, und wieder, und er rannte weiter, schluchzend und stöhnend, halb Gleim, halb Haligome, bis er aus dem Schlaf erwachte und feststellte, daß er aufrecht, zitternd und schweißgebadet im Bett saß und den Schenkel seiner erstaunten Frau umklammerte als wäre er eine Rettungsleine.

»Nicht«, murmelte sie. »Du tust mir weh. Was ist? Was ist denn?«

»Traum – sehr schlimm ...«

»Eine Sendung?« fragte sie. »Ja, das muß es gewesen sein. Ich kann ihren Geruch in deinem Schweiß spüren. Oh, Sigmar, was war es denn?«

Er erschauerte. »Etwas, das ich gegessen habe. Das Meeresdrachenfleisch – es war zu trocken, zu alt ...«

Er stand unsicher vom Bett auf und schenkte sich ein wenig Wein ein, der ihn beruhigte. Seine Frau streichelte ihn und kühlte ihm die fiebrige Stirn und hielt ihn fest, bis er sich ein wenig entspannte, aber er hatte Angst davor, sich wieder schlafenzulegen, und so lag er bis zur Dämmerung wach und starrte in die graue Dunkelheit. Der König der Träume! So also sollte seine Sühne aussehen. Er überdachte die Lage nüchtern. Er hatte immer geglaubt, daß der König der Träume nur eine Fabel war, um ungezogene Kinder zum Gehorsam zu bringen. Ja, man sagte, daß er in Suvrael lebte, daß der Titel innerhalb der Familie Barjazid weitervererbt wurde, daß der König und seine Untertanen in der Nacht nach schuldigen Träumern Ausschau hielten und die Seelen der Unwürdigen suchten und sie bestraften, aber war das so? Haligome hatte bisher keinen kennengelernt, der vom König der Träume eine Sendung erhalten hatte. Er selbst glaubte, einmal eine von der Lady erhalten zu haben, aber er war nicht eindeutig sicher, und das war auch etwas vollkommen anderes. Die Lady brachte nur die allgemeinsten Visionen. Vom König der Träume sagte man, daß er tatsächlich Schmerzen bereitete; aber konnte der König der Träume wirklich den ganzen Planeten mit seinen Milliarden Bürgern überwachen und die Unwürdigen aufspüren?

Vielleicht hatte er wirklich nur etwas Schweres gegessen, beruhigte Haligome sich.

Als die beiden darauffolgenden Nächte ruhig verstrichen, kam er zu dem Ergebnis, daß der Traum nichts weiter als eine zufällige Abweichung gewesen war. Vielleicht war der König doch nur eine Fabel. Aber am Zweitag kam eine weitere unmißverständliche Sendung.

Dasselbe stumme Klingeln. Dasselbe grelle Licht, das die Landschaft des Schlafes erhellte. Bilder von Gleim; Gelächter; Echos; ein An- und Abschwellen der Beschaffenheit des Kosmos; ein übelkeiterregendes Schwindelgefühl, das wie ein gewaltiger Wirbel durch seinen Verstand kreiste. Haligome wimmerte. Er vergrub das Gesicht im Kissen und rang nach Atem. Er wagte nicht zu erwachen, denn in diesem Fall hätte er sein Unbehagen unweigerlich seiner Frau offenbart, sie würde vorschlagen, er sollte eine Traumsprecherin besuchen, und das konnte er nicht tun. Jede Traumsprecherin, die ihr Honorar wert war, würde augenblicklich bemerken, daß sie ihre Seele mit der eines Verbrechers verband, und was würde dann mit ihm geschehen? Daher ertrug er den Alptraum, bis der schlimmste Teil vorüber war, und erst dann erlaubte er sich zu erwachen, wonach er schlaff und zitternd liegenblieb und das Herannahen des Tages erwartete.

Das war der Alptraum dieser Nacht. Viertag war es noch schlimmer: Haligome flog, stürzte ab und wurde von der höchsten Turmspitze des Burgbergs aufgespießt, die messerscharf und kalt wie Eis war, und dort lag er stundenlang, während Gihornavögel mit Gleims Gesicht in seinen Leib pickten und seine brennenden Wunden mit ätzendem Kot besudelten. Fünftag schlief er einigermaßen gut, wenn auch angespannt und voll böser Erwartung; auch Sterntag brachte keine Sendung; am Sonntag schwamm er in einem Meer von Blut, während seine Zähne ausfielen und seine Finger zu Streifen verfaulten Fleisches wurden; Mondtag und Zweitag brachten weniger schlimme Schrecken, aber nichtsdestotrotz Schrekken; am Meertagmorgen sagte seine Frau: »Deine Träume verschwinden nicht. Sigmar, was hast du getan?«

»Getan? Ich habe nichts getan!«

»Ich spüre doch, wie dich Nacht für Nacht die Sendungen heimsuchen.«

Er zuckte die Achseln. »Die Mächte, die uns regieren, haben einen Fehler gemacht. Das kann gelegentlich vorkommen: Träume, die für einen Kinderschänder in Pendiwane bestimmt sind, gelangen versehentlich zu einem Präzisionsinstrumentenhändler aus Stee. Früher oder später werden sie den Irrtum bemerken und mich in Ruhe lassen.«

»Und wenn nicht?« Sie sah ihn durchdringend an. »Wenn die Träume doch für dich bestimmt sind?«

Er fragte sich, ob sie die Wahrheit kannte. Sie wußte, daß er nach Vugel gereist war, um sich mit Gleim zu treffen; möglicherweise, wenn auch schwer vorstellbar war wie, hatte sie herausgefunden, daß Gleim nie nach Gimkandale zurückgekehrt war; nun empfing ihr Mann Sendungen vom König der Träume; sie konnte mühelos ihre Schlußfolgerungen ziehen. Konnte das sein? Und wenn ja, was würde sie tun? Ihren eigenen Mann denunzieren? Sie liebte ihn zwar, doch war das durchaus möglich, denn wenn sie den Mörder deckte, konnte sie den Zorn des Königs der Träume auch über ihren Schlaf bringen.

Er sagte: »Wenn die Träume nicht aufhören, werde ich die Beamten des Pontifex bitten, sich der Sache anzunehmen.«

Selbstverständlich konnte er das nicht tun. Statt dessen versuchte er, mit den Träumen fertigzuwerden und sie zu unterdrücken, um in der Frau, die an seiner Seite schlief, keinen Verdacht zu erwecken. In Meditationen vor dem Schlafengehen wies er sich an, ruhig zu bleiben, die Bilder zu akzeptieren, die kommen mochten, sie nur als Phantasiegespinste einer verstörten Seele abzutun, nicht als Realität, mit der er sich abgeben mußte. Und dennoch schwebte er über einem roten Flammenmeer, tauchte ab und zu bis zu den Knöcheln ein und konnte nicht verhindern, daß er aufschrie; und wenn Nadeln aus seinem Fleisch wuchsen und durch die Haut nach außen drangen, so daß er aussah wie ein Manculain, dieses unberührbare Stacheltier der südlichen Länder, wimmerte er und flehte im Schlaf um Gnade; und wenn er bei der Tolingar Barriere durch die makellosen Gärten Lord Havilboves schlenderte und die fehlerfreien Buschskulpturen zu spöttischen, zahnbewehrten und haarigen Monstern von bedrohlicher Häßlichkeit wurden, weinte er und brach in Schweiß aus, bis die ganze Matratze durchweicht war. Seine Frau stellte keine Fragen mehr, aber sie sah ihn voll Unbehagen an und schien ständig im Begriff zu sein zu fragen, wie lange er diese Eingriffe in seinen Geist noch hinnehmen wollte.

Er konnte kaum seinen Geschäften nachgehen. Die Kredite wuchsen, die Hersteller weigerten sich, weiteren Zahlungsaufschub zu gewähren, die Beschwerden der Kunden wirbelten wie totes und vertrocknetes Herbstlaub an ihm vorbei. Insgeheim suchte er in den Bibliotheken nach Informationen über den König der Träume und seine Macht, als wäre dies eine neue und seltsame Krankheit, mit der er sich angesteckt hatte und über die er alles wissen mußte. Aber es gab nur wenige und ohnedies bekannte Informationen: Der König der Träume war Bestandteil der Regierung, eine Macht, deren Autorität der des Pontifex und des Coronals und der Lady der Insel gleichkam, und seit Jahrhunderten war es seine Aufgabe, die Schuldigen zu bestrafen.

Es hat keine Verhandlung gegeben, protestierte Haligome lautlos …

Aber er wußte, daß keine nötig war, und offensichtlich wußte der König das auch. Und während die Träume weiter Haligomes Seele peinigten und seine Nerven zu haarfeinen Fäden abwetzten, erkannte er, daß es keine Hoffnung gab, diesen Sendungen zu widerstehen. Sein Leben in Stee war beendet. Ein unbedachter Augenblick, und er hatte sich zum Gesetzlosen gemacht, der dazu verurteilt war, über die unermeßliche Oberfläche des Planeten zu wandern und nach einem Ort zu suchen, an dem er sich verbergen konnte.

»Ich brauche Ruhe«, sagte er seiner Frau. »Ich werde einen Monat oder so reisen, um meinen inneren Frieden wiederzufinden.« Er rief seinen Sohn zu sich – der Junge war fast ein Mann, er konnte die Verantwortung übernehmen – und übergab ihm das

Geschäft, wobei er ihm in einer Stunde das beizubringen versuchte, was zu lernen er selbst fast ein halbes Leben gebraucht hatte. Dann verließ er seine Heimatstadt mit so wenig Bargeld wie er seinen geschrumpften Reserven abtrotzen konnte, begab sich an Bord eines Dritte-Klasse-Schwebers nach – wahllos – Normork, im Ring der Hangstädte am Fuß des Burgbergs. Eine Stunde nach Anbruch seiner Reise beschloß er, sich niemals mehr Sigmar Haligome zu nennen, und nahm statt dessen den Namen Miklan Forb an. Würde das ausreichen, der Strafe des Königs der Träume zu entgehen?

Möglicherweise. Der Schweber überquerte das Antlitz des Burgbergs und legte den Weg über Lower Sunbreak, Bibiroon, Sweep und die Tolingar Barrier in gemächlichem Tempo zurück, und in jeder Nacht ging er voller Entsetzen in irgendeinem Wirtshaus zu Bett und verkrallte sich ins Kissen, aber es kamen nur die Träume eines gewöhnlichen und ermüdeten redlichen Mannes, ohne die eigentümliche Grausamkeit, die sie als Sendung des Königs der Träume auswiesen. Es war schön zu sehen, daß die Gärten der Tolingar Barriere symmetrisch und perfekt wie immer waren, nicht wie die schrecklichen Wüstenländer seiner Träume. Haligome entspannte sich ein wenig. Er verglich die Gärten mit den Traumbildern und stellte überrascht fest, daß der König ihn mit detailreichen und akkuraten Darstellungen versorgt hatte, bevor er sie in etwas Entsetzliches verwandelte, denn sie waren bis in die kleinste Einzelheit identisch, dabei hatte er sie doch vorher nie gesehen, was bedeutete, daß ihm die Sendung völlig neue Informationen gebracht hatte, wogegen reale Träume sich nur auf das bezogen, was bereits gespeichert war.

Das beantwortete eine Frage, die ihn beschäftigte. Er hatte nicht gewußt, ob der König nur die Erinnerung seines Unterbewußtseins freisetzte, indem er die unergründlichen Tiefen der Vergangenheit aufwühlte, oder ob er tatsächlich Bilder hineinprojizieren konnte. Offensichtlich war das letztere der Fall. Aber das brachte eine neue Frage auf: Waren die Alpträume speziell für Sigmar Haligome entworfen, von Spezialisten zusammengestellt, um sein Entsetzen zu erwekken? Sicher konnte es doch in Suvrael nicht genügend Personal geben, um das zu bewerkstelligen. Aber wenn es so war, dann bedeutete das, daß sie ihn genauestens bewachten, und es war närrisch zu glauben, er könnte sich vor ihnen verbergen. Er zog den Gedanken vor, daß der König und sein Personal ein Repertoire an Standardalpträumen hatten – schickte ihm die Zähne, schickt ihm die grauen schmierigen Klumpen, und jetzt schickt ihm das Meer aus Feuer –, die sie für jeden Bösewicht bereithielten, eine unpersönliche und mechanische Operation. Vielleicht richteten sie selbst jetzt noch Schreckensbilder auf sein leeres Bett in Stee.

Nach Dundilmar und Stipool kam er in Normork an, jener ernsten und hermetisch ummauerten Stadt auf der Kuppe des berühmten Kamms von Normok. Bisher war ihm nie zu Bewußtsein gekommen, daß Normork, mit den riesigen Stadtmauern aus gewaltigen schwarzen Steinquadern, ein angemessener Ort zum Verstecken war: geschützt, sicher, unüberwindlich. Aber nicht einmal die Mauern von Normork konnten ihn vor der Rache des Königs der Träume schützen, erkannte er.

Das Dekkeret-Tor, ein fünfzig Fuß hohes Auge in der Wand, stand wie immer weit offen, die einzige Lücke in der Festungsmauer, poliertes Schwarzholz mit den Metallverzierungen des Coronals. Haligome hätte es vorgezogen, wenn es auch abgesperrt und dreifach verschlossen gewesen wäre, aber selbstverständlich war das große Portal offen, denn Lord Dekkeret, der es im dreißigsten Jahr seiner glücklichen Herrschaft hatte konstruieren lassen, hatte angeordnet, daß es nur verschlossen werden durfte, wenn sich die Welt in Gefahr befand, doch unter der gütigen Herrschaft von Lord Kinniken und dem Pontifex Thimin gedieh alles prächtig auf Majipoor, außer der Seele des früheren Sigmar Haligome, der sich jetzt Miklan Forb nannte. Als Forb fand er ein billiges Quartier in einem am Hang gelegenen Stadtviertel, wo hinter ihm der Burgberg wie eine zweite unüberwindliche Wand aufragte. Als Forb nahm er seine Arbeit bei dem Wartungstrupp an, der tagtäglich die Stadtmauer abschritt und das hartnäckige Drahtgras entfernte, das in den Fugen der nicht vermauerten Steine wuchs. Als Forb sank er jeden Abend voll böser Ahnungen, was geschehen könnte, in den Schlaf, aber er hatte nur die nichtssagenden und undeutbaren Traumbilder gewöhnlichen Schlummers. Neun Monate lebte er unbehelligt in Normork und fragte sich, ob er der Hand Suvraels entkommen war; und dann eines Nachts, nach einer angenehmen Mahlzeit und einer Flasche guten scharlachroten Weins von Bannikanniklole, fiel er zum erstenmal seit seiner unglückseligen Begegnung mit Gleim glücklich ins Bett und schlief arglos ein, als in eine Sendung des Königs der Träume erreichte und ihm die Kehle zuschnürte und seine Seele mit monströsen Bildern schmelzenden Fleisches und ganzer Seen voller Schleim peinigte. Als der Traum zu Ende war, erwachte er weinend, denn er wußte, es gab kein Entrinnen vor der rächenden Macht, die ihn verfolgte.

Dennoch hatte sein Leben als Miklan Forb ihm eine neunmonatige Ruhepause verschafft. Mit seinen wenigen Ersparnissen kaufte er sich eine Fahrkarte nach Amblemorn, wo er Degrail Gilalin wurde und zehn Kronen pro Woche als Vogelwärter auf dem Anwesen eines lokalen Prinzen verdiente. Er hatte fünf Monate Ruhe vor den Foltern, bis zu jener Nacht, als der Schlaf ihm das Knistern der Stille brachte, gefogt von der Wucht grellen Lichts und der Vision eines Himmels voller körperloser Augen, die nur ihn allein ansahen. Er reiste am Fluß Glayge entlang bis nach Makroprosopos, wo er einen ungestörten Monat als Ogvorn Brill verbrachte, bevor er einen Traum hatte, in dem ihm scharfe Kristalle wie Haare im Rachen wuchsen. Als Mitglied einer Karawane reiste er ins Landesinnere, zur Handelsstadt Sisivondal, eine Reise, die elf Wochen dauerte. Der König der Träume spürte ihn in der siebten Woche auf und ließ ihn schreiend in ein Peitschenhalmgestrüpp rollen, und das war kein Traum, denn als er endlich von der Pflanze freikam, blutete er und hatte am ganzen Körper Schwellungen und mußte ins nächste Dorf zum Arzt gebracht werden. Diejenigen, die mit ihm reisten, wußten gleich, daß er Sendungen vom König empfing, daher ließen sie ihn zurück; aber schließlich fand er alleine nach Sisivondal, einem öden und eintönigen Ort, der so anders war als die prunkvollen Städte um den Burgberg, daß er jeden Morgen weinte, wenn er erwachte und den Anblick sah. Dennoch konnte er sechs Wochen ohne Zwischenfälle dort verbringen. Dann kamen die Träume wieder und trieben ihn nach Westen, einen Monat hier, sechs Wochen dort, durch neun Städte und ebenso viele Identitäten, bis er schließlich in Alaisor an der Küste ankam, wo er ein Jahr der Ruhe unter dem Namen Badril Maganorn genießen konnte und auf dem Markt beim Hafen Fische verkaufte. Trotz seiner düsteren Stimmung begann er langsam zu glauben, daß ihn der König endlich in Ruhe lassen würde, und er spielte mit dem Gedanken, sein altes Leben in Stee wieder aufzunehmen, von dem ihn mittlerweile fast vier Jahre trennten. Waren vier Jahre der Strafe nicht genug für ein ungewolltes, beinahe versehentliches Verbrechen?

Anscheinend nicht. Früh in seinem zweiten Jahr in Alaisor spürte er das vertraute Kribbeln einer Sendung, das durch seine Schädeldecke pochte, und darauf folgte ein Traum, verglichen mit dem alle vorherigen Träume wie Aufführungen eines Schultheaters wirkten. Er begann in den Ödländern von Suvrael, wo er auf einem zerklüfteten Gipfel stand und über eine trockene und vor Hitze glühende Wüste auf einen Wald aus Sigupabäumen blickte, die eine Strahlung abgaben, welche für alles Leben tödlich war, das sich ihnen bis auf zehn Meilen näherte, selbst für unvorsichtige Vögel und Insekten, die darüber hinweg flogen. Seine Frau und Kinder waren in dem Tal zu sehen, wie sie unaufhaltsam auf die tödlichen Bäume zugingen; er selbst rannte ihnen nach, der zähe Sand klebte wie Melasse an seinen Schuhen, und die Bäume lockten und regten sich, und seine Geliebten wurden von der dunklen Strahlung verschluckt und verschwanden völlig. Er aber ging weiter, bis er innerhalb der Gefahrenzone war. Er erflehte den Tod, doch war er als einziger gegen die Strahlung der Bäume immun. Er bewegte sich zwischen ihnen, sie standen allein und voneinander isoliert, und nichts lebte zwischen ihnen, keine Büsche oder Gräser am Boden, nur die Reihen der häßlichen blattlosen Bäume, die wie Palisaden im Nichts standen. Mehr enthielt der Traum nicht, aber er brachte eine Last von Entsetzen, die weitaus schlimmer war als alles Groteske der bisherigen Träume zusammengenommen, und er schien niemals enden zu wollen, Haligome wanderte immer weiter umher, einsam und verlassen zwischen den kahlen Bäumen, wie in einem luftleeren Vakuum, und als er erwachte, war sein Gesicht runzlig und die Augen waren trübe, als wäre er binnen einer Nacht um ein Dutzend Jahre gealtert.

Er war völlig besiegt. Weglaufen war vergebens, verstecken sinnlos. Er gehörte für immer dem König der Träume.

Er besaß nicht mehr die Kraft, neue Identitäten und Leben für sich auszudenken oder in Verstecken zu leben, die niemals lange wirksam waren. Als das Tageslicht den Schrecken des Alptraums in seinem Geist verblassen ließ, begab er sich zum Tempel der Lady auf den Alaisorhöhen und bat um die Erlaubnis, eine Pilgerfahrt zur Insel das Schlafs unternehmen zu dürfen. Seinen Namen gab er mit Sigmar Haligome an. Was hatte er noch zu verbergen?

Er wurde akzeptiert wie jeder, und nach einer gewissen Zeit begab er sich an Bord eines Pilgerschiffs nach Numinor an der nordöstlichen Flanke der Insel. Gelegentliche Sendungen verfolgten ihn während der Überfahrt, einige lediglich irritierend, andere mit furchtbarer Wirkung, aber wenn er zitternd und weinend erwachte, waren andere Pilger da, die ihn trösteten, und nun, da er sein Leben der Lady geweiht hatte, berührten ihn irgendwie selbst die schlimmsten Träume nur noch am Rande. Der größte Schmerz der Träume, das wußte er nun, war die Störung des täglichen Lebens, die sie darstellten, den Fluch der Andersartigkeit. Nun aber hatte er kein eigenes Leben mehr, das sie stören konnten, und daher spielte es keine Rolle, wenn er am Morgen zitternd erwachte. Er war kein Händler mit Präzisionsinstrumenten mehr, kein Gräber nach Drahtgrassprößlingen und kein Vogelwächter; er war nichts, er war niemand, er hatte keine Persönlichkeit mehr, die er gegen die eindringenden Träume verteidigen mußte. Inmitten der schrecklichsten Sendungen kam eine seltsame Ruhe über ihn.

In Numinor wurde er auf der Terrasse der Einschätzung begrüßt, dem äußeren Rand der Insel, wo er, nach allem, was er wußte, den Rest seines Lebens verbringen würde. Die Lady bat die Pilger Schritt für Schritt nach innen, gemäß dem Stand ihres inneren Fortschritts, und einer, dessen Seele durch einen Mord befleckt war, konnte durchaus für immer in einer niederen Stellung am äußersten Rand der heiligen Domäne verweilen. Das machte nichts. Er wollte nur den Sendungen des Königs entkommen, und er hoffte, früher oder später unter den Schutz der Lady zu gelangen und von Suvrael vergessen zu werden.

Sechs Jahre verbrachte er in weichen Pilgergewändern als Gärtner auf der äußersten Terrasse. Sein Haar war weiß, der Rücken gebeugt; er lernte, Unkrautschößlinge von Pflanzenschößlingen zu unterscheiden; zunächst litt er im Abstand von ungefähr zwei Monaten unter Sendungen, dann weniger häufig, und wenngleich sie ihn nie völlig verließen, fand er sie zunehmend unbedeutender, wie das Jucken einer uralten Wunde. Gelegentlich dachte er an seine Familie, die ihn zweifellos für tot hielt. Er dachte auch an Gleim, ewig im Augenblick des Erstaunens festgefroren, reglos in der Luft hängend, bevor er in den Tod stürzte. Hatte es jemals eine solche Person gegeben, und hatte Haligome sie wirklich getötet? Alles schien nun unwirklich; es war so schrecklich lange her. Haligome spürte keine Schuld mehr für ein Verbrechen, dessen tatsächliche Existenz er zunehmend in Frage stellte. Aber er erinnerte sich an einen geschäftigen Streit, eine arrogante Weigerung des anderen Kaufmanns, das Dilemma einzusehen, in dem er sich befand, und an einen Augenblick blinder Wut, in dem er seinen Gegner geschlagen hatte. Ja, ja, es war alles geschehen, dachte Haligome, und nicht nur Gleim hat in diesem Augenblick sein Leben verloren, sondern auch ich.

Haligome erledigte seine Aufgaben gewissenhaft, meditierte, besuchte die Traumsprecherinnen – was hier Vorschrift war, aber sie gaben nie einen Kommentar oder eine Interpretation von sich –, und nahm heilige Anweisungen entgegen. Im Frühling des siebten Jahres wurde er weiter einwärts berufen, ins nächste Stadium seiner Pilgerschaft, der Terrasse des Beginns, und dort blieb er Monat für Monat, während die anderen Pilger weitergingen zur Terrasse der Spiegel. Er sagte wenig zu den anderen, schloß keine Freundschaften und akzeptierte resigniert die Sendungen, die ihn immer noch in unregelmäßigen Abständen erreichten. Im dritten Jahr seiner Zeit auf der Terrasse des Beginns bemerkte er einen Mann in mittleren Jahren, der ihn im Speisesaal betrachtete, ein kleiner, zierlicher Mann, dessen Aussehen ihm irgendwie bekannt vorkam. Zwei Wochen behielt der Neuankömmling Haligome im Auge, bis Haligomes Neugier sich schließlich nicht mehr überwinden ließ; er zog Erkundigungen ein und erfuhr, daß der Name des Mannes Goviran Gleim war.

Natürlich. Haligome ging während einer Freistunde zu ihm und sagte: »Wirst du mir eine Frage beantworten?

»Wenn ich kann.«

»Bist du in der Stadt Gimkandale am Burgberg geboren?«

»Bin ich«, sagte Goviran Gleim. »Und du, bist du ein Mann aus Stee?«

»Ja«, sagte Haligome.

Sie schwiegen einige Zeit. Dann sagte Haligome endlich: »Du hast mich also all die Jahre verfolgt.«

»Aber nein. Überhaupt nicht.«

»Ist es nur Zufall, daß wir beide hier sind?«

Goviran Gleim sagte: »Ich glaube, so etwas wie Zufall gibt es nicht. Aber es war nicht mein bewußter Plan, den Ort zu besuchen, wo du dich aufhältst.«

»Du weißt, wer ich bin, und was ich getan habe?«

»Ja.«

»Und was möchtest du von mir?« fragte Haligome.

»Was ich möchte?« Gleims Augen, klein und dunkel und glänzend wie die seines Vaters, sahen in die Haligomes. »Was ich möchte? Erzähle mir, was sich in der Stadt Vugel zugetragen hat.«

»Komm, begleite mich«, sagte Haligome.

Durch eine kurzgeschnittene blaugrüne Hecke hindurch betraten sie den Garten, den Haligome pflegte, wo er die großen Büsche ausdünnte, damit die Blätter größer werden konnten. In dieser wohlriechenden Umgebung beschrieb Haligome mit tonloser Stimme die Ereignisse, die er bisher noch keinem offenbart hatte und die ihm fast schon unwirklich geworden waren. Der Streit, das Zusammentreffen, das Fenster, der Fluß. Während des Vortrags zeigten sich keine Gefühle auf Goviran Gleims Gesicht, obwohl Haligome die Züge des anderen eingehend betrachtete und versuchte, seine Gedanken zu erraten.

Als er den Mord beschrieben hatte, wartete Haligome auf eine Reaktion. Es gab keine.

Schließlich sagte Gleim: »Und was ist hinterher mit dir geschehen? Weshalb bist du verschwunden?«

»Der König der Träume peinigte meine Seele mit bösen Sendungen und quälte mich so sehr, daß ich in Normork Zuflucht suchte; und als er mich dort fand, floh ich weiter, von Ort zu Ort, und schließlich kam ich im Verlauf meiner Flucht als Pilger auf die Insel.«

»Und noch immer verfolgt dich der König?«

»Von Zeit zu Zeit empfange ich Sendungen«, sagte Haligome. Er schüttelte den Kopf. »Aber sie sind vergebens. Ich habe gelitten und gesühnt, und es war bedeutungslos für mich, denn ich verspüre keine Schuld an dem Verbrechen. Es war ein Augenblick des Wahnsinns, und ich habe mir schon tausendmal gewünscht, er habe niemals stattgefunden, aber ich kann selbst nicht die Verantwortung für den Tod deines Vaters übernehmen. Er reizte mich zur Wut, ich stieß ihn, er stürzte, aber es war eine Tat ohne Beziehung zu den Methoden, wie ich die anderen Aspekte meines Lebens regelte, und daher war es nicht meine.«

»Dieser Meinung bist du?«

»Genau. Und diese Jahre heimgesuchter Träume – was haben sie genützt? Hätte ich den Mord aus Furcht vor dem König der Träume unterlassen, dann wäre das ganze System gerechtfertigt, aber ich dachte an gar nichts, am allerwenigsten an den König der Träume, und daher sehe ich den Kodex, unter dem ich verurteilt wurde, als sinnlos an. Auch meine Pilgerschaft: Ich kam nicht hierher, um zu büßen, sondern um mich vor dem König und seinen Sendungen zu verbergen, und ich glaube, das ist mir gelungen. Aber weder meine Buße noch mein Leid können deinem Vater das Leben wiedergeben, daher war die ganze Charade ohne Bedeutung. Komm, töte mich und bring es hinter dich.«

»Dich töten?« sagte Gleim.

»Ist das nicht deine Absicht?«

»Ich war ein Knabe, als mein Vater verschwand. Ich bin nicht mehr jung, und auch du bist älter geworden, und all das ist Vergangenheit. Ich wollte nur die Wahrheit über seinen Tod herausfinden, und die kenne ich jetzt. Weshalb dich töten? Könnte es meinen Vater wieder zum Leben erwecken, würde ich es vielleicht tun, aber du selbst hast gesagt, daß nichts das vollbringen kann. Ich empfinde dir gegenüber keinen Zorn, und ich wünsche nicht, die Rache des Königs der Träume auf mich zu ziehen. Für mich zumindest ist das System eine wirksame Abschreckung.«

»Du willst mich nicht töten«, sagte Haligome erstaunt.

»Nein.«

»Nein. Nein. Ich verstehe. Warum solltest du mich töten? Das würde mich von einem Leben befreien, das zu einer einzigen langen Strafe geworden ist.«

Gleim sah ihn erstaunt an. »So siehst du es?«

»Du verurteilst mich zum Leben, ja.«

»Aber deine Strafe endete vor langer Zeit! Die Gnade der Lady leuchtet über dir. Durch den Tod meines Vaters hast du den Weg zu ihr gefunden!«

Haligome konnte nicht sagen, ob der andere ihn verspottete, oder ob seine Worte ernst gemeint waren.

»Du siehst Gnade über mir?« fragte er.

»Jawohl.«

Haligome schüttelte den Kopf. »Die Insel und alles, was sie bedeutet, sind für mich nichts. Ich kam nur hierher, um den Angriffen des Königs zu entkommen. Ich habe endlich ein Versteck gefunden, und weiter nichts.«

Gleims Blick war standhaft. »Du täuschst dich selbst«, sagte er und ging davon und ließ den verblüfften Haligome alleine zurück.

Konnte das sein? War sein Verbrechen gesühnt, und er hatte es nur nicht begriffen? Er beschloß, wenn in dieser Nacht eine Sendung des Königs käme – und es war an der Zeit, denn seit der letzten war fast ein Jahr verstrichen –, daß er zum Rand der Terrasse der Einschätzung gehen und sich ins Meer stürzen würde. Statt dessen kam eine Sendung der Lady in dieser Nacht, ein warmer und sanfter Traum, der ihn nach innen, zur Terrasse der Spiegel rief. Er verstand es immer noch nicht völlig, und er bezweifelte, daß er es jemals verstehen würde. Aber die Traumsprecherin sagte ihm am anderen Morgen, er sollte sich unverzüglich zu der leuchtenden Terrasse begeben, die vor ihm lag, denn die nächste Phase seiner Pilgerschaft hatte begonnen.

BUCH
ACHT

Unter den Traumsprecherinnen

Häufig stellte Hissune nun fest, daß ein Abenteuer nach einer unverzüglichen Erklärung durch ein anderes verlangt, und als er die ernste aber lehrreiche Geschichte des Mörders Sigmar Haligome erfahren hat, begreift er viel von der Vorgehensweise des Königs der Träume und seiner Agenten, aber von den Traumsprecherinnen selbst, diesen Vermittlerinnen zwischen Wachsein und Traum, weiß er nur wenig. Er hat niemals eine aufgesucht; er betrachtet seine eigenen Träume mehr als theatralische Ereignisse denn als Botschaften oder Anweisungen. Das liegt genau entgegengesetzt zur zentralen geistigen Tradition der Welt, die er kennt, aber vieles von dem, was er denkt, läuft diesen Traditionen zuwider. Er ist und bleibt das, was er ist: ein Kind der Straßen des Labyrinths, ein eingehender Beobachter seiner Welt, aber nicht unbedingt einer, der mit allem einverstanden ist.

In Zimroel gibt, oder gab, es eine berühmte Traumsprecherin namens Tisana, der Hissune begegnet war, während er der zweiten Krönung von Lord Valentine beiwohnte. Sie war eine dicke alte Frau aus der Stadt Falkynkip, und anscheinend hat sie eine Rolle beim Wiederfinden von Lord Valentines verlorener Identität gespielt; Hissune weiß nichts darüber, erinnert sich aber mit einigem Unbehagen an die durchdringenden Augen der alten Frau sowie ihre übermächtige und unbeugsame Persönlichkeit. Aus irgendeinem Grund hat sie einen Narren an dem Knaben Hissune gefressen: Er erinnert sich, wie er neben ihr stand, zwergenhaft neben ihrer riesigen Gestalt, und hoffte, daß sie nicht auf die Idee kam, ihn an sich zu drücken, denn zweifelsohne hätte sie ihn an ihrem gewaltigen Busen zerquetscht. Sie hatte damals gesagt: »Und da ist ja noch ein kleines verlorenes Prinzchen!« Was sollte das bedeuten? Eine Traumsprecherin könnte es ihm verraten, denkt Hissune manchmal, aber er geht nicht zu Traumsprecherinnen. Er fragt sich, ob Tisana eine Aufzeichnung im Seelenregister hinterlassen hat. Er sucht in den Archiven. Ja, ja, da ist eine. Er läßt sie kommen und stellt rasch fest, daß sie aus ihren jungen Jahren stammt, etwa fünfzig Jahre zurück, als sie ihr Gewerbe gerade erst erlernte, und andere Aufzeichnungen gibt es nicht von ihr. Fast schickt er sie zurück. Aber etwas von Tisanas Persönlichkeit berührt ihn selbst nach diesem kurzen Augenblick. Er könnte trotzdem etwas von ihr lernen, überlegt er und streift sich den Helm wieder über. Dann läßt er die vehemente Seele der jungen Tisana in sein Bewußtsein eindringen.

Am Morgen des Tages vor Tisanas Prüfung fing es plötzlich an zu regnen, und alle kamen aus dem Stiftshaus, um es zu sehen, die Novizinnen und Anwärterinnen und die Vollendeten und die Tutorinnen und sogar die alte Sprecherinnenälteste Inuelda selbst. Hier, in der Wüste der Velalisierebene, war Regen ein seltenes Ereignis. Tisana kam mit allen anderen heraus und betrachtete die großen, klaren Tropfen, die auf gekrümmten Bahnen von der einzigen dunklen Wolke herabfielen, die hoch über dem Turm des Stiftshauses schwebte, als wäre sie daran festgebunden. Die Tropfen prallten hörbar auf dem Sandboden auf: dunkle, auseinanderspritzende Flächen, seltsam weit auseinander, bildeten sich auf der hellroten Erde. Novizinnen und Anwärterinnen und Vollendete und Tutorinnen streiften ihre Mäntel ab und stellten sich in den Regen. »Der erste seit über einem Jahr«, sagte jemand.

»Ein Omen«, murmelte Freylis, die Anwärterin, Tisanas beste Freundin im Stiftshaus. »Du wirst einen einfachen Test haben.«

»Glaubst du wirklich an derlei Dinge?«

»Gute Omen zu sehen, kostet nicht mehr als schlechte«, sagte Freylis.

»Ein nützliches Motto für eine Traumsprecherin«, sagte Tisana, und beide lachten.

Freylis zog Tisana an der Hand. »Komm, tanz mit mir dort draußen!« drängte sie.

Tisana schüttelte den Kopf. Sie blieb im Schutz des Vorsprungs, und Freylis' Zupfen führte zu nichts. Tisana war eine große Frau, stark, mit schweren Knochen und kräftig; Freylis, zerbrechlich und schlank, erschien neben ihr wie ein Vogel. Im Regen zu tanzen entsprach augenblicklich kaum Tisanas Stimmung. Morgen würde der Höhepunkt einer siebenjährigen Ausbildung sein; sie hatte immer noch keine Ahnung, was beim Ritual von ihr verlangt werden würde, aber sie war auf perverse Weise sicher, daß man sie als unwürdig einstufen und sie mit Schimpf und Schande in ihr fernes Provinznest zurückschicken würde; ihre Ängste und dunklen Vorahnungen waren bleierner Ballast in ihren Gedanken, und das Tanzen im Regen schien in diesem Augenblick eine unmögliche Frivolität zu sein.

»Sieh doch!« rief Freylis. »Die Älteste!«

Ja, selbst die würdevolle Inuelda war draußen im Regen und tanzte mit langsamen Bewegungen, wobei die alte Frau mit der ledernen Haut sich in unsicheren, aber feierlichen Kreisen bewegte, die dürren Arme ausgestreckt, das Gesicht ekstatisch aufwärts gewandt. Tisana lächelte bei dem Anblick. Die Älteste erblickte Tisana, die unter dem Vordach stand, und lächelte ihr zu und winkte, wie man einem starrköpfigen Kind winken würde, das nicht am Spiel teilnehmen möchte. Aber der Test der Ältesten lag schon so lange zurück, daß sie vergessen haben mochte, wie beängstigend die Vorstellung davon war; zweifellos verstand sie Tisanas ernste Stimmung, die die morgige Herausforderung in ihr erweckte, nicht. Mit einer kleinen entschuldigenden Geste wandte sich Tisana um und ging hinein. Hinter ihr erklang das Dröhnen eines plötzlichen Platzregens, dann Stille. Der seltsame kleine Sturm war vorüber.

Tisana begab sich in ihre Zelle, unter dem niedrigen Bogen aus blauen Steinen mußte sie sich bücken und lehnte sich einen Augenblick gegen die rauhe Steinwand, um die Spannungen in ihr abzubauen. Die Zelle war winzig, kaum groß genug für eine Matratze, ein Waschbecken, einen Schrank, einen Arbeitstisch und ein kleines Bücherregal, und Tisana selbst, fest und fleischig, mit dem robusten, gesunden Körper eines Bauernmädchens, das sie einst gewesen war, füllte den kleinen Raum fast ganz aus. Aber sie hatte sich an die Enge gewöhnt und fand sie seltsam beruhigend. Beruhigend war auch die Routine des Stiftshauses, die tägliche Abfolge von Studium und manueller Arbeit und Unterricht und – da sie den Rang einer Anwärterin erreicht hatte – Ausbildung der Novizinnen. Zu dem Zeitpunkt, als der Regen begann, hatte Tisana angefangen, den Traumwein zu brauen, eine Aufgabe, die in den vergangenen zwei Jahren jeden Morgen eine Stunde ihrer Zeit beansprucht hatte, und nun wandte sie sich ihr wieder zu und war dankbar um die schwierige Aufgabe. An einem so aufregenden Tag wie diesem war jede Abwechslung willkommen.

Der ganze Traumwein, der auf Majipoor verwendet wurde, wurde hier gebraut, von den Anwärterinnen und Vollendeten des Stiftshauses von Velalisier. Ihn herzustellen erforderte geschicktere und zartere Finger als die Tisanas, dennoch hatte sie es bis zur Adeptin gebracht. Vor ihr lagen die kleinen Phiolen mit Kräutern, die winzigen grauen Muornablätter und die saftigen Vejloowurzeln und die getrockneten Sithereelbeeren sowie der Rest der neunundzwanzig Zutaten, die die Trance herbeiführten, aus der das Verstehen der Träume erwuchs. Tisana beschäftigte sich damit, sie zu zerkleinern und zu vermengen – das mußte in einer exakten Reihenfolge geschehen, sonst liefen die chemischen Prozesse nicht richtig ab –, danach entzündete sie die Flamme, verkohlte sie und reduziertesie zu Pulver, löste sie in Brandy auf und rührte den Brandy in den Wein. Nach einer Weile half ihre Konzentration ihr, sich zu entspannen und sogar wieder fröhlich zu werden.

Während sie arbeitete, vernahm sie leises Atmen hinter sich.

»Freylis?«

»Kann ich reinkommen?«

»Natürlich. Ich bin fast fertig. Tanzen sie immer noch?«

»Nein. Alles läuft wieder normal. Die Sonne scheint schon wieder.«

Tisana wirbelte den schweren dunklen Wein in der Flasche. »In Falkynkip, wo ich aufgewachsen bin, ist das Wetter immer trocken und heiß. Dennoch lassen wir nicht alles stehen und liegen und gebärden uns wie toll, wenn der Regen kommt.«

»In Falkynkip«, sagte Freylis, »nehmen die Menschen alles als gegeben. Ein Skandar mit elf Armen könnte sie nicht in Aufregung versetzen. Und wenn der Pontifex in die Stadt käme und würde auf der Plaza Handstände machen, würde das keine Menschenmenge anziehen.«

»Oh? Warst du schon da?«

»Einmal, als Mädchen. Mein Vater überlegte sich, ob er in den Ackerbau einsteigen sollte. Aber er hatte nicht die Geduld dazu, und nach etwa einem Jahr ging er wieder zurück nach Til-omon. Aber er sprach stets von den Menschen von Falkynkip, wie langsam und unerschütterlich und zielstrebig sie waren.«

»Bin ich auch so?« fragte Tisana ein wenig schalkhaft.

»Du bist – nun, extrem gelassen.«

»Warum mach' ich mir dann wegen morgen solche Sorgen?«

Die kleinere Frau kniete vor Tisana nieder und nahm ihre beiden Hände in ihre. »Du mußt dir keine Sorgen machen«, sagte sie sanft.

»Das Unbekannte ist immer furchteinflößend.«

»Es ist nur ein Test, Tisana!«

»Der letzte Test. Und wenn ich ihn verderbe? Wenn ich einen schrecklichen charakterlichen Makel offenbare, der mich völlig ungeeignet für die Aufgabe macht?«

»Was dann?« fragte Freylis.

»Dann habe ich sieben Jahre verschwendet. Dann kann ich wie eine Närrin nach Falkynkip zurückkriechen, ohne Gewerbe, ohne Fähigkeiten, und ich werde mein Leben damit verbringen, auf den Äckern anderer Bauern im Schlamm zu graben.«

Freylis sagte: »Wenn der Test ergibt, daß du nicht zur Sprecherin geeignet bist, mußt du philosophisch darauf reagieren. Du weißt, wir dürfen keine Unfähigen in die Gehirne der Menschen eindringen lassen. Davon abgesehen bist du *nicht* ungeeignet zur Sprecherin, und der Test wird kein Problem für dich sein, und ich kann nicht verstehen, warum du so ein Aufhebens darum machst.«

»Weil ich keine Ahnung habe, wie er aussehen wird.«

»Wahrscheinlich mußt du einfach nur sprechen. Sie geben dir den Wein, sie schauen in deinen Verstand und sehen, daß du stark und weise und gut bist, dann werden sie dich zurückholen, die Älteste wird dir ein Lob zollen, und damit fertig.«

»Bist du sicher? Weißt du es?«

»Eine vernünftige Einschätzung, nicht?«

Tisana zuckte die Achseln. »Ich habe schon andere Vermutungen gehört. Daß sie etwas tun, das dich mit dem Schlimmsten konfrontiert, was du je getan hast. Oder dem, was dich am meisten auf der Welt ängstigt. Oder dem, wovor du am meisten Angst hast, die Leute könnten es herausfinden. Hast du diese Geschichten noch nicht gehört?«

»Doch.«

»Wenn dies der Tag vor *deinem* Test wäre, wärst du dann nicht auch ein wenig nervös?«

»Das sind nur Geschichten, Tisana. Niemand weiß, wie der Test wirklich aussieht, abgesehen von denen, die ihn hinter sich haben.«

»Und die, die gescheitert sind.«

»Weißt du, daß jemand gescheitert ist?«

»Nun, ich nehme an ...«

Freylis lächelte. »Ich vermute, daß sie die Ungeeigneten schon lange, bevor sie Anwärterinnen werden, aussondern. Schon als Novizinnen.« Sie stand auf und begann mit den Kräuterbüscheln auf Tisanas Arbeitstisch zu spielen. »Wirst du nach Falkynkip zurückkehren, wenn du Sprecherin geworden bist?«

»Ich denke schon.«

»Gefällt es dir so sehr?«

»Es ist meine Heimat.«

»Wir leben auf einer so großen Welt, Tisana. Du könntest nach Ni-moya, oder Piliplok, oder hier in Alhanroel bleiben, sogar auf dem Burgberg leben ...«

»Falkynkip genügt mir«, sagte Tisana. »Ich mag die staubigen Straßen. Ich mag die trockenen braunen Berge. Ich habe sie seit sieben Jahren nicht mehr gesehen. Und sie brauchen Sprecherinnen in Falkynkip. In den großen Städten nicht. Jede möchte in Nimoya oder Stee Sprecherin sein, nicht? Ich gehe lieber nach Falkynkip.«

Verschmitzt fragte Freylis: »Hast du dort einen Geliebten, der dich erwartet?«

Tisana schnob. »Unwahrschienlich. Nach sieben Jahren?«

»Ich hatte einen in Til-omon. Wir wollten heiraten und ein Boot bauen und um ganz Zimroel herumsegeln, was vielleicht drei oder vier Jahre gedauert hätte, und danach wollten wir flußaufwärts nach Ni-moya, uns dort niederlassen und vielleicht einen Laden in der Gossamer-Galerie eröffnen.«

Das erstaunte Tisana. In der ganzen Zeit, seit sie Freylis kannte, hatten sie niemals über derlei Dinge gesprochen.

»Was geschah?«

Freylis sagte leise: »Ich hatte eine Sendung, die mir befahl, Traumsprecherin zu werden. Ich fragte ihn, was er dazu meinte. Ich war nicht einmal sicher, ob ich es tun würde, weißt du, aber ich wollte seine Meinung hören, und in dem Augenblick, als ich es ihm sagte, konnte ich seine Antwort schon erkennen, denn er sah verblüfft und fassungslos und ein wenig wütend aus, als würde es seinen Plänen hinderlich sein, wenn ich Traumsprecherin würde. Was natürlich der Fall war. Er sagte, ich sollte ihm einen oder zwei Tage Bedenkzeit geben. Das war das letzte, was ich von ihm gehört habe. Ein Freund von ihm sagte mir später, in derselben Nacht hätte er eine Sendung gehabt, die ihm befahl, nach Pidruid zu gehen, und am nächsten Morgen brach er auf, und später heiratete er ein altes

Liebchen, das er dort hatte, und ich nehme an, daß sie noch immer planen, ein Boot zu bauen und Zimroel zu umsegeln. Ich aber gehorchte meiner Sendung, begann meine Pilgerschaft und kam hierher, und hier bin ich nun, und nächsten Monat werde ich eine Vollendete, und wenn alles gut läuft, bin ich nächstes Jahr schon eine voll ausgebildete Sprecherin. Und ich gehe nach Ni-moya und eröffne mein Geschäft im Großen Basar.«

»Arme Freylis.«

»Du mußt mich nicht bedauern, Tisana. Nach allem, was geschehen ist, bin ich besser dran. Es schmerzte nur eine Weile. Er war wertlos, und ich hätte es früher oder später herausgefunden, und ich hätte mich so oder so von ihm getrennt, aber auf diese Weise bin ich Traumsprecherin und leiste dem Göttlichen Dienste, und im anderen Fall wäre ich ein Niemand gewesen, der keinem genützt hätte. Verstehst du das?«

»Ich verstehe.«

»Ich hatte es wirklich nicht nötig, jemandes Frau zu sein.«

»Ich auch nicht«, sagte Tisana. Sie schnupperte an dem neu gefertigten Wein, der ihren Vorstellungen entsprach, und begann, den Arbeitstisch zu säubern, wobei sie eilig die verschiedenen Zutaten griff und sie in präziser Ordnung aufstellte. Freylis war so lieb, dachte sie, so sanft, so zärtlich, so verständnisvoll. Die Werte einer Frau. Tisana konnte keinen davon an sich selbst entdecken. Wenn überhaupt, dann war ihre Seele der eines Mannes ähnlicher, dickfellig, grob, schwer, stark, zwar imstande, allen Arten von Streß zu widerstehen, aber dafür nicht sehr milde und eindeutig unempfänglich für feine Nuancen und Stimmungen. Männer waren aber nicht wirklich so, wußte Tisana, ebensowenig wie Frauen unweigerlich bespielhaft subtil und einfühlsam waren, dennoch hatte die Vorstellung eine gewisse grausame Wahrheit, und Tisana hatte sich selbst immer für zu groß gehalten, zu robust, zu vierschrötig, um wirklich weiblich zu sein. Wogegen Freylis, klein und zierlich und empfindsam, mit quecksilberner Seele und dem Geist eines Singvogels, ihr immer wie die Angehörige einer anderen Gattung erschienen war. Und Freylis, dachte Tisana, würde eine vorzügliche Traumsprecherin werden, sie würde intuitiv in den Geist jener eindringen, die zu ihr kamen, und sie würde ihnen in der für sie am nützlichsten Weise das sagen, was sie unbedingt wissen mußte. Die Lady der Insel und der König der Träume sprachen, wenn sie, jeder auf seine Weise, in den Geist eines Schlafenden eindrangen, häufig in rätselhaften Bildern, es war die Aufgabe der Sprecherinnen, zwischen den ehrfurchtgebietenden Mächten und den Milliarden Menschen zu vermitteln, zu interpretieren und zu erläutern. Das brachte eine schreckliche Verantwortung mit sich. Eine Sprecherin konnte das Leben eines Menschen verändern oder völlig neu formen. Freylis würde das bravourös meistern: Sie wußte genau, wann sie streng und wann mitfühlend sein mußte und wann Beruhigung und Wärme nötig waren. Wie hatte sie das gelernt? Zweifellos durch das Leben selbst, durch Erfahrung und Kummer und Enttäuschungen und Scheitern und Niederlagen. Auch ohne viele Einzelheiten aus Freylis' Vergangenheit zu kennen, konnte sie den Blick hart erworbenen Wissens in den Augen der jungen Frau sehen, und dieses

Wissen war es, mehr als alle Tricks und Techniken, die sie im Stiftshaus lernen konnte, das sie für ihren erwählten Beruf qualifizierte. Tisana hatte ernste Zweifel daran, daß sie selbst zur Traumsprecherin geeignet war, denn ihr fehlten all die schmerzvollen Erfahrungen, die die Freylisse dieser Welt formten. Ihr Leben war zu angenehm verlaufen, zu problemlos, zu – wie hatte Freylis selbst gesagt? – *zu stabil*. Ein typisches Falkynkip-Leben, aufstehen mit der Sonne, dann die Hausarbeit, essen und arbeiten und spielen und dann satt und ermüdet zu Bett gehen. Keine Stürme, keine unvorhergesehenen Ereignisse, keine großen Ambitionen, die zu tiefen Stürzen führen konnten. Kein wirkliches Leid, und wie sollte sie da wirklich den Schmerz jener verstehen, die aufrichtig litten? Tisana dachte an Freylis und ihren treulosen Geliebten, der sie ohne zu zögern verlassen hatte, weil ihre halb ausgegorenen Pläne nicht zu seinen Plänen paßten; und dann dachte sie an ihre eigene unbedeutende Bauernhofromanze, die so oberflächlich, so beiläufig verlaufen war, kaum mehr als Freundschaft, zwei Menschen, die zufällig zusammenkamen und sich nach einer Weile wieder trennten, ohne Schmerzen und ohne Zorn. Selbst der Liebesakt, der doch die höchste Vereinigung sein sollte, war ein einfaches und triviales Geschäft, ein Gerangel straffer, gesunder Körper, eine einfache Vereinigung, ein wenig stoßen und pumpen, keuchen und stöhnen, ein rasches Erschauern der Wonne, dann freigeben und sich trennen. Nicht mehr. Irgendwie war Tisana ohne Narben durchs Leben gekommen, unberührt und unbekümmert. Wie konnte sie da für andere von Nutzen sein? Ihre Verwirrungen und Konflikte würden für sie ohne

Bedeutung sein. Das, erkannte sie, war wahrscheinlich das, was sie an dem Test fürchtete: daß sie schließlich in ihre Seele schauen und erkennen würden, wie ungeeignet zur Sprecherin sie wirklich war, weil sie so unkompliziert und unschuldig war; daß sie sie endlich entlarven würden. Wie ironisch, daß sie sich ausgerechnet jetzt Sorgen machte, wo sie doch ein Leben ohne Sorgen verbracht hatte. Ihre Hände begannen zu zittern. Sie hielt sie hoch und betrachtete sie: Bauernhände, große, dumme, derbe Hände mit dicken Fingern, die zitterten, als gehörten sie einer Marionette an Fäden. Freylis, der die Geste nicht entging, nahm Tisanas Hände und umfaßte sie mit ihren eigenen, kaum imstande, sie mit ihren zerbrechlichen Fingerchen zu greifen. »Entspanne dich«, flüsterte sie drängend. »Kein Grund zur Panik.«

Tisana nickte. »Wie spät ist es?«

»Zeit für dich, zu den Novizinnen zu gehen, und für mich, meine Observanzen durchzuführen.«

»Ja. ja. Also gut, gehen wir.«

»Wir sehen uns später. Beim Essen. Und ich werde heute nacht Traumwache mit dir halten, einverstanden?«

»Ja«, sagte Tisana. »Das hätte ich sehr gerne.«

Sie verließen die Zelle. Tisana hastete nach draußen und quer über den Innenhof zum Versammlungszimmer, wo ein Dutzend Novizinnen auf sie wartete. Der Regen hatte keine Spuren hinterlassen: Die gnadenlose Wüstensonne hatte jeden Tropfen weggebrannt. Zur Mittagszeit verbargen sich selbst die Echsen. Als sie sich der anderen Seite des Klosters näherte, erschien eine der Senior-Tutorinnen, Vandune, eine Frau aus Piliplok, die fast so alt wie die Älteste selbst war. Tisana lächelte und ging vorbei, doch die Tutorin blieb stehen und sprach sie an: »Ist morgen dein Tag?«

»Ich fürchte schon.«

»Hat man dir schon gesagt, wer den Test vornehmen wird?«

»Man hat mir nichts gesagt«, meinte Tisana. »Sie haben mich mit meinen Vermutungen alleingelassen.«

»So sollte es sein«, sagte Vandune. »Unsicherheit ist gut für die Seele.«

»Du hast gut reden«, murmelte Tisana, als Vandune weiterging. Sie fragte sich, ob sie selbst auch einmal so ungerührt herzlos zu den Kandidatinnen für den Test sein konnte, vorausgesetzt sie bestand selbst und wurde Tutorin. Wahrscheinlich. Wahrscheinlich. Die Perspektive ändert sich, wenn man auf der anderen Seite der Mauer ist, dachte sie und überlegte, daß sie sich als Kind geschworen hatte, stets die besonderen Probleme von Kindern zu verstehen, wenn sie erwachsen war, und Kinder niemals mit dieser unbekümmerten Grausamkeit zu behandeln, die alle Kinder von ihren gedankenlosen Eltern erfahren; diesen Schwur hatte sie nicht vergessen, aber inzwischen, fünfzehn oder zwanzig Jahre später, hatte sie vergessen, was so Besonderes an der Kindheit war, und sie bezweifelte, daß sie Kindern, trotz allem, mit größerer Einfühlsamkeit begegnete. So verhielt es sich höchstwahrscheinlich auch hier.

Sie betrat das Versammlungszimmer. Der Unterricht im Stiftshaus wurde größtenteils von den Tutorinnen bestritten, die vollqualifizierte Traumsprecherinnen waren und einige Jahre ihrer Praxis opferten, um zu lehren; aber die Vollendeten, die Studentinnen im letzten Jahr, denen nur noch der letzte Test zur Erlangung des vollen Status fehlte, mußten ebenfalls mit den Novizinnen arbeiten, um dabei Erfahrungen im Umgang mit Menschen zu sammeln. Tisana unterrichtete die Herstellung des Traumweins, die Theorie der Sendungen und soziale Harmonie. Die Novizinnen betrachteten sie voll Ehrfurcht und Respekt, als sie ihren Platz am Pult einnahm. Was konnten sie von ihren Ängsten und Zweifeln wissen? Für sie war sie eine hohe Eingeweihte in ihren Ritus, kaum geringer als die Älteste Inuelda. Sie hatte alle Fähigkeiten gemeistert, die zu erlernen sie sich so sehr bemühten. Und wenn sie sich überhaupt eines Tests bewußt waren, dann lediglich als ferne dunkle Wolke am Horizont, für ihre augenblicklichen Belange kaum relevanter als Alter und Tod.

»Gestern«, begann Tisana und bemühte sich, kühl und selbstsicher aufzutreten, ein Orakel, eine Quelle der Weisheit, »sprachen wir von der Rolle des Königs der Träume beim Regulieren des Verhaltens der Gesellschaft von Majipoor. Du, Meliria, hast das Thema gelegentlicher böser Sendungen des Königs angeschnitten und die zugrundeliegende Ethik eines Gesellschaftssystems in Frage gestellt, das auf Strafe durch Träume basiert. Ich würde dieses Thema heute gerne vertiefen. Nehmen wir dazu eine hypothetische Person – sagen wir, einen Meeresdrachenjäger aus Piliplok –, die in einem Augenblick extremer innerer Anspannung einen Akt ungewollter, aber ernster Gewalttätigkeit gegen ein Besatzungsmitglied begeht, und …«

Die Worte sprudelten unaufhörlich aus ihr hervor. Die Novizinnen machten Notizen, schüttelten die

Köpfe und schrieben noch schneller. Tisana erinnerte sich aus ihrer eigenen Novizinnenzeit, wie es war, wenn man mit einer scheinbar unendlichen Vielzahl von Dingen konfrontiert wurde, die es zu lernen galt, nicht nur die Techniken des Sprechens selbst, sondern alle zugrundeliegenden Konzepte und Nuancen. Sie hatten nicht damit gerechnet, und die Novizinnen vor ihr wahrscheinlich auch nicht. Aber natürlich hatte Tisana wenig an die Schwierigkeiten gedacht, die auf dem Wege zur Traumsprecherin vor ihr liegen konnten. Bevor der Test in greifbare Nähe gerückt war, hatte sie sich niemals Sorgen gemacht. Eines Tages vor sieben Jahren hatte sie eine Sendung der Lady empfangen, die ihr geraten hatte, ihre Farm zu verlassen und sich dem Traumsprechen zuzuwenden, und sie hatte ohne Widerrede gehorcht, sich Geld geborgt, um die Pilgerfahrt zur Insel des Schlafs unternehmen zu können, wo sie vorbereitende Informationen erhielt, und nachdem sie die Erlaubnis erhalten hatte, das Stiftshaus in Velalisier zu besuchen, war sie übers Meer in diese abgelegene und einsame Wüste gereist, wo sie in den zurückliegenden vier Jahren gelebt hatte. Ohne je zu zweifeln, ohne zu zögern.

Aber es gab viel zu lernen! Die Myriaden, Details der Beziehung der Sprecherinnen zu ihren Klienten, die berufliche Etikette, die Verantwortung, die Fallgruben. Die Methode, den Wein zu mischen und den Geist mit einem anderen zu verschmelzen. Die Methoden, Interpretationen in hilfreiche Worte umzusetzen. Und dann die Träume selbst! Die Arten, die Bedeutungen, die Unterschiede, die verborgenen Inhalte! Die sieben selbsttäuschenden Träume und die neun anweisenden Träume, die Träume um jemanden zu rufen oder wegzuschicken, die drei Träume der Transzendenz des Selbst, die Träume der Verzögerung des Entzückens, die Träume geschwächter Wahrnehmungen, die elf Träume der Qual, die fünf Träume der Wonne, die Träume unterbrochener Reisen, die Träume des Umherziehens, die Träume der guten Illusionen, die Träume der schmerzlichen Illusionen, die Träume der falschverstandenen Ambitionen, die dreizehn Träume der Gnade – Tisana hatte sie alle gelernt, hatte sich die ganze Liste so eingeprägt wie das kleine Einmaleins und das Alphabet, sie hatte jeden einzelnen in Monaten vorprogrammierten Schlafs selbst erlebt, und so war sie wirklich zur Adeptin geworden, zur Eingeweihten, die all das erreicht hatte, wonach diese ungeformten Mädchen mit den staunend großen Augen strebten, und dennoch konnte der morgige Test das alles zunichte machen, was keine von ihnen verstehen würde.

Oder doch? Die Lektion ging zu Ende, und Tisana stand einen Augenblick und ordnete wie benommen ihre Unterlagen, während die Novizinnen hinausgingen. Eine von ihnen, ein kleines, pummeliges blondes Mädchen aus einer Stadt am Burgberg, blieb einen Augenblick vor ihr stehen – voller Ehrfurcht, wie die meisten –, sah auf und berührte mit den Fingerspitzen sanft Tisanas Unterarm, während sie sagte: »Es wird morgen einfach sein. Ich weiß es.« Und sie wandte sich lächelnd ab, mit geröteten Wangen, und dann war sie verschwunden.

Sie wußten es also – jedenfalls manche. Diese Aufmunterung begleitete Tisana den ganzen restlichen Tag wie ein warmer Schimmer. Es war ein langer und ermüdender Tag voller Aufgaben, die nicht unerledigt bleiben durften, wenngleich sie selbst es vorgezogen hätte, allein zu sein und in der Wüste spazierenzugehen, anstatt sie auszuführen. Aber es gab Rituale durchzuführen und Observanzen zu machen, ein wenig schweres Graben an der Baustelle der neuen Kapelle der Lady, und am Nachmittag mußte sie erneut vor eine Novizinnenklasse treten, vor dem Abendessen konnte sie ein wenig alleine sein, und schließlich kam das Essen selbst, bei Sonnenuntergang. Da kam es Tisana schon so vor, als läge der morgendliche Regen Wochen zurück, oder als hätte sie ihn nur geträumt.

Das Essen war eine Tortur. Sie hatte fast keinen Appetit, was man bei ihr sonst überhaupt nicht kannte. Rings um sie herum brandete die Wärme und Vitalität des Stifshauses, Gelächter, Klatsch, Gesang, und Tisana saß isoliert inmitten all dessen, als wäre sie von einer unsichtbaren Trennwand umgeben. Die älteren Frauen gaben sich alle Mühe, die Tatsache zu ignorieren, daß dies die letzte Nacht vor ihrem Test war, während die jüngeren, die es ebenfalls versuchten, nicht verhindern konnten, daß sie ihr ab und an verstohlene Blicke zuwarfen, wie man jemanden betrachtet, der unerwartet und unvermittelt eine gewaltige Bürde tragen muß. Tisana war nicht sicher, was schlimmer war, das offensichtliche Ignorieren der Vollendeten und Tutorinnen, oder die nervöse Neugier der Anwärterinnen und Novizinnen. Sie stocherte in ihrem Essen. Freylis umsorgte sie wie ein kleines Kind; sie sagte ihr, daß sie Kraft für den morgigen Tag brauchte. Dabei gelang Tisana ein dünnes Lächeln, und sie tätschelte ihr beruhigend den Arm und sagte: »Ich habe soviel Reserven, daß ich ein Dutzend Tests überstehen könnte.«

»Dennoch«, antwortete Freylis. »Iß.«

»Ich kann nicht. Ich bin zu nervös.«

Von der Empore erklang das Geräusch eines Löffels, der gegen ein Glas schlug. Tisana sah auf. Die Älteste wollte etwas sagen.

Tisana murmelte aufgeschreckt: »Die Lady steh mir bei! Möchte sie etwa vor allen anderen etwas über meinen Test sagen?«

»Es geht um den neuen Coronal«, sagte Freylis. »Die Nachricht traf heute nachmittag ein.«

»Welchen neuen Coronal?«

»Der den Platz von Lord Tyeveras einnehmen soll, der nun Pontifex ist. Wo bist du gewesen? In den vergangenen fünf Wochen ...«

»... und tatsächlich war der Regen heute morgen Vorbote von neuen Geheimnissen und von einem neuen Frühling«, sagte die Älteste gerade.

Tisana zwang sich dazu, den Worten der alten Frau zu folgen.

»Heute ist eine Nachricht eingetroffen, die euch alle aufmuntern wird. Wir haben wieder einen Coronal! Der Pontifex Tyeveras hat Malibor von Bombifale auserwählt, der heute nacht auf dem Burgberg den Thron von Confalume besteigen wird.«

Es wurde applaudiert, auf die Tische geklopft und das Sternenfächer-Zeichen gemacht. Tisana machte wie eine Schlafwandlerin das nach, was die anderen taten. Ein neuer Coronal? Ja, ja, sie hatte vergessen, der alte Pontifex war vor einigen Monaten gestorben, und das Rad des Staates hatte sich weiter gedreht; Lord Tyeveras war jetzt Pontifex, und in dieser Nacht zog ein neuer Mann auf dem Burgberg ein. »Malibor! Lord Malibor! Lang lebe der Coronal!« rief sie mit den anderen, und dennoch war es unwirklich und unbedeutend für sie. Ein neuer Coronal? Ein weiterer Name auf der langen, langen Liste. Schön für Lord Malibor, wer immer er sein mag, und möge der Göttliche ihm wohlgesonnen sein: Seine Probleme fangen jetzt erst an. Aber das kümmerte Tisana kaum. Es war üblich zu feiern, wenn eine neue Regentschaft begann. Sie erinnerte sich, als Kind war sie von Feuerschauerwein beschwipst gewesen, als der berühmte Kinniken gestorben war, was Lord Ossier ins Labyrinth des Pontifex und Tyeveras auf den Burgberg gebracht hatte. Und nun war Lord Tyeveras Pontifex und jemand anders Coronal, und eines Tages würde Tisana zweifellos hören, daß dieser Malibor ins Labyrinth gezogen war und ein weiterer eifriger junger Coronal auf dem Thron saß. Wenngleich diese Ereignisse schrecklich wichtig sein sollten, konnte Tisana sich augenblicklich wenig darum kümmern, wie der Name des Königs lautete, ob Malibor oder Tyeveras oder Kinniken. Der Burgberg war weit entfernt, Tausende von Meilen, und hätte ebensogut gar nicht existieren können. Was in ihrem Leben so hoch wie der Burgberg aufragte, das war der Test. Das Wissen um diesen Test überschattete alles andere und verwandelte jedes andere Ereignis in etwas Unbedeutendes. Sie wußte, daß das absurd war. Es war ähnlich der bizarren Steigerung der Gefühle, wenn man krank ist, wenn sich das ganze Universum in dem Schmerz hinter dem linken Auge oder im Magen zu konzentrieren schien, und nichts anderes zählte. Lord Malibor? Sie würde seine Ernennung zu einem anderen Zeitpunkt feiern.

»Komm«, sagte Freylis. »Gehen wir in deine Zelle.«

Tisana nickte. Heute nacht war der Speisesaal kein Aufenthaltsort für sie. Mit dem Bewußtsein, daß aller Augen auf ihr ruhten, ging sie unsicheren Schrittes den Mittelgang hinab und trat hinaus in die Dunkelheit. Ein trockener, warmer Wind wehte, ein unangenehmer Wind, der an ihren Nervenenden zerrte. Als sie Tisanas Zelle erreichten, zündete Freylis Kerzen an und schob Tisana sanft auf das Bett. Sie nahm zwei Weinkelche aus dem Schrank und holte eine Flasche unter ihrem Kleid hervor.

»Was tust du da?« fragte Tisana.

»Wein. Um dich zu entspannen.«

»Traumwein?«

»Warum nicht?«

Stirnrunzelnd sagte Tisana: »Wir dürfen nicht ...«

»Wir werden keine Sprechzeremonie durchführen. Dies soll dich nur entspannen und uns einander näherbringen, damit ich meine Kraft mit dir teilen kann. Ja? Hier.« Sie goß den schweren Wein in die Kelche und reichte Tisana einen davon. »Trink. Trink aus, Tisana.« Benommen gehorchte Tisana. Freylis trank ihr Glas ebenfalls hastig leer und begann sich auszuziehen. Tisana sah sie überrascht an. Sie hatte noch niemals eine Frau als Geliebte gehabt. Wollte Freylis das von ihr? Warum? Das ist ein Fehler, dachte Tisana. Am Vorabend meines Tests trinke ich Traumwein und teile das Lager mit Freylis ...«

»Zieh dich aus«, flüsterte Freylis.

»Was hast du vor?«

»Ich möchte Traumwache mit dir halten, Dummerchen. Wie abgemacht. Nichts weiter. Trink deinen Wein leer und zieh das Kleid aus!«

Freylis war jetzt nackt. Ihr Körper war fast wie der eines Kindes, gerade Gliedmaßen, schlank, blasse, reine Haut und mädchenhafte Brüste. Tisana ließ ihr eigenes Kleid zu Boden sinken. Ihr schwerer Körper machte sie verlegen, die kräftigen Arme, die mächtigen Säulen ihrer Schenkel und Beine. Man war während des Sprechens immer nackt, und man lernte schnell, diese Tatsache zu vergessen, aber irgendwie war dies anders, intimer, persönlicher. Freylis schenkte ihnen noch ein wenig mehr Wein ein. Tisana trank ohne zu protestieren. Dann umklammerte Freylis Tisanas Handgelenke, kniete vor ihr nieder, sah ihr in die Augen und sagte in gleichermaßen mitfühlendem wie scharfem Tonfall: »Du große Närrin, hör endlich auf, dir wegen morgen Sorgen zu machen! Der Test ist *nichts*. Nichts.« Sie blies die Kerzen aus und legte sich neben Tisana. »Schlaf gut. Träum angenehm.« Freylis kuschelte sich an Tisanas Brust und drängte sich dicht an ihren Körper, aber sie lag ruhig und war nach wenigen Augenblicken eingeschlafen.

Sie würden also keine Geliebten werden. Tisana fühlte sich erleichtert. Zu einem anderen Zeitpunkt vielleicht – warum nicht? –, aber nicht jetzt, denn dies war nicht der geeignete Augenblick für derlei Abenteuer. Tisana schloß die Augen und hielt Freylis, wie man ein schlafendes Kind halten mochte. Der Wein pulsierte in ihr und wärmte sie. Der Traumwein öffnete einen Geist dem anderen, und Tisana war nun empfänglich für Freylis' Geist, aber es war kein Sprechen, und sie hatten keine der Übungen ausgeführt, welche die uneingeschränkte Vereinigung herbeiführten; von Freylis kamen nur allgemeine, unklare Ausstrahlungen von Frieden, Liebe und Energie. Sie war stark, viel stärker als einem ihr schmächtiger Körper glauben machen wollte, und während der Traumwein immer mehr von Tisana Besitz ergriff, beruhigte die Nähe der anderen Frau sie zunehmend. Langsam wurde sie von Schläfrigkeit überkommen. Sie machte sich immer noch Sorgen wegen des Tests, was die anderen denken mochten, weil sie beide so früh gegangen waren, über den Bruch der Vorschriften, den sie beide begangen hatten, indem sie den Wein tranken – und Wirbel von Schuld und Scham und Furcht rasten durch ihren Geist. Aber allmählich beruhigte sie sich. Sie schlief. Mit dem geübten Auge einer Sprecherin beobachtete sie ihre Träume, aber sie waren gestaltlos und ohne Aussage, die Bilder geheimnisvoll unscharf, ein kahler, von einem schwachen und fernen Licht erhellter Horizont, dann vielleicht das Gesicht der Lady oder der Ältesten Inuelda, oder auch das von Freylis, aber meistenteils nur warmes und beruhigendes Licht. Und dann kam die Dämmerung, und ein Vogel in der Wüste kündete mit seinem Ruf das Herannahen des neuen Tages.

Tisana blinzelte und richtete sich auf. Sie war allein. Freylis hatte die Kerzen weggestellt und die Kelche gespült, und auf dem Tisch hatte sie eine Nachricht hinterlassen – nein, keine Nachricht, eine Zeichnung, das Blitz-Symbol des Königs der Träume im Inneren des Dreiecks-im-Dreieck der Lady, umgeben von einem Herzen und einer strahlenden Sonne: eine Botschaft der Liebe und Zuversicht.

»Tisana?«

Sie ging zur Tür. Die alte Tutorin Vandune stand draußen.

»Ist es Zeit?« fragte Tisana.

»Bald ist es Zeit. Die Sonne scheint bereits seit zwanzig Minuten. Bist du bereit?«

»Ja«, sagte Tisana. Sie war seltsam ruhig – ironisch, nachdem sie eine Woche lang Angst gehabt hatte. Aber nun, da der Augenblick gekommen war, gab es nichts mehr zu fürchten. Es kam, wie es kommen würde, und es würde zum Besten geschehen.

Sie folgte Vandune über den Hof, am Gemüsegarten vorbei, und verließ den Boden des Stiftshauses. Einige Menschen waren bereits auf, aber niemand sprach sie an. Im meergrünen Licht des frühen Tages gingen sie schweigend über den knirschenden Wüstensand, Tisana achtete auf ihre Gangart, um stets einen Schritt hinter der alten Frau zu bleiben. Sie gingen nach Osten und Süden, ohne ein Wort zu wechseln, und Tisana kam es vor, als würden sie stundenlang marschieren, Meile um Meile. Aus der Einsamkeit der Wüste begannen allmählich die Ruinen der uralten Metamorphenstadt Velalisier emporzuragen, jener riesige, verbotene und düstere Ort, der vor Jahrtausenden erbaut und schon vor langer Zeit von seinen Erbauern verflucht und verlassen worden war. Tisana glaubte zu verstehen. Als Test würde man sie allein lassen, damit sie den ganzen Tag durch die geisterhaften Ruinen gehen mußte. Aber konnte das sein? So kindisch, so einfältig? Geister machten ihr keine Angst. Und außerdem hätte es in der Nacht geschehen müssen, wenn sie sie ängstigen wollten. Velalisier am Tage war nichts weiter als verfallene Steinquader und verwitterte Fassaden, eingestürzte Tempel, zusammengebrochene Säulen und im Sand begrabene Pyramiden.

Schließlich erreichten sie eine Art Amphitheater, das noch vergleichsweise gut erhalten war, die ringförmigen Sitzreihen erstreckten sich in einem breiten Bogen nach außen. Im Zentrum standen ein Tisch und mehrere Stühle aus Stein, auf dem Tisch eine Flasche Wein. Das also war der Ort des Tests! Und nun, mutmaßte Tisana, würden Vandune und sie den Wein trinken, sich auf den ebenen Sandboden legen, ein Sprechen vollziehen, und wenn sie sich dann erhoben, würde Vandune genau wissen, ob sie Tisana aus Falkynkip in den Kreis der Traumsprecherinnen aufnehmen konnten.

Aber auch so sollte es nicht werden. Vandune deutete auf die Flasche und sagte: »Sie enthält Traumwein. Ich werde dich hier zurücklassen. Schenk dir soviel Wein ein, wie du möchtest. Trink und schau in deine Seele. Führe selbst den Test durch.«

»Ich?«

Vandune lächelte. »Wer sonst kann dich testen? Geh. Trink. Ich werde rechtzeitig zurückkehren.«

Die alte Tutorin verbeugte sich und ging fort. In Tisanas Verstand tauchten plötzlich zahllose Fragen auf, aber sie stellte sie nicht, denn irgendwie spürte sie, daß der Test bereits begonnen hatte, und daß der erste Teil darin bestand, keine Fragen zu beantworten. Verwirrt betrachete sie Vandune, die in einer Nische des Amphitheaters verschwand und einen Alkoven betrat. Danach vernahm sie kein Geräusch mehr, nicht einmal Schritte. In der erdrückenden Stille der verlassenen Stadt schien der Sand zu dröhnen, aber leise. Tisana runzelte die Stirn, lächelte, lachte – ein donnerndes Lachen, das ferne Echos erzeugte. Der Witz ging auf ihre Kosten! Führe deinen eigenen Test durch, das war es! Laßt sie einen Tag lang Angst haben, und dann führt sie in die Ruinen und sagt ihnen, die Show allein abzuziehen! Soviel zur furchtsamen Erwartung großer Herausforderungen, soviel zu den von der eigenen Seele erzeugten Phantomen.

Aber wie ...

Tisana zuckte die Achseln. Schenkte sich Wein ein, trank. Sehr süß, vielleicht ein anderer Jahrgang. Die Flasche war groß. Nun gut: Ich bin auch eine große Frau. Sie schenkte nochmals ein. Ihr Magen war leer; sie spürte die Wirkung des Weins fast auf der Stelle. Dennoch trank sie ein drittes Glas.

Die Sonne stieg schnell höher. Der erste Schein ihrer Strahlen kam bereits über den Rand des Amphitheaters.

»Tisana!« rief sie. Und sie antwortete auf ihren Ruf: »Ja, Tisana?«

Lachte. Trank wieder.

Niemals vorher hatte sie alleine Traumwein getrunken. Er wurde stets in Gegenwart eines anderen eingenommen – entweder während eines Sprechens oder mit einer Tutorin. Ihn nun allein zu trinken war, als stelle man seinem Spiegelbild Fragen. Sie fühlte die Art von Verwirrung, die einen befällt, wenn man zwischen zwei Spiegeln steht und seien Spiegelungen unendlichfach reflektiert sieht.

»Tisana«, sagte sie zu sich selbst, »dies ist dein Test. Bist du zur Traumsprecherin geeignet?«

Und sie antwortete: »Ich habe vier Jahre studiert, und vorher war ich drei weitere Jahre auf Pilgerschaft zur Insel. Ich kenne die sieben selbsttäuschenden

Träume und die neun anweisenden Träume und die Träume des Rufes und die ...«

»Schon gut. Vergiß das. Bist du zur Traumsprecherin geeignet?«

»Ich weiß, wie man Wein mischt und ihn trinkt.«

»Beantworte die Frage. Bist du zur Traumsprecherin geeignet?«

»Ich bin sehr stabil. Meine Seele ist fest.«

»Du weichst der Frage aus.«

»Ich bin stark und befähigt. Ich habe wenig Bosheit in mir. Ich möchte dem Göttlichen dienen.«

»Und was ist mit deinen Mitmenschen?«

»Ich diene dem Göttlichen, indem ich ihnen diene.«

»Sehr elegant ausgedrückt. Wer hat dir den Satz vorgesagt?«

»Er ist mir gerade eingefallen. Kann ich noch Wein haben?«

»Soviel du willst.«

»Danke«, sagte Tisana. Sie trank. Sie fühlte sich benommen, aber noch nicht betrunken, und die geheimnisvolle, die Seelen verbindende Wirkung des Weins fehlte, da sie alleine war. Sie sagte: »Was ist die nächste Frage?«

»Du hast die erste noch nicht beantwortet.«

»Stell die nächste.«

»Es gibt nur eine Frage, Tisana. Bist du zur Traumsprecherin geeignet? Kannst du die Seelen jener trösten, die zu dir kommen?«

»Ich werde es versuchen.«

»Ist das deine Antwort?«

»Ja«, sagte Tisana. »Das ist meine Antwort. Laßt es mich versuchen. Ich bin eine Frau guten Willens. Ich habe die Gabe und den Wunsch, anderen zu helfen.

Und die Lady hat mir befohlen, Traumsprecherin zu werden.«

»Wirst du dich mit allen niederlegen, die dich brauchen? Mit Menschen und Ghayrogs und Skandars und Liimenschen und Vroons und allen anderen Rassen der Welt?«

»Mit allen«, sagte sie.

»Wirst du ihnen ihre Last abnehmen?«

»Wenn ich es vermag.«

»Bist du zur Traumsprecherin geeignet?«

»Laßt es mich versuchen, dann werde ich es wissen«, sagte Tisana.

Tisana sagte: »Das ist hinreichend. Ich habe keine weiteren Fragen.«

Sie schenkte den letzten Wein ein und trank ihn. Dann blieb sie still sitzen, während die Sonne höherstieg und die Tageshitze zunahm. Sie war vollkommen ruhig, ohne Unbehagen, ohne Ungeduld. So würde sie Tag und Nacht sitzen bleiben, wenn es nötig sein sollte. Schätzungsweise eine Stunde verstrich, vielleicht etwas mehr, und dann stand plötzlich Vandune vor ihr, die ohne Vorwarnung auftauchte.

Die alte Frau sagte leise: »Ist dein Test beendet?«

»Ja.«

»Wie ist es gelaufen?«

»Ich habe bestanden«, sagte Tisana.

Vandune lächelte. »Ja. Ich war dessen sicher. Komm jetzt, wir müssen mit der Ältesten sprechen und für deine Zukunft sorgen, Sprecherin Tisana.«

Sie gingen so schweigsam wie sie gekommen waren zum Stiftshaus zurück, mit raschen Schritten in der drückenden Hitze. Es war fast Nachmittag, als sie aus der Ruinenzone herauskamen. Die Novizinnen und

Anwärterinnen, die auf den Feldern gearbeitet hatten, kamen zum Essen heim. Sie sahen Tisana unsicher an, und Tisana schenkte ihnen ein breites und beruhigendes Lächeln.

Am Klostereingang tauchte Freylis auf, die wie zufällig Tisanas Weg kreuzte und ihr einen besorgten Blick zuwarf.

»Nun?« fragte Freylis gespannt.

Tisana lächelte. Sie wollte sagen: Es war nichts weiter, ein Scherz, eine Formalität, ein Ritual, der wirkliche Test fand schon vor langer Zeit statt. Aber das würde Freylis selbst herausfinden müssen. Eine breite Kluft trennte sie nun voneinander, denn Tisana war Sprecherin und Freylis immer noch nur eine Vollendete. Daher sagte Tisana nur: »Alles ist gutgegangen.«

»Gut. Oh, gut, Tisana, gut! Ich freue mich so für dich!«

»Ich danke dir für deine Hilfe«, sagte Tisana ernst.

Plötzlich senkte sich ein Schatten über den Hof. Tisana sah auf. Eine kleine schwarze Wolke, wie die von gestern, wanderte am Himmel entlang, zweifellos das versprengte Überbleibsel eines Sturmes an der fernen Küste. Sie hing da, als wäre sie am Turm des Stiftshauses angebunden, und als hätte jemand ein Ventil geöffnet, fielen plötzlich große, schwere Regentropfen heraus. »Schau«, sagte Tisana. »Es regnet! Komm Freylis, komm. Laß uns tanzen!«

BUCH NEUN

Eine Diebin in Ni-moya

Gegen Ende des siebten Jahres der Wiederberufung von Lord Valentine spricht es sich im Labyrinth herum, daß ein Besuch des Coronals kurz bevorsteht – Neuigkeiten, die Hissunes Puls beschleunigen und sein Herz schneller schlagen lassen. Wird er den Coronal sehen? Wird Lord Valentine sich seiner erinnern? Der Coronal machte sich einst die Mühe, ihn zu seiner zweiten Krönung auf den Burgberg bringen zu lassen. Sicher denkt Lord Valentine noch an ihn, sicher erinnert er sich an den Jungen, der ...

Wahrscheinlich nicht, überlegte Hissune. Seine Vorfreude schwindet; sein kühles, rationales Selbst übernimmt wieder die Kontrolle. Wenn er Lord Valentine während dieses Besuches überhaupt zu Gesicht bekommt, wäre das an sich schon außergewöhnlich, und wenn Lord Valentine weiß, wer er ist, dann wäre das ein Wunder. Wahrscheinlich wird der Coronal sich im Labyrinth aufhalten und außer den hohen Ministern und dem Pontifex niemanden sehen. Man sagt, er befindet sich auf einer großen Prozession nach Alaisor und danach zur Insel des Schlafs, um seine Mutter zu besuchen, und bei einer solchen Route ist ein Aufenthalt im Labyrinth unvermeidlich. Aber Hissune weiß, daß Coronals das Labyrinth nicht gerne besuchen, weil es sie auf unangenehme Weise an das Schicksal erinnert, das sie als oberster Herrscher von Majipoor erwartet. Und er weiß auch, daß der Pontifex Tyeveras ein Geistergeschöpf ist, mehr tot als lebend, innerhalb des Kokons seiner Lebenshaltungssysteme in einem Traum ohne Erwachen gefangen, unfähig zu sprechen und mehr ein Symbol als ein Mensch, den man schon vor Jahren hätte begraben müssen, der aber am Leben erhalten wird, damit Lord Valentines Zeit als Coronal verlängert werden kann. Das ist gut für Lord Valentine und zweifellos für Majipoor, denkt Hissune, aber nicht so gut für Tyeveras. Aber derlei Fragen gehen ihn nichts an. Er besucht das See-

lenregister, weil er immer noch müßig über den bevorstehenden Besuch des Coronals nachdenkt, und wählt beiläufig eine neue Kapsel aus, und er erhält die Aufzeichnung einer Bürgerin aus Ni-moya, die so wenig vielversprechend beginnt, daß er sie normalerweise abgelehnt hätte, aber er verspürt das Verlangen, diese große Stadt des anderen Kontinents selbst zu sehen. Um Ni-moyas willen erlaubt er sich, das Leben einer kleinen Ladenbesitzerin zu leben – und bald hat er keinen Grund mehr, das zu bedauern.

KAPITEL 1

Inyannas Mutter war ihr Leben lang Ladenbesitzerin gewesen, und ihre Mutter ebenfalls, wie auch deren Mutter, und es sah so aus, als würde das auch Inyannas Schicksal sein. Weder ihrer Mutter noch deren Mutter hatte dieses Leben sonderlich mißfallen, aber Inyanna, die gerade neunzehn und alleinige Erbin war, spürte den Laden wie eine niederdrückende Last auf dem Rücken, ein Gewicht, einen unerträglichen Druck. Sie dachte oft daran, Ausverkauf zu machen und ihr wahres Schicksal in einer weit entfernten anderen Stadt zu suchen, Piliplok oder Pidruid oder selbst in der gewaltigen Metropole Ni-moya, weit im Norden, von der man sagte, ihre Schönheit übersteige die Vorstellungskraft aller, die sie nicht mit eigenen Augen gesehen hätten.

Aber die Zeiten waren schlecht, das Geschäft ging schleppend, und Inyanna sah keinen potentiellen Käufer für den Laden. Außerdem war der Ort schon seit Generationen das Zentrum des Lebens ihrer Familie, und ihn einfach im Stich zu lassen war keine leichte Sache, so verabscheuenswert er ihr auch geworden war. Daher stand sie jeden Morgen beim Einbruch der Dämmerung auf und trat auf die kleine gepflasterte Terrasse hinaus, um in die Steinwanne für das Regenwasser zu tauchen, die sie zum Baden benützte, und dann zog sie sich an und aß getrockneten Fisch zum Frühstück und trank Wein und ging nach unten, um den Laden zu öffnen. Es war ein Gemischtwarenladen – Nägel und Kleidung und Tontöpfe von der

Südküste und Fässer voller Gewürze und Dörrobst und Weinflaschen und die berühmten Messer aus Narabal und Stücke teuren Meeresdrachenfleischs und die glitzernden, filigranen Laternen, die sie in Tilomon herstellten, und viele andere Dinge. Wie ihren gab es zahlreiche Läden in Velathys; und keinem ging es besonders gut. Seit dem Tod ihrer Mutter führte Inyanna die Bücher, machte Inventur, wischte den Fußboden auf, staubte die Regale ab, füllte die Fragebogen und Formulare der Regierung aus, und nun hatte sie alles gründlich satt. Aber welche anderen Möglichkeiten bot das Leben? Sie war ein unbedeutendes Mädchen, das in einem unbedeutenden, verregneten Bergdorf lebte, und sie hatte nur wenig Hoffnung, daß sich in den kommenden sechzig oder siebzig Jahren daran etwas ändern würde.

Die wenigsten ihrer Kunden waren Menschen. Im Lauf der Jahre war dieser Teil des Dorfs hauptsächlich von Hjorts und Liimenschen bewohnt worden – und auch von einigen Metamorphen, denn die Metamorphenprovinz Piurifayne lag nördlich des Dorfs gleich hinter einer Hügelkette, und ein nicht unerheblicher Teil der Gestaltveränderer war schon bis nach Velathys vorgedrungen. Sie nahm sie alle einfach hin, auch die Metamorphen, in deren Gegenwart sich die meisten Menschen unwohl fühlten. Das einzige, was Inyanna an ihren Kunden bedauerte, war die Tatsache, daß sie nur wenige Angehörige ihrer eigenen Rasse zu sehen bekam, und daher fand sie, wenngleich sie ein schlankes und attraktives, großes, fast knabenhaft aussehendes Mädchen war, mit lockigem rotem Haar und grünen Augen, kaum je einen Liebhaber, geschweige denn jemanden, mit dem sie gerne zusammengelebt hätte. Den Laden mit jemandem zu teilen, hätte die Arbeit ein wenig verringert. Andererseits würde es sie viel von ihrer Freiheit kosten, auch die Freiheit, von einer Zeit zu träumen, da sie den Laden in Velathys nicht mehr besaß.

Eines Tages nach dem Nachmittagsregen betraten zwei Femde den Laden, die ersten Kunden seit Stunden. Einer war klein, mit untersetztem Körper, ein kleiner runder Ball von einem Mann, der andere war bleich und schlaksig und hochgeschossen, mit knochigem Gesicht, ganz kantig und eckig, und der sah wie ein urzeitliches Geschöpf aus den Bergen aus. Sie trugen schwere weiße Roben mit hellorangenen Schärpen, ein Kleidungsstil, wie er angeblich in den großen Städten des Nordens üblich war, und sie sahen sich mit den raschen und geringschätzigen Blicken von Männern im Laden um, die ein ungleich besseres Angebot gewöhnt waren.

Der kleinere sagte: »Bist du Inyanna Forlana?«

»Die bin ich.«

Er konsultierte ein Dokument. »Tochter von Forlana Hayorn, welche die Tochter von Hayorn Inyanna war?«

»Genau die bin ich. Dürfte ich fragen ...«

»Endlich!« rief der größere. »Was für eine lange und anstrengende Reise das war! Wenn du wüßtest, wie wir nach dir gesucht haben! Den Fluß Khyntor hinauf, dann weiter nach Dulorn, über diese verdammten Berge – hört es hier eigentlich jemals auf zu regnen? – und dann von Haus zu Haus, von Laden zu Laden, in ganz Velathys, wir fragten diesen und jenen ...«

»Und ich bin die, die ihr sucht?«

»Wenn du deine Abstammung nachweisen kannst, ja.«

Inyanna zuckte die Schultern. »Ich habe Unterlagen. Aber was führt euch zu mir?«

»Wir sollten uns vorstellen«, sagte der Kleine. »Ich bin Vezan Ormus, mein Kollege heißt Steyg, und wir sind Angestellte im Stab seiner Majestät des Pontifex Tyeveras, Amt für Erbschaftsangelegenheiten Ni-moya.« Aus einer reichverzierten Ledertasche holte Vezan Ormus ein paar Dokumente; er blätterte sie suchend durch und sagte: »Die älteste Schwester deiner Großmutter war eine gewisse Saleen Inyanna, die sich im dreiundzwanzigsten Jahr des Pontifikats von Kinniken, als Lord Ossier Coronal war, in der Stadt Ni-moya niederließ und einen Helmyot Gavoon heiratete, Vetter dritten Grades des Herzogs.«

Inyanna sah ihn verständnislos an. »Ich kenne keinen davon.«

»Das überrascht uns nicht«, sagte Steyg. »Es war vor einigen Generationen. Und zweifellos gab es wenig Kontakt zwischen diesen beiden Stämmen der Familie, betrachtet man den großen Unterschied an Wohlstand und die Entfernung.«

»Meine Großmutter hat nie etwas von reichen Verwandten in Ni-moya gesagt«, sagte Inyanna.

Vezan Ormus hustete und suchte in den Papieren. »Wie dem auch sei. Helmyot Gavoon und Saleen Inyanna wurden drei Kinder geboren, von denen das älteste, eine Tochter, das Anwesen der Familie erbte. Sie starb jung bei einem Jagdunfall, und das Land fiel ihrem einzigen Sohn zu, Gavoon Dilamayne, der kinderlos blieb und im zehnten Jahr des Pontifikats von Tyeveras starb, also vor neun Jahren. Seither steht das

Anwesen leer, während die Suche nach den rechtmäßigen Erben vorangetrieben wurde. Vor drei Jahren wurde festgestellt ...«

»Daß ich die Erbin bin?«

»Genau«, sagte Steyg ruhig, mit einem breiten und knochigen Grinsen.

Inyanna, die die Wendung des Gesprächs seit langem geahnt hatte, war dennoch erstaunt. Ihre Beine zitterten, Lippen und Mund wurden trocken, und in ihrer Verblüffung machte sie plötzlich eine unerwartete Bewegung mit dem linken Arm, wobei sie eine teure Vase aus Alhanroel herabstieß, die zerschellte. Davon peinlich berührt, beherrschte sie sich etwas und sagte: »Was soll ich denn geerbt haben?«

»Das große Haus, das als Nissimorn-Prospekt bekannt ist, am nördlichen Ufer des Zimr bei Nimoya, sowie Landsitze an drei Orten im Steichetal, die alle verpachtet sind und Gewinne abwerfen«, sagte Steyg.

»Wir gratulieren«, sagte Vezan Ormus.

»Und ich gratuliere euch«, antwortete Inyanna, »für euren köstlichen Humor. Herzlichen Dank für diese Augenblicke der Unterhaltung, und nun bitte ich euch, mich mit meiner Buchhaltung weitermachen zu lassen, wenn ihr nichts kaufen wollt, denn die Steuern sind fällig und ...«

»Du bist skeptisch«, sagte Vezan Ormus. »Nicht zu verdenken. Wir kommen mit einer phantastischen Geschichte daher, und du bist außerstande, unseren Worten Glauben zu schenken. Aber sieh: Wir sind Männer aus Ni-moya. Glaubst du, wir wären Tausende Meilen nach Süden gereist, nur um einer kleinen Ladenbesitzerin einen Streich zu spielen? Schau

– hier –« Er breitete seine Unterlagen aus und zeigte sie Inyanna. Mit zitternden Händen betrachtete sie sie. Ein Bild des Hauses – atemberaubend – sowie Dokumente hinsichtlich des Besitzanspruchs, ein Stammbaum, ein Papier mit dem Siegel des Pontifikats, auf dem ihr Namen stand, und …

Sie sah benommen und verwirrt auf.

Mit leiser, ungläubiger Stimme flüsterte sie: »Was muß ich jetzt tun?«

»Reine Routine«, versicherte Steyg. »Du mußt nachweisen, daß du wirklich Inyanna Forlana bist, du mußt Papiere unterschreiben, daß du die fälligen Steuern auf die Güter nachzahlen wirst, wenn du sie in Besitz genommen hast, du mußt die Gebühren für das Übertragen des Besitzes bezahlen, und so weiter. Wir können dir das alles abnehmen.«

»Gebühren zahlen?«

»Nur wenige Royals.«

Sie riß die Augen auf. »Die ich aus den erwirtschafteten Gewinnen des Besitzes bezahlen kann?«

»Unglücklicherweise nein«, antwortete Vezan Ormus. »Das Geld muß bezahlt werden, *bevor* du den Besitz angenommen hast, und selbstverständlich hast du nur mit dem Besitz Anspruch auf die Einnahmen, und daher …«

»Eine wirklich ärgerliche Formalität«, sagte Steyg. »Aber eine durchaus sinnvolle, auf lange Sicht betrachtet.«

KAPITEL 2

Alles in allem belief sich die Gebühr auf zwanzig Royals. Für Inyanna war das eine enorme Summe, fast ihre gesamten Ersparnisse; aber das Studium der Unterlagen verriet ihr, daß die Einnahmen aus der geerbten landwirtschaftlichen Nutzfläche allein neunhundert Royals pro Jahr betrugen, und dann waren da noch die anderen Aktivposten des Anwesens, das Haus nebst Inhalt, die Mieten und Tantiemen bestimmter Grundstücke am Flußufer …

Vezan Ormus und Steyg waren außerordentlich hilfreich beim Ausfüllen der Formulare. Sie stellte das HEUTE GESCHLOSSEN-Schild ins Fenster, was angesichts der schleppenden Geschäfte aber wohl kaum nötig gewesen wäre, und dann saß sie den ganzen Nachmittag neben ihnen am Schreibtisch und unterzeichnete Papiere, die sie mit dem eindrucksvollen Siegel des Pontifikats versahen. Hinterher feierte sie den Anlaß, indem sie sie in die Taverne am Fuß des Hügels führte und sie zum Wein einlud. Steyg bestand darauf, die erste Runde zu bezahlen, stieß ihre Hand weg und legte eine halbe Krone für einen erlesenen Palmwein aus Pidruis hin. Inyanna schrak angesichts dieser Extravaganz zusammen – sie trank normalerweise nur vom billigsten –, aber dann erinnerte sie sich, daß sie zu Reichtum gekommen war, und als die Flasche leer war, bestellte sie selbst eine. Die Taverne war gut besucht, hauptsächlich Hjorts und ein paar Ghayrogs, und die Bürokraten aus dem Norden saßen unbehaglich zwischen all den Nichtmenschen, manchmal hielten sie nachdenklich die Finger an die Nase, als wollten sie den Geruch der fremden Körper aussondern. Um sie abzulenken versicherte Inyanna ihnen wiederholt, wie dankbar sie ihnen war, daß sie die weite Reise unternommen hatten, um sie im abgelegenen Velathys aufzusuchen.

»Aber das ist doch unsere Aufgabe!« protestierte Vezan Ormus. »Auf dieser Welt müssen wir alle dem Göttlichen dienen, indem wir unsere Aufgaben im täglichen Leben erfüllen. Land lag brach, ein großes Anwesen verkam; ein Erbe lebte in Unwissenheit. Die Gerechtigkeit verlangt, daß derlei Unzulänglichkeiten behoben werden. Uns fällt das Privileg zu, dafür zu sorgen.«

»Dennoch«, sagte Inyanna, vom Wein erheitert, weshalb sie sich manchmal schon fast kokett dicht zu dem einen oder anderen Mann hinüberbeugte, »ihr habt große Unbequemlichkeiten auf euch genommen, und ich werde immer in eurer Schuld stehen. Soll ich euch noch eine Flasche kaufen?«

Es war bereits dunkel, als sie das Wirtshaus endlich verließen. Mehrere Monde waren aufgegangen, und die Hügel, die die Stadt umgaben, Vorgebirge des gewaltigen Ghongar-Massivs, sahen in ihrem kalten Schein wie verwitterte Säulen aus schwarzem Eis aus. Inyanna brachte ihre Besucher zu ihrem Hotel am Rand der Deckeret Plaza und wäre in weinseliger Überschwenglichkeit fast so weit gegangen, sich selbst für die Nacht einzuladen. Aber anscheinend verspürten sie kein Verlangen danach, schienen angesichts der Vorstellung sogar ein wenig überdrüssig zu werden, und so wurde sie an der Tür mit glatten und höflichen Worten abgewiesen. Mit leicht schwankenden Schritten ging sie zu ihrem Haus zurück, wo sie auf die Terrasse trat, um die Nachtluft einzuatmen. Ihr Kopf pochte. Zuviel Wein, zuviel Reden, zuviel verblüffende Neuigkeiten! Sie sah sich um und betrachtete die Stadt. Reihe für Reihe standen kleine stuckverzierte Häuser mit Ziegeldächern am Hang des Velathys-Beckens, ein paar Parks, einige Plätze und Gutshäuser, das baufällige Schloß des Herzogs, das sich an den Osthang klammerte, die Straße, die die Stadt wie eine Kette umgab, dann die hohen, erdrückenden Berge, die gleich dahinter begannen, die Marmorsteinbrüche wie offene Wunden in ihrem Leib – das alles konnte sie von ihrem Nest auf dem Hügel erkennen. Lebwohl! Weder eine häßliche noch eine schöne Stadt, dachte sie: einfach ein Ort, ruhig, feucht, langweilig, kalt, gewöhnlich, bekannt wegen seines Marmors und der künstlerisch gestalteten Häuser, und wegen weiter nichts, eine Provinzstadt auf einem Provinzkontinent. Resignierend hatte sie sich damit abgefunden, bis ans Ende ihrer Tage hier zu leben. Aber nun, da das Wunder ihres Lebens geschehen war, schien es undenkbar, noch eine weitere Stunde hier zu verbringen, zumal das strahlende Ni-moya wartete, Ni-moya, Ni-moya, Ni-moya!

Sie schlief tief und ruhig. Am Morgen traf sie sich im Büro des Notars mit Vezan Ormus und Steyg, reichte ihnen den Beutel mit den mühsam ersparten Royals, die meistens alt waren, sehr alt, mit den Gesichtern von Kinniken und Thimin und Ossier und eine Münze sogar aus der Zeit des großen Confalume, eine jahrhundertealte Münze. Als Gegenleistung gaben sie ihr ein einziges Blatt Papier: eine Quittung über zwanzig Royals, mit dem Verwendungszweck, Gebühren zu begleichen. Die anderen Dokumente, erklärten sie, mußten sie mit sich nehmen, damit sie gegengezeichnet und rechtskräftig würden. Aber wenn die Prozedur abgeschlossen war, würden sie ihr alles zuschikken, und dann konnte sie nach Ni-moya kommen und ihr Eigentum in Besitz nehmen.

»Ihr werdet meine Gäste sein«, sagte sie großzügig. »Wir werden einen ganzen Monat feiern und jagen, wenn ich mein Landhaus bezogen habe.«

»Oh, nein«, sagte Vezan Ormus leise. »Für unsereinen wäre es kaum angemessen, gesellschaftlich mit der Herrin des Nissimorn-Prospekts zu verkehren. Aber wir verstehen das Motiv und danken für die Geste.«

Inyanna lud sie zum Essen ein. Aber sie mußten weiter, erklärte Steyg. Sie mußten noch andere kontaktieren und versuchen, Erben in Narabal und Til-omon und Pidruid ausfindig zu machen; viele Monate würden vergehen, bevor sie ihre Frauen und ihr Zuhause in Ni-moya wiedersehen würden. Und bedeutete das, fragte sie plötzlich enttäuscht, daß die Bearbeitung ihrer Ansprüche ruhen würde, bis sie wieder daheim waren? »Ganz und gar nicht«, sagte Steyg. »Wir werden die Unterlagen noch heute mit einem Kurier nach Ni-moya schicken. Die Bearbeitung wird so bald als möglich geschehen. Sie müßten bald von unserem Büro hören, so etwa in, na, sagen wir sieben bis neun Wochen.«

Sie begleitete sie zu ihrem Hotel und wartete außerhalb, während sie packten, danach brachte sie sie zum Schweber und stand winkend am Straßenrand, während sie die Straße hinabfuhren, die zur Südwestküste führte. Dann öffnete sie den Laden wieder. Am Nachmittag kamen zwei Kunden, einer kaufte für acht Gewichte Nägel, der andere bat um falschen Satin, drei Meter zu sechzig Gewichten pro Meter, und so betrugen die Tageseinnahmen weniger als zwei Kronen, aber das machte nichts, denn bald würde sie reich sein.

Ein Monat verstrich, und es kam keine Kunde aus Ni-moya. Ein zweiter Monat, und immer noch nichts.

Die Geduld, die Inyanna neunzehn Jahre in Velathys festgehalten hatte, war die Geduld der Resignation und Hoffnungslosigkeit gewesen. Aber nun, da große Veränderungen vor ihr lagen, hatte sie keine Geduld mehr. Sie wurde nervös, sie ging auf und ab, sie machte sich Zeichen am Kalender. Der Sommer mit seinen täglichen Regenfällen ging zu Ende, der trokkene Herbst begann, die Blätter in den Bergen nahmen die Farben von Feuer an. Nichts. Es folgte der stürmische Winter, Massen feuchter Luft drängten südlich von Zimrtal über die Metamorphenländer herein und kollidierten mit den heftigen Winden von den Bergen. In den höchsten Gipfeln der Gonghars lag Schnee, die Straßen von Velathys verwandelten sich in Schlammwege. Keine Nachricht aus Ni-moya, und Inyanna dachte an ihre zwanzig Royals, während sie verbittert sauren Wein trank und daran dachte, wie es sein würde, Herrin des Nissimorn-Prospekts zu sein. Warum dauerte es so lange? Zweifellos hatten Vezan Ormus und Steyg die Dokumente schnellstmöglich dem Büro des Pontifikats übermittelt, sicher lagen ihre Papiere auf einem verstaubten Schreibtisch und warteten auf die Bearbeitung, während in ihren Gärten das Unkraut wuchs.

Am Wintertagvorabend beschloß Inyanna, nach Ni-moya zu reisen und die Sache selbst in die Hand zu nehmen.

Die Reise würde teuer sein, und von ihrem Ersparten hatte sie sich bereits getrennt. Um das Geld aufzutreiben, verpfändete sie den Laden an eine Hjort-Familie. Sie gaben ihr zehn Royals, ihre Zinsen bekamen sie aus dem Verkauf des Inventars auf ihre Rechnung; sollte die ganze Schuld abbezahlt sein, bevor sie zurückkam, würden sie das Geschäft weiter für sie verwalten und ihr eine Umsatzbeteiligung bezahlen. Der Vertrag sicherte den Hjorts alle Vorteile, aber das kümmerte Inyanna nicht. Sie wußte, daß sie den Laden nie mehr wiedersehen würde, ebensowenig wie die Hjorts oder Velathys selbst, aber das sagte sie keinem, für sie zählte nur, daß sie das Geld für die Reise nach Ni-moya bekam.

Es war keine kurze Reise. Der direkteste Weg von Velathys nach Ni-moya führte durch die Gestaltveränderer-Provinz Puirifayne, aber die zu betreten war gefährlich. Statt dessen mußte sie einen gewaltigen Umweg machen, westwärts durch den Stiamot-Paß, dann das lange und breite Tal des Dulorn-Grabens entlang, wo sich zur Rechten Hunderte Meilen die Berge des Velathys-Gebirges auftürmten, und wenn sie die Stadt Dulorn selbst erreicht hatte, mußte sie immer noch den halben Kontinent Zimroel durchqueren, bevor sie Ni-moya erreichte. Aber für Inyanna war es ein herrlich aufregendes Abenteuer, ganz gleich wie lange es dauern mochte. Sie war nie weit weggewesen, nur einmal, im Alter von zehn Jahren, als ihre Mutter ihr nach ungewöhnlich guten Geschäften eine Reise in die heißen Länder südlich der Gonghars ermöglicht hatte. Andere Städte, von denen sie zwar

Bilder gesehen hatte, erschienen ihr so fern und unglaubwürdig wie andere Welten. Ihre Mutter war einmal in Til-omon an der Küste gewesen, ein Ort, wie sie sagte, im grellen Sonnenlicht, gleich goldenem Wein, und mildem, niemals endendem Sommerwetter. Ihre Großmutter war sogar nach Narabal gekommen, wo die tropische Luft feucht und schwer war und wie ein Mantel um einen hing. Aber der Rest – Pidruid, Piliplok, Dulorn, Ni-moya sowie alle anderen – war für sie nur Namen, und das Meer überstieg fast ihre Vorstellungskraft, und vollends unmöglich zu glauben erschien es ihr, daß es jenseits dieses Meeres noch einen Kontinent gab, mit zehn großen Städten für jede Stadt von Zimroel und Tausenden von Millionen Menschen und einer erstaunlichen Anlage unter der Wüste, die man Labyrinth nannte, wo der Pontifex wohnte, und einen dreißig Meilen hohen Berg, auf dessen Gipfel sich der Coronal und seine Höflinge aufhielten. Wenn sie an solche Dinge dachte, bekam sie eine trockene Kehle, ihre Ohren klingelten. Das ehrfurchtgebietende und überragende Majipoor war ein zu großer Happen, als daß man ihn auf einmal hätte verdauen können; aber wenn man von Zeit zu Zeit mal hier und mal da daran knabberte, war der Planet ein großes Wunder für jemanden, der bisher nur Velathys gekannt hatte.

Daher nahm Inyanna fasziniert die Veränderungen wahr, während der große Transporter den Paß überquerte und in die jenseits gelegene Ebene fuhr. Hier herrschte immer noch Winter, die Tage waren kurz, das Sonnenlicht blaß und grünlich, aber der Wind war mild, ohne die beißende Schärfe des Winters, und er brachte einen süßen Geruch mit sich. Sie sah überrascht, daß der Boden hier dicht und krumig und feucht war, ganz anders als der grobe Sand ihrer Heimat, und sich in Abständen über große Flächen rot verfärbte. Die Pflanzen waren anders, mit dicken Blättern, und die Vögel hatten ein unbekanntes Gefieder, die Städte entlang der Straßen waren weiträumig und luftig, Bauerndörfer, die ganz und gar nicht wie das graue und verbaute Velathys aussahen, mit netten kleinen Holzhäuschen, die mit Schnitzereien geschmückt und mit leuchtenden Farben bemalt waren, gelb, blau und scharlachrot. Auch war es schrecklich unvertraut, nicht ringsum von Bergen umgeben zu sein, denn Velathys schmiegte sich in ein enges Tal in den Gonghars, doch inzwischen befand sie sich auf einem weiten Plateau, das zwischen den Bergen und dem fernen Küstenstreifen lag, und wenn sie nach Westen sah, konnte sie so weit schauen, daß es fast unheimlich war, ein endloses Panorama, das sich in der Unendlichkeit verlor. Auf der anderen Seite war das Velathysgebirge, die äußere Wand der Gebirgskette, eine solide, grimmige vertikale Barriere, die sich nur gelegentlich in einzelne Gipfel auflöste und sich endlos nordwärts erstreckte. Aber schließlich endete auch das Gebirge, und wieder veränderte sich die Landschaft drastisch, während sie im oberen Ende des Dulorn-Grabens weiter nordwärts fuhren. Hier war das gewaltige, abgesunkene Tal reich an Gips, und die sanft gewellten Hügel waren weiß, wie von Frost überzogen. Der Fels hatte eine eigentümliche Beschaffenheit, spinnwebartig und mit einem seltsam kalten Glanz. In der Schule hatten sie gelernt, daß die ganze Stadt Dulorn aus diesem Material erbaut worden war, und sie hatten Bilder davon gesehen, Häuser und Türme mit kristallinen Fassaden, die im Tageslicht wie mit kaltem Feuer leuchteten. Ihr war das wie ein Märchen erschienen, wie die Geschichten von der Alten Erde, von der ihr Volk der Sage zufolge kam. Aber eines Tages, im fortgeschrittenen Winter, sah Inyanna tatsächlich die Außenbezirke der Stadt Dulorn vor sich, und sie erkannte, daß das Märchen wahr war. Dulorn war seltsamer und schöner, als ihre kühnste Phantasie sich es hatte vorstellen können. Sie schien mit einem inneren Licht zu strahlen, während das Sonnenlicht, das von den zahllosen Kanten und Ecken reflektiert und gebrochen wurde, in gleißenden Farben auf den Boden fiel.

Das also war eine Stadt! Daneben, dachte Inyanna, war Velathys ein Loch. Sie hätte einen Monat hier verbringen mögen, ein Jahr, ewig, durch die Straßen wandeln, die Türme und Brücken betrachten, in die kleinen Läden hineinsehen, die so kostbare Güter ausgestellt hatten und die wenig Ähnlichkeit mit ihrem eigenen bemitleidenswerten Lädchen hatten. Diese Horden schlangengesichtigen Volks – dies war eine Ghayrog-Stadt, Millionen quasi-reptilienhafter Außerirdischer und nur ganz wenige Angehörige anderer Völker –, die sich so zielstrebig bewegten und Beschäftigungen nachgingen, die für ein schlichtes Bergmädchen nichtssagend waren – die leuchtenden Plakate, die Dulorns berühmten Dauernden Zirkus anpriesen – die eleganten Restaurants und Hotels und Parks – das alles hinterließ Inyanna vor Ehrfurcht betäubt. Sicher gab es auf ganz Majipoor nichts, was man mit diesem Ort vergleichen konnte! Und doch behauptete man, daß Ni-moya ungleich größer war, und Stee am Burgberg noch vortrefflicher als beide zusammen, und dann natürlich noch das berühmte Piliplok, die Hafenstadt Alaisor, und – so viel, so viel!

Aber sie hatte nur einen halben Tag Zeit in Dulorn, während verschiedene Passagiere des Schwebers von Bord gingen und er für den nächsten Abschnitt der Reise fertiggemacht wurde. Das war verschwindend wenig Zeit. Einen Tag später, als sie durch die Wälder zwischen Dulorn und Mazadone reisten, war sie nicht mehr sicher, ob sie Dulorn wirklich gesehen, oder nur geträumt hatte, sie wäre dort gewesen.

Tagtäglich boten sich neue Wunder – Orte, an denen die Luft purpur war, Bäume so groß wie Berge, Dickichte singender Farne. Dann folgten lange Reihen langweiliger, ununterscheidbarer Städte, Cynthion, Mazadone, Thagobar und viele andere. Passagiere kamen an Bord des Schwebers und gingen wieder, alle neunhundert Meilen wurden die Fahrer ausgewechselt, nur Inyanna blieb, ein Mädchen vom Lande, das die große Welt bestaunte und mittlerweile glasige Augen und einen umnebelten Verstand bekam, so sehr wirkte das unendliche Panorama auf sie ein. Es gab Geysire zu sehen, heiße Quellen und andere Naturwunder, und schließlich Khyntor, die große Stadt der Mittländer, wo sie auf das Flußschiff nach Ni-moya umsteigen mußte. Hier floß der Fluß Zimr von Nordwesten, ein Fluß so groß wie ein Meer, so daß es den Augen weh tat, von einem Ufer zum anderen zu sehen. In Velathys hatte Inyanna nur schnelle und schmale Gebirgsbächlein gekannt. Sie hatten sie nicht auf das riesige, gewundene dunkle Monster vorbereiten können, das der Zimr war.

Nun segelte Inyanna wochenlang auf dem Leib des Monsters, vorbei an Verf und Stroyn und Lagomandio und fünfzig anderen Städten, deren Namen keinerlei Bedeutung für sie hatten. Das Flußschiff wurde zur ganzen Welt. Im Tal des Zimr war das Klima immer mild, und es war nicht schwer, den Überblick über die verrinnende Zeit zu verlieren. Es schien Frühling zu sein, aber sie wußte, es war Sommer, Spätsommer, denn ihre Reise dauerte bereits ein halbes Jahr. Vielleicht würde sie niemals enden, vielleicht war es ihr Schicksal, immer weiter von Ort zu Ort zu segeln, ohne etwas zu erleben und ohne je irgendwo anzukommen. Das machte nichts. Sie hatte angefangen, sich selbst zu vergessen. Irgendwo gab es einen Laden, der ihr gehört hatte, irgendwo war ein großes Gut, das ihr gehören würde, irgendwo war eine junge Frau mit Namen Inyanna Forlana, die aus Velathys kam, aber das alles löste sich in reine Bewegung auf, während sie über das unendliche Majipoor segelte.

Dann kam eines Tages zum hundertstenmal eine neue Stadt am Ufer des Zimr in Sicht, und plötzlich gab es Unruhe an Bord, alles eilte an die Reling, um in die neblige Ferne zu schauen. Inyanna hörte sie murmeln: »Ni-moya! Ni-moya!« und wußte, daß ihre lange Reise zu Ende war, daß ihre Wanderungen vorüber waren, daß sie endlich ihre wahre Heimat erreichte und ihr Geburtsrecht geltend machen konnte.

KAPITEL 3

Sie war klug genug einzusehen, daß es ebensowenig gelingen würde, Ni-moya an einem einzigen Tag erkunden zu wollen, wie die Sterne zu zählen. Es war eine zwanzigmal größere Metropole als Velathys, die sich auf beiden Seiten des gewaltigen Zimr meilenweit erstreckte, und sie spürte, daß man ein ganzes Leben hier verbringen konnte und immer noch eine Karte brauchen würde, um sich zurechtzufinden. Nun gut. Sie weigerte sich, sich von der grotesken Überschwenglichkeit von allem, was sie rings um sich herum sah, beeindruckt und überwältigt zu zeigen. Sie würde die Stadt Schritt für Schritt erforschen. In dieser ruhigen Entscheidung bestand der Beginn ihrer Verwandlung in eine echte Bürgerin Ni-moyas.

Nichtsdestotrotz mußte der erste Schritt gemacht werden. Das Flußschiff legte am südlichen Ufer des Zimr an, glaubte sie. Inyanna hielt ihre einzige Tasche fest und sah über das Wasser hinweg – der Zimr war durch den Zustrom einiger größerer Nebenflüsse stark angeschwollen – und sah an jedem Ufer Städe. Welche war Ni-moya? Wo befand sich das Büro des Pontifikats? Wie konnte sie ihre Ländereien und Häuser finden? Leuchtschilder führten sie zu den Fähren, aber ihre Ziele waren Orte mit Namen wie Gimbeluc und Istmoy und Strelain und Strand Vista: Vororte, vermutete sie. Es gab kein Schild zu einer Fähre nach Ni-moya, denn all diese Orte waren *Ni-moya*.

»Verirrt?« fragte eine scharfe, dünne Stimme.

Inyanna wandte sich um und sah sah ein Mädchen,

das ebenfalls an Bord des Flußschiffes gewesen war, zwei oder drei Jahre jünger als sie, mit verschmiertem Gesicht und strähnigem Haar, das bizarrerweise lavendelfarben getönt war. Inyanna schüttelte den Kopf, weil sie zu stolz oder vielleicht zu schüchtern war, um Hilfe von ihr anzunehmen – was genau, konnte sie selbst nicht sagen. Inyanna wandte sich ab und spürte, wie ihre Wangen heiß und rot wurden.

Das Mädchen sagte: »Hinten bei den Fahrkartenschaltern gibt es eine Information für Reisende«, und verschwand in der Menge, die zu den Fähren strömte.

Inyanna stellte sich bei der Information in der Reihe an, kam schließlich an eine Kommunikationskabine und streckte den Kopf in die befestigte Kontakthaube. »Information«, sagte eine Stimme.

Inyanna erwiderte flüssig: »Büro des Pontifex. Amt für Erbschaftsangelegenheiten.«

»Ein solches Büro ist nicht aufgeführt.«

Inyanna runzelte die Stirn. »Dann das Büro des Pontifex.«

»853 Rodamaunt Promenade, Strelain.«

Ein wenig besorgt kaufte sie eine Fährkarte nach Strelain: eine Krone, zwanzig Gewichte. Damit besaß sie noch zwei Royals, was auf diesem teuren Pflaster für eine Woche reichen mochte. Und danach? Ich bin die Erbin von Nissimorn-Prospekt, sagte sie sich leichthin und begab sich zur Fähre. Aber sie fragte sich, warum das Büro für Erbschaftsangelegenheiten nicht aufgeführt war.

Es war Nachmittag. Mit einem Aufheulen des Horns löste sich die Fähre vom Dock. Inyanna klammerte sich an der Reling fest und starrte voller Staunen zur Stadt am anderen Ufer, wo jedes Gebäude ein strahlender weißer Turm mit Flachdach war, und die Häuser sich sanft ansteigend bis zu den grünen Hügeln im Norden erstreckten. An einem Pfeiler bei der Treppe zu den unteren Decks war eine Karte befestigt. Strelain, sah sie, war der zentrale Bezirk der Stadt, direkt gegenüber dem Fährhafen, der Nissimorn genannt wurde. Die Männer des Pontifex hatten ihr gesagt, daß das Gut am nördlichen Ufer lag; da es Nissimorn-Prospekt genannt wurde und Nissimorn gegenüberliegen mußte, konnte es nur in Strelain selbst sein, vielleicht irgendwo in dem Waldstück, das sich nordöstlich am Ufer erstreckte. Gimbeluc war ein westlicher Vorort, von Strelain durch einen Fluß getrennt, welcher von zahlreichen Brücken überspannt wurde; Istmoy war im Osten; von Süden kam der Fluß Steiche, der fast so groß wie der Zimr selbst war, und die Städte entlang seines Ufers hießen –

»Zum erstenmal?« Es war wieder das Mädchen mit dem lavendelfarbenen Haar.

Inyanna lächelte nervös. »Ja. Ich komme aus Velathys. Mädchen vom Lande, könnte man sagen.«

»Du scheinst Angst zu haben.«

»Wirklich? Tatsächlich?«

»Ich beiße dich schon nicht. Ich werde dich nicht einmal beschwindeln. Mein Name ist Liloyve. Ich bin Diebin im Großen Basar.«

»Sagtest du *Diebin*?«

»In Ni-moya ist das ein anerkannter Beruf. Sie geben uns zwar noch keine Lizenz, aber sie mischen sich auch kaum in unsere Angelegenheiten ein, und wir haben unsere offizielle Registratur, wie eine Gilde. Ich war in Lagomandio und habe für meinen

Onkel Diebesgut verkauft. Bist du zu gut für mich, oder einfach nur sehr schüchtern?«

»Weder noch«, sagte Inyanna. »Aber ich habe eine lange Reise hinter mir, und ich kann kaum noch mit Menschen umgehen, wahrscheinlich wegen der langen Einsamkeit.« Sie zwang sich zu lächeln. »Bist du wirklich eine Diebin?«

»Ja. Aber keine Taschendiebin. Du machst so einen besorgten Eindruck. Wie heißt du eigentlich?«

»Inyanna Forlana.«

»Klingt gut. Ich habe noch nie eine Inyanna kennengelernt. Du bist von Velathys hierher gereist? Weshalb?«

»Um mein Erbe anzutreten«, antwortete Inyanna. »Das Eigentum des Enkels der Schwester meiner Großmutter. Ein Gut, das als Nissimorn-Prospekt bekannt ist, am nördlichen Ufer des –«

Liloyve kicherte. Sie versuchte, es zu unterdrücken, aber ihre Wangen blähten sich, und sie hustete und schlug eine Hand vors Gesicht, weil sie fast einen Lachkrampf bekam. Aber das ging rasch vorbei, und ihr Gesichtsausdruck wurde weicher und mitleidiger. Sanft sagte sie: »Dann mußt du zur Familie des Herzogs gehören, und ich müßte mich dafür entschuldigen, dich so unhöflich angesprochen zu haben.«

»Zur Familie des Herzogs? Nein, natürlich nicht. Warum glaubst du –?«

»Nissimorn-Prospekt gehört Calain, dem jüngeren Bruder des Herzogs.«

Inyanna schüttelte den Kopf. »Nein. Die Schwester meiner Großmutter –«

»Armes Ding, deine Taschen braucht man nicht mehr zu leeren. Das hat schon jemand getan.«

Inyanna umklammerte ihre Tasche.

»Nein«, sagte Liloyve. »Ich meine, man hat dich betrogen, wenn du glaubst, daß du den Nissimorn-Prospekt geerbt hast.«

»Ich sah Dokumente mit dem Siegel des Pontifikats. Zwei Männer aus Ni-moya brachten sie persönlich nach Velathys. Ich mag ein Mädchen vom Lande sein, aber ich bin keine so große Närrin, diese weite Reise ohne Beweise anzutreten. Ich hatte Zweifel, ja, aber ich habe die Unterlagen gesehen. Ich habe den Besitz beantragt! Es kostete mich zig Royals, aber die Papiere waren in Ordnung!«

Liloyve sagte: »Wo möchtest du bleiben, wenn wir in Strelain angekommen sind?«

»Daran habe ich noch nicht gedacht. Wahrscheinlich in einem Gasthaus.«

»Spar deine Kronen. Du wirst sie noch brauchen. Wir werden dich bei uns im Basar aufnehmen. Und am Morgen kannst du die Angelegenheit mit den imperialen Polizisten regeln. Vielleicht können sie dir einen Teil dessen zurückgeben, was du verloren hast, was?«

KAPITEL 4

Daß sie das Opfer von Betrügern geworden sein konnte, hatte Inyanna sich von Anfang an vorgestellt, es hatte wie ein böses Brummen unter lieblicher Musik in ihrem Verstand getönt, aber sie hatte beschlossen, nicht auf dieses Brummen zu achten, und selbst jetzt, da das Brummen zu einem unüberhörbaren Brüllen geworden war, beschloß sie, zuversichtlich zu bleiben. Dieses struppige kleine Basar-Mädchen, diese selbsternannte Diebin, besaß zweifellos das umfassende Mißtrauen einer Frau, die allein in einem feindlichen Universum lebt, und sah überall Betrug und Unehrlichkeit, wahrscheinlich sogar dort, wo sie gar nicht existierten. Inyanna war sich darüber im klaren, daß diese Gutgläubigkeit sie in eine schreckliche Situation gebracht haben konnte, aber es war vergeblich, jetzt schon deswegen zu jammern. Vielleicht gehörte sie *doch* irgendwie zur Familie des Herzogs, vielleicht irrte Liloyve sich, was die Besitzrechte des Nissimorn-Prospekts anbelangte; oder sie war vergebens nach Ni-moya gekommen und hatte ihre letzten Kronen für eine fruchtlose Reise geopfert, aber wenigstens war sie nun in Nimoya, und nicht mehr in Velathys, und das allein war Grund zur Freude.

Als die Fähre in Strelain anlegte, konnte Inyanna das Zentrum von Ni-moya erstmals aus der Nähe betrachten. Türme aus blendendem Weiß stiegen fast direkt aus der Wasseroberfläche empor, so steil und unvermittelt, daß sie instabil wirkten und es schwer verständlich war, warum sie nicht in den Fluß kippten. Die Nacht senkte sich herab. Überall glitzerten Lichter. Angesichts der Pracht der Stadt bewahrte Inyanna die Ruhe einer Schlafwandlerin. Ich bin heimgekehrt, sagte sie sich immer wieder. Ich bin daheim, diese Stadt ist mein Zuhause, ich fühle mich hier heimisch. Dennoch achtete sie darauf, immer in Liloyves

Nähe zu bleiben, während sie zwischen den Scharen der Fußgänger den Laufsteg zur Straße hinaufgingen.

An der Sperre der Endstation standen drei große Vögel aus Metall, deren Augen aus Edelsteinen bestanden – ein Gihorna mit ausgebreiteten Schwingen, ein großer und dummer Hazenmarl mit langen Beinen sowie ein dritter, dessen Art sie nicht kannte, mit einem riesigen gekrümmten Schnabel, der an eine Sichel erinnerte. Die mechanischen Tiere bewegten sich langsam, beugten die Köpfe und schlugen mit den Flügeln. »Wahrzeichen der Stadt«, sagte Liloyve. »Man kann sie überall sehen, diese großen albernen Tölpel! Ihre Augen bestehen aus Juwelen, die ein Vermögen wert sind.«

»Und niemand stiehlt sie?«

»Ich wünschte, ich hätte die Nerven dazu. Ich würde sofort hochklettern und sie mir schnappen. Aber das bringt tausend Jahre Unglück, sagt man. Die Metamorphen werden sich wieder erheben und uns vertreiben, die Türme einstürzen, und eine Menge anderer Unsinn.«

»Aber wenn du nicht an die Legenden glaubst, warum stiehlst du die Juwelen dann nicht?«

Liloyve lachte ihr schnaubendes kleines Lachen. »Wer würde sie kaufen? Jeder Händler würde doch genau wissen, woher sie stammen, und da sie mit einem Fluch beladen sind, würde kein Käufer sie haben wollen, der Dieb würde sich immense Schwierigkeiten aufhalsen, und der König der Träume würde in seinem Kopf herumspuken, bis er zu schreien anfängt. Ich hätte lieber einen Beutel voll buntem Glas als die Augen der Vögel von Ni-moya. Hier, komm rein!« Sie öffnete die Tür eines kleinen Straßenschwebers, der außerhalb der Anlage parkte, und schob Inyanna auf einen Sitz. Nachdem sie neben ihr Platz genommen hatte, gab Liloyve rasch einen Code an der Zahltafel des Fahrzeugs ein, worauf das kleine Gefährt abhob. »Wir können uns bei deinem adligen Verwandten für diese Fahrt bedanken«, sagte sie.

»Was? Wer?«

»Calain, der Bruder des Herzogs. Ich habe seinen Kreditcode eingegeben. Er wurde letzten Monat gestohlen, und viele von uns fahren dank Calain nun umsonst. Natürlich werden die Kanzleiräte die Nummern ändern, wenn die Rechnungen eintreffen, aber bis dahin – kapiert?«

»Ich bin sehr naiv«, sagte Inyanna. »Ich glaube immer noch, daß die Lady und der König unsere Sünden sehen, wenn wir schlafen, und Träume schicken, um solche Dinge zu verhindern.«

»Das sollst du auch glauben«, antwortete Liloyve. »Töte jemanden, dann wirst du zweifellos vom König der Träume hören. Aber wie viele Menschen leben auf Majipoor? Achtzehn Milliarden? Dreißig? Fünfzig? Und da findet der König Zeit, jedem böse Träume zu schicken, der eine Fahrt in einem Straßenschweber stiehlt? Glaubst du das?«

»Nun ...«

»Oder sogar solche, die fälschlicherweise Besitzansprüche auf anderer Leute Paläste verkaufen?«

Inyannas Wangen wurden rot, und sie wandte sich ab.

»Wohin fahren wir jetzt?« fragte sie mit erstickter Stimme.

»Wir sind schon da. Im Großen Basar. Raus!«

Inyanna folgte Liloyve und sah sich auf einer breiten

Plaza, die an drei Seiten von Türmen, an der vierten aber von einem flachen Gebäude umgrenzt war, zu dem flache Steinstufen emporführten. Hunderte Menschen, alle in den eleganten weißen Tuniken von Ni-moya, vielleicht Tausende, strömten durch den breiten Eingang des Gebäudes, unter einem hohen Bogen hindurch, auf dem die drei Wappenvögel als Reliefs abgebildet waren, wieder mit kostbaren Edelsteinen als Augen.

Liloyve sagte: »Das ist das Pidruid-Tor, einer von dreizehn Eingängen. Du mußt wissen, der Basar selbst bedeckt eine Fläche von fünfzehn Quadratmeilen – ein wenig wie das Labyrinth, nur erstreckt er sich kaum unterirdisch, er besteht hauptsächlich aus der ebenerdigen Anlage, die sich durch die ganze Stadt schlängelt, in verschiedene Gebäude hinein und unter einigen Straßen – eine Stadt in der Stadt, könnte man sagen. Mein Volk lebt schon seit Jahrhunderten hier. Der Diebesberuf wird von Generation zu Generation weitervererbt. Ohne uns wären die Ladenbesitzer hier in großen Schwierigkeiten.»

»Ich war Ladenbesitzerin in Velathys. Bei uns gibt es keine Diebe, und ich konnte auch nie welche brauchen«, sagte Inyanna trocken, während sie den Basar mit der Menge durch das große Portal betraten.

»Hier ist das anders«, sagte Liloyve.

Der Basar breitete sich in jede Richtung aus – ein Irrgarten enger Arkaden und Durchgänge und Tunnel und Galerien, hell erleuchtet und in eine Unendlichkeit winziger Abschnitte unterteilt. Darüber erstreckten sich endlose Bahnen Leucht-Tuch und verbreiteten durch ihre innere Lumineszenz einen hellen Schein. Das erstaunte Inyanna mehr als alles andere, was sie bisher in Ni-moya gesehen hatte, denn sie selbst hatte Leucht-Tuch gelegentlich in ihrem Laden geführt, drei Royals pro Rolle, aber mit so einer Rolle hätte man bestenfalls ein kleines Zimmer dekorieren können; ihre Seele erschrak beim Gedanken an fünfzehn Quadratmeilen Leucht-Tuch, und ihr Verstand, kleingeistig wie er in derlei Fragen war, konnte die Kosten dafür unmöglich kalkulieren. Ni-moya! Derartiger Verschwendung konnte man nur mit der Verteidigung des Lachens begegnen.

Sie drangen weiter ins Innere vor. Eine der kleinen Straßen schien wie die andere zu sein, in jeder wimmelte es von Geschäften mit Porzellanwaren und Stoffen und Geschirr und Kleidung, mit Früchten und Fleisch und Gemüse und Kostbarkeiten, jede mit einem Weinladen, einem Gewürzladen und einer Galerie mit Edelsteinen; ein Stand verkaufte Grillspezialitäten, der nächste gebackenen Fisch, und so weiter. Und doch schien Liloyve ganz genau zu wissen, welche Abzweigung sie nehmen und für welchen Weg sie sich bei einer Gabelung entscheiden mußte und welche der unterscheidbaren Straßen zu ihrem Ziel führten, denn sie schritt rasch und zielstrebig aus und blieb nur gelegentlich stehen und beschaffte ihnen dreist ein Abendessen, indem sie hier ein Stück gebratenen Fisch mitnahm und dort einen Pokal Wein. Mehrere Male sah der Ladenbesitzer sie beim Diebstahl und lächelte nur.

Verwirrt sagte Inyanna: »Macht es ihnen nichts aus?«

»Sie kennen mich. Aber ich sagte doch, wir Diebe genießen hier ein hohes Ansehen.«

»Ich wünschte, ich könnte das verstehen.«

»Wir erhalten die Ordnung hier im Basar aufrecht, verstehst du? Niemand stiehlt hier außer uns, und wir nehmen nur das, was wir brauchen, zudem achten wir darauf, daß sich hier keine Amateure breitmachen. Wie wäre es denn mit diesem Mob, wenn sich jeder zehnte Kunde bei einem Händler die Taschen füllen würde? Wir sind immer unter ihnen, füllen unsere Taschen und halten *sie* davon ab. Wir sind eine bekannte Gruppe. Begreifst du jetzt? Was *wir* selbst nehmen ist eine Art Steuer für die Händler, ein Honorar, das sie uns überlassen, damit wir andere zur Ordnung bringen, die durch den Basar streifen. *He, du da!*
Diese letzten Worte waren nicht an Inyanna gerichtet, sondern an einen Jungen von etwa zwölf Jahren mit dunklen Haaren und allglatter Gestalt, der die Jagdmesser in einer offenen Auslage durchgewühlt hatte. Mit einer raschen Bewegung packte Liloyve die Hand des Jungen und gleichzeitig die wedelnden Tentakel eines Vroon, der kaum größer als der Junge selbst war und einige Meter entfernt im Schatten stand. Inyanna hörte Liloyve mit leiser, eindringlicher Stimme sprechen, konnte aber kein Wort verstehen; nach wenigen Augenblicken war der Zwischenfall vorbei, der Vroon und der Junge schlurften niedergeschlagen davon.

»Was war denn los?« fragte Inyanna.

»Sie stahlen Messer, der Junge gab sie dem Vroon. Ich sagte ihnen, sie sollten sofort aus dem Basar verschwinden, sonst würden meine Brüder kommen, dem Vroon die Tentakel abschneiden und sie dem Jungen in Stinnimöl gebraten vorsetzen.«

»Würde es denn so weit kommen?«

»Natürlich nicht. Es würde für jeden, der es tut, ein Leben voll böser Träume bedeuten. Aber sie verstehen die Lektion. Hier stehlen nur autorisierte Diebe. Kapiert? Wir sind hier die Ordnungshüter, wenn man so sagen will. Wir sind unersetzbar. Und hier wohne ich – genau hier. Sei mein Gast.«

KAPITEL 5

Liloyve lebte unterirdisch in einem Raum aus geweißtem Stein, einem in einer Kette aus sieben oder acht ähnlichen Räumen unter einem Abschnitt des Basars, die Händlern gehörte, die mit Käse und Öl handelten. Eine Falltür und eine herabhängende Strickleiter führten in die unterirdischen Gemächer; und in dem Augenblick, als Inyanna nach unten kletterte, konnte sie vom Lärmen und Treiben des Basars nichts mehr hören, und die einzige Erinnerung daran, was sich oben befand, war der schwache, aber dennoch nicht zu verleugnende Geruch des roten Käses aus Stoienzar, der sogar durch die Steinwände drang.

»Unsere Unterkunft«, sagte Liloyve. Sie sang eine rasche Melodie aus verschiedenen Silben, worauf Leute aus den angrenzenden Zimmern kamen – ärmliche, gerissene Menschen, fast alle klein und mager, die alle ähnlich wie Liloyve aussahen, als wären sie aus zweitklassigem Material hergestellt worden. »Meine Brüder Sidoun und Hanoun«, sagte sie. »Meine Schwester Medill Faryun. Meine Vettern Avayne, Amayne und Athayne. Und das ist mein Onkel Agourmole, der Kopf unseres Klans. Onkel, das ist Inyanna Forlana aus Velathys, der zwei Schurken für zwanzig Royals den Nissimorn-Prospekt verkauft haben. Ich habe sie auf dem Flußschiff kennengelernt. Sie wird bei uns wohnen und Diebin werden.«

Inyanna keuchte. »Ich …«

Agourmole, höflich und übertrieben formell, vollführte die Geste der Lady, wie um sie zu segnen. »Du bist eine von uns. Kannst du Männerkleidung tragen?«

Verwirrt sagte Inyanna: »Ja, ich glaube schon, aber ich verstehe nicht …«

»Ich habe einen jüngeren Bruder, der in unserer Gilde registriert ist. Er lebt bei den Gestaltveränderern in Avendroyne, und er wurde schon seit Jahren nicht mehr in Ni-moya gesehen. Du wirst seinen Namen und seine Stelle einnehmen. Das ist einfacher als eine neue Registrierung zu beantragen. Gib mir deine Hand.« Sie ließ es zu, daß er sie nahm. Seine Handflächen waren feucht und weich. Er sah ihr in die Augen und sagte mit leiser, durchdringender Stimme: »Dein wahres Leben fängt erst an. Alles vorher war ein Traum. Du bist jetzt ein Dieb in Ni-moya, und dein Name lautet Kulibhai.« Blinzelnd fügte er hinzu: »Zwanzig Royals ist ein guter Preis für den Nissimorn-Prospekt.«

»Das waren nur Gebühren«, sagte Inyanna. »Sie sagten mir, ich hätte ihn von der Schwester meiner Großmutter geerbt.«

»Wenn das stimmt, mußt du ein großes Fest für uns abhalten, wenn du in seinem Besitz bist, um uns unsere Freundlichkeit zu vergelten. Einverstanden?« Agourmole lachte. »Avayne! Wein für deinen Onkel

Kulibhai! Sidoun, Hanoun, sucht Kleidung für ihn! Jemand soll Musik machen! Wer ist für Tanzen? Zeigt Leben! Medill, richte dem Gast ein Bett!« Der kleine Mann hüpfte unaufhaltsam hin und her und bellte Befehle. Inyanna, die von seiner ungezügelten Energie mitgerissen wurde, nahm ein Glas Wein von ihm, ließ sich von Liloyves Brüdern wegen der Kleidung Maß nahmen und bemühte sich, die Flut von Namen, die über ihren Geist hereingebrochen war, nicht zu vergessen. Es kamen noch andere in das Zimmer, Menschen, drei Hjorts mit grauen Gesichtern und Pausbacken, und zu Inyannas Überraschung auch zwei schlanke, schweigsame Metamorphen. Obwohl sie aus ihrem Laden daran gewöhnt war, mit Gestaltveränderern umzugehen, hatte sie nicht damit gerechnet, daß Liloyve und ihre Familie tatsächlich ihr Quartier mit den geheimnisvollen Ureinwohnern teilen würden. Aber vielleicht betrachteten die Diebe, wie die Metamorphen, sich auf Majipoor als eine separate Gattung und wurden daher voneinander angezogen.

Die ausgelassene Party tobte noch stundenlang. Die Diebe schienen um ihre Gunst zu buhlen, sie kamen alle nacheinander zu ihr, kuschelten sich neben sie, gaben ihr etwas Wein, erzählten ihr intime Geschichten oder vertraulichen Klatsch. Für das Kind eines alten Geschlechts von Ladenbesitzern waren Diebe natürlich Feinde; und doch schienen diese Leute, wenn sie auch kriminelle Außenseiter waren, zu ihr freundlich und herzlich und offen zu sein, und sie waren ihre einzigen Verbündeten gegen eine große und gleichgültige Stadt. Inyanna verspürte keinen Wunsch, ihren Beruf zu ergreifen, aber sie wußte, daß das Schicksal ihr übler hätte mitspielen können, als sie in die Gesellschaft von Liloyves Volk zu verschlagen.

Sie schlief unruhig, träumte verschiedene bruchstückhafte Träume und wachte einige Male in völliger Verwirrung auf, ohne zu wissen, wo sie sich befand. Schließlich gewann ihre Erschöpfung die Oberhand, und sie versank in tiefen Schlummer. Gewöhnlich wurde sie von der Dämmerung geweckt, aber die Dämmerung war an diesem höhlenartigen Ort eine Fremde, und als sie erwachte, hätte jede Tages- oder Nachtzeit sein können.

Liloyve lächelte sie an. »Du mußt schrecklich müde gewesen sein.«

»Habe ich zu lange geschlafen?«

»Du hast geschlafen, bis du erwacht bist. Das muß genau die richtige Menge gewesen sein, nicht?«

Inyanna sah sich um. Sie sah Spuren der Party – Flaschen, leere Gläser, verstreute Kleidungsstücke –, aber die anderen waren gegangen. Zu ihren morgendlichen Runden, erklärte Liloyve. Sie zeigte Inyanna, wo sie sich waschen und anziehen konnte, dann stürzten sie sich wieder in den Mahlstrom des Basars. Am Tag war er so überfüllt wie in der Nacht zuvor, aber irgendwie sah er im gewöhnlichen Tageslicht weniger magisch aus, die Atmosphäre war weniger dicht und weniger elektrisch geladen: Er war nichts weiter als ein großes und übervolles Emporium, wogegen er Inyanna letzte Nacht wie ein eigenständiges, in sich geschlossenes und verzaubertes Universum erschienen war. Sie verweilten nur, um an drei oder vier Theken ihr Frühstück zu stehlen, wobei sich Liloyve freimütig bediente und der fassungslosen und ängstlichen Inyanna ebenfalls etwas zukommen ließ, und dann – nach einem Weg durch das unmögliche Wirrwarr des Labyrinths, den Inyanna, dessen war sie sicher, niemals finden würde – standen sie unvermittelt in der klaren und frischen Luft der Außenwelt.

»Wir sind am Piliplok-Tor herausgekommen«, sagte Liloyve. »Von hier ist es nicht mehr weit bis zum Pontifikat.«

Ein kurzer Weg, dafür aber um so erstaunlicher, denn hinter jeder Ecke warteten neue Wunder. Als sie eine der Prachtstraßen hinaufsah, erblickte Inyanna ein glitzerndes Band leuchtender Strahlung, die wie von einer zweiten Sonne aus dem Pflaster drang. Das, erklärte Liloyve, war der Anfang des Kristallboulevards, der Tag und Nacht im Widerschein drehbarer Reflektoren erstrahlte.

In einer anderen Straße sah sie etwas, das nur der Palast des Herzogs von Ni-moya sein konnte, weit im Osten, am großen Hang der Stadt, wo der Zimr eine plötzliche Biegung machte. Es war ein schlanker Schaft aus Glas auf einer von vielen Säulen getragenen Plattform, der selbst in dieser Entfernung riesig wirkte, und war von einem Park umgeben, der wie ein grüner Teppich aussah. Eine weitere Biegung, und Inyanna erblickte etwas, das wie der lose gesponnene Kokon eines sagenhaften Insekts wirkte, eine Meile lang und frei über einer breiten Allee aufgehängt. »Die Gossamer-Galerie«, sagte Liloyve. »Wo die Reichen ihre Spielsachen kaufen. Vielleicht wirst du eines Tages deine Royals in diesen Läden ausgeben. Aber heute nicht. Hier sind wir: Rodamaunt Promenade. Bald werden wir die Wahrheit über dein Erbe wissen.«

Die Straße war breit und machte eine Kurve, an einer Seite war sie von Türmen gesäumt, die alle dieselbe Höhe hatten, an der anderen von abwechselnd hohen und flachen Gebäuden. Dabei handelte es sich anscheinend um die Büros der Regierung. Die Kompliziertheit der Anlage entmutigte Inyanna, und sie selbst wäre vielleicht stundenlang davor umherspaziert und hätte nicht gewagt, sie zu betreten, aber Liloyve betrat nach einer Reihe rascher Erkundigungen das Bauwerk und führte Liloyve hinein. Sie gingen durch ein Labyrinth von Fluren und Wartesälen, das kaum weniger verwirrend als der Große Basar selbst war, bis sie sich schließlich in einem großen und hell erleuchteten Warteraum befanden, wo sie auf einer Anzeigetafel über sich Namen aufleuchten und wieder erlöschen sahen.

»Ist dies das Amt für Erbschaftsangelegenheiten?« fragte sie, während sie eintraten.

»So etwas gibt es hier scheinbar nicht«, sagte Liloyve. »Das sind die Ordnungshüter. Wenn dir überhaupt jemand helfen kann, dann sie.«

Ein mürrischer Hjort, mit Pausbacken und Glubschaugen wie die meisten seiner Art, fragte sie nach ihrem Anliegen, und Inyanna erzählte ihre Geschichte erst zögernd, dann immer flüssiger: die Fremden aus Ni-moya, die erstaunliche Geschichte von der großen Erbschaft, die Dokumente, das Siegel des Pontifex, die zwanzig Royals Gebühren. Während sie die Geschichte vortrug, sank der Hjort hinter dem Schreibtisch zurück, massierte seinen Kiefer und richtete die großen Glotzaugen auf beunruhigende Weise in verschiedene Richtungen. Nachdem sie fertig war, nahm er die Quittung von ihr entgegen, strich mit den Fingern nachdenklich über die Ränder des imperialen Siegels, das sie trug, und sagte: »Sie sind die neunzehnte Erbin des Nissimorn-Prospekts, die sich hier in Ni-moya gemeldet hat. Es werden noch mehr kommen, fürchte ich, viel mehr.«

»Die neunzehnte?«

»Meines Wissens. Andere haben sich vielleicht gar nicht die Mühe gemacht, den Betrug zu melden.«

»Betrug«, wiederholte Inyanna. »Ist es das? Die Dokumente, die sie mir zeigten, der Stammbaum, die Papiere mit meinem Namen – sie reisten von Ni-moya nach Velathys, um mich um zwanzig Royals zu betrügen?«

»Oh, nicht nur *Sie*«, sagte der Hjort. »Wahrscheinlich gibt es drei oder vier Erben des Nissimorn-Prospekts in Velathys, und fünf in Narabal, und sieben in Til-omon, und ein Dutzend in Pidruid – es ist nicht schwer, sich einen Stammbaum zu beschaffen. Und Dokumente zu fälschen und die leeren Stellen auszufüllen. Zwanzig Royals von diesem, vielleicht dreißig von jenem, ein angenehmes Leben, wenn man dauernd in Bewegung ist, verstehen Sie?«

»Aber wie ist das möglich? Solche Dinge sind gegen das Gesetz!«

»Ja«, stimmte der Hjort voll Überdruß zu.

»Und der König der Träume ...«

»Wird sie dafür bestrafen, seien Sie sicher. Und wir werden Anklage erheben, wenn wir sie haben. Sie können uns dabei helfen, indem Sie sie beschreiben.«

»Und meine zwanzig Royals?«

Der Hjort zuckte die Achseln.

Inyanna sagte: »Es besteht keine Hoffnung, daß ich sie zurückbekomme, wenigstens teilweise?«

»Nein.«

»Aber dann habe ich alles verloren!«

»Ich drücke im Namen Seiner Majestät mein Bedauern aus«, sagte der Hjort, und damit war der Fall erledigt.

Draußen sagte Inyanna scharf zu Liloyve: »Bring mich zum Nissimorn-Prospekt!«

»Aber du glaubst doch nicht ...«

»Daß er wirklich mir gehört? Nein, selbstverständlich nicht. Aber ich möchte ihn sehen! Ich möchte wissen, was für ein Ort das ist, der mir für zwanzig Royals verkauft wurde!«

»Warum quälst du dich?«

»Bitte«, sagte Inyanna.

»Dann komm«, sagte Liloyve.

Sie suchte einen Schweber und gab ihm Anweisungen. Mit großen Augen starrte Inyanna um sich, während das Fahrzeug sie durch die Prachtstraßen von Nimoya fuhr. In der Wärme der Mittagssonne schien alles in Licht gebadet zu sein, und die ganze Stadt strahlte, aber nicht mit dem kalten Licht des kristallinen Dulorn, sondern mit einem pulsierenden, pochenden Schein, der von jeder Fassade und jeder Straße widerspiegelte. Liloyve beschrieb die wichtigsten Plätze, an denen sie vorbeikamen. »Das ist das Museum der Welten«, sagte sie und deutete auf ein großes Bauwerk, das von einer Tiara eckiger Glaskuppeln gekrönt wurde. »Hier findest du Schätze aus tausend Welten, sogar ein paar Stücke von der Alten Erde. Und das ist die Kammer der Zauberei, auch eine Art Museum, das der Magie und dem Träumen gewidmet ist. Ich war noch nie drinnen. Und dort – siehst du die Vögel der Stadt davor? – ist der Stadtpalast, wo der Bürgermeister wohnt.« Sie fuhren hügelabwärts zum Fluß. »Die schwebenden Restaurants sind in diesem Teil des Hafens«, sagte sie und winkte mit der Hand. »Insgesamt neun, wie kleine Inseln. Man sagt, daß man dort Gerichte aus jeder Provinz von Majipoor bekommen kann. Eines Tages werden wir in ihnen essen, in allen neun, ja?«

Inyanna lächelte traurig. »Es wäre schön, wenn ich das glauben könnte.«

»Keine Bange. Wir haben das Leben noch vor uns, und das Leben eines Diebes ist ein angenehmes Leben. Ich habe vor, durch jede Straße von Ni-moya zu gehen, wenn die Zeit gekommen ist, und du kannst mich begleiten. Drüben in Gimbeluc gibt es einen berühmten Tierpark, mit Tieren, die überall sonst ausgestorben sind, weißt du, Sigimoins und Chalvars und Dimilions und alles, und dann das Opernhaus, wo das städtische Orchester spielt – kennst du unser Orchester? Tausend Instrumente, es gibt nichts Vergleichbares im Universum – und dann noch – Oh. Wir sind da.«

Sie stiegen aus dem Schweber aus. Inyanna sah, daß sie sich fast am Flußufer befanden. Vor ihr lag der Zimr, der große Fluß, der an dieser Stelle so breit war, daß sie kaum ans andere Ufer sehen konnte, und die grüne Linie von Nissimorn konnte sie nur undeutlich am Horizont erkennen. Links von hier befand sich eine Palisade aus doppelt mannshohen Metallpfählen, die etwa acht bis zehn Fuß auseinanderstanden und mit einem kaum wahrnehmbaren Gespinst verbunden waren, das ein bedrohliches Summen von sich gab. Innerhalb dieses Zauns befand sich ein Garten von atemberaubender Schönheit, elegante Büsche mit goldenen und türkisfarbenen und scharlachroten Blüten und ein so exakt gemähter Rasen, daß es aussah, als wäre er auf den Boden aufgesprüht. Weiter hinten begann das Land anzusteigen, und das Haus selbst lag auf einem Felsvorsprung, von dem man den Hafen überblicken konnte: ein Haus herrlicher Größe, mit weißen Wänden, im Stil von Ni-moya erbaut, der sich durch eine Leichtigkeit und Verspieltheit auszeichnete, der für die Architektur von Ni-moya typisch war, mit Türmchen, die zu schweben schienen, und Balkonen, die schwerelos an den Hauswänden zu haften schienen. Kaum weniger eindrucksvoll als der Palast des Herzogs selbst, der weiter unten am Fluß zu sehen war, schien Nissimorn-Prospekt für Inyanna das schönste einzelne Gebäude zu sein, das sie bisher in Ni-moya zu sehen bekommen hatte. Und sie hatte geglaubt, sie hätte es geerbt! Sie begann zu lachen. Sie eilte am Zaun entlang und blieb hin und wieder stehen, um das Haus aus verschiedenen Perspektiven zu betrachten, und Gelächter sprudelte aus ihr hervor, als hätte ihr gerade jemand die grundlegendste Wahrheit des Universums verraten, eine Wahrheit, die alle anderen Wahrheiten in sich vereinigt und so naturgemäß donnerndes Gelächter erzeugen muß. Liloyve folgte ihr und bat sie zu warten, aber Inyanna lief wie eine Besessene weiter. Schließlich erreichten sie das Eingangsportal, wo zwei hühnenhafte Skandars in weißer Livree Wache hielten, alle vier Arme in abweisender Weise überkreuzt. Inyanna lachte immer weiter; die Skandars sahen sie böse an, und Liloyve zupfte sie am Ärmel und zog sie fort, bevor es Schwierigkeiten gab.

»Warte«, sagte sie keuchend. Sie ging zu den Skandars. »Seid ihr Diener von Calain von Ni-moya?«

Sie sahen sie an, ohne sie zu sehen, und antworteten nicht.

»Sagt eurem Herren«, fuhr sie ungerührt fort, »daß Inyanna aus Velathys hier ist, um sich das Haus anzusehen, und ihr Bedauern ausdrückt, daß sie nicht zum Essen bleiben konnte. Vielen Dank.«

»Komm«, flüsterte Liloyve drängend.

Zorn verdrängte den gleichgültigen Gesichtsausdruck der beiden Wachen. Inyanna salutierte anmutig vor ihnen, dann brach sie wieder in Gelächter aus, gestikulierte zu Liloyve, und dann rannten sie beide zum Schweber zurück, wo Liloyve endlich in die Heiterkeit einstimmte.

KAPITEL 6

Lange Zeit verstrich, bevor Inyanna das Sonnenlicht von Ni-moya wiedersah, denn nun begann ihr Leben als Diebin in den Tiefen des Großes Basars. Zuerst verspürte sie keinen Wunsch, den Beruf von Liloyve und ihrer Familie zu ergreifen. Aber praktische Erwägungen halfen bald, ihre moralischen Einwände zu vergessen. Sie hatte keine Möglichkeit, nach Velathys zurückzukehren, und nach dem ersten Eindruck von Ni-moya wollte sie es auch nicht mehr. Dort erwartete sie nichts weiter als ein Leben, das darin bestand, Kleister und Nägel und falschen Satin und Laternen aus Til-omon zu verkaufen. Wenn sie aber in Ni-moya bleiben wollte, mußte sie sich ihren Lebensunterhalt verdienen. Sie kannte kein Gewerbe außer dem Verkaufen, aber ohne Startkapital für Waren konnte sie hier schwerlich einen Laden eröffnen.

Ihr Geld würde bald ausgegeben sein, und sie wollte nicht von der Gnade ihrer Freunde leben; und da sie keine andere Möglichkeit hatte, erschien es ihr irgendwie akzeptabel, ein Leben als Diebin zu führen, nachdem sie ihr eine Nische in ihrer Gesellschaft angeboten hatten, so sehr diese Aussicht auch ihren früheren Überzeugungen zuwiderlief, aber immerhin war sie selbst von gewissenlosen Schwindlern um ihr Hab und Gut gebracht worden. Und so ließ sie sich in Männerkleidung kleiden – sie war groß genug, und ihre Bewegungen ein wenig schwerfällig, hinreichend jedenfalls, um die Täuschung plausibel zu machen – und wurde unter dem Namen Kulibhai, Bruder des Meisterdiebs Agourmole, Mitglied der Gilde der Diebe.

Liloyve war ihre Lehrmeisterin. Drei Tage lang folgte ihr Inyanna durch den Basar und sah genau zu, wie das Mädchen mit dem lavendelfarbenen Haar hier und dort ausgestellte Waren stahl. Manche Diebstähle waren so plump, einfach in einem Laden einen Mantel zu greifen und in der Menge zu verschwinden, manche erforderten einen raschen und verstohlenen Griff über Theken und Auslagen; manche erforderten auch komplizierte Manöver, etwa einem Zulieferjungen ein paar Küsse oder etwas noch Besseres zu versprechen, während ein Komplize sich mit den gewünschten Waren davonmachte. Gleichzeitig gab es die Verpflichtung, unregistrierten Dieben das Handwerk zu legen. Zweimal innerhalb von drei Tagen sah Inyanna, wie Liloyve das tat – Hände in den Hüften, kalter, finsterer Blick, scharfe geflüsterte Worte, was stets zu furchtsamen Blicken führte, zu Entschuldigungen, zu hastigem Rückzug. Inyanna fragte sich, ob sie jemals den Mut aufbringen würde, das zu tun. Es schien schwerer als das Stehlen selbst zu sein; und dabei war sie noch nicht sicher, ob sie es überhaupt über sich bringen konnte, etwas zu stehlen.

Am vierten Tag sagte Liloyve: »Bring mir eine Flasche Drachenmilch und zwei Flaschen goldenen Wein aus Piliplok.«

Inyanna sagte erschrocken: »Aber die müssen doch einen Royal pro Stück kosten!«

»Richtig.«

»Laß mich damit beginnen, Grillfleisch zu stehlen.«

»Seltene Weine zu stehlen ist auch nicht schwieriger«, sagte Liloyve. »Aber dafür um so lohnender.«

»Ich bin noch nicht bereit.«

»Das bildest du dir nur ein. Du hast gesehen, wie es gemacht wird. Du kannst es auch. Deine Angst ist unnötig. Du hast die Seele einer Diebin, Inyanna.«

Wütend sagte Inyanna: »Wie kannst du so etwas ...«

»Sachte, sachte. Das war ein Kompliment.«

Inyanna nickte. »Selbst wenn. Ich glaube, du irrst dich.«

»Ich glaube, du unterschätzt dich«, sagte Liloyve. »Verschiedene Aspekte deines Charakters sind anderen einsichtiger als dir selbst. Ich sah sie an dem Tag, an dem wir Nissimorn-Prospekt besuchten. Geh jetzt: Stiehl mir eine Flasche Drachenmilch und eine Flasche Goldenen aus Piliplok, und keine Widerrede mehr. Wenn du Diebin der Gilde sein möchtest, dann ist heute der Tag, damit anzufangen.«

Es gab keinen Weg, das zu vermeiden. Aber es gab keinen Grund, das Risiko einzugehen, es allein zu tun. Inyanna bat Liloyves Vetter Athayne, sie zu begleiten, und gemeinsam begaben sie sich zur Weinhandlung in der Ossierstraße – zwei junge Stutzer aus Ni-moya, die sich ein kleines Vergnügen gönnen wollten. Eine seltsame Ruhe überkam Inyanna. Sie gestattete sich nicht, an solche unbedeutenden Dinge wie Moral, Besitzrecht oder Angst vor den Folgen zu denken; nur die bevorstehende Aufgabe galt es zu bedenken, ein Routinediebstahl. Einst war es ihr Beruf gewesen, einen Laden zu führen, und nun war es, einen Laden zu berauben, und es war sinnlos, die Situation mit philosophischen Hemmschuhen zu komplizieren.

Hinter dem Ladentisch der Weinhandlung stand ein Ghayrog: eisige Augen, die niemals blinzelten, schimmernde Schuppenhaut, sich windendes Schlangenhaar. Inyanna machte ihre Stimme so tief sie konnte und erkundigte sich nach dem Preis von Drachenmilch in Flasche, Krug und Flakon. Derweil beschäftigte sich Athayne mit den billigen roten Landweinen. Der Ghayrog nannte Preise. Inyanna reagierte schokkiert. Der Ghayrog zuckte die Achseln. Inyanna hielt eine Flasche hoch, studierte die hellblaue Flüssigkeit, runzelte die Stirn, sagte: »Unter der durchschnittlichen Qualität.«

»Das variiert von Jahr zu Jahr. Und von Drache zu Drache.«

»Man sollte meinen, daß man diese Dinge standardisieren kann.«

»Die Wirkung ist standadisiert«, sagte der Ghayrog mit dem kalten, reptilienhaften Ghayrog-Äquivalent eines Lachens und Grinsens. »Ein paar Schlucke davon, mein Freund, und du bist die ganze Nacht über auf Zack.«

»Ich möchte einen Moment darüber nachdenken«, sagte Inyanna. »Ein Royal ist keine Kleinigkeit, so wunderbar die Wirkung auch sein mag.«

Das war das Stichwort für Athayne, der sich umdrehte und sagte: »Kostet dieser Wein aus Mazadone wirklich drei Kronen pro Doppelflasche? Ich bin sicher, daß ich ihn letzte Woche für zwei gesehen habe.«

»Wenn du ihn für zwei finden kannst, dann kauf ihn für zwei«, antwortete der Ghayrog.

Athayne runzelte die Stirn, tat so, als wollte er die Flasche ins Regal zurückstellen, dabei stolperte er und warf eine halbe Reihe kleiner Flaschen um. Der Ghayrog zischte wütend. Athayne entschuldigte sich und versuchte, alles wieder in Ordnung zu bringen, wobei er weitere Flaschen umwarf. Der Ghayrog eilte brüllend zur Auslage. Er und Athayne stießen bei dem Versuch zusammen, Ordnung zu schaffen, und in diesem Augenblick ließ Inyanna eine Flasche Drachenmilch in ihrer Tunika verschwinden, gefolgt von einer Flasche goldenem Wein aus Piliplok, und sagte laut: »Ich glaube, ich werde die Preise anderswo vergleichen.« Und damit verließ sie den Laden. Das war alles. Sie zwang sich dazu, nicht zu laufen, wenngleich sie sicher war, daß ihre Wangen brannten und alle Passanten die Diebin in ihr erkannten, daß alle Ladenbesitzer in der Straße auf sie deuten und der Ghayrog jeden Moment hinter ihr herkommen würde. Aber sie erreichte die Ecke ohne Schwierigketien, wandte sich nach links, sah die Straße der Kosmetika und Parfüme und ging weiter bis zum Platz der Öle und Käse, wo Liloyve auf sie wartete.

»Nimm das«, sagte Inyanna. »Sie brennen mir Löcher in die Brust.«

»Gut gemacht«, sagte Liloyve. »Den Goldenen werden wir heute nacht dir zu Ehren trinken.«

»Und die Drachenmilch?«

»Behalte sie«, sagte Liloyve. »Trink sie zusammen mit Calain, wenn du zum Essen nach Nissimorn-Prospekt eingeladen wirst.«

In dieser Nacht lag Inyanna stundenlang wach und fürchtete sie vor dem Schlaf, den der Schlaf brachte Träume, und die Träume brachten die verdiente Strafe. Der Wein war getrunken, aber die Flasche Drachenmilch lag noch unter ihrem Kopfkissen, und sie verspürte den Drang, in die Nacht hinauszuhuschen, und sie dem Ghayrog zurückzubringen. Generationen von Ladenbesitzern bedrängten ihre Seele. Eine Diebin, sagte sie sich, eine Diebin, eine Diebin, ich bin eine Diebin von Ni-moya geworden. Mit welchem Recht habe ich diese Dinge genommen? Mit welchem Recht, antwortete sie sich, haben die beiden anderen meine zwanzig Royals genommen? Aber was hatten sie mit dem Ghayrog zu tun? Wenn sie von mir stehlen und ich das als Freischein betrachte, von *ihm* zu stehlen, und wenn er sich daraufhin anderswo bedient, wohin soll das führen, wie kann die Gesellschaft überleben? Möge die Lady mir verziehen, dachte sie. Der König der Träume wird meinen Geist geißeln. Schließlich schlief sie doch ein, denn sie konnte nicht ewig auf den Schlaf verzichten, und die Träume, die sie hatte, waren Träume von Wundern und Erbaulichkeit, während sie körperlos durch die Prachtstraßen der Stadt glitt, durch den Kristallboulevard, das Museum der Welten, die Gossamer-Galerie, bis zum Nissimorn-Prospekt, wo der Bruder des Herzogs ihre Hand nahm. Der Traum setzte sie in Erstaunen, denn sie konnte ihn ganz und gar nicht als Strafe ansehen. Wo blieb die Moral? Wo die angemessene Bestrafung? Dies lief allem entgegen, was sie glaubte. Und doch war es, als habe das Schicksal gewollt, daß sie zur Diebin wurde. Alles, was ihr im vergangenen Jahr widerfahren war, war darauf hinausgelaufen. Vielleicht entsprach es dem Willen des Göttlichen, daß sie zu dem geworden war, was sie war. Darüber lächelte Inyanna. Welcher Zynismus! Aber so sollte es geschehen. Sie würde das Schicksal nicht bekämpfen.

KAPITEL 7

Sie stahl oft, und sie stahl gut. Ihrem ersten, für sie entsetzlichen Diebstahl, folgten in den kommenden Tagen viele weitere. Sie durchstreifte den Großen Basar freimütig, manchmal mit Komplizen, manchmal allein, und nahm dies und das und das und dies. Es war so einfach, daß es bald nicht mehr wie ein Verbrechen aussah. Der Basar war ständig überfüllt: Nimoyas Bevölkerung, sagte man, betrug fast dreißig Millionen, und es schien, als wären alle ständig im Basar. Dauernd schob sich ein erdrückender Menschenstrom durch die Straßen. Die Händler waren gestreßt und unachtsam, immer von Fragen belästigt und von Kunden, anderen Händlern und Inspektoren belagert. Es war keine große Herausforderung, sich mit dem Strom treiben zu lassen und zu nehmen, was ihr gefiel.

Der größte Teil der Beute wurde weiterverkauft. Eine professionelle Diebin konnte das eine oder andere für sich behalten, und Mahlzeiten wurden stets während der Arbeit eingenommen, aber fast alles wurde mit einem baldigen Wiederverkauf im Sinn gestohlen. Das lag größtenteils in der Verantwortung der Hjorts, die bei der Familie lebten. Es waren deren drei, Beyork, Hankh und Mozinhunt, und sie gehörten einem weitverzweigten Netz von Händlern gestohlener Waren an, einer Kette von Hjorts, die die Waren schnell aus dem Basar hinaus und in die Kanäle schafften, die die Ware nicht selten wieder zu dem Händler brachten, von dem sie gestohlen worden war. Inyanna lernte rasch, nach welchen Gegenständen Nachfrage bestand und nach welchen nicht.

Weil Inyanna neu in Ni-moya war, hatte sie es besonders einfach. Nicht alle Händler im Basar standen der Gilde der Diebe freundlich gegenüber, und einige kannten Liloyve und Athayne und Sidoun und andere Angehörigen der Familie vom Sehen und verwiesen sie im selben Augenblick des Ladens, in dem sie ihn betraten. Aber der junge Mann, der sich Kulibhai nannte, war im Basar unbekannt, und solange Inyanna sich jeden Tag einen anderen Bezirk des scheinbar endlosen Platzes vornahm, konnte es Jahre dauern, bevor ihre Opfer sie erkennen konnten.

Die Gefahren ihres Berufs kamen nicht so sehr von den Ladenbesitzern, sondern von anderen Diebesfamilien. Sie kannten sie auch nicht, und ihre Augen waren schneller als die der Händler – und so wurde Inyanna in den ersten zehn Tagen dreimal von anderen Dieben verwarnt. Anfangs war es entsetzlich zu spüren, wie sich eine Hand um das eigene Handgelenk schloß, aber sie blieb kühl und konfrontierte den anderen ohne Panik, indem sie einfach sagte: »Du störst mich. Ich bin Kulibhai, der Bruder von Agourmole.« Diese Nachricht sprach sich rasch herum. Nach den drei besagten Zwischenfällen wurde sie nicht mehr behelligt.

Selbst andere Diebe zu stellen, bereitete ihr größere Schwierigkeiten. Zuerst hatte sie keine Möglichkeit, die rechtmäßigen Diebe von den unrechtmäßigen zu unterscheiden, und sie zögerte, die Hand von jemandem festzuhalten, der möglicherweise schon seit den Tagen von Lord Kinniken im Basar stahl. Es fiel ihr mit der Zeit überraschend leicht, seinen Diebstahl zu entdecken, aber wenn sie keinen vom Klan Agourmoles bei sich hatte, unternahm sie nichts.

Selbst andere Diebe zu stellen, bereitete ihr größere Schwierigkeiten. Zuerst hatte sie keine Möglichkeit, die rechtmäßigen Diebe von den unrechtmäßigen zu unterscheiden, und sie zögerte, die Hand von jemandem festzuhalten, der möglicherwiese schon seit den Tagen von Lord Kinniken im Basar stahl. Es fiel ihr mit der Zeit überraschend leicht, seinen Diebstahl zu entdecken, aber wenn sie keinen vom Klan Agourmoles bei sich hatte, unternahm sie nichts.

Allmählich lernte sie viele der lizenzierten Diebe von anderen Familien kennen, aber fast täglich sah sie eine unbekannte Gestalt, die sich an der Ware eines Kaufmanns vergriff, und schließlich, nach einigen Wochen im Basar, fühlte sie sich imstande zu handeln.

Sollte sie einen echten Dieb ergreifen, konnte sie sich immer noch entschuldigen; aber die Quintessenz des Systems verlangte, daß sie nicht nur stahl, sondern auch Ordnung aufrecht erhalten half, und sie wußte, daß sie diese Pflicht vernachlässigte. Als erstes stellte sie ein verschlagenes kleines Mädchen, das Lebensmittel stahl; sie hatte kaum Gelegenheit etwas zu sagen, denn das Mädchen ließ die Beute fallen und floh voller Entsetzen. Der nächste entpuppte sich als Diebesveteran, der entfernt mit Agourmole verwandt war und der Inyanna höflich auf ihren Fehler aufmerksam machte; der dritte war unautorisiert und furchtlos und antwortete Inyanna mit Flüchen und Drohungen, worauf sie ruhig antwortete, daß sieben andere Diebe der Gilde sie beobachteten und eingreifen würden, falls er Schwierigkeiten machte, was zwar nicht stimmte, ihn aber einschüchterte. Danach hatte sie keine Hemmungen mehr und handelte entschlossen, wenn sie es für nötig erachtete.

Nach einer Weile belasteten die Diebstähle auch nicht mehr ihr Gewissen. Man hatte ihr beigebracht, daß sie mit der Rache des Königs der Träume rechnen mußte, wenn sie sich der Sünde ergab – Alpträume, Qualen, Fieber der Seele, wann immer sie die Augen schloß –, aber entweder betrachtete der König derlei kleine Verstöße nicht als Sünden, oder er und seine Leute waren so mit den größeren Verbrechen beschäftigt, daß sie keine Zeit hatten, sich um sie zu kümmern. Was auch immer der Grund sein mochte, der König schickte ihr keine Sendungen. Gelegentlich träumte sie von ihm, einem finsteren, feurigen Troll, der üble Nachrichten aus der brennenden Wüste von Suvrael abstrahlte, aber das war nichts Ungewöhnliches; von Zeit zu Zeit drang der König in jedermanns Träume ein, das hatte keinerlei besondere Bewandtnis. Manchmal träumte Inyanna auch von der heiligen Lady der Insel, der gesegneten Mutter von Coronal Malibor, und es schien ihr, als schüttle die weise Frau traurig den Kopf, als wollte sie damit sagen, daß sie von ihrem Kind Inyanna zutiefst enttäuscht war. Aber es lag in der Macht der Lady, heftiger mit denen zu sprechen, die vom rechten Weg abgewichen waren, und das schien sie nicht zu tun. Ohne moralische Unterweisung gewöhnte sich Inyanna bald ein verharmlosendes Bild ihres Berufs an. Es war kein Verbrechen; lediglich eine Umverteilung von Waren. Schließlich schien dadurch niemand größeren Schaden davonzutragen.

Nach einer gewissen Zeit nahmsie Sidoun, Liloyves älteren Bruder, zum Liebhaber. Er war kleiner als Inyanna und so knochig, daß es keine leichte Sache war, ihn zu umarmen, aber er war ein sanfter und nachdenklicher Mann, der hübsch die Taschenharfe zu spielen verstand und mit einer klaren, reinen Tenorstimme Balladen sang, und je öfter sie mit ihm auf Diebeszug ging, desto angenehmer fand sie seine Gesellschaft. In Agourmoles Unterkunft wurden die Schlafgemächer ein wenig umverteilt, damit sie die Nächte zusammen verbringen konnten. Liloyve und die anderen Diebe schienen diese Entwicklung zu begrüßen.

In Begleitung Sidouns streifte sie weiter und weiter durch die große Stadt. Als Team waren sie so eingespielt, daß sie ihren Tagesbedarf häufig innerhalb einer oder zwei Stunden beisammen hatten, was ihnen den Rest des Tages Freizeit verschaffte, denn es ging nicht, den Bedarf zu überschreiten: Das heimliche Abkommen im Basar gestattete den Dieben nur, sich ungestraft soviel zu nehmen, wie sie brauchten. Daher begann Inyanna, Ausflüge in die strahlende Außenwelt von Ni-moya zu unternehmen. Einer ihrer Lieblingsorte war der Tierpark im hügeligen Vorort Gimbeluc, wo sie sich Tiere aus anderen Zeitaltern betrachten konnte, die durch die Ausbreitung der Zivilisation auf Majipoor aus ihren heimatlichen Gefilden verdrängt worden waren. Sie sah so seltene Arten wie Dimilions mit ihren kurzen Säulenbeinen, zerbrechliche Blattfresser mit langen Hälsen, doppelt so groß wie ein Skandar, und die scheuen, huschenden Sigimoins mit einem buschigen Schwanz an beiden Enden und die linkischen Zampidoonvögel, die einst mit ihren gewaltigen Schwärmen den Himmel von Nimoya verdunkelt hatten, heute aber nur noch als eines der offiziellen Wahrzeichen der Stadt hier in diesem Park existierten. Durch einen Zauber, der in alter Zeit ersonnen worden sein mußte, ertönten Stimmen aus dem Untergrund, wenn eines der Geschöpfe vorbeikam, die dem Besucher Namen und ursprüngliche Heimat verrieten. Auch gab es viele herrliche ablegene Lichtungen, durch die Inyanna und Sidoun wortlos gehen konnten, denn Sidoun war kein Mann vieler Worte.

An manchen Tagen unternahmen sie Flußfahrten auf dem Zimr zur Nissimorn-Seite hinüber, gelegentlich auch den nahe gelegenen Fluß Steiche hinauf, der sie, wenn sie ihm lange genug folgen würden, ins verbotene Reich der Gestaltveränderer bringen würde. Aber das hätte eine viele Tage dauernde Reise flußaufwärts erfordert, doch sie fuhren stets nur bis zu den Fischerdörfern der Liimenschen, die ein wenig südlich von Nissimorn lagen, wo sie frisch gefangenen Fisch kauften, am Ufer picknickten und im Fluß schwammen oder in der Sonne lagen. An mondlosen Abenden gingen sie zum Kristallboulevard, wo die drehbaren Reflektoren verwirrende, ständig wechselnde Lichtmuster erzeugten, und betrachteten staunend die großen Schaukästen der bekanntesten Firmen auf Majipoor, ein Straßenmuseum kostspieliger Waren, die so überwältigend und üppig dargeboten wurden, daß nicht einmal der kühnste Dieb es wagte, dort einzudringen. Oft speisten sie in einem der schwebenden Restaurants, wobei sie gelegentlich Liloyve mitnahmen, denn sie liebte diese Orte über alles in der Stadt. Jede Insel war die Miniatur eines fernen Landesteils, mit charakteristischen Pflanzen und Tieren, wo die bekanntesten Speisen der betreffenden Region angeboten wurden: eine Nachbildung des windigen Piliplok, wo die, die es sich leisten konnten, Meeresdrachenfleisch aßen, eine des feuchten Narabal mit seinen Beeren und sukkulenten Farnen, und eine des großen Stee am Burgberg, und ein Restaurant aus Stoien und eines aus Pidruid und eines aus Tilomon – aber keines aus Velathys, erfuhr Inyanna, ohne überrascht zu sein, noch gab es eine Nachbildung der Gestaltverändererstadt Ilirivoyne und auch keine vom sonnenverbrannten Tolaghai auf Suvrael, denn Tolaghai und Ilirivoyne waren Orte, an die niemand auf Majipoor gerne dachte, und Velathys war schlicht zu unbedeutend.

Aber von allen Orten, die Inyanna an freien Nachmittagen mit Sidoun besuchte, war die Gossamer-Galerie ihr liebster. Diese meilenlange Arkade, die hoch über den Straßen hing, beherbergte die erlesensten Läden von Ni-moya und damit die erlesensten auf ganz Zimroel, die besten außerhalb der reichen Städte des Burgberges. Wenn sie dorthin gingen, legten Inyanna und Sidoun ihre elegantesten Gewänder an, die sie aus den ersten Häusern des Großen Basars gestohlen hatten – nicht mit dem zu vergleichen, was die Aristokraten trugen, aber immer noch besser als ihre derbe Alltagskleidung. Inyanna machte es Spaß, hin und wieder die Männerkleidung abzulegen, die sie als Kulibhai der Dieb tragen mußte, und statt dessen purpurne und grüne Kleider zu tragen und das rote Haar frei herabfallen zu lassen. Ihre Hand in der Sidouns, schlenderten sie langsam die breite Promenade der Galerie herab und ergingen sich in freudigen Wunschvorstellungen, während sie die Augenjuwelen und prächtigen Federmasken und polierten Amulette und Trinkpokale bestaunten, die es hier zu kaufen gab, aber nur für die wirklichen Reichen, die es sich leisten konnten, zwei Handvoll Royalmünzen dafür auszugeben. Nichts davon würde je ihr gehören, das wußte sie, denn der Dieb, der gut genug stahl, sich solchen Luxus leisten zu können, wäre eine Gefahr für die Stabilisierung des Großen Basars, aber es war Vergnügen genug, die Schätze der Gossamer-Galerie nur anzusehen und so zu tun als ob.

Während eines solchen Ausflugs in die Gossamer-Galerie war es, als sie in den Dunstkreis von Calain geriet, dem Bruder des Herzogs.

KAPITEL 8

Selbstverständlich hatte sie keine Ahnung, worauf sie sich einließ. Sie hielt alles nur für einen harmlosen kleinen Flirt, als Teil der Phantasieabenteuer, die ein Ausflug in die Galerie mit sich brachte. Es war eine milde Nacht im Spätsommer, und sie trug ihr leichtestes Gewand, dessen Stoff so hauchdünn war wie das Netz selbst, aus dem die gesamte Galerie gewoben zu sein schien; und sie und Sidoun waren in einem Laden mit Drachenknochen-Schnitzereien und betrachteten die außergewöhnlichen daumennagelgroßen Meisterwerke eines Skandar-Schiffskapitäns, der Kostbarkeiten aus Silber und Elfenbein schuf, die geradezu unglaublich waren, als vier Männer in der Kleidung von Edelleuten hereinkamen. Sidoun zog sich sofort in die dunkelste Ecke zurück, denn er wußte, daß seine Kleidung und sein Verhalten und sein Haarschnitt sofort verrieten, daß er nicht zu jenen gehörte; aber Inyanna spürte, daß die Umrisse ihres Körpers und der kühle Blick ihrer grünen Augen alles wettmachen konnten, was sie an Manieren nicht hatte, und behauptete kühn ihren Platz vor der Auslage. Einer der Männer betrachtete die Schnitzereien in ihrer Hand und sagte: »Wenn Sie das kaufen, machen Sie kein schlechtes Geschäft.«

»Ich habe mich noch nicht entschieden«, antwortete Inyanna.

»Darf ich es sehen?«

Sie ließ es sanft in seine Handfläche fallen, gleichzeitig hielt sie seinem Blick stand. Er lächelte, konzentrierte seine Aufmerksamkeit aber hauptsächlich auf das Stück Elfenbein, ein Globus von Majipoor, der aus vielen verschiedenen Knochenstücken angefertigt war. Nach einem Augenblick sagte er zum Besitzer: »Der Preis?«

»Es ist ein Geschenk«, antwortete der andere, ein schlanker und nüchterner Ghayrog.

»Wirklich. Und auch von mir an Sie«, sagte der Edelmann und reichte das Stück der verblüfften Inyanna zurück. Nun war sein Lächeln einschmeichelnder. »Sind Sie aus der Stadt?« fragte er.

»Ich wohne in Strelain«, sagte sie.

»Essen Sie oft auf der Narabal-Insel?«

»Wenn ich Lust dazu habe.«

»Gut. Werden Sie morgen abend bei Sonnenuntergang dasein? Dort wird jemand warten, der darauf brennt, Ihre Bekanntschaft zu machen.«

Inyanna verbeugte sich, ohne ihre Verwirrung zu zeigen. Der Edelmann verbeugte sich ebenfalls und wandte sich ab. Er kaufte drei der kleinen Schnitzereien, warf einen Beutel mit Geldstücken auf den Tisch und ging. Inyanna betrachtete fassungslos den wertvollen Gegenstand in ihrer Hand. Sidoun, der aus dem Schatten trat, flüsterte: »Das ist zwölf Royals wert. Verkauf es dem Inhaber zurück.«

»Nein«, sagte sie. Und an den Inhaber gewandt: »Wer war dieser Mann?«

»Sie kennen ihn nicht?«

»Würde ich ihn kennen, hätte ich nicht nach seinem Namen gefragt.«

»Ja. Ja.« Der Ghayrog gab einen zischenden Laut von sich. »Das war Durand Livolk, der Kammerdiener des Herzogs.«

»Und die drei anderen?«

»Zwei stehen in den Diensten des Herzogs, der dritte war ein Gefährte des Bruders unseres Herzogs, Calain.«

»Ah«, sagte Inyanna. »Können sie dies an einer Kette befestigen?«

»Es wird nur einen Augenblick dauern.«

»Und der Preis für eine Kette, die des Gegenstands würdig ist?«

Der Ghayrog sah sie lange und abschätzend an. »Die Kette ist lediglich Zubehör zu dem Schmuckstück, und da dies ein Geschenk war, ist sie es ebenfalls.« Er befestigte eine feine Goldkette an dem Elfenbein und gab beides zusammen in ein Kästchen aus glänzendem Leder.

»Mit der Kette wenigstens zwanzig Royals«, murmelte Sidoun ungläubig, als sie draußen waren. »Bring es zu diesem Laden und verkaufe es, Inyanna.«

»Es war ein Geschenk«, sagte sie kühl. »Ich werde es morgen abend tragen, wenn ich auf der Narabal-Insel essen gehe.«

Sie konnte nicht in dem Kleid zum Essen gehen, das sie am Vortag getragen hatte, und ein neues, ebenso kostspieliges zu finden, erforderte eine zweistündige Suche. Am Ende fand sie eines, das der Nacktheit am nächsten kam und dennoch das Wesentliche geheimnisvoll verhüllte; und das trug sie auf der Narabal-Insel, wobei die Kette mit dem Elfenbeinschmuck zwischen ihren Brüsten hing.

Im Restaurant war es nicht nötig, ihren Namen zu nennen. Als sie von der Fähre trat, wurde sie von einem ernsten und würdevollen Vroon in der herzoglichen Livree empfangen, der sie zwischen den Weinreben und Farnen hindurch zu einer abgeschiedenen und wohlriechenden schattigen Nische führte, die sich in einem Teil des Restaurants befand, der durch dichten Pflanzenwuchs vom Rest abgeteilt war. Hier erwarteten sie drei Menschen an einem Tisch aus poliertem Nachtblumenholz unter einer Rebe, die vom Gewicht großer blauen Blüten niedergedrückt wurde. Einer war Durand Livolk, der ihr die Elfenbeinschnitzerei gegeben hatte. Eine Frau war dabei, schlank und dunkelhaarig, so glatt und glänzend wie die Tischplatte selbst. Der dritte war ein Mann, der etwa doppelt so alt wie Inyanna sein mochte, von schlankem Wuchs, mit dünnen, zusammengepreßten Lippen und weichen Zügen. Alle drei waren so prunkvoll gekleidet, daß Inyanna sich für ihr eigenes schäbiges Gewand schämte. Durand Livolk stand gewandt auf, trat an ihre Seite und murmelte: »Heute abend sehen Sie noch lieblicher aus. Kommen Sie, ich möchte Ihnen ein paar Freunde vorstellen. Dies ist meine Gefährtin, die Lady Tisiorne. Und dies ...«

Der zerbrechlich wirkende Mann stand auf. »Ich bin Calain von Ni-moya«, sagte er schlicht und mit sanfter, federnweicher Stimme.

Inyanna war verwirrt, aber nur einen Augenblick. Sie hatte geglaubt, der Kammerdiener des Herzogs würde sie selbst wollen; nun verstand sie, daß Durand Livolk sie nur für den Bruder des Herzogs herbestellt hatte. Dieses Wissen ließ einen Funken der Indigniertheit aufspringen, aber er erlosch rasch wieder. Warum sich aufregen? Wie viele junge Frauen in Ni-moya hatten schon die Möglichkeit, mit dem Bruder des Herzogs auf der Narabal-Insel zu speisen? Sollte ein anderer der Meinung sein, daß sie benützt wurde, nun denn; sie wollte sich im Verlauf dieses Abenteuers selbst ein wenig zur Benützerin machen.

Neben Calain war ein Platz für sie reserviert. Sie setzte sich, worauf der Vroon auf der Stelle ein Tablett mit Likören brachte, die ihr alle unbekannt waren, und deren Farben wirbelten und leuchteten und phosphoreszierten. Sie wählte einen aufs Geratewohl. Er hatte den Geschmack der Bergnebel und bewirkte ein augenblickliches Kribbeln in ihren Wangen und Ohren. Oben hörte sie das Geräusch leichten Regens, der auf die breiten Blätter und Farne auftraf, aber nicht auf die Speisenden. Die tropischen Pflanzen dieser Insel, das wußte Inyanna, wurden durch gelegentlich künstliche Regengüsse erhalten, die das Klima von Narabal nachahmten.

Calain sagte: »Haben Sie ein Lieblingsgericht?«

»Ich nehme das, was Sie für mich bestellen.«

»Wie Sie wollen. Ihr Akzent stammt nicht aus Nimoya.«

»Velathys«, antwortete sie. »Ich kam erst letztes Jahr hierher.«

»Eine weise Entscheidung«, sagte Durand Livolk. »Was bewirkte sie?«

Inyanna lachte. »Ich glaube, ich werde die Geschichte ein andermal erzählen, wenn Sie gestatten.«

»Ihr Akzent ist charmant«, sagte Calain. »Wir treffen hier selten Leute aus Velathys. Ist es eine schöne Stadt?«

»Kaum, mein Lord.«

»In die Ghongars eingeschmiegt – es muß doch herrlich sein, ringsum die großen Berge zu sehen.«

»Das mag sein. Man nimmt derlei Dinge als gegeben, wenn man ständig inmitten von ihnen lebt. Vielleicht erscheint selbst Ni-moya dem gewöhnlich, der dort geboren wurde.«

»Wo leben Sie?« fragte die Frau Tisiorne.

»In Strelain«, antwortete Inyanna. Und dann fügte sie noch boshaft hinzu, da sie einen zweiten Likör getrunken hatte und die Wirkung zu spüren begann: »Im Großen Basar.«

»*Im* Großen Basar?« fragte Durand Livolk.

»Ja, unter der Straße der Käsehändler.«

Tisiorne sagte: »Aus welchem Grund leben Sie dort?«

»Oh«, antwortete Inyanna leichthin, »um meinem Arbeitsplatz nahe zu sein.«

»Auf der Straße der Käsehändler?« fragte Tisiorne, und Entsetzen mischte sich in ihre Stimme.

»Sie mißverstehen. Ich bin im Basar angestellt, aber nicht von den Händlern. Ich bin eine Diebin.«

Das Wort fiel von ihren Lippen wie Blitzschlag, der auf einen Berggipfel trifft. Inyanna sah einen plötzlichen erstaunten Blick zwischen Calain und Durand Livolk herspringen, und Durand Livolks Gesicht wurde einen Ton dunkler. Aber diese Menschen waren Aristokraten, und sie besaßen aristokratische Gelassenheit. Calain war der erste, der sich von der Verblüffung erholte. Mit kühlem Lächeln sagte er: »Ein Beruf, der Anmut, Geschicklichkeit und schnelles Denken erfordert, wie ich immer annahm.« Er stieß sein Glas mit dem Inyannas an. »Ich trinke auf dein Wohl, Diebin, die eingesteht, Diebin zu sein. Darin liegt eine Ehrlichkeit, die vielen anderen fehlen mag.«

Der Vroon kehrte zurück, er trug eine große Porzellanschüssel voll hellblauen Beeren mit weißen Flekken, die wächsern aussahen. Inyanna wußte, daß es Thokkas waren, die beliebtesten Früchte von Narabal, denen man nachsagte, daß sie das Blut schneller strömen ließen und die Leidenschaft anstachelten. Sie nahm ein paar aus der Schüssel, während Tisiorne sorgfältig eine einzige auswählte; Duran Livolk nahm eine Handvoll und Calain mehr als das. Inyanna bemerkte, daß der Bruder des Herzogs die Beeren mit Kernen und Gehäuse aß, was die größtmögliche Wirkung erzielen sollte. Tisiorne trennte das Kerngehäuse ab, was ihr ein spöttisches Grinsen von Durand Livolk einbrachte. Inyanna folgte Tisiornes Beispiel nicht.

Dann folgten Weine, gebratener Fisch, Austern im eigenen Saft sowie eine Platte kleiner Pilze in sanften Pastellfarben und schließlich aromatisches Fleisch – ein Bein des gewaltigen Bilantoon, das in den östlichen Wäldern von Narabal lebte, erklärte Calain. Inyanna aß wenig, ein Bissen hiervon, ein Stück davon. Das schien ihr das passendste und außerdem das vernünftigste. Nach einer Weile kamen einige Skandarjongleure, die wunderbare Dinge mit Fackeln und Messern und Keulen taten und kräftigen Applaus von den Gästen erhielten. Calain warf den großen vierarmigen Gesellen eine glänzende Münze zu – ein Fünf-Royal-Stück, wie Inyanna ungläubig feststellte. Später regnete es wieder, wenn auch nicht auf sie, und noch später, nach einer weiteren Runde Likör, entschuldigten sich Durand Livolk und Tisiorne und ließen Calain und Inyanna allein in der nebligen Dunkelheit zurück.

Calain sagte: »Bist du wirklich eine Diebin?«

»Wirklich. Aber das war nicht meine ursprüngliche

Absicht. Ich besaß einen Gemischtwarenladen in Velathys.«

»Und dann?«

»Verlor ich ihn durch einen Schwindel«, sagte sie. »Und kam mittellos nach Ni-moya und brauchte einen Beruf und geriet unter die Diebe, die mir gewissenhaft und aufrechte Menschen zu sein schienen.«

»Und nun bist du unter noch größere Diebe gefallen«, sagte Calain. »Besorgt dich das?«

»Dann betrachten Sie sich selbst als Dieb?«

»Ich habe einen hohen Status allein durch Geburtsrecht. Ich arbeite nicht, nur um meinem Bruder zu assistieren, wenn er meine Hilfe braucht. Ich lebe in mehr Wohlstand, als sich die meisten Menschen vorstellen können. Nichts davon ist verdient. Hast du mein Haus gesehen?«

»Ich kenne es sehr gut. Natürlich nur von außen.«

»Würdest du heute nacht gerne das Innere kennenlernen?«

Inyanna dachte kurz an Sidoun, der in dem Zimmer aus weißem Stein unter der Straße der Käsehändler wartete.

»Sehr gerne«, sagte sie. »Und wenn ich es gesehen habe, werde ich Ihnen eine kleine Geschichte über mich und Nissimorn-Prospekt erzählen, und wie es dazu kam, daß ich überhaupt erst nach Ni-moya kam.«

»Ich bin sicher, sie wird sehr amüsant sein. Sollen wir gehen?«

»Ja«, sagte Inyanna. »Würde es etwas ausmachen, wenn ich einen kurzen Zwischenhalt am Großen Basar mache?«

»Wir haben die ganze Nacht«, sagte Calain. »Kein Grund zur Eile.«

Der livierte Vroon kam und beleuchtete ihnen den Weg von dem Dschungelgarten zum Dock der Insel, wo eine Privatfähre wartete. Sie brachte sie zum Festland; derweil war ein Schweber herbeigerufen worden, und kurz darauf erreichte Inyanna die Plaza vor dem Pidruid-Tor. »Es dauert nur einen Augenblick«, flüsterte Inyanna, dann schlängelte sie sich mit ihrem dünnen Gewand durch die Menge, die selbst um diese Zeit noch in den Basar strömte. Dann stieg sie hinab. Die Diebe saßen um einen Tisch herum und spielten ein Spiel mit Glassteinen und Ebenholzwürfeln. Sie jubelten und johlten, als sie eintrat, aber sie antwortete nur mit einem raschen und gespannten Lächeln und nahm Sidoun beiseite. Mit gedämpfter Stimme sagte sie: »Ich gehe wieder aus, und ich werde heute nacht nicht zurückkehren. Wirst du mir vergeben?«

»Nicht jede Frau erregt die Aufmerksamkeit von des Herzogs Kammerdiener.«

»Nicht des Kammerdieners«, sagte sie. »Es ist der Bruder des Herzogs.« Sie berührte mit ihren Lippen sanft die Sidouns. Ihre Worte hatten ihn so überrascht, daß er sie mit glasigem Blick betrachtete. »Morgen gehen wir zusammen in den Tierpark, ja, Sidoun?« Sie küßte ihn erneut und ging in ihr Schlafzimmer, wo sie die Flasche mit Drachenmilch holte, die schon seit Monaten dort verwahrt wurde. Im zentralen Raum verweilte sie kurz, beugte sich dicht über Liloyve und öffnete die Hand, damit sie die Flasche sehen konnte. Liloyve riß die Augen auf. Inyanna blinzelte und sagte: »Erinnerst du dich, wofür ich die aufgehoben habe? Du sagtest, ich sollte sie mit Calain trinken, wenn ich im Nissimorn-Prospekt bin. Und daher ...«

Liloyve keuchte. Inyanna kniff die Augen zusammen und küßte sie und ging hinaus.

Viel später in dieser Nacht holte sie die Flasche heraus und bot sie dem Bruder des Herzogs an, und sie fragte sich in plötzlicher Panik, ob es ein grober Verstoß gegen die Etikette war, ihm so unverblümt ein Aphrodisiakum darzubieten, woraus er vielleicht schließen konnte, daß sie seine Benutzung für angebracht hielt. Aber Calain schien nicht beleidigt oder gekränkt. Er war gerührt von ihrem Geschenk, oder gab es wenigstens vor, er machte viel Aufhebens daraus, die blaue Milch in Gläser zu füllen, die so dünn waren, daß sie fast transparent wirkten, gab ihr eines, nahm sich selbst eines und prostete ihr zu. Die Drachenmilch schmeckte seltsam bitter, Inyanna fiel es schwer, sie hinunterzuschlucken; aber sie schluckte sie und spürte fast auf der Stelle ihre Wärme in den Lenden. Calain lächelte. Sie befanden sich im Saal der Fenster des Nissimorn-Prospekts, wo ein einziges Band goldgerahmten Glases einen Blick von dreihundertsechzig Grad auf den Hafen von Ni-moya und das ferne südliche Ufer des Flusses freigab. Calain drückte einen Schalter. Das große Fenster wurde trübe. Ein kreisrundes Bett erhob sich langsam aus dem Fußboden. Er nahm sie bei der Hand und zog sie darauf.

KAPITEL 9

Konkubine des Bruders des Herzogs zu sein, schien für eine Diebin aus dem Großen Basar als Ambition hinreichend hoch zu sein. Inyanna gab sich bezüglich ihrer Beziehung zu Calain keinerlei Illusionen hin. Durand Livolk hatte sie allein wegen ihres Aussehens ausgewählt, vielleicht wegen ihrer Augen, ihres Haares, ihrer Haltung. Calain, der zwar mit einer Frau gerechnet hatte, die seiner eigenen Klasse ein wenig näherstand, fand es offensichtlich charmant, mit jemandem aus der Unterschicht der Bevölkerung zusammenzusein, und so hatte sie ihren Abend auf der Narabal-Insel und ihre Nacht im Nissimorn-Prospekt bekommen. Es war ein nettes Zwischenspiel gewesen, und am Morgen würde sie mit einer Erinnerung zum Großen Basar zurückkehren, die sie bis an ihr Lebensende nicht mehr vergessen sollte.

Aber es kam ganz anders.

Sie schliefen die ganze Nacht nicht – war das die Wirkung der Drachenmilch, fragte sie sich, oder war es immer so? –, und bei Beginn der Dämmerung gingen sie nackt durch das majestätische Haus, damit er ihr seine Schätze zeigen konnte, und als sie auf einer Veranda frühstückten, von der man den Garten überblicken konnte, schlug er einen Ausflug zu seinem Privatpark in Istmoy vor. Also blieb es nicht beim Abenteuer einer Nacht. Sie fragte sich, ob sie Sidoun im Basar eine Nachricht zukommen lassen und ihm erklären sollte, daß sie auch an diesem Tag nicht zurückkehren würde, aber dann wurde ihr klar, daß sie Sidoun nichts erklären mußte. Er würde ihr Schweigen richtig interpretieren. Sie wollte ihn nicht verletzen, schuldete ihm andererseits aber nichts außer der üblichen Höflichkeit. Sie steckte mitten im größten Abenteuer ihres Lebens, und wenn sie zum Großen Basar zurückkehrte, dann nicht wegen Sidoun, sondern nur, weil das Abenteuer vorüber war.

Es kam soweit, daß sie die folgenden sechs Tage mit Calain verbrachte. Am Tag befuhren sie mit seiner majestätischen Yacht den Fluß oder gingen Hand in Hand durch den privaten Park des Herzogs, wo es ebenso viele Tiere wie im Tierpark gab, oder sie lagen einfach auf der Veranda des Nissimorn-Prospekts und verfolgten die Bahn der Sonne am Firmament von Piliplok nach Pidruid. In der Nacht feierten sie ständig, Essen auf den schwebenden Inseln oder in einem großen Haus in Ni-moya, in einer Nacht sogar im Palast des Herzogs selbst. Der Herzog hatte kaum Ähnlichkeit mit Calain: Er war viel älter und größer und hatte ein nüchternes, fast ungehobeltes Benehmen. Dennoch gelang es ihm, freundlich zu Inyanna zu sein, er behandelte sie mit Ernst und Würde und ließ sie niemals spüren, daß sie ein Straßenmädchen war, das sein Bruder im Großen Basar aufgerissen hatte. Inyanna schwebte durch diese Ereignisse mit der kühlen Selbstverständlichkeit, wie man sie aus Träumen kennt. Es wäre grob, Ehrfurcht zu zeigen. Noch schlimmer wäre gewesen, hätte sie versucht, sich als Gleichgestellte zu geben. Ihr gelang schließlich ein Verhalten, das zurückhaltend, aber nicht schüchtern war, einnehmend, aber nicht aufdringlich, und damit schien sie einen guten Eindruck zu hinterlassen. Nach wenigen Tagen erschien es ihr durchaus möglich, mit

Edelleuten am Tisch zu sitzen, die gerade vom Burgberg zurückgekommen waren und den neuesten Klatsch über den Coronal Lord Malibor wußten, oder die von sich sagen konnten, daß sie zusammen mit dem Pontifex Tyeveras in den nördlichen Marschen gejagt hatten, als er noch Coronal unter Ossier gewesen war, oder die, die gerade von Treffen mit der Lady der Insel im Inneren Tempel zurückkamen.

In der Gesellschaft dieser Größen wurde sie so selbstbewußt, daß sie, hätte sie jemand gefragt, wie sie die vergangenen Wochen verbracht hatte, unverzüglich geantwortet hätte: »Als Diebin im Großen Basar«; wie sie es in der ersten Nacht auf der Narabal-Insel getan hatte. Aber die Frage stellte sich nicht: In diesen Gesellschaftsschichten drängte man niemandem seine Neugier auf, sondern überließ es jedem, seine Geheimnisse soweit zu offenbaren, wie er es für richtig hielt.

Als Calain ihr am siebten Tag sagte, sie solle sich fertigmachen, in den Großen Basar zurückzugehen, fragte sie ihn daher auch nicht, ob er ihre Gesellschaft genossen hatte, oder ob er ihrer überdrüssig geworden war. Er hatte sie eine Zeitlang zu seiner Gefährtin gewählt, diese Zeit war nun vorbei, und damit war der Fall erledigt. Es war eine Woche gewesen, die sie niemals vergessen würde.

Dennoch schmerzte es sie, in die Quartiere der Diebe zurückzukehren. Ein prunkvol ausgestatteter Schweber brachte sie vom Nissimorn-Prospekt zum Piliplok-Tor des Basars, wo ihr ein Diener von Calain das Bündel Kostbarkeiten reichte, die Calain ihr während der gemeinsamen Woche geschenkt hatte. Nachdem der Schweber verschwunden war und Inyanna in das verschwitzte Chaos des Großen Basars hineinging, war es wie das Erwachen aus einem seltsamen und kostbaren Traum. Als sie durch die überfüllten Straßen des Basars ging, sprach niemand sie an, denn alle, die sie kannten, kannten sie in Männerkleidung, in der Verkleidung des Kulibhai, und nun trug sie Frauenkleider. Sie schritt stumm durch den wirbelnden Mob, immer noch von der Aura der Aristokratie umgeben, doch mit jedem Schritt versank sie tiefer in Depressionen, als ihr allmählich klar wurde, daß der Traum ausgeträumt war und die Wirklichkeit sie wieder hatte. Heute nacht würde Calain mit dem Herzog von Mazadone essen, der zu Besuch weilte, und morgen würden er und seine Gäste den Steiche hinaufsegeln, um zu angeln, und am Tag danach – nun, sie hatte keine Ahnung, sie wußte nur, daß sie selbst an diesem Tag Parfümfläschchen und Stoffballen stehlen würde. Einen Augenblick traten ihr Tränen in die Augen. Sie drängte sie zurück und sagte sich, daß das närrisch war, daß sie die Rückkehr vom Nissimorn-Prospekt nicht bedauern, sondern sich freuen sollte, weil sie eine Woche dort verbringen durfte.

Im Quartier der Diebe hielt sich, abgesehen von dem Hjort Beyrok und einem der Metamorphen, niemand auf. Sie nickten nur, als Inyanna eintrat. Sie begab sich in ihre Kammer und streifte das Kulibhai-Kostüm über. Aber sie konnte es nicht über sich bringen, so schnell wieder auf Diebeszug zu gehen. Sie verstaute das Paket mit den Juwelen und Pokalen, Calains Geschenken, sorgfältig unter ihrem Bett. Wenn sie sie verkaufte, erlaubte ihr der Erlös wahrscheinlich, ein oder zwei Jahre ihrem Beruf den Rükken zu kehren, aber sie hatte nicht vor, auch nur das kleinste Stück davon zu verkaufen. Morgen, beschloß sie, würde sie in den Basar zurückkehren. Vorerst lag sie mit dem Gesicht nach unten auf dem Bett, das sie nun wieder mit Sidoun teilen würde, und als wieder Tränen kamen, ließ sie sie fließen, und nach einer Weile stand sie ruhiger wieder auf, wusch sich und wartete auf die anderen.

Sidoun begrüßte sie mit dem Gebaren eines Edelmanns. Keine Frage nach ihren Abenteuern, kein Mißfallen, keine stichelnden Bemerkungen: Er lächelte ihr zu und nahm ihre Hand und sagte ihr, wie sehr er sich freute, daß sie zurückgekommen war, und er bot ihr einen Schluck Wein aus Alhanroel an, den er gerade gestohlen hatte, und schließlich erzählte er ihr ein paar Geschichten, die sich während ihrer Abwesenheit im Basar zugetragen hatten. Sie fragte sich, ob das Wissen, daß der letzte Mann, der ihren Körper berührt hatte, der Bruder des Herzogs gewesen war, sich hemmend auf seine Leidenschaft auswirken würde, aber nein, als sie zusammen im Bett lagen, berührte er sie freudig und ohne zu zögern, und sein hagerer Körper preßte sich warm und begierig an ihren. Am nächsten Tag gingen sie nach ihrer gemeinsamen Runde in den Tierpark, und hier sah sie zum erstenmal den Gossimaule von Glayge, der so dünn war, daß man ihn von der Seite kaum sehen konnte, und sie folgten ihm eine Weile, bis sie ihn aus den Augen verloren, und sie lachten zusammen, als wären sie nie getrennt gewesen.

Die anderen Diebe betrachteten Inyanna einige Tage lang ehrfürchtig, denn sie wußten, wo sie gewesen war und was sie getan haben mußte, und das verlieh ihr die Fremdartigkeit, sich in gehobenen Kreisen bewegt zu haben. Nur Liloyve wagte es, sie direkt darauf anzusprechen, und das auch nur einmal, als sie sagte: »Was sah er in dir?«

»Woher soll ich das wissen? Es war wie ein Traum.«

»Ich glaube, es war Gerechtigkeit.«

»Was meinst du damit?«

»Man hat dir in betrügerischer Absicht den Nissimorn-Prospekt versprochen, und das war der gerechte Ausgleich dafür. Der Göttliche gleicht Gut und Böse aus, siehst du?« Liloyve lachte. »Das war die zwanzig Royals wert, die dir die Betrüger abgenommen haben, nicht?«

Tatsächlich, das waren sie, da mußte Inyanna zustimmen. Aber die Schuld war noch nicht völlig zurückgezahlt, wie sie bald erkennen sollte. Als sie am nächsten Sterntag durch die Bude der Geldwechsler ging und hier und da eine einzelne Münze mitgehen ließ, spürte sie plötzlich eine Hand um ihr Gelenk, und sie fragte sich, welcher Narr von einem Dieb sie nicht erkannte und sie festnehmen wollte. Aber es war Liloyve. Ihr Gesicht war gerötet, die Augen waren weit aufgerissen. »Komm sofort nach Hause!« rief sie.

»Was ist denn?«

»Zwei Vroons warten auf dich. Calain hat sie geschickt, und sie sagen, daß du alle deine Habseligkeiten zusammenpacken und mitnehmen sollst, denn du wirst nicht mehr in den Großen Basar zurückkehren!«

KAPITEL 10

So kam es, daß Inyanna Forlana aus Velathys, ehemalige Diebin, als Gefährtin von Calain von Ni-moya ihren Wohnsitz im Nissimorn-Prospekt bezog. Calain gab keine Erklärung, und sie verlangte keine. Er wollte sie an seiner Seite haben, und das war Erklärung genug. In den ersten Wochen rechnete sie immer damit, daß man ihr eines Tages befehlen würde, ihre Sachen zu packen und in den Basar zurückzukehren, aber das geschah nicht, und nach einer Weile dachte sie kaum noch an diese Möglichkeit. Wohin Calain ging, da ging auch sie hin: zu den Zimrmarschen, um Gihorna zu jagen, nach Khyntor, zum Fest der Geysire, sogar ins geheimnisvolle, verregnete Piurifayne, um das schattige Heimatland der Gestaltveränderer kennenzulernen. Sie, die ihre ersten zwanzig Jahre im schäbigen Velathys verbracht hatte, nahm es bald als gegeben an, daß sie wie der Coronal auf seiner Prozession an der Seite des herzoglichen Bruders herumreiste; aber sie verlor niemals die Perspektive und sah stets die seltsame Ironie und Inkongruität ihres Lebens.

So überraschte es sie auch nicht, als sie sich eines Abends am selben Tisch mit dem Coronal befand. Lord Malibor war zu einem Staatsbesuch nach Nimoya gekommen, denn alle sechs bis acht Jahre pflegte er einmal den westlichen Kontinent zu besuchen, um den Menschen dort zu zeigen, daß sie im Denken ihres Monarchen denselben Platz einahmen wie die Bewohner seines Heimatkontinents Alhanroel. Der Herzog stellte das obligatorische Bankett, und Inyanna saß am obersten Tisch, rechts der Coronal und links Calain und der Herzog und seine Gattin auf der anderen Seite des Coronals. Natürlich hatte man Inyanna in der Schule die Namen der großen Coronals beigebracht, Stiamot und Confalume und Prestimion und Dekkeret und all die anderen, und ihre Mutter hatte ihr oft erzählt, daß just am Tag ihrer Geburt die Kunde vom Tod des Pontifex Ossier nach Velathys gedrungen war, daß Lord Tyeveras seine Nachfolge angetreten und einen Mann aus Bombifale, einen gewissen Malibor, zu seinem Nachfolger ernannt hatte; und schließlich waren auch die neuen Münzen bis in ihre Provinz vorgedrungen, die diesen Lord Malibor zeigten, einen Mann mit breitem Gesicht, weit auseinanderstehenden Augen und buschigen Brauen. Aber daß Personen wie Coronals und Pontifexe tatsächlich existierten, hatte sie stets insgeheim ein wenig bezweifelt, und doch saß sie nun hier, ihr Ellbogen nur Zentimeter von dem von Lord Malibor entfernt, und sie konnte sich nur darüber wundern, wie sehr doch dieser massige Mann mit den breiten Schultern in der imperialen goldenen und grünen Robe dem Bild ähnelte, das sie auf den Münzen gesehen hatte. Sie hatte erwartet, daß die Porträts weniger präzise sein würden.

Sie ging davon aus, daß sich das Gesprächsthema von Coronals hauptsächlich um Staatsangelegenheiten drehen würde. Tatsächlich schien Lord Malibor fast nur von der Jagd zu sprechen. Er war zu jenem fernen Ort gereist, um dies seltene Tier zu erlegen, und zu dem schwer zugänglichen Ort, um sich den Kopf jenes Tieres zu holen, und so weiter, und so weiter;

und er ließ gerade einen neuen Flügel der Burg erbauen, um seine Trophäen darin unterzubringen. »In ein oder zwei Jahren«, sagte der Coronal, »werden Sie und Calain mich doch einmal auf dem Burgberg besuchen? Dann wird der Trophäenraum fertig sein. Es wird Ihnen gefallen, all die seltsamen Geschöpfe zu sehen, die von den besten Präparatoren Majipoors ausgestopft wurden.«

Tatsächlich freute Inyanna sich darauf, Lord Malibors Schloß zu besuchen, denn die riesige Residenz des Coronals war ein legendärer Ort, von dem jeder nur träumen konnte, und sie konnte sich nichts Schöneres vorstellen, als die luftigen Hänge des Burgbergs zu erklimmen, um durch das jahrtausendealte Gebäude zu wandern und seine tausend Zimmer kennenzulernen. Aber Lord Malibors Jagdleidenschaft stieß sie ab. Wenn er davon sprach, Amorfibots und Ghalvars und Sigimoins und Steetmoy zu töten, und von dem großen Aufwand, die das erforderte, fühlte sich Inyanna stets an den Tierpark Ni-moyas erinnert, wo durch die Befehle eines milder gestimmten Coronals vor vielen Jahren eben dieselben Tiere geschützt wurden; und das wiederum ließ sie an den ruhigen und hageren Sidoun denken, der sie so oft in den Park begleitet und so schön auf der Taschenharfe gespielt hatte. Sie wollte nicht an Sidoun denken, dem sie nichts schuldig war, für den sie aber doch zärtliche Gefühle hegte, und sie wollte nichts davon hören, daß seltene Tiere getötet wurden, nur damit ihre Köpfe Lord Malibors Trophäenraum schmücken konnten. Dennoch gelang es ihr, den Wroten des Coronals höflich zu lauschen und sogar hin und wieder eine liebenswürdige Bemerkung fallenzulassen.

Es dämmerte bereits, als sie wieder im Nissimorn-Prospekt waren und sich zu Bett begaben und Calain zu ihr sagte: »Der Coronal plant eine Jagd auf Meeresdrachen. Er sucht einen, der als Lord Kinnekens Drachen bekannt ist und weit über dreihundert Fuß lang sein soll.«

Inyanna, die müde und niedergeschlagen war, kümmerte das wenig. Wenigstens waren die Meeresdrachen nicht selten, und es würde nichts weiter ausmachen, wenn der Coronal ein paar erlegte. »Hat er denn in seinem Trophäenhaus Platz für einen Drachen dieser Größe?«

»Für Kopf und Schwingen, könnte ich mir vorstellen. Was nicht heißen soll, daß er große Chancen hat, ihn zu erwischen. Kinnikens Drache wurde selbst seit Lord Kinnikens Zeit nur viermal gesehen und seit siebzig Jahren überhaupt nicht mehr. Aber wenn er den nicht findet, wird er einen anderen bekommen. Oder dabei ertrinken.«

»Ist diese Chance groß?«

Calain nickte. »Drachenjagen ist eine gefährliche Sache. Er wäre gut beraten, es nicht zu versuchen. Aber er hat alles schon getötet, was an Land lebt, und noch kein Coronal ist an Bord eines Drachenschiffes gewesen, und daher wird er sich nicht entmutigen lassen. Wir werden Ende der Woche nach Piliplok auslaufen.«

»*Wir?*«

»Lord Malibor hat mich gebeten, ihn zur Jagd zu begleiten.« Mit reuigem Lächeln fügte er hinzu: »Eigentlich wollte er meinen Bruder, den Herzog, aber der entschuldigte sich, indem er dringende Staatsgeschäfte vorgab. Daher fragte er mich. Solche Angebote sollte man nicht leichtfertig ausschlagen.«

»Werde ich dich begleiten?« fragte Inyanna.

»Das haben wir nicht vorgesehen.«

»Oh«, sagte sie leise. Nach einem Augenblick fragte sie: »Wie lange wirst du weg sein?«

»Normalerweise dauert die Jagd drei Monate. Während der Zeit der Südwinde. Und dann die Zeit, Piliplok zu erreichen und die Expedition auszurüsten, und die Rückkehr – alles in allem wahrscheinlich sechs bis sieben Monate. Ich werde im Frühling zurückkehren.«

»Ah. Ich verstehe.«

Calain kam an ihre Seite und zog sie an sich. »Das wird die längste Trennungszeit sein, die wir jemals erleben, das verspreche ich dir.«

Sie wollte sagen: Kannst du dich nicht weigern zu gehen? Oder: Kann ich nicht doch mit dir kommen? Aber sie wußte, wie sinnlos das sein würde, was für ein Bruch der Etikette ihres gemeinsamen Zusammenlebens. Daher protestierte Inyanna nicht weiter. Sie nahm Calain in die Arme, und sie hielten einander bis Sonnenaufgang.

Am Vorabend seiner Abreise nach Piliplok, wo die Drachenschiffe vor Anker gingen, bat er sie zu sich ins höchste Zimmer des Nissimorn-Prospekts und legte ihr ein umfangreiches Dokument zur Unterschrift hin.

»Was ist das?« fragte sie, ohne es anzusehen.

»Die Heiratsurkunde für uns.«

»Ein grausamer Scherz, Mylord.«

»Kein Scherz, Inyanna. Kein Scherz.«

»Aber ...«

»Ich hätte mich diesen Winter mit dir darüber unterhalten, aber dann kam die verdammte Meeresdrachenjagd dazwischen, und nun bleibt mir keine Zeit mehr. Daher habe ich die Dinge ein wenig beschleunigt. Für mich bist du keine Konkubine, dieses Papier macht deine Liebe auch vor dem Gesetz gültig.«

»Bedarf unsere Liebe des Schutzes des Gesetzes?«

Er kniff die Augen zusammen. »Ich lasse mich auf ein gefährliches und närrisches Abenteuer ein, von dem ich zwar zurückzukehren gedenke, doch liegt mein Schicksal, wenn ich auf See bin, nicht in meiner Hand. Als meine Lebensgefährtin besitzt du kein abgesichertes Erbrecht. Aber als meine Frau ...«

Inyanna war wie vom Donner gerührt. »Wenn das Risiko so groß ist, dann laß die Reise, Mylord!«

»Du weißt, daß das unmöglich ist. Ich muß das Risiko eingehen. Aber ich möchte dich versorgt wissen. Unterschreib das, Inyanna.«

Sie sah das Dokument lange an, ein Vertrag mit vielen Seiten. Ihr Blick verschwamm, und sie konnte und wollte die Worte nicht lesen, die ein Schreiber in der elegantesten Handschrift ausgeführt hatte. Calains Frau, das schien ihr fast monströs, ein Zerbrechen aller Werte, ein Schritt jenseits aller Grenzen. Und doch – und doch ...«

Er wartete. Sie konnte sich nicht weigern.

Am Morgen brach er im Gefolge des Coronals nach Piliplok auf, und Inyanna lief den ganzen Tag durch die Flure und Zimmer des Nissimorn-Prospekts. In dieser Nacht lud sie der Herzog gnädigerweise zum Essen ein, und in der nächsten ging sie mit Durand Livolk und seiner Gefährtin zur Pidruid-Insel, wo eine neue Lieferung Feuerschauer-Palmenwein eingetroffen war. Andere Einladungen folgten, so daß ihr Leben niemals langweilig wurde, und die Monate vergingen. Mittlerweile war es Winter geworden. Und dann kam die Nachricht, daß ein großer Meeresdrache das Schiff von Lord Malibor angefallen und es auf den Grund des Inneren Meeres versenkt hatte. Lord Malibor war tot, und alle, die mit ihm gesegelt waren, und ein gewisser Voriax war Coronal geworden. Gemäß des Willens von Calain war seiner Witwe Inyanna der große Besitz zugefallen, der Nissimorn-Prospekt genannt wurde.

KAPITEL 11

Nachdem die Trauerzeit vorüber war und sie Gelegenheit hatte, sich um solche Fragen zu kümmern, rief Inyanna einen der Diener zu sich und befahl ihm, in den Basar zu gehen und dem Dieb Agourmole und seiner Familie reiche Geldgeschenke zu überbringen. Das war Inyannas Art zu zeigen, daß sie sie nicht vergessen hatte. »Merke dir genau ihre Worte, wenn du ihnen das Geld gibst«, bat sie den Diener und hoffte, sie würde warmherzige Erinnerungen an die alten Zeiten zu hören bekommen, aber der Mann berichtete, daß niemand etwas Besonderes gesagt hatte, und sie lediglich Überraschung und Dankbarkeit für die Lady Inyanna ausdrückten, nur der Mann mit Namen Sidoun war durch nichts zu bewegen gewesen, sein Geschenk anzunehmen. Inyanna lächelte traurig und ließ Sidouns zwanzig Royals an Kinder auf der Straße verteilen, und danach hatte sie keinen Kontakt mehr zu den Dieben des Großes Basars, und sie ging auch nicht mehr dorthin.

Einige Jahre später bemerkte die Lady Inyanna beim

Besuch der Gossamer-Galerie zwei zwielichtige Gestalten im Laden der Elfenbeinschnitzereien. Aus ihren Bewegungen und den Blicken, die sie wechselten, wurde nur zu ersichtlich, daß sie Diebe waren, die ein Manöver begannen, das ihnen ermöglichen sollte, den Besitzer um einige wertvolle Stücke zu erleichtern. Sie betrachtete sie genauer und erkannte, daß sie ihnen früher schon einmal begegnet war, denn einer war ein kleiner, dicker Mann, der andere dagegen bleich und schlaksig. Sie bedeutete ihrer Eskorte, neben den beiden Stellung zu beziehen.

Inyanna sagte: »Einer von euch heißt Steyg, der andere Vezan Ormus, aber ich habe vergessen, wer welcher ist. Andererseits erinnere ich mich an die anderen Umstände unseres Zusammentreffens noch recht genau.«

Die Diebe sahen einander aufgeschreckt an. Der größere sagte: »Mylady, Sie irren sich. Mein Name ist Elakon Mirj, und mein Freund heißt Thanooz.«

»Heutzutage vielleicht. Aber als ihr vor langer Zeit Velatyhs besucht habt, trugt ihr andere Namen. Ihr seid also vom Betrug zum Diebstahl gekommen, was? Sagt mir: Wie viele Erben des Nissimorn-Prospekts habt ihr gefunden, bevor euch das Spiel langweilig wurde?«

Nun stand Panik in ihren Augen. Sie schienen die Chancen zu kalkulieren, an Inyannas Männern vorbei zur Tür zu kommen; aber das wäre vergebens gewesen. Die Wachen der Gossamer-Galerie waren verständigt worden und warteten vor der Tür.

Der kleinere Dieb sagte zitternd: »Wir sind ehrliche Kaufleute, Mylady, weiter nichts.«

»Ihr seid unverbesserliche Halunken«, sagte Inyanna, »und weiter nichts. Leugnet noch einmal, dann lasse ich euch zur Strafe nach Suvrael verbannen.«

»Mylady ...«

»Sagt die Wahrheit«, sagte Inyanna.

Mit klappernden Zähnen antwortete der größere: »Wir gestehen. Aber das ist lange her. Wenn Ihnen Schaden entstanden sein sollte, werden wir es wiedergutmachen.«

»Schaden? Mir?« Inyanna lachte. »Ihr habt mir den größten Dienst erwiesen, den ihr mir nur erweisen konntet. Ich bin euch dankbar, denn ich war Inyanna, die Ladenbesitzerin aus Velathys, die ihr um zwanzig Royals betrogen habt, und nun bin ich die Lady Inyanna von Ni-moya, Herrin des Nissimorn-Prospekts. Und so beschützt der Göttliche die Schwachen und verwandelt Unrecht in Recht.« Sie winkte den Wachen. »Bringt die beiden zu den imperialen Ordnungshütern und sagt, daß ich später gegen sie aussagen werde. Aber ich flehe für sie um Gnade, vielleicht sollte man sie zu drei Monaten Straßendienst verurteilen, oder etwas Ähnlichem. Und hinterher werde ich euch beide in meine Dienste aufnehmen, denke ich. Ihr seid wertlose Schurken, aber ausgekochte Schlitzohren, und es dürfte besser sein, euch in der Nähe zu haben, wo man euch beobachten kann, als euch wieder auf arglose Opfer loszulassen.« Sie winkte mit der Hand. Sie wurden abgeführt.

Inyanna wandte sich an den Ladenbesitzer. »Ich bedaure die Unterbrechung«, sagte sie. »Und nun zu diesen Schnitzereien mit den Wahrzeichen der Stadt, die pro Stück ein Dutzend Royals kosten sollen – was würdest du sagen, wenn ich dreißig für alle biete, und vielleicht noch diese kleine Schnitzerei des Bilantoon dazu, um die Sache abzurunden ...«

BUCH ZEHN

Voriax und Valentine

Von den verschiedenen Existenzen, die Hissune im Seelenregister durchlebt hat, steht wahrscheinlich die von Inyanna Forlane seinem Herzen am nächsten. Teilweise deshalb, weil sie eine Frau der modernen Zeit ist und die Welt, in der sie lebte, ihm daher nicht völlig unbekannt, anders als die des Seelen-Malers, des Schiffskapitäns oder Thesmes von Narabal. Der Hauptgrund für die Sympathie, die er der ehemaligen Ladenbesitzerin aus Velathys entgegenbringt, dürfte aber der sein, daß sie mit praktisch nichts begann, selbst das noch verlor und es nichtsdestotrotz zu Reichtum und Einfluß brachte und, vermutet Hissune, zu Respekt und Bewunderung. Er begreift, daß der Göttliche dem hilft, der sich selbst hilft, und in dieser Beziehung schien ihm Inyanna recht ähnlich zu sein. Natürlich hatte sie Glück – sie erweckte im rechten Augenblick die Aufmerksamkeit der richtigen Leute, und die verhalfen ihr zu vielem; aber ist nicht jeder seines Glückes Schmied? Hissune, der selbst am rechten Ort gewesen ist, als Lord Valentine vor Jahren im Verlauf seiner Wanderung zum Labyrinth kam, glaubt fest daran. Er fragt sich, welche Überraschungen und Vergnügungen das Schicksal noch für ihn bereithält, und wie er sein eigenes Schicksal besser formen kann, um etwas Höheres zu erreichen als Beamter im Labyrinth zu werden, wo er sich schon so lange aufhält. Er ist jetzt achtzehn, und das scheint ihm für einen Aufstieg zur Größe schon ziemlich spät zu sein. Aber er erinnert sich, daß Inyanna in seinem Alter noch auf der falschen Seite von Velathys Tontöpfe und Stoffballen verkauft hat, und sie erbte immerhin Nissimorn-Prospekt. Man kann unmöglich sagen, was ihm noch bevorsteht. Jeden Augenblick kann Lord Valentine ihn zu sich rufen lassen – Lord Valentine, der vor einer Woche im Labyrinth angekommen ist und nun in den Luxusgemächern wohnt, die dem Coronal vorbehalten sind, wenn er zu

Besuch in der Hauptstadt des Pontifikats weilt – Lord Valentine könnte ihn zu sich bitten und sagen: »Hissune, du hast lange genug an diesem eintönigen Ort gearbeitet. Von nun an wirst du an meiner Seite auf dem Burgberg leben!«

Jeden Augenblick, ja. Aber Hissune hat nichts von dem Coronal gehört und rechnet auch nicht damit, etwas von ihm zu hören. Eine nette Phantasievorstellung, ja, aber er wird sich nicht mit falschen Hoffnungen quälen. Er geht weiter seiner langweiligen Arbeit nach und denkt über alles nach, was er im Seelenregister erfahren hat, und ein oder zwei Tage nachdem er das Leben einer Diebin in Ni-moya geführt hat, begibt er sich erneut dorthin und verlangt mit der größten Kühnheit zu wissen, ob es in den Archiven eine Aufzeichnung der Seele Lord Valentines gibt. Er weiß, daß das dreist ist, eine gefährliche Herausforderung des Schicksals, und er rechnet jeden Augenblick damit, daß Alarmglocken läuten und Lichter blinken und bewaffnete Wachen hereinkommen und den ungebührlichen jungen Mann festnehmen, der es sich ohne die geringste Befugnis anmaßt, in Denken und Fühlen des Coronals selbst einzudringen. Er ist überrascht über das, was wirklich passiert: Die riesige Maschine informiert ihn einfach darüber, daß eine einzige Aufzeichnung von Lord Valentine vorhanden ist, die vor langer Zeit aufgenommen wurde, als er gerade zum Mann geworden war. Der schamlose Hissune zögert nicht. Rasch drückt er den Startknopf.

Sie waren zwei schwarzhaarige Männer mit ebensolchen Bärten, groß und stark, mit leuchtenden Augen, breiten Schultern und einem Hauch von Autorität, der sie umgab, und jeder konnte auf den ersten Blick sehen, daß sie Brüder waren. Aber es gab Unterschiede. Einer war ein Mann, der andere bis zu einem gewissen Grad immer noch ein Junge, was man nicht nur am spärlichen Bart und an den sanften Zügen des jüngeren erkennen konnte, sondern an einer gewissen Verspieltheit, Wärme und Schalkhaftigkeit seiner Augen. Der ältere war ernster und hatte einen düstereren Gesichtsausdruck, als trüge er schreckliche Verantwortung, die ihm ihre Spuren aufgedrückt hatte. In gewisser Weise stimmte das, denn er war Voriax von Halanx, der älteste Sohn des Hohen Kanzlers Damiandane, und seit seiner Kindheit sagte man von ihm, daß er es eines Tages sicher bis zum Coronal bringen würde.

Natürlich gab es auch welche, die das von seinem jüngeren Bruder Valentine sagten – daß er ein prächtiger und vielversprechender junger Mann war, und das Wesen eines Königs hatte. Aber Valentine hatte angesichts solcher Komplimente keinerlei Illusionen. Voriax war acht Jahre älter als er, und sollte einer von ihnen den Burgberg erklimmen, so würde es ohne Zweifel Voriax sein. Natürlich hatte auch Voriax keine Garantie, die Nachfolge anzutreten, ungeachtet dessen, was jeder sagte. Ihr Vater Damiandanc war einer der engsten Vertrauten von Lord Tyeveras gewesen, und auch bei ihm hatte jeder vermutet, daß er der nächste Coronal sein würde. Aber als Lord Tyeveras Pontifex geworden war, hatte er Malibor aus Bombifale zu seinem Nachfolger gewählt. Damit hatte niemand gerechnet, denn Malibor war lediglich Provinzgouverneur, ein ungeschlachter Mann, der mehr Interesse für die Jagd und Spiele aufbrachte als für Regierungsgeschäfte. Damals war Valentine noch nicht geboren gewesen, aber Voriax hatte ihm erzählt, daß ihr Vater niemals ein Wort der Enttäuschung geäußert hatte, weil man ihn in der Nachfolge übergangen hatte, was wahrscheinlich der beste Beweis dafür war, daß er geeignet gewesen wäre.

Valentine fragte sich, ob Voriax ebenso edelmütig reagieren würde, wenn ihm die Sternenfächer-Krone doch noch vorenthalten und statt dessen einem anderen Prinzen des Burgbergs zufallen würde – Elidath von Morvole, zum Beispiel, oder Tunigorn, oder Stasilaine, oder gar Valentine selbst. Wie seltsam das wäre! Manchmal sprach Valentine insgeheim die Worte, um ihren Klang zu hören: Lord Stasilaine, Lord Elidath, Lord Tunigorn. Sogar Lord Valentine! Aber solche Tagträume waren müßig. Valentine verspürte keinen Wunsch, seinem Bruder im Weg zu stehen, was ohnedies unwahrscheinlich war. Wenn es nicht zu einer unvorhersehbaren Anwandlung von Lord Malibor kam, oder der Göttliche ein anderes Schicksal für ihn bereithielt, würde Voriax regieren, wenn Lord Malibors Zeit als Pontifex gekommen war, und das Wissen um dieses Schicksal hatte sich bereits in Voriax' Geist eingeprägt und äußerte sich in seinem ganzen Verhalten.

Das komplizierte höfische Leben war Valentines Geist augenblicklich fern. Er und sein Bruder machten Ferien in den unteren Gefilden des Burgbergs – ein Ausflug, der lange verschoben worden war, denn vor zwei Jahren hatte Valentine einen schrecklichen Beinbruch erlitten, als er mit seinem Freund Elidath durch den Pygmäenwald unter Amblemorn geritten war, und er hatte sich erst in letzter Zeit hinreichend erholt, eine so anstrengende Reise unternehmen zu können. Er und Voriax waren die Hänge des Bergs hinabgeritten und hatten eine großartige Rundreise unternommen, wahrscheinlich die letzten Ferien Valentines, bevor er in die Welt der Erwachsenen und ihrer Verpflichtungen eintrat. Er war nun siebzehn, und da er zu der auserwählten Gruppe von Prinzen gehörte, aus denen sich die Coronals rekrutierten, mußte er viel über die Techniken des Regierens lernen, damit er auf alles vorbereitet sein würde, was ihn erwartete.

Und daher war er mit Voriax losgezogen – der damit seinen eigenen Pflichten entkam und froh war, zusammen mit seinem Bruder dessen Genesung feiern zu können – und hatte vom Familiensitz in Halanx zunächst die nahe gelegene Vergnügungsstadt High Morpin besucht, um Moloche zu reiten und durch die Energiekanäle zu drängen. Valentine bestand auch darauf, sich im Spiegelgleiten zu üben, um herauszufinden, ob sein gebrochenes Bein wieder genügend Kraft hatte, und dabei huschte der leise Hauch von Unsicherheit über Voriax' Gesicht, als bezweifelte er, daß Valentine solche Sportarten betreiben konnte, war aber so taktvoll, es nicht auszusprechen. Als sie auf die Gleitbahnen kamen, hielt sich Voriax dicht bei Valentines Ellbogen, irritierend fürsorglich, und wenn Valentine sich ein paar Schritte bewegte, dann folgte Voriax ihm, bis Valentine sich umwandte und fragte: »Glaubst du, daß ich stürzen werde, Bruder?«

»Diese Möglichkeit ist unwahrscheinlich.«

»Warum bleibst du mir dann so nahe? Hast *du* Angst zu fallen?« Valentine lachte. »Sei unbesorgt. Ich werde rechtzeitig da sein, um dich aufzufangen.«

»Du bist sehr teilnahmsvoll, Bruder«, sagte Voriax. Und dann fing die Gleitbahn sich an zu drehen und die Spiegel leuchteten auf, und sie hatten keine Zeit mehr für ihr Geplänkel. Valentine verspürte wirklich einen Augenblick Unbehagen, denn das Spiegelgleiten war nichts für Invaliden, und nach seinem Unfall hatte Valentine ein kaum wahrnehmbares, dennoch ärgerliches Hinken zurückbehalten, das seine Koordination störte; aber er gewöhnte sich bald an den neuen Rhythmus und konnte aufrecht stehen bleiben, und als er an Voriax vorbeiwirbelte sah er, daß die Angst aus dem Gesicht seines Bruders verschwunden war. Dennoch lieferte die Essenz der Episode Valentine viel Stoff zum Nachdenken, während er und Voriax weiter bergabwärts reisten, um das Fest des Baumtanzes zu besuchen und schließlich über Gimkandale hinaus nach Furible, wo sie den Paarungsflug der Steinvögel beobachteten. Während sie darauf gewartet hatten, daß sie die Spiegelgleitbahnen in Bewegung setzten, war Voriax ein besorgter und liebender Aufpasser gewesen, gleichzeitig aber auch ein wenig herrisch und bevormundend; seine brüderliche Sorge um Valentines Sicherheit kam Valentine vor, als wollte Voriax damit wieder einmal seine Autorität ihm gegenüber deutlich machen, und Valentine, der an der Schwelle der Mannbarkeit stand, gefiel das ganz und gar nicht. Aber er begriff, daß Bruderschaft teils Liebe und teils Krieg bedeutete, und so behielt er seinen Zorn für sich.

Von Furible gingen sie weiter nach Bimbak Ost und

Bimbak West, wo sie in der Stadt Rast machten und die beiden meilenhohen Türme bewunderten, neben denen selbst der kräftigste Mann so winzig wie eine Ameise wirkte, und jenseits von Bimbak Ost schlugen sie den Weg nach Amblemorn ein, wo sich ein Dutzend Bäche zum mächtigen Strom Glayge vereinigten. An der hangabgewandten Seite von Amblemorn gab es eine Gegend, wo die Erde kalkweiß und fest war und wo Bäume, die anderswo den Himmel zu durchbohren schienen, verkümmert und winzig waren, kaum größer als ein Mann und nur wenig umfangreicher als die Taille eines Mädchens. Hier im Pygmäenwald hatte Valentine seinen ernsten Unfall gehabt, als er sein Reittier zu schnell über eine Stelle trieb, wo sich tückische Wurzeln am Boden schlängelten. Das Tier war gestürzt, Valentine war abgeworfen worden, sein Bein hatte sich zwischen zwei schlanken, aber unnachgiebigen Bäumen eingeklemmt, die die Starre von Jahrtausenden besaßen, und darauf waren Monate der Wut und Frustration gefolgt, während die Knochen langsam wieder zusammenwuchsen und ein unersetzliches Jahr seiner Jugend verstrich. Warum waren sie jetzt hierher gekommen? Voriax betrachtete den unheimlichen Wald, als suchte er nach einem verborgenen Schatz. Schließlich wandte er sich zu Valentine und sagte: »Dieser Ort scheint verzaubert.«

»Die Erklärung ist einfach. Die Wurzeln der Bäume können nicht tief in den Boden eindringen; sie fassen so gut es geht Fuß, denn dies ist der Burgberg, wo alles wächst, aber sie leiden Hunger, weil sie keine Nährstoffe bekommen, und daher ...«

»Ja, das verstehe ich«, sagte Voriax kühl. »Ich sagte

ja nicht, daß der Ort verzaubert ist, sondern daß er so *aussieht*. Eine Bande Vroonzauberer hätte nichts so Häßliches erschaffen können. Und doch bin ich froh, endlich hier zu sein. Sollen wir weiterreiten?«

»Wie feinfühlend du bist, Voriax.«

»Feinfühlend? Ich verstehe nicht ...«

»Weil du mir vorschlägst, den Ort noch einmal zu durchqueren, der mich fast mein Bein gekostet hat.«

Voriax' Gesicht wurde noch röter. »Ich glaube nicht, daß du nochmals stürzen wirst.«

»Sicher nicht. Aber du glaubst, daß ich so denken könnte, und es ist schon lange deine Absicht, daß der beste Weg, Angst zu bekämpfen, der ist, sich dem zu stellen, was man fürchtet, und daher hast du mich wieder hierher gebracht, um die Ängste zu vertreiben, die dieser Wald in mir hinterlassen haben könnte. Das Gegenteil von dem, was du beim Spiegelgleiten getan hast, aber es läuft auf dasselbe hinaus, oder etwa nicht?«

»Ich verstehe nichts davon«, sagte Voriax. »Hast du heute ein besonderes Fieber?«

»Aber nein. Sollen wir ein Wettreiten veranstalten?«

»Ich glaube nicht.«

Der verblüffte Valentine schlug die Fäuste gegeneinander. »Aber du selbst hast es eben vorgeschlagen.«

»Ich schlug einen Ritt vor«, antwortete Voriax. »Aber du scheinst voll unverständlichem Zorn und Trotz zu sein, und du beschuldigst mich, dich manipuliert und geleitet zu haben, obwohl nichts mir ferner liegt. Wenn wir den Wald durchqueren, während du solcher Stimmung bist, wirst du bestimmt wieder fallen und dir möglicherweise das andere Bein brechen. Komm, reiten wir nach Amblemorn.«

»Voriax ...«

»Komm.«

»Ich möchte durch den Wald reiten.« Valentine hielt dem Blick seines Bruders stand. »Möchtest du mit mir reiten, oder bleibst du lieber hier?«

»Ich denke, ich komme mit.«

»Und nun sag mir, daß ich vorsichtig sein und auf verborgene Wurzeln aufpassen soll.«

An Voriax' Wange begann ein Muskel vor Ärger zu zittern, und er stieß einen langen erbitterten Seufzer aus. »Du bist kein Kind mehr. So etwas würde ich nie zu dir sagen. Wäre ich der Meinung, daß du solchen Rat brauchst, würde ich dich als meinen Bruder verleugnen und verstoßen.«

Er wendete sein Reittier und preschte erbost die schmalen Wege zwischen den Zwergbäumen hindurch.

Valentine folgte nach einem Augenblick, auch er ritt sehr schnell, um die Entfernung zwischen ihnen zu verringern. Der Weg war schwierig, und mehrmals sah er Hindernisse wie das, das ihn zu Fall gebracht hatte, als er mit Elidath hier ritt; aber sein Reittier galoppierte sicher, und es war unnötig, die Zügel anzuziehen. Zwar war die Erinnerung an seinen Sturz noch lebhaft, aber Valentine verspürte keine Furcht, nur eine Art gesteigerter Wachsamkeit.

Sollte er wieder stürzen, dann weniger schlimm, das wußte er. Er fragte sich, ob er Voriax gegenüber nicht überempfindlich reagierte. Vielleicht war er zu sensibel, zu gereizt und nur zu schnell bereit, sich gegen die eingebildete Bevormundung seines Bruders zu wehren. Schließlich mußte Voriax sich darauf vorbereiten, Herr der Welt zu werden; er konnte vielleicht nicht anders, als sich für alle und jeden verantwortlich zu fühlen, besonders für seinen jüngeren Bruder. Valentine beschloß, künftig weniger aufbrausend bei der Verteidigung seiner Autonomie zu sein.

Sie durchquerten den Wald und ritten in Amblemorn ein, der ältesten der Städte am Burgberg, einem uralten Ort mit verwinkelten Gäßchen und rebenüberwucherten Mauern. Hier hatte vor zwölftausend Jahren die Eroberung des Berges begonnen – die ersten kühnen und närrischen Ausflüge in die kahlen und luftleeren Höhen dieser Erhebung, die sich dreißig Meilen aus der Flanke Majipoors erhob. Für jemanden, der sein Leben inmitten der Fünfzig Städte und ihres ewigen Frühlings verbracht hatte, war es schwer vorstellbar, daß hier einmal eine kahle Wüste gewesen war; aber Valentine kannte die Geschichte der Pioniere, die sich die titanischen Hänge emporgekämpft hatten und die Maschinen hochschafften, die dem gewaltigen Berg Luft und Wärme brachten und ihn im Verlauf von Jahrhunderten in ein Zauberreich der Schönheit verwandelten, die schlußendlich von jenem kleinen und unbehofenen Bauwerk gekrönt worden war, das Lord Stiamot vor achttausend Jahren errichten ließ, und aus der durch eine unglaubliche Metamorphose heute die riesige und unbegreifliche Burg geworden war, in der derzeit Lord Malibor wohnte. Er und Voriax verharrten ehrfurchtsvoll vor dem Monument in Amblemorn, das die einstige Grenze markierte:

AB HIER WAR FRÜHER ALLES ÖDE

Ein Garten prächtiger Halatingabäume mit scharlachroten und goldenen Blüten umgab den Block aus poliertem schwarzen Mamor aus Velathys, der diese Inschrift trug.

Ein Tag und eine Nacht und ein Tag und eine Nacht in Amblemorn, und dann ritten Voriax und Valentine das Glaygetal hinab zu einem Ort namens Ghiseldorn, der abseits der Hauptstraße lag. Am Rand eines großen und dunklen Waldes war dort eine Siedlung entstanden, bewohnt von ein paar tausend Leuten, die das Leben in den Städten satt hatten; sie lebten in Zelten aus schwarzem Fell, welches sie von den wilden Blaves erlangten, die auf den großen Wiesen am Fluß grasten, und sie kümmerten sich wenig um ihre Nachbarn. Manche behaupteten, sie wären Hexen und Zauberer; manche, daß es sich um einen versprengten Stamm von Metamorphen handelte, die der Ausrottung ihrer Art auf Alhanroel entkommen waren und nun ständig in Menschengestalt lebten; die Wahrheit, vermutete Valentine, war schlicht und einfach die, daß diese Leute in der Welt des Handels und der Rastlosigkeit, die aus Majipoor geworden war, einfach nicht zurechtkamen und sich daher hier zusammengefunden hatten, um auf ihre Weise zu leben.

Am Spätnachmittag erreichten er und Voriax einen Hügel, von dem sie den Wald von Ghiseldorn sehen konnten und das Dorf der schwarzen Zelte unmittelbar dahinter. Der Wald machte einen abweisenden Eindruck – Pinglabäume mit kurzen, breiten Stämmen, deren Äste in starren Winkeln abstanden und einen dichten Baldachin formten, der kein Licht durchließ. Auch das Dorf machte nicht gerade einen anheimelnden Eindruck. Die zehnseitigen Zelte standen weit auseinander und sahen wie eigentümliche Insekten aus, die einen Augenblick verharrten, bevor sie sich unaufhaltsam über das ganze Umland ergossen. Valentine hatte große Neugier bezüglich Ghiseldorns und seiner Bewohner empfunden, aber nun war er weniger eifrig darauf aus, hinter ihr Geheimnis zu kommen.

Er sah hinüber zu seinem Bruder und erkannte in seinem Gesicht dieselben Zweifel.

»Was sollen wir tun?« fragte Valentine.

»Ich glaube, wir lagern auf dieser Seite des Waldes. Morgen können wir uns dem Dorf nähern und sehen, was für einen Empfang man uns bereitet.«

»Werden sie uns angreifen?«

»Angreifen? Das bezweifle ich stark. Ich glaube, sie sind friedlicher als wir anderen. Aber warum sollten wir uns aufdrängen, wenn wir nicht willkommen sind? Warum ihre Abgeschiedenheit nicht respektieren?« Voriax deutete zu einem Halbmond grasigen Bodens am Ufer eines Bachs. »Was würdest du davon halten, wenn wir unser Lager hier aufschlagen?«

Sie stiegen ab, ließen die Reittiere grasen, entrollten die Schlafsäcke und sammelten Sukkulentensprößlinge zum Essen. Während sie Feuerholz sammelten, sagte Valentine plötzlich: »Wenn Lord Malibor hier in der Gegend jagen würde, würde er sich auch um die Abgeschiedenheit der Leute von Ghiseldorn kümmern?«

»Nichts kann Lord Malibor davon abhalten, eine Beute zu verfolgen.«

»Genau. Der Gedanke würde ihm nie kommen. Ich glaube, daß du ein besserer Coronal als Lord Malibor sein wirst, Voriax.«

»Red keinen Unsinn.«

»Das ist kein Unsinn. Es ist meine ehrliche Meinung. Jeder ist sich darin einig, daß Lord Malibor unhöflich und achtlos ist. Und wenn du an der Reihe bist ...«

»Hör auf, Valentine.«

»Du *wirst* Coronal sein«, sagte Valentine. »Warum so tun, als wäre es anders? Du wirst es sicher werden, und zwar bald. Tyeveras ist sehr alt; Lord Malibor wird in zwei oder drei Jahren ins Labyrinth ziehen; und wenn er das tut, wird er sicher dich zum Coronal machen. Er ist nicht dumm, allen seinen Ratgebern ins Gesicht zu schlagen. Und dann ...«

Voriax packte Valentine am Handgelenk und beugte sich drohend über ihn. Wut und Ärger blitzten in seinen Augen. »Diese Art von Geschwätz bringt nur Unglück. Ich bitte dich, damit aufzuhören.«

»Darf ich noch etwas sagen?«

»Ich möchte keine Spekulationen mehr hören, wer Coronal werden wird.«

Valentine nickte. »Das ist keine Spekulation, sondern eine Frage von Bruder zu Bruder, die mich schon lange beschäftigt. Ich sage nicht, daß du Coronal werden wirst, aber ich wüßte gerne, ob du Coronal werden *möchtest*. Haben sie dich schon gefragt? Bist du für das Amt bereit? Beantworte mir nur das, Voriax.«

Nach langem Schweigen sagte Voriax: »Es ist eine Bürde, die abzulehnen niemand wagen würde.«

»Aber möchtest du sie?«

»Wenn es das Schicksal so will, sollte ich dann nein sagen?«

»Du weichst mir aus. Schau uns an: jung, gesund, glücklich, frei. Abgesehen von unseren Verpflichtungen bei Hofe, die kaum erdrückend sind, können wir tun und lassen, was uns beliebt. Wir können überall auf der Welt hingehen, wir können nach Zimroel, eine Pilgerfahrt zur Insel des Schlafs unternehmen, Ferien in den Khyntormarschen machen, alles, überall. Das alles aufzugeben, um die Sternenfächerkrone zu tragen, Millionen Dekrete zu unterschreiben, große Prozessionen zu machen und ständig Reden zu halten und eines Tages im Labyrinth leben zu müssen – warum Voriax? Warum sollte jemand so etwas tun wollen? Möchtest *du* es tun?«

»Du bist noch ein Kind«, sagte Voriax.

Valentine wich zurück, als hätte er ihn geschlagen. Wieder diese Überheblichkeit! Dann aber erkannte er, daß es diesmal berechtigt gewesen war, weil er naive und kindische Fragen gestellt hatte. Er zwang seinen Ärger nieder und sagte: »Ich dachte, ich wäre schon ein wenig zum Mann geworden.«

»Ein wenig. Aber du mußt noch viel lernen.«

»Zweifellos.« Er schwieg. »Nun gut. Du akzeptierst die Unausweichlichkeit, König zu sein, sollte es sich ergeben. Aber *möchtest* du es sein, Voriax, wünschst du es dir von ganzem Herzen, oder sind es nur deine Abstammung und dein Pflichtgefühl, deretwegen du dich auf den Thron vorbereitest?«

Voriax sagte langsam: »Ich bereite mich nicht auf den Thron vor, sondern nur auf eine Rolle in der Regierung von Majipoor, wie du ebenfalls. Zweifellos ist es auch eine Frage von Abstammung und Pflichtgefühl, denn ich bin der Sohn des Hohen Kanzlers Damiandane, und du ebenfalls, möchte ich annehmen. Sollte mir der Thron angeboten werden, werde ich ihn stolz akzeptieren und versuchen, das Amt so gut es geht zu erfüllen. Ich verbringe keine Zeit damit, mich nach der Königswürde zu sehnen, und noch weniger mit Spekulationen, ob sie mir übertragen wird. Ich finde diese Unterhaltung extrem ermüdend und wäre dir dankbar, wenn du mich in aller Ruhe Feuerholz sammeln lassen könntest.«

Er sah Valentine böse an und ging weg.

Fragen erblühten in Valentine wie die Alabandinas im Sommer, aber er unterdrückte sie alle, denn er sah Voriax' Lippen beben und wußte, daß er ohnedies bereits zu weit gegangen war. Voriax riß wütend an Ästen und entfernte Zweige mit einer Heftigkeit, die gar nicht nötig war, denn das Holz war trocken und spröde. Valentine wagte nicht, seinen Bruder noch mehr aufzuregen, wenngleich er nur wenig von dem erfahren hatte, was er wissen wollte. Aus Voriax' heftiger Reaktion entnahm er, daß er tatsächlich nach der Königswürde dürstete und seine ganze Freizeit damit verbrachte, sich darauf vorzubereiten; und er hatte eine Ahnung, aber nur eine sehr schwache Ahnung, warum er sie haben wollte. Um seinetwillen, wegen Ruhm und Ehre? Nun, warum nicht? Um ein Schicksal zu erfüllen, das manche Personen für hohe Ämter berief? Ja, auch das. Und zweifellos auch, um die Schmach zu tilgen, die man ihrem Vater angetan hatte, als *er* nicht zum Coronal gemacht worden war. Und doch, und doch, die eigene Freiheit aufzugeben, nur um eine Welt zu regieren – das war und blieb ein Geheimnis für Valentine, und am Ende gestand er sich ein, daß Voriax recht hatte, dies waren Dinge, die er mit siebzehn noch nicht vollkommen begreifen konnte.

Er trug sein Feuerholz zur Lagerstätte zurück und

begann, Feuer zu machen. Voriax kam auch bald, aber er sprach kein Wort, und zwischen den beiden Brüdern herrschte die Kälte der Entfremdung, die Valentine sehr bekümmerte. Er wünschte, er könnte sich bei Voriax entschuldigen, so tief in ihn gedrungen zu sein, aber das war unmöglich, denn in solchen Fragen war er noch nie höflich zu Voriax gewesen und Voriax auch nicht immer zu ihm. Er war immer noch der Meinung, daß Brüder sich über die intimsten Fragen unterhalten konnten, ohne einander vor den Kopf zu stoßen. Andererseits war diese Frostigkeit nur schwer erträglich, und wenn sie andauerte, würde sie ihnen die ganzen Ferien verderben. Valentine suchte nach einem Weg, die Spannungen abzubauen, und nach einem Augenblick fand er einen, der immer funktioniert hatte, als sie noch jünger waren.

Er ging zu Voriax, der in düsterer Stimmung das Fleisch für ihr Abendessen schnitt, und sagte: »Während wir warten, bis das Wasser kocht, möchtest du mit mir ringen?«

Voriax sah überrascht auf. »Was?«

»Mir ist nach Bewegung zumute.«

»Dann klettere auf diese Pinglabäume und tanze auf ihren Ästen.«

»Komm, mach ein paar Griffe mit mir, Voriax.«

»Das wäre nicht richtig.«

»Warum? Würde es deine Ehre noch mehr verletzen, wenn ich dich besiegte?«

»Vorsicht, Valentine!«

»Ich war ungebührlich. Verzeih mir.« Valentine ging in eine Angriffsposition und streckte die Hände aus. »Bitte! Nur ein paar rasche Griffe, ein wenig Schwitzen vor dem Essen ...«

»Dein Bein ist gerade erst geheilt.«

»Aber es ist geheilt. Du kannst deine ganze Kraft anwenden, und ich auch, hab keine Angst.«

»Und wenn das Bein wieder bricht? Wir sind eine Tagesreise von der nächsten erwähnenswerten Stadt entfernt.«

»Komm, Voriax«, sagte Valentine ungeduldig. »Du redest zuviel. Komm, zeig mir, daß du immer noch ringen kannst!« Er lachte und schlug die Handflächen zusammen und winkte, und er stieß Voriax das grinsende Gesicht fast gegen dessen Nasenspitze und zog ihn an den Armen hoch, und dann begann Voriax mit ihm zu ringen.

Etwas stimmte nicht. Seit Valentine groß genug war, daß er seinem Bruder als Gleichstarker gegenübertreten konnte, hatten sie oft miteinander gerungen, und Valentine kannte alle Bewegungen Voriax', seine kleinen Tricks, das Gleichgewicht zu halten, und seine Zeiteinteilung. Der Mann, mit dem er jetzt rang, schien ein völlig Fremder zu sein. War das ein Metamorph, der ihn in der Gestalt von Voriax heimsuchte? Nein, nein, nein; es lag an dem Bein, wurde Valentine klar, Voriax zügelte seine Kraft und war bewußt zurückhaltend und schonend, und damit bevormundete er ihn schon wieder. Mit überraschender Wut stürzte sich Valentine auf ihn, und wenngleich die Etikette verlangte, den Gegner zu Beginn des Kampfes lediglich kennenzulernen und einzuschätzen, ergriff er Voriax mit der Absicht, ihn zu Fall zu bringen, und zwang ihn auf ein Knie. Voriax sah ihn erstaunt an. Während Valentine Atem holte und dazu ansetzte, die Schultern seines Bruders auf den Boden zu pressen, erholte sich Voriax und drängte in die Höhe, wobei er erstmals seine ganze überragende Kraft einsetzte. Dennoch zwang ihn Valentines Ungestüm fast nieder, doch im letzten Augenblick befreite er sich und sprang auf die Beine.

Sie umkreisten einander aufmerksam.

Voriax sagte: »Ich sehe, ich habe dich unterschätzt. Dein Bein muß völlig geheilt sein.«

»So ist es, was ich dir mehrmals gesagt habe. Ich hinke lediglich ein klein wenig, was aber nichts ausmacht. Komm her, Voriax. Komm in meine Reichweite.«

Er winkte. Sie sprangen aufeinander zu und umklammerten sich Brust an Brust, keiner war imstande, den anderen niederzuzwingen, und so blieben sie, bis es Valentine wie eine Stunde und mehr vorkam, wenngleich es in Wirklichkeit wahrscheinlich nur ein paar Minuten dauerte. Dann trieb er Voriax ein paar Zentimeter zurück, doch Voriax stemmte sich dagegen und konnte ihn aufhalten. Schließlich kämpfte er Valentine die wenigen Zentimeter wieder zurück. Sie grunzten und schwitzten und kämpften und grinsten einander an. Valentine freute das kühne Grinsen von Voriax ungemein, denn es bedeutete, daß sie wieder Brüder waren, das Eis zwischen ihnen war getaut, und er hatte ihm seine Impertinenz vergeben. In diesem Augenblick sehnte er sich danach, Voriax zu umarmen, anstatt mit ihm zu kämpfen; und im selben Augenblick nachlassender Anspannung packte Voriax ihn, wirbelte ihn herum, warf ihn zu Boden, stemmte ihm das Knie auf den Leib und preßte fest gegen die Schultern. Valentine hielt sich wacker, wußte aber, daß er in dieser Position nicht lange gegen Voriax bestehen konnte: Voriax drückte ihn immer weiter nach unten, bis seine Schulterblätter den kühlen, feuchten Boden berührten.

»Du hast gewonnen!« keuchte Valentine, worauf Voriax ihn freigab und sich lachend neben ihn wälzte. »Beim nächstenmal erwische ich dich!«

Wie schön es war, trotz der Niederlage, die Liebe seines Bruders wiedergewonnen zu haben.

Plötzlich vernahm Valentine nicht weit entfernt Applaus. Er richtete sich auf, sah sich im Zwielicht um und erblickte die Gestalt einer Frau mit scharfgeschnittenen Gesichtszügen und außergewöhnlich langem schwarzen Haar, die am Waldrand stand. Ihre Augen waren hell und boshaft, die Lippen voll, ihre Kleidung in einem seltsamen Stil – lediglich grob zusammengenähte Lederstreifen. Valentine kam sie recht alt vor, vielleicht schon dreißig.

»Ich habe euch beobachtet«, sagte sie und näherte sich ihnen furchtlos. »Zuerst hielt ich es für einen echten Kampf, aber dann sah ich, daß es Sport war.«

»Anfangs war es ein echter Kampf«, sagte Voriax. »Aber es war auch Sport. Ich bin Voriax von Halanx, und das ist mein Bruder Valentine.«

Sie sah von einem zum anderen. »Ja, natürlich, Brüder. Das kann jeder sehen. Mich nennt man Tanunda, ich stamme aus Ghiseldorn. Soll ich euch die Zukunft prophezeien?«

»Bist du denn eine Hexe?« fragte Valentine.

Belustigung funkelte in ihrem Blick. »Ja, ja, gewiß, eine Hexe. Was sonst?«

»Dann komm, prophezeie uns!« rief Valentine.

»Warte«, sagte Voriax. »Ich mag nichts mit Hexerei zu tun haben!«

»Du bist wieder einmal viel zu ernst«, sagte Valentine. »Was kann es schon schaden? Da wir schon Ghiseldorn besuchen, die Stadt der Zauberer, warum sollen wir uns nicht unser Schicksal prophezeien lassen? Wovor hast du Angst? Es ist ein Spiel. Voriax, nur ein Spiel!« Er ging auf die Hexe zu und sagte: »Möchtest du zum Essen bleiben?«

»Valentine ...«

Valentine sah seinen Bruder trotzig an und lachte. »Ich werde dich vor dem Bösen beschützen, Voriax! Hab keine Angst!« Und mit leiser Stimme sagte er: »Wir sind lange genug allein gereist, Bruder. Ich sehne mich nach Gesellschaft.«

»Das sehe ich«, murmelte Valentine.

Die Hexe war attraktiv, und Valentine gab nicht nach, und so wurde auch Voriax schließlich gelöster in ihrer Gegenwart, schnitt ein drittes Stück Fleisch für sie ab, und sie ging in den Wald und kam mit Früchten und Pinglaknollen zurück, und sie zeigte ihnen, wie sie sie rösten und den Saft über das Fleisch träufeln mußten, so daß es einen angenehm dunklen und rauchigen Geschmack bekam. Nach einer Weile spürte Valentine eine Benommenheit im Kopf, doch er bezweifelte, daß sie von den wenigen Schlucken Wein herrührte, daher lag es wahrscheinlich an den Wurzeln der Hexe; der Gedanke kam ihm, daß sie Böses planen könnte, aber er verdrängte ihn, denn die Benommenheit war angenehm und erheiternd, und er sah keine Gefahr darin. Er sah zu Voriax und fragte sich, ob die argwöhnischere Natur seines Bruders dunkle Schatten über ihr Fest werfen würde, aber wenn er überhaupt eine Wirkung des Safts verspürte, schien sie ihn nur umgänglicher zu machen: Er lachte laut über alles, schwankte und klatschte sich auf die

Schenkel, er beugte sich dicht zu der Hexe und sagte ihr unanständige Dinge ins Gesicht. Valentine nahm mehr Fleisch. Die Nacht senkte sich wie ein dunkler Mantel über das Lager, unvermittelt blitzten Sterne am Himmel, und lediglich ein Mond verströmte sein silbernes Licht. Valentine glaubte, fernes Singen und Rufen zu vernehmen, aber Ghiseldorn mußte zu weit entfernt sein, als daß man von dort etwas hätte hören können. Eine Einbildung, dachte er, hervorgerufen von der Wirkung der Wurzeln.

Das Feuer brannte nieder. Die Luft wurde kühl. Sie rückten dichter zusammen, Valentine und Voriax und Tanunda, anfangs preßte sich Körper unschuldig an Körper, wenig später bereits nicht mehr so unschuldig. Während sie sich aneinanderpreßten, sah Valentine zu Voriax, und sein Bruder blinzelte ihn an, als wollte er sagen: *Heute nacht sind wir Männer, Bruder, und wir werden uns zusammen vergnügen.* Valentine hatte sich hin und wieder mit Elidath oder Stasilaine eine Frau geteilt, drei rangelnde Leiber in einem Bett, das nur für zwei gedacht war, aber niemals mit Voriax, Voriax, der sich seiner Würde so bewußt war wie auch seiner Überlegenheit und seiner hohen Position, und daher brachte dieses Spiel für Valentine besonderes Entzücken. Die Hexe aus Ghiseldorn hatte ihr Ledergewand abgestreift und enthüllte im Feuerschein einen schlanken und festen Körper. Valentine hatte befürchtet, ihr Fleisch könnte schlaff und runzlig sein, da sie so viel älter war als er, sogar ein paar Jahre älter als Voriax, aber nun sah er ein, daß die Narretei der Unerfahrenheit dafür verantwortlich war, denn sie war durch und durch schön zu nennen. Er griff nach ihr und spürte Voriax' Hand an ihrer Hüfte. Er schlug verspielt danach, wie nach einem lästigen Insekt, worauf die beiden Brüder lachten und Tanunda hell kicherte, und dann rollten sie gemeinsam ins taufeuchte Gras.

Valentine hatte noch nie eine so wilde Nacht erlebt. Welche Droge auch immer im Saft der Pingla enthalten gewesen sein mochte, sie befreite ihn von allen Hemmungen und stachelte seine Leidenschaft an, und bei Voriax schien es ähnlich zu sein. Für Valentine wurde die Nacht zu einer Abfolge zusammenhangloser Bilder und Ereignisse, die nichts miteinander zu tun zu haben schienen. Er lag flach auf dem Boden, Tanundas Kopf über seinen Lenden, er streichelte ihr schwarzes Haar, während Voriax sich fest an sie preßte; und wenig später drängte er gegen sie, und Voriax war irgendwo dicht in der Nähe, aber wo genau konnte er nicht sagen; und dann lag Tanunda zwischen den beiden Männern, und irgendwie gingen sie zum Bach und badeten und spritzten und lachten, und sie liefen zitternd wieder zum sterbenden Feuer zurück und liebten sich erneut, Valentine und Tanunda, Voriax und Tanunda, Valentine und Tanunda und Voriax, Fleisch verlangte nach Fleisch, bis die ersten grauen Streifen der Dämmerung die Nacht vertrieben.

Alle drei erwachten, als die Sonne bereits strahlend am Himmel stand. Der größte Teil der Nacht war wie aus Valentines Erinnerung gelöscht, und er fragte sich, ob er unwissentlich von Zeit zu Zeit geschlafen hatte, aber nun war sein Verstand auf unheimliche Weise klar und die Augen waren geweitet, als wäre es längst Nachmittag. Bei Voriax war es ähnlich, und auch bei der grinsenden Hexe, die nackt zwischen ihnen lag.

»Und nun«, sagte sie, »die Prophezeiung!«

Voriax gab einen unbehaglichen Laut von sich, ein Räuspern, aber Valentine sagte hastig: »Ja! Ja! Die Prophezeiung!«

»Sammelt die Pinglakerne«, befahl sie.

Die lagen überall verstreut, glänzende schwarze Nüsse mit roten Flecken. Valentine holte ein gutes Dutzend, und selbst Voriax sammelte ein paar; die gaben sie Tanunda, die ebenfalls eine Handvoll gefunden hatte, und sie begann, sie in der Hand zu rollen und dann wie Würfel auf den Boden zu werfen. Fünfmal warf sie sie, und fünfmal hob sie sie wieder auf und warf sie nochmals; schließlich ließ sie einige aus der hohlen Hand zur Form eines Kreises fallen, die restlichen warf sie in diesen Kreis hinein und beugte sich dann eine ganze Weile dicht darüber, um das Muster zu deuten. Schließlich sah sie wieder auf. Die lüsterne Schalkhaftigkeit war aus ihrem Gesicht verschwunden; sie sah seltsam verwandelt und einige Jahre älter aus.

»Ihr seid hochwohlgeborene Männer«, sagte sie. »Aber das könnte man schon an der Art erkennen, wie ihr euch verhaltet. Die Kerne sagen mir noch viel mehr. Ich sehe Gefahren auf euch beide zukommen.«

Voriax wandte sich ab, runzelte die Stirn und spie aus.

»Ich weiß, du bist skeptisch«, sagte sie. »Aber jeder von euch wird sich einer Gefahr stellen müssen. Du ...« Sie deutete auf Voriax» – mußt dich vor Wäldern hüten, und du ...« ein rascher Blick zu Valentine ...» vor Wasser und Meeren.« Sie runzelte die Stirn.

»Vor mehr noch, glaube ich, denn dein Schicksal ist geheimnisvoll, und ich kann es nicht deuten. Deine Linie ist unterbrochen – aber nicht vom Tod, sondern von einem großen Ereignis, einer Veränderung ...« Sie schüttelte den Kopf. »Es ist verwirrend. Ich kann nichts weiter sehen.«

Voriax sagte: »Hütet euch vor den Wäldern, hütet euch vor dem Wasser, hütet euch vor Unsinn!«

»Du wirst König sein«, sagte Tanunda.

Voriax atmete scharf ein. Der Zorn verschwand aus seinem Gesicht, und er starrte sie an.

Valentine lächelte und schlug ihm auf die Schulter. »Siehst du? Siehst du?« sagte er.

»Und du wirst ebenfalls König sein«, sagte die Hexe.

»*Was?*« Valentine war verblüfft. »Was ist das für ein Unsinn? Deine Kerne täuschen dich.«

»Dann wäre es das erste Mal«, sagte Tanunda. Sie sammelte die herabgefallenen Kerne ein und warf sie rasch in den Bach. Dann streifte sie ihr Lederkleid über. »Ein König und ein König, und ich habe in einer Nacht meinen Spaß mit beiden gehabt, künftige Majestäten. Werdet ihr heute nach Ghiseldorn reiten?«

»Ich glaube nicht«, sagte Voriax.

»Dann werden wir uns nicht wiedersehen. Lebt wohl!«

Sie verschwand rasch in den Wald. Valentine streckte eine Hand in ihre Richtung aus, sagte aber nichts, sondern zuckte nur hilflos mit den Fingern, und dann war sie verschwunden. Er wandte sich an Voriax, der wütend die Reste des Feuers austrat. Das Vergnügen der Nacht war spurlos verschwunden.

»Du hattest recht«, sagte Valentine. »Wir hätten sie

nicht über unser Schicksal reden lassen sollen. Wälder! Meere! Und dann dieser Unsinn, daß wir beide König werden würden!«

»Was hat sie gemeint?« fragte Voriax. »Daß wir uns beide den Thron teilen werden, so wie wir letzte Nacht gemeinsam ihren Körper besaßen?«

»Das kann nicht sein«, sagte Valentine.

»Es hat noch niemals auf Majipoor zwei Herrscher gegeben. Das ist Unsinn! Es ist undenkbar! Wenn ich König werde, Valentine, wie kannst du dann auch König werden?«

»Du hast mir nicht zugehört. Ich sagte dir, du sollst es vergessen, Bruder. Sie war eine stürmische Frau, die uns eine Nacht voller Lust geschenkt hat. Es gibt keine Vorhersagen über die Zukunft.«

»Sie sagte, ich werde König sein.«

»Und das wirst du wahrscheinlich auch. Aber das war nur eine Vermutung.«

»Und du? Wenn sie bei mir die Wahrheit gesagt hat, mußt auch du Coronal werden, und wie ...«

»Nein«, sagte Valentine. »Propheten sprechen oft in Rätseln. Sie meint das nicht wörtlich. Du wirst Coronal werden, Voriax, das weiß jeder – und meine Vorhersage hat eine andere Bedeutung, oder überhaupt keine.«

»Das macht mir Angst, Valentine.«

»Wenn du Coronal wirst, hast du nichts zu fürchten. Weshalb verziehst du das Gesicht so?«

»Den Thron mit dem Bruder teilen ...« Er grämte sich über die Vorstellung wie über einen schmerzenden Zahn, von dem die Zunge nicht ablassen kann.

»Das wird nicht geschehen«, sagte Valentine. Er sah ein Schmuckstück, hob es auf und stellte fest, daß es

Voriax gehörte. Er warf es ihm zu. »Du hast mich gestern sprechen gehört. Es übersteigt mein Verständnis, warum jemand den Thron besteigen möchte. In dieser Beziehung bin ich sicher keine Bedrohung für dich.« Er hielt das Handgelenk seines Bruders fest. »Voriax, Voriax, du siehst so eingeschüchtert aus! Können dir die Worte einer Waldhexe so zu schaffen machen? Ich schwöre dir, wenn du Coronal bist, werde ich dein Diener sein, nicht dein Gegner. Ich schwöre es bei unserer Mutter, die die Lady der Insel sein wird. Und ich sage dir, was hier passiert ist, das dürfen wir nicht ernst nehmen!«

»Vielleicht nicht«, sagte Voriax.

»Sicher nicht«, sagte Valentine. »Sollen wir diesen Ort jetzt verlassen, Bruder?«

»Ich glaube ja.«

»Sie verstand ihren Körper geschickt einzusetzen, findest du nicht auch?«

Voriax lachte. »Kann man wohl sagen. Es betrübt mich ein wenig, daß ich sie nie mehr in den Armen halten werde. Doch nein, ich mag nichts mehr von ihr hören, oder von ihren unsinnigen Vorhersagen, so erstaunlich auch die Bewegungen ihrer Hüften sein mögen. Ich habe genug von ihr und diesem Wald. Sollen wir Ghiseldorn umgehen?«

»Ich denke schon«, sagte Valentine. »Welche Städte liegen in der Nähe von hier am Glayge?«

»Die nächste ist Jerrik, wo viele Vroons leben, und dann Mitripond und ein Ort namens Gayles. Ich glaube, wir sollten in Jerrik rasten und uns ein paar Tage mit Spielen ablenken.«

»Also, auf nach Jerrik.«

»Ja, nach Jerrik. Und sag nichts mehr über die Königswürde zu mir, Valentine.«

»Kein Wort, das verspreche ich.« Er lachte und legte die Arme um Voriax. »Bruder! Mehrmals im Verlauf dieser Reise glaubte ich, ich hätte dich für immer verloren, aber ich sehe, daß alles gut ist, denn ich habe dich wiedergefunden!«

»Wir waren einander niemals verloren«, sagte Voriax. »Nicht einen Augenblick. Komm jetzt, pack deine Sachen zusammen, dann brechen wir auf nach Jerrik!«

Sie sprachen niemals mehr von der Nacht mit der Hexe und ihrer Prophezeiung. Fünf Jahre später, als Lord Malibor während einer Meeresdrachenjagd ums Leben kam, wurde Voriax zum Coronal ernannt, was niemanden überraschte, und Valentine war der erste, der seinem Bruder die Ehre erwies und vor ihm niederkniete. Inzwischen hatte Valentine die Weissagung von Tanunda fast vergessen, nicht aber ihre Küsse und Umarmungen. Sie beide Könige? Wie konnte das sein, da stets nur ein Mann Coronal sein konnte? Valentine gönnte seinem Bruder Voriax die Stellung und war mit dem zufrieden, was er war. Und als er die wahre Bedeutung der Prophezeiung verstand, daß er nicht mit Voriax regieren, sondern seine Nachfolge antreten würde, wenngleich noch niemals zuvor ein Bruder dem anderen auf den Thron gefolgt war, da war es zu spät, Voriax in die Arme zu nehmen und ihn seiner Liebe zu versichern, denn der verirrte Pfeil eines Jägers hatte ihn im Wald getroffen, und er war für immer verloren für ihn, und Valentine war bruderlos und allein, als er ehrfürchtig und erstaunt die Stufen des Confalume-Throns emporschritt.

BUCH
ELF

Diese letzten Augenblicke, dieser Epilog, den ein Schreiber den Aufzeichnungen des jungen Valentine hinzugefügt hat, machen Hissune benommen. Er bleibt lange bewegungslos sitzen; dann erhebt er sich wie aus einem Traum und verläßt die Kabine. Bilder der verrückten Nacht im Wald wirbeln in seinem Verstand: die rivalisierenden Brüder, die Hexe mit den leuchtenden Augen, die nackten Körper, die Prophezeiung der Königswürde. Ja, zwei Könige! Und Hissune hat sie im verletzlichsten Augenblick ihres Lebens beobachtet! Er fühlt sich beschämt, eine seltene Stimmung bei ihm. Vielleicht ist die Zeit gekommen, eine Weile Urlaub vom Seelenregister zu machen, denkt er; die Macht solcher Erfahrungen ist manchmal überwältigend, und es könnte gut sein, daß er einige Monate der Erholung braucht. Seine Hände zittern, als er durch die Tür tritt.

Eine Stunde zuvor hat ihn einer der üblichen Beamten des Registers eingelassen, ein plumper Mann mit Namen Penagorn, und er sitzt immer noch an seinem Schreibtisch; aber neben ihm steht eine andere Person, ein großer Mann in der grünen und goldenen Uniform des Coronals, der Hissune ansieht und sagt: »Kann ich bitte eine Identifizierung bekommen?«

Nun ist der Augenblick gekommen, den er gefürchtet hat. Sie haben ihn gefunden – unautorisierte Besuche in den Archiven –, und werden ihn festnehmen. Hissune gibt ihm seine Identitätskarte. Vielleicht wissen sie schon lange von seinen illegalen Besuchen hier und haben nur darauf gewartet, daß er die größte Scheußlichkeit begeht und die Aufzeichnungen des Coronals selbst abruft. Wahrscheinlich hat sie einen Alarm ausgelöst, denkt Hissune, der lautlos die Männer des Coronals herbeiruft, und nun …

»Du bist der, den wir suchen«, sagte der Mann in Grün und Gold. »Bitte folge mir.«

Hissune folgt ihm schweigsam – aus dem Haus der Aufzeichnungen hinaus, über die große Plaza zum Eingang zu den tiefsten Tiefen des Labyrinths, vorbei an Wachen und in einen Schweber und dann immer tiefer hinab in geheimnisvolle Gefilde, die Hissune noch niemals betreten hat. Er sitzt bewegungslos und wie betäubt. Die ganze Welt drückt ihn in den Sitz; Schicht für Schicht des Labyrinths türmt sich über ihm auf. Wo sind sie jetzt? Ist dieser Ort der Hof des Throns, wo sich die hohen Minister aufhalten? Hissune wagt nicht zu fragen, und seine Eskorte sagt kein Wort. Tor für Tor, Wegabschnitt für Wegabschnitt bleibt hinter ihnen zurück; dann hält der Schweber; sechs weitere Männer in den Uniformen Lord Valentines erscheinen; sie führen ihn in ein hell erleuchtetes Zimmer und flankieren ihn.

Eine Tür geht auf, gleitet beiseite, und ein großer Mann mit goldenem Haar und breiten Schultern, der in eine schlichte weiße Robe gekleidet ist, erscheint. Hissune keucht.

»Eure Lordschaft …«

»Bitte. Bitte. Wir kommen auch ohne diese dauernden Verbeugungen aus, Hissune. Du *bist* doch Hissune, nicht?«

»Der bin ich, mein Lord. Etwas älter.«

»Acht Jahre, ist es nicht so? Ja, acht. Du warst so groß. Und jetzt ein Mann. Nun wahrscheinlich bin ich närrisch, daß es mich überrascht, aber ich erwartete immer noch einen Jungen. Du bist achtzehn?«

»Ja, mein Lord.«

»Wie alt warst du, als du anfingst, im Seelenregister herumzustöbern?«

»Sie wissen davon, mein Lord?« flüsterte Hissune, der scharlachrot anläuft und auf seine Füße sieht.

»Vierzehn, nicht wahr? Ich glaube, das haben sie mir gesagt. Ich ließ dich beobachten, weißt du. Vor drei oder vier Jahren wurde ich informiert, daß du dir Zutritt zum Register verschafft hattest. Mit vierzehn, und du hast vorgegeben, Student zu sein. Ich nehme an, du hast viele Dinge gesehen, die ein Junge mit vierzehn Jahren normalerweise nicht sieht.«

Hissunes Wangen stehen in Flammen. Ein einziger Gedanke geht ihm durch den Kopf: *Noch vor einer Stunde habe ich Euch gesehen, mein Lord, wie Ihr mit einer langhaarigen Hexe aus Ghiseldorn geschlafen habt.* Lieber würde er sich von den Tiefen der Welt verschlingen lassen, als so etwas laut auszusprechen. Aber er ist sicher, daß es Lord Valentine sowieso weiß, und dieses Wissen zerknirscht Hissune zutiefst. Er kann nicht aufschauen. Dieser goldhaarige Valentine ist nicht der Mann aus der Aufzeichnung, denn das war der schwarzhaarige Valentine, der später um seinen wahren Körper betrogen wurde, wie inzwischen jeder weiß, und heutzutage steckt der Coronal in anderem Fleisch. Aber die Person ist dieselbe, und Hissune hat ihn beobachtet, und das kann er nicht verbergen.

Hissune schweigt.

Lord Valentine sagt: »Vielleicht sollte ich das zurücknehmen. Du warst schon immer frühreif. Vielleicht hat das Register dir nichts gezeigt, was du nicht schon wußtest.«

»Es zeigte mir Ni-moya, mein Lord«, sagte Hissune mit krächzender, kaum hörbarer Stimme. »Es zeigte mir Suvrael und die Städte am Burgberg, die Dschungel bei Narabal ...«

»Orte, ja. Geographie. Es ist nützlich, das alles zu wissen. Aber die Geographie der Seele, die hast du dabei auch kennengelernt, was? Sieh mich an, ich bin dir nicht böse.«

»Nein?«

»Durch meinen Befehl hattest du freien Zugang zum Register. Aber nicht nur, damit du Ni-moya sehen und Menschen beim Liebesakt nachspionieren konntest. Damit du begreifen lernst, was Majipoor wirklich ist, damit du den millionsten vom millionsten Teil der Gesamtheit unserer Welt erleben konntest. Das war deine Ausbildung, Hissune. Habe ich recht?«

»So habe ich es gesehen, mein Lord. Ja. Es gab so vieles, was ich wissen wollte.«

»Und hast du alles gelernt?«

»Nein. Nicht den millionsten vom millionsten Teil davon.«

»Zu dumm. Denn du hast keinen Zugang mehr zum Register.«

»Mein Lord? Werde ich bestraft werden?«

Lord Valentine lächelte seltsam. »Bestraft? Nein, das wäre nicht der richtige Ausdruck. Aber du wirst das Labyrinth verlassen, und die Chancen stehen gut, daß du nicht so bald zurückkehren wirst, nicht einmal dann, wenn ich Pontifex werde, möge der Tag noch fern sein. Ich habe dich in meinen Stab gewählt, Hissune. Deine Ausbildung ist vorbei. Ich möchte, daß du arbeitest. Ich glaube, du bist alt genug. Hast du hier Familie?«

»Meine Mutter. Zwei Schwestern.«

»Für die wird gesorgt. Was immer sie brauchen. Sag ihnen auf Wiedersehen und pack deine Sachen. Kannst du mich in drei Tagen begleiten?«

»Drei … Tage …«

»Nach Alaisor. Die große Prozession muß weitergehen. Und dann die Insel. Zimroel lassen wir dieses Mal aus. In sieben bis acht Monaten werden wir wieder auf dem Berg sein, denke ich. Du wirst eine Suite im Schloß bewohnen. Ein wenig formale Ausbildung, das wird dir doch nicht schaden, oder? Bessere Kleidung. Du hast es kommen sehen, nicht? Du weißt, daß ich Großes mit dir vorhatte, als du noch ein zerlumpter kleiner Junge warst, der Touristen führte?« Der Coronal lachte. »Es ist spät. Ich werde am Morgen wieder nach dir rufen lassen. Wir haben uns viel zu erzählen.«

Er streckt Hissune die Hand entgegen, eine höfliche kleine Geste. Hissune verbeugt sich, und als er wieder aufzuschauen wagt, ist Lord Valentine verschwunden. So. So. Ist es also doch geschehen, sein Traum, sein Phantasiegespenst. Hissunes Gesichtsausdruck bleibt ausdruckslos. Steif und ernst wendet er sich der Eskorte zu und folgt ihr durch die Flure, und sie bringen ihn zu den öffentlichen Ebenen des Labyrinths. Dort lassen sie ihn allein. Aber er kann jetzt nicht in sein Zimmer gehen.

Sein Verstand rast fiebernd vor Erstaunen. Aus seinen Tiefen steigen all die längst verschwundenen Gestalten auf, mit denen er so lange gelebt hat, Nismile und Sinnabor Lavon, Thesme, Dekkeret, Calintane, der arme verfolgte Haligome, Eremoil, Inyanna Forlana, Vismaan, Sarise. Sie alle sind nun Teil von ihm, für immer in seine Seele eingebettet. Ihm ist, als hätte er den ganzen Planeten verschlungen. Was wird jetzt aus ihm werden? Attaché des Coronals? Ein schillerndes neues Leben auf dem Burgberg? Ferien in

High Morpin und Stee, und die Großen der Welt als seine Gefährten? Er könnte eines Tages sogar Coronal werden! Lord Hissune! Er lacht über seine unbescheidenen Vorstellungen. Und doch, und doch, und doch, warum nicht? Hatte Calintane damit gerechnet, Coronal zu werden? Dekkeret? Valentine? Aber man soll nicht an solche Dinge denken, mahnt sich Hissune. Man muß arbeiten und lernen, man muß sein Leben Augenblick für Augenblick leben, dann wird sich das eigene Schicksal selbst formen.

Dann erkennt er, daß er sich irgendwie verirrt hat – er, der im Alter von zehn Jahren der geschickteste Führer durch das Labyrinth gewesen ist. In seiner Benommenheit ist er von Ebene zu Ebene gegangen, und nun ist die halbe Nacht um und er hat keine Ahnung, wo er sich befindet. Dann erkennt er, daß es die oberste Ebene des Labyrinths ist, auf der Wüstenseite, nahe dem Eingang der Klingen. In fünfzehn Minuten kann er das Labyrinth ganz verlassen haben. Hinauszugehen ist normalerweise nicht sein Wunsch, aber diese Nacht ist eine ganz besondere, und er weigert sich nicht, als seine Füße ihn zur Pforte der unterirdischen Stadt tragen. Er kommt an den Eingang der Klingen und betrachtet lange die verrosteten Messer, die jemand vor langer Zeit hier angebracht hat, um die Grenze zu markieren; dann geht er an ihnen vorbei, spürt den heißen Sand und geht weiter in die trockene Wüste hinaus. Wie Dekkeret, der eine andere und ungleich gefährlichere Wüste durchquerte, geht er in die Leere hinaus, bis er ein gutes Stück von dem wimmelnden Bau des Labyrinths entfernt ist, und steht alleine unter den glitzernden Sternen. Es sind so viele. Und einer davon ist die Alte Erde, von der vor so langer Zeit all die Milliarden und Abermilliarden Menschen abstammten. Hissune steht wie in Trance. Ein Gefühl für die unendlich lange Geschichte des Kosmos durchpulst ihn wie ein reißender Strom. Das Seelenregister enthält Aufzeichnungen genug, ihn eine halbe Ewigkeit beschäftigt zu halten, denkt er, und dennoch ist sein Inhalt lediglich ein winziger Bruchteil von allem, was auf diesen Sternen und ihren Welten existierte. Er möchte alles umarmen und zu einem Teil von sich machen, wie er die Leben anderer Menschen zu einem Teil von sich machte, aber das geht selbstverständlich nicht, und selbst der Gedanke macht ihn schwindlig. Aber er muß solche Regungen jetzt unterdrücken und dem Register entsagen. Er bleibt bewegungslos stehen, bis sein Verstand aufgehört hat zu wirbeln. Ich werde ganz ruhig sein, sagt er sich selbst. Ich werde meine Gefühle kontrollieren. Er gestattet sich einen letzten Blick auf die Sterne und sucht vergeblich zwischen ihnen die Sonne der Alten Erde. Dann zuckt er die Achseln, dreht sich um und geht langsam zum Eingang der Klingen zurück. Am Morgen wird Lord Valentine ihn wieder zu sich bitten. Es ist wichtig, vorher ein wenig zu schlafen. Ein neues Leben wartet auf ihn. Ich werde auf dem Burgberg leben, denkt er, ich werde ein Helfer des Coronals sein, und wer weiß, was hinterher mit mir geschehen wird? Was auch immer geschieht, es wird das richtige sein, wie bei Dekkeret und Thesme und Sinnabor Lavon und sogar Haligome, denn ihre Seelen sind nun Teil meiner Seele.

Hissune bleibt einen Augenblick vor dem Eingang der Klingen stehen, der Augenblick dehnt sich, die Sterne beginnen zu verblassen, und das erste Licht der Dämmerung kündigt sich an, und schließlich geht die Sonne auf und überflutet das Land mit Licht. Er bewegt sich nicht. Die Wärme der Sonne von Majipoor berührt sein Gesicht, was sie bisher in seinem Leben nur selten getan hat. Die Sonne – die Sonne – die herrliche, leuchtende, flammende Sonne – Mutter aller Welten – Er streckt ihr die Arme entgegen. Er umarmt sie. Er lächelt und nimmt ihren Segen in sich auf. Dann dreht er sich um und geht zum letztenmal ins Labyrinth.

ENDE

Band 13 476

Robert Silverberg

Herr der Finsternis

Eine kurze Kaperfahrt nach Brasilien sollte es werden. Doch einundzwanzig unglaubliche Jahre voll nie gekannter Abenteuer im tiefsten Afrika dauert es wirklich, ehe der aufrechte englische Seemann Andrew Battell seine Heimat wiedersieht.

Afrika um 1600 – das ist wildeste, fremartige Exotik und dunkle Bedrohung, das ist vor allem dämonische Faszination. Für den blonden Andrew Battell bietet es immer neue Begegnungen mit immer rätselhaften, betörenden und gefährlichen Frauen, mit mordgierigen Söldnern und kannibalistischen Kriegern. Vor allem aber muß Battell erkennen, daß er so viel anders gar nicht ist als die Wildesten dieses Kontinents – denn eine dunkle Macht droht von seinem Innersten Besitz zu ergreifen: der HERR DER FINSTERNIS.

BASTEI LÜBBE

Sie erhalten diesen Band im Buchhandel, bei Ihrem Zeitschriftenhändler sowie im Bahnhofsbuchhandel.